CLAUDIA ROMES

Das Geheimnis der Hyazinthen

atb aufbau taschenbuch

Claudia Romes wurde 1984 als Kind eines belgischen Malers in Bonn geboren. Mit neun Jahren begann sie, ihre eigenen Geschichten zu erzählen, und fasste den Entschluss, eines Tages Schriftstellerin zu werden. Nach einigen beruflichen Umwegen widmete sie sich schließlich ganz dem Schreiben und lebt heute ihren Traum. Die Autorin wohnt mit ihrem Mann und ihren zwei Kindern in der Vulkaneifel.

Lillys todkranke Mutter Iris wünscht sich nur eines: Im Garten ihres alten Cottages in Portree gibt es eine seltene Sorte Hyazinthen, zu gerne würde sie deren Blüte noch einmal sehen. Sie ist zu schwach, um selbst auf die Isle of Skye zu reisen, deshalb schickt sie Lilly in ihre alte Heimat, die sie damals so überstürzt verlassen hatte. Das Cottage gehört mittlerweile niemand anderem als Liam McTavish – dem Erben der größten Destillerie der Gegend und in Lillys Erinnerung ein unverbesserlicher Schnösel. Dennoch bezieht Lilly ihn in ihre Suche ein, denn die überwinternde Hyazinthe in dem verwilderten Garten zu finden erweist sich als mühsamer, als gedacht. Langsam, aber sicher ahnt Lilly, dass sich hinter seiner schroffen Fassade ein ganz anderer Mensch verbirgt – und dass einen weiteren Anwohner und sie mehr verbindet, als sie anfänglich dachte …

CLAUDIA ROMES

Das Geheimnis der Hyazinthen

ROMAN

atb aufbau taschenbuch

MIX
Papier aus verantwortungsvollen Quellen
FSC www.fsc.org
FSC® C083411

ISBN 978-3-7466-3816-4

Aufbau Taschenbuch ist eine Marke
der Aufbau Verlage GmbH & Co. KG

1. Auflage 2021

Umschlaggestaltung und Motiv www.buerosued.de, München
Satz Greiner & Reichel, Köln
Druck und Binden CPI books GmbH, Leck, Germany
Printed in Germany

www.aufbau-verlage.de

Für meine Mutter.
Und für Emily und Fabian. Immer für euch.

»Soweit es möglich ist, bist du dennoch ewig;
und sooft das Frühjahr den Winter vertreibt, so oft
erstehst du auf und blühst auf der grünen Wiese.«
Aus Ovids METAMORPHOSEN

KAPITEL 1

Lilly stand am Fenster und beobachtete, wie sich die Dämmerung über die Stadt legte. Die Straßenlaternen flackerten auf und schickten ihr warmes Licht in die urigen Gassen, die Edinburgh Castle umgaben. Majestätisch thronte die Burg auf dem Castle Rock im Zentrum der Hauptstadt. Jeden Abend genoss Lilly diesen atemberaubenden Ausblick, den sie einer engagierten Krankenschwester namens Helen zu verdanken hatten. Diese hatte sich bei der Heimleiterin dafür eingesetzt, dass Lillys Mutter genau dieses Zimmer zugeteilt wurde – obwohl sie es sich nicht leisten konnte. Vermutlich war Mitleid der Grund für das Einlenken der ansonsten so strengen Nonne gewesen. Iris Warren war vor knapp zwei Monaten ins St.-Andrews-Pflegeheim gekommen, weil Lilly sich nicht mehr allein um sie kümmern konnte. Das Traurige daran war, dass es nicht an ihrer mangelnden Fürsorge lag, sondern daran, dass es Lilly durch ihre drei Jobs schlichtweg zeitlich nicht schaffte, ihrer schwer kranken Mutter gerecht zu werden. Geld war ein weiterer maßgebender Faktor.

Eigentlich ging es immer nur darum: Solange sie zurückdenken konnte, hatte ihre Familie zu wenig davon gehabt, und das war ein Umstand, der schon ihre Mutter zu einem Leben voll harter körperlicher Arbeit und ständiger Existenzsorgen verurteilt hatte. Nun zog er sich auch durch ihres. Es war wie ein Fluch, dem sie nicht entkommen konnte und dessen Ironie ihr so manches Mal die Tränen in die Augen trieb. Ihr Teilzeitjob im Blumenladen reichte gerade so für die Miete. Um über die Runden zu kommen, kellnerte sie nachmittags in einem Café, an den Wochenenden arbeitete sie zusätzlich in einer Bar. Manchmal hatte sie nicht mehr als zwei Stunden Zeit für den Haushalt, die Einkäufe und den täglichen Besuch bei ihrer Mutter, die nicht bemerken sollte, wie ausgelaugt Lilly war. Niemand wusste, wie viel Zeit Iris noch blieb, deren sanfte Stimme sich nun in Lillys Gedanken drängte.

»Seit wann bist du hier?«

Lilly drehte sich zu ihr um. »Noch nicht sehr lange. Ich wollte dich nicht aufwecken. Du hast so friedlich geschlafen.« Sie kam an ihr Bett.

»Du darfst mich ruhig wecken«, sagte ihre Mutter und nahm ihre Hand. »Das weißt du doch. Ich kann später noch genug schlafen. Hier passiert nicht sonderlich viel, bei dem es sich lohnen würde, wach zu bleiben. Es sei denn, du bist hier.«

»Ich hab dir die Schokolade mitgebracht, die du so gerne magst.« Lilly setzte sich auf die Bettkante, holte eine Tafel Vollmilch-Karamell aus ihrer Tasche und reichte sie ihrer Mutter.

»Du bist ein Engel«, sagte diese.

»Wo die herkommt, gibts noch mehr.« Lilly bewegte ihre Brauen verheißungsvoll auf und ab. Ihre Mutter lächelte matt. Lilly merkte, dass ihre Euphorie nur gespielt war – vermutlich hatte sie wieder keinen Appetit. In den vergangenen Wochen hatte Lilly ihr jeden Abend etwas mitgebracht, das sie früher gern gegessen hatte, nur um am nächsten Tag feststellen zu müssen, dass sie nichts davon angerührt hatte. Und selbst wenn doch, fehlte nur so viel, dass man hätte meinen können, eine Maus habe daran geknabbert. Lilly ahnte, dass sie diese Sachen nur ihretwegen überhaupt probierte. Schon lange hatte ihre Mutter keinen Gefallen mehr am Essen. Es strengte sie nur an. Trotzdem versuchte Lilly es weiter, auch wenn der Nachttisch mittlerweile aus allen Nähten platzte und einer Süßigkeitenabteilung im Supermarkt in nichts mehr nachstand. »Geht es dir nicht gut?«, fragte Lilly ernst nach.

Ihre Mutter war blass geworden. Ihre Wangenknochen traten hervor, wahrscheinlich hatte sie weiter an Gewicht verloren. Iris litt an einer seltenen Form von Leukämie. Sie war stets eine Kämpferin gewesen, eine Person, die sich nicht so leicht geschlagen gab. Aber nach zwei erfolglosen Chemotherapien und unzähligen Bestrahlungen war sie es leid, zu kämpfen. Ihre Entscheidung, alle weiteren Therapieversuche auszuschlagen, war für Lilly nur schwer zu akzeptieren, denn ihre Mutter bedeutete ihr alles. Iris hatte stets ihre eigenen Bedürfnisse für sie zurückgestellt und ihr trotz schwerer Zeiten unzählige Augenblicke der Unbeschwertheit geschenkt. Jetzt war sie an der Reihe. Für ihre Mutter da zu sein, so wie diese immer für sie da gewesen war, war selbstverständlich. Und es war alles, was sie noch für sie tun konnte.

»Es bleibt schon länger hell«, stellte Iris mit Blick aus dem Fenster fest.

Lilly tat es ihr gleich, und die beiden lächelten.

»Bald kommt der Frühling.«

Lilly wusste, dass er ihr von allen Jahreszeiten die liebste war. Ein Anflug von Wehmut überkam sie bei dem unwillkürlich aufkommenden Gedanken, dass ihre Mutter ihn vielleicht nicht mehr erleben würde. Tränen drängten sich in ihre Augen. Lilly blinzelte sie weg und zwang sich, ihre Traurigkeit hinunterzuschlucken. Für die Dauer ihres Besuchs musste sie stark sein – das hatte sie sich vorgenommen.

»Du siehst müde aus.« Iris richtete sich im Bett auf, legte ihre Hand an Lillys Wange und musterte sie prüfend. »Hat dich Barry wieder Überstunden in der Bar schieben lassen?«

»Das ist nur das Licht«, sagte Lilly, ohne weiter darauf einzugehen. Ihre Mutter sollte nicht wissen, dass sie seit drei Nächten kaum Schlaf bekommen hatte. Sie wollte auch nicht darüber nachdenken, dass sie bald schon wieder von Barry erwartet wurde. Noch nicht.

»Du wirkst aber erschöpft.« Iris ließ sich nicht so leicht täuschen und sah sie durchdringend an. Lilly kannte das außerordentliche Einfühlungsvermögen ihrer Mutter und setzte rasch ein breites Lächeln auf.

»Es geht mir gut.«

Iris schien durch sie hindurchzusehen, während sie über ihre Antwort nachdachte. »Wenn du das sagst«, murmelte sie beiläufig und kramte in ihrer Nachttischschublade.

»Ich habe etwas für dich.« Sie holte ein Kuvert und ein Foto heraus, das sie Lilly hinhielt. »Erinnerst du dich noch daran?«

Stirnrunzelnd nahm Lilly das Bild. »Natürlich«, sagte sie und strich mit dem Finger über das glänzende Foto, das ein Cottage mit einem blühenden Vorgarten zeigte. »Das ist unser altes Haus in Portree. Ich weiß noch ganz genau, wie es sich anfühlte, dort zu sein.«

»Es war eine schöne Zeit, oder?«

Lilly lächelte zustimmend.

»Die beste«, korrigierte sich Iris leise. »Wir sind damals viel zu schnell fortgegangen.«

»Ich konnte mich nicht einmal richtig verabschieden.«

»Vielleicht kannst du es jetzt.«

Lilly sah erwartungsvoll zu ihr auf.

»Ich dachte, du würdest vielleicht gerne wieder dorthin zurückfahren.«

»Na ja, sicher«, entgegnete sie schulterzuckend. »Irgendwann.«

»Nicht irgendwann. Und nicht vielleicht.« Iris hielt ihr das Kuvert hin, und Lilly kniff misstrauisch die Augen zusammen.

»Was ist da drin?«

»Mach's auf, dann weißt du es.«

Sie öffnete den Umschlag. Ungläubig blinzelnd wandte sie sich daraufhin an ihre Mutter. »Ein Busticket auf die Isle of Skye? Und eine Buchungsbestätigung über sieben Tage in einer Pension in Portree? Mum, was soll das?«

Iris lächelte geheimnisvoll.

»Du weißt genau, dass ich jetzt nicht wegkann.«

»Du kannst, wenn du willst.«

»Okay, ich will nicht. Ich will dich im Augenblick nicht allein lassen.«

»Ich bin nicht allein, Lilly. Oder wer, glaubst du, hat mir bei der Umsetzung meines Plans geholfen?«

Lilly legte grummelnd den Kopf schief. »Helen.« Das war ja klar.

»Du brauchst endlich mal eine Auszeit.«

»Tue ich nicht. Wirklich nicht!«

»Du kannst mir nichts vormachen, Lilly. Ich kenne dich dein ganzes Leben lang, und du warst noch nie gut im Lügen.«

Da hatte ihre Mutter leider recht. »Aber selbst wenn.« Sie schnaufte verdrossen. »Wir können es uns nicht leisten, dass ich für eine ganze Woche weg bin.«

»Das denke ich schon. Es ist bereits alles geregelt. Ich habe im Blumenladen angerufen, Heather ist eingeweiht.«

»Ich habe sie eben noch gesehen, da hat sie kein Wort gesagt. Sie ist so beschäftigt mit ihrer Hochzeitsplanung …«

»Sie hat mir versichert, dass sie ohne dich im Blumenladen zurechtkommen wird. Wie du weißt, wollen sie die Flitterwochen auf den Malediven verbringen. Da wird Heather dich im Geschäft eher brauchen.«

»Vier Wochen Luxusurlaub.« Lilly nickte und schnalzte mit der Zunge. Sie konnte nichts dagegen unternehmen, dass sie sich hin und wieder fragte, warum ihr Leben und das ihrer Mutter im Vergleich zu anderen so ungerecht verlief. Sie wünschte niemandem ein schweres Schicksal, aber manchmal überkam sie eine bittere Eifersucht, über die sie keine Kontrolle hatte.

»Sie meinte, du hättest ihr dafür schon zugesagt?«

»Ja, habe ich.«

Ihre Mutter schmunzelte.

»Es ist ja erst im Juni«, fügte Lilly resigniert hinzu.

Heather war sechs Jahre jünger als sie. Die Tatsache, dass sie mit Mitte zwanzig schon weit mehr vorzuweisen hatte als Lilly, frustrierte sie manchmal. Andererseits war sie die Einzige, die Lilly ihre Freundin nannte, auch weil sie so viel Verständnis für ihre Lage zeigte. Wann immer Lilly eine

Schicht verschieben musste, weil ihre Mutter sie brauchte, ließ Heather sich darauf ein. Sie war ein guter Mensch und eine talentierte Floristin. Leider mangelte es ihr am Geschäftssinn – der Blumenladen, für den ihre Eltern die finanziellen Mittel zur Verfügung gestellt hatten, war nicht ihr erster Versuch, sich selbstständig zu machen, und er würde sicher nicht der letzte sein.

»Barry weiß ebenfalls Bescheid«, erklärte ihre Mutter weiter. »Und im Café sind sie auch darüber informiert, dass du Urlaub machst.«

Lilly zog eine Strähne ihres schulterlangen rotblonden Haares lang, wie sie es immer tat, wenn sie angespannt war. »Ich weiß das wirklich zu schätzen«, begann sie vorsichtig und strich sich ihr Haar hinters Ohr, »aber ich möchte nicht. Ich will in deiner Nähe sein, falls …«

Iris hob warnend die Brauen. »Falls was?«

Lilly seufzte und wählte ihre Worte mit Bedacht. »Falls … du mich brauchst.«

»Ich brauche dich genau dort.« Iris tippte müde auf das alte Foto. Es rutschte ihr aus der Hand, als ein Hustenanfall ihren abgemagerten Körper erzittern ließ. Lilly hob es auf und strich ihrer Mutter über den Rücken. Dann reichte sie ihr ein Glas Wasser, aber Iris schob es von sich. »Das Ganze … ist nicht so … selbstlos, wie es den Anschein hat«, keuchte sie, nachdem sie wieder zu Atem gekommen war. »Jedenfalls nicht nur. Ich möchte, dass du in Portree etwas für mich erledigst. Etwas, von dem ich fürchte, dass ich es nicht mehr selbst schaffen werde. Es ist sozusagen ein letzter Wunsch.«

Lillys Herz verkrampfte sich. *Ein letzter Wunsch,* echote

es in ihrem Kopf. Mühselig schluckte sie die Betroffenheit hinunter, die die Worte ihrer Mutter in ihr ausgelöst hatten. »Sag so was nicht«, meinte sie leise, um dann zögernd nachzusetzen: »Worum geht es denn?«

»Du erinnerst dich noch an die Blumen, die in unserem Garten wuchsen? Ich hatte dir doch erzählt, dass sie jedes Jahr wiederkommen, zu neuem Leben auferstehen – wie der Phönix aus der Asche.«

Lilly nickte. »Dutzende Tulpen, Narzissen und …«

»Hyazinthen«, half ihre Mutter ihr mit matter Stimme.

»Ja.« Lilly seufzte gedankenverloren. »Im Frühling stand der Garten in voller Blüte. Er leuchtete in sämtlichen Farben, und überall duftete es so herrlich.« Sie lächelte, schwelgte in Erinnerungen an sorgenfreie Kindertage.

»Einige dieser Blumen waren aufgrund ihrer Seltenheit sehr kostbar«, erklärte Iris. »Es gab wahre Schätze darunter. Eine davon war für mich von großem Wert. Ich möchte, dass du nach Portree gehst und mir die *King of Great Britain* bringst. Sie hat einen besonderen Platz in meinem Herzen, sie gehört zu mir. Deshalb wünsche ich mir, dass sie eines Tages auf meinem Grab blüht. Wenn es so weit ist …«

»Die *King of Great Britain*«, wiederholte Lilly nach einer Weile verunsichert. »Von so einer Sorte habe ich noch nie gehört.«

»Das hat kaum jemand, denn sie kommt so gut wie nicht mehr vor. Es war eine Züchtung aus dem achtzehnten Jahrhundert. Eigentlich eher eine Zufallsentdeckung – etwas, das es gar nicht geben durfte. Eine zweifarbige Hyazinthe, mit weißer Blüte und rotem Zentrum.«

»Warum ist sie dir so wichtig?«

»Nun ja, sie war ein Geschenk. Man könnte sagen, mit ihr hat etwas Großes seinen Anfang genommen.«

Lilly runzelte verwirrt die Stirn, doch Iris nickte nur lächelnd, ohne weiter darauf einzugehen. Lilly hakte nicht nach. Stattdessen fasste sie die absonderliche Bitte noch einmal zusammen: »Du willst, dass ich auf die Isle of Skye zurückkehre ... wegen einer Blumenzwiebel? Das ist dein Wunsch?«

»Ganz genau.«

»Du meinst es ernst?«

Iris schnalzte mit der Zunge. »Selbstverständlich. Warum sollte ich dich verschaukeln?«

Unschlüssig biss sich Lilly auf die Unterlippe. »Mum, ich weiß nicht. Es ist ja nicht einmal gesagt, dass das Cottage überhaupt noch steht. Geschweige denn, dass ich diese Blume fin...«

»Ich weiß, dass du sie finden wirst«, fiel ihre Mutter ihr ins Wort. »Und das Cottage steht noch. Ich habe selbst mit Mrs Krock, der Pensionsbetreiberin, telefoniert. Sie hat es mir versichert. Sie wusste sogar noch, wer ich bin. Eine sehr nette Dame. Ihr werdet gut miteinander auskommen.«

»Okay. Aber wie genau stellst du dir das vor? Das Grundstück gehört sicher jemandem. Ich kann doch nicht einfach im Garten eines Fremden herumgraben.«

»Es steht schon seit Jahren leer, und wie du sicher noch weißt, liegt es abseits der Stadt. Es wird niemanden kümmern. Wahrscheinlich wird es nicht mal auffallen.«

Lilly atmete tief aus. »Mir ist trotzdem nicht wohl dabei.«

»Du wirst deiner alten Mutter doch diesen letzten Wunsch nicht abschlagen?«

Iris suchte Lillys Blick.

»Hör jetzt auf mit diesem Gefasel vom letzten Wunsch! Wenn es dir so viel bedeutet …«, stimmte Lilly widerwillig zu. »Na gut, ich kann es ja versuchen.«

Ihre Mutter atmete schwer, strahlte jedoch erleichtert.

»Ich komme wieder, sobald ich diese Zwiebel habe«, betonte Lilly. »Eine ganze Woche bleibe ich sicher nicht.«

»Wie du meinst.« Iris schien zu wissen, dass ihr die Vorstellung nicht gefiel, sie aus den Augen zu lassen. Sie griff nach Lillys Hand und drückte diese leicht. »Aber solltest du neben der Hyazinthe etwas finden, das dir guttut, dann bleib bitte. Die paar Tage komme ich schon ohne dich zurecht.«

Lilly schüttelte den Kopf. »Darum geht es nicht …«

»Na!«, unterbrach Iris sie. »Da dulde ich keinen Widerspruch. Ich habe lange genug zugesehen, wie du dich für uns beide krummgemacht hast.«

»Das tue ich gern.«

Iris schüttelte den Kopf. »Du hast keine Zeit für dich, keine Freunde mehr. Und wie willst du jemals einen Mann kennenlernen?«

»Das will ich doch gar nicht!« Lillys Standpunkt war klar. Ihr letzter Freund hatte sie betrogen. Sie hatte gesehen, was ihr Vater ihnen angetan hatte. Durch ihn hatten sie alles verloren – ihr Haus, ihr Geld, ihre Würde. Nein. Sie konnte gut auf einen Mann verzichten.

Ihre Mutter legte den Kopf schief und seufzte. »Wann hast du dir zuletzt etwas gegönnt?«

»Ich brauche nichts.«

»Jeder braucht irgendetwas.«

Lilly war versucht, ihr zu widersprechen, dann schluckte sie schwer. Im tiefsten Innern wusste sie, dass ihre Mutter recht hatte. Ihr Alltag war so ausgefüllt, dass sie nicht einmal dazu kam, darüber nachzudenken, was ihr fehlte. Nur wenn sich der Stress lichtete, in den wenigen ruhigen Momenten, die sich zwischen ihren Verpflichtungen ergaben, nahm sie die Leere wahr. Das Erschreckende an ihr war, dass sie immer mehr Raum forderte – auch wenn Lilly es sich nicht eingestehen wollte. Wie immer hatte ihre Mutter erkannt, was sie brauchte, bevor sie es getan hatte. Was würde sie nur ohne sie tun?

»Das ist nicht das Leben, das ich mir für dich gewünscht habe, Lilly.« Iris betrachtete sie besorgt. »Und ich weiß, es ist auch nicht das, was du dir vorstellst.«

»Ich bin gerne für dich da, Mum.«

»Daran zweifle ich auch nicht. Nur ist es doch so«, sie machte eine Pause, um Luft zu holen, »als Mutter sollte man in erster Linie für sein Kind da sein – nicht umgekehrt.«

»Aber du bist krank.« Lillys Stimme begann zu zittern. »Und ich weiß einfach nicht, was ich machen soll, wenn du …«

Iris winkte ab. »Schhh.« Sie nahm Lilly in ihre Arme und drückte sie fest an sich. »Du bist mein Ein und Alles.«

»Wir beide sind doch ein tolles Team, oder?« Langsam löste sich Lilly von ihrer Mutter, um ihr in die Augen zu sehen.

Iris nickte gerührt. »Das sind wir immer gewesen. Aber glaub mir, wenn ich dir sage, dass es nicht gut ist, wenn man sein Leben nach einem einzigen Menschen ausrichtet. So sollte es niemals sein.«

Lilly schüttelte den Kopf – sie wollte jetzt gerade nicht darüber nachdenken, dass ihre Mutter bald nicht mehr da sein könnte.

»Du weißt, was ich meine, oder?«, hakte Iris nach.

Lilly schlug die Augen nieder. Lange hatte sie den Gedanken daran verdrängt, wie es für sie weitergehen würde, wenn ihre Mum gestorben war. Sie wollte sich damit nicht befassen, weil allein die Vorstellung davon ihr den Boden unter den Füßen wegzog.

»Du hast dich nie gerne mit dem Morgen befasst.« Über Iris' Gesicht huschte ein Lächeln.

»Wozu auch? Das hält nur vom Heute ab«, gab Lilly überzeugt zurück. Niemand konnte wissen, was die Zukunft bringen würde, fand sie. Meist kam ohnehin alles anders, als man dachte.

Iris seufzte schmunzelnd, während sie Lilly eingehend musterte. »Ich bin die glücklichste Frau der Welt, weil ich eine Tochter wie dich habe. Nichtsdestotrotz musst du auch andere an dich heranlassen, ihnen die Chance geben, dich kennenzulernen. Denn du bist ein wundervoller Mensch, Lilly. Du kannst anderen so unendlich viel geben. Und du hast es verdient, geliebt zu werden – nicht nur von mir.«

Diese Worte gingen Lilly sehr nahe – sie fürchtete sich vor der Einsamkeit. Davor, in ein Loch zu fallen, aus dem sie allein nicht herauskommen konnte. Sie wollte ihre Mutter jetzt nicht verlassen und spürte den Widerstand, der sich in ihr regte, weil sie der Überzeugung war, dass keine Blumenzwiebel kostbarer sein konnte als die Zeit, die ihnen noch blieb. Verbissen starrte Lilly vor sich hin. Und mit einem Mal drängte sich ihr der Gedanke auf, dass ihre

Mutter eine weitere Absicht verfolgte, indem sie sie fortschickte: Erhoffte sie sich von der Reise nach Skye, dass Lilly zu sich selbst zurückfand, zu dem unbeschwerten Menschen, der sie gewesen war? Seit ihre Mutter krank war, schlug sie sich mit Aushilfsjobs durch, um über die Runden zu kommen. Manchmal kam es Lilly so vor, als hätte jemand die Pause-Taste in ihrem Leben gedrückt. Ziele hatte sie schon lange keine mehr. Jeder Tag folgte demselben trostlosen Schema. Wollte ihre Mutter sie aus diesem Kreislauf holen? Entweder das, oder sie hatte nicht vor, vor den Augen ihrer Tochter zu sterben. Erschrocken über die nachfolgende Erkenntnis, dass sie ihr einen solchen Plan zutraute, schluckte Lilly. Mit leerem Blick starrte sie vor sich hin. Erst als sie die warme Hand ihrer Mutter auf ihrem Rücken spürte, kam sie wieder zu sich.

»Der Tapetenwechsel wird dir guttun«, beteuerte Iris.

Lilly zog erneut ihre Haarsträhne lang. Um eine dankbare Miene bemüht, sah sie zu ihr auf. »Wann soll es denn losgehen?«

Iris lächelte sanft, führte ihre Hand an Lillys Wange und sagte: »In drei Tagen.«

KAPITEL 2

Als Lilly im Bus nach Portree saß, konnte sie es kaum fassen. Den Abend zuvor hatte sie im Pflegeheim verbracht, bis die Besuchszeit zu Ende war, und sich dann schweren Herzens von ihrer Mutter verabschiedet. Iris hatte Lillys innere Weigerung gespürt und diese geschickt mit ihrem bemerkenswerten Optimismus aufzulösen versucht. Am Ende hatte Lilly es nicht über sich gebracht, doch darauf zu beharren, bei ihr in Edinburgh zu bleiben. Noch nie hatte Lilly einer Person, die ihr wichtig war, einen Wunsch ausgeschlagen, das wusste Iris. Trotzdem hatte Lilly in der Nacht mehr als einmal nach ihrem Handy gegriffen und angefangen, eine Nachricht an ihre Mutter zu tippen. Doch keine dieser Mitteilungen war über ein »Ich kann nicht wegfahren, weil …« hinausgekommen. Am Ende hatte sie aufgegeben und im letzten Moment ihren Koffer gepackt. Wer weiß, dachte Lilly ungewohnt beschwingt, wofür diese Reise wirklich gut ist.

Mittlerweile war es Vormittag. Seit der Bus die Stadt verlassen hatte und auf die Schnellstraße abgebogen war, schaute Lilly aus dem Fenster. Die fünfstündige Fahrt gab ihr genügend Zeit zum Nachdenken. Viel mehr, als sie für gewöhnlich für sich hatte. Es war so ungewohnt, dass Lilly zunächst nichts damit anfangen konnte. Sie versuchte, sich auf die Suche zu konzentrieren, die sie zu diesem Ausflug getrieben hatte. Die Angst davor, nicht rechtzeitig zurück zu sein, drängte sich ihr wieder und wieder auf. Warum hatte sie sich bloß darauf eingelassen?

Heftig schüttelte sie den Kopf. Sie trank einen Schluck aus ihrer Wasserflasche und zwang sich, ruhig zu bleiben. Die Vorstellung, die Blumenzwiebel schnell finden und damit den Aufenthalt in Portree so kurz wie möglich halten zu können, brachte ihr ein wenig Linderung. Sie konnte sich nicht daran erinnern, wann sie das letzte Mal aus Edinburgh rausgekommen war und etwas anderes gesehen hatte als die graue Großstadt, in der sich ihr Leben abspielte.

Lilly ließ ihren Blick über die Köpfe der anderen Fahrgäste gleiten. Der Bus, in dem noch viele leere Plätze waren, machte auf seinem Weg nach Skye in mehreren Ortschaften Halt, und Leute stiegen zu. Je näher sie Lillys Ziel kamen, desto mehr spürte sie Vorfreude in sich. Sie kramte das Foto vom Cottage, das sie von ihrer Mutter bekommen hatte, aus ihrer Handtasche und betrachtete es schmunzelnd. Auch wenn sie sich in den vergangenen Jahren von ihrer Heimat entfernt zu haben schien, hatte es für sie doch nie einen schöneren Ort gegeben. Ob er sich sehr verändert hatte? Angestrengt versuchte sie, in ihren Erinnerungen auch das kleine Nest Portree hervorzuholen, in dem sie ihre Kindheit verbracht hatte. Es war zwanzig Jahre her, dass sie und ihre Eltern es verlassen hatten, doch in all der Zeit hatte sie nie aufgehört, an ihr früheres Zuhause zu denken. Als hätte sich irgendetwas in ihr geweigert, es endgültig aufzugeben.

Für Lilly war Portree eine Zufluchtsstätte, an die sie sich gedanklich vor ihrem anstrengenden Alltag flüchtete.

Wenn alles über ihr zusammenzubrechen drohte, führten sie ihre Träume immer wieder dahin zurück: an die kleine Bucht, in der sie an einem warmen Sommertag das Schwimmen gelernt hatte, und in den blühenden Garten vor ihrem Haus.

Ungezügeltes Kinderlachen erfüllte den Bus. Eine Reihe vor ihr, entlang der anderen Fensterfront, saß ein kleines Mädchen mit blonden Zöpfen. Es schien sich köstlich darüber zu amüsieren, dass es seinen Vater im Schere-Stein-Papier-Spiel schlug. Sein haltloses Kichern ließ Lilly lächeln. Wie aus dem Nichts stiegen Erinnerungen an die letzten Jahre mit ihrem Vater in ihr auf, und ihr Lächeln erstarb augenblicklich.

Lilly kam es vor, als wäre es gestern gewesen, dass sie überstürzt aufs Festland umziehen mussten. Der alles verändernde Abend, an dem sie es erfahren hatte, hatte sich auf ewig in ihr Gedächtnis eingebrannt. Sie erinnerte sich an unzählige Auseinandersetzungen zwischen ihrer Mutter und ihrem Vater, doch diese eine war anders als alle vorherigen gewesen. Weder zuvor noch danach hatte sie ihre Mutter derart aufgelöst gesehen. Sie hatte allen Grund dazu gehabt, denn ihr Mann hatte das Cottage im Alleingang verkauft. Nachdem sich Lillys Vater bei einem Investment verspekuliert hatte, war der Schuldenberg der Familie so hoch gewesen, dass sie keine anderen Optionen mehr hatten. Und das hatte die Käuferin, Evelyn McTavish, dazu verleitet, einen Spottpreis für das Haus zu bieten. An die Frau des ehemaligen Arbeitgebers ihres Vaters hatte Lilly keine guten Erinnerungen. Sie hatte das Gefühl gehabt, dass Evelyn ihre Familie nicht schnell genug loswerden konnte.

Lilly und ihre Mutter waren damals am Boden zerstört gewesen, ihr Vater hingegen hatte weniger Probleme, sich vom Haus und von der Insel zu lösen. Er machte Skye für seinen beruflichen Misserfolg verantwortlich und sah den Umzug nach Edinburgh als Chance für einen Neuanfang.

Für Lillys Mutter kam der Verkauf des Cottages einem Vertrauensbruch gleich, der nicht mehr zu reparieren war. Die ohnehin nicht besonders erfüllte Ehe ihrer Eltern existierte von da an nur noch auf dem Papier. Trotzdem war ihr Vater weitere vier Jahre bei ihnen geblieben – so lange hatte es gedauert, bis er finanziell wieder auf eigenen Beinen stand.

Dass Lilly bei ihrer Rückkehr auf die Insel ausgerechnet an ihn denken musste, ärgerte sie, weil sie sich eigentlich nicht mehr mit ihm beschäftigen wollte. Vermutlich waren die ungesagten Worte zwischen ihnen schuld daran, dass sie einfach nicht abschließen konnte. Ein Teil von ihr sehnte sich noch immer nach einem liebevollen Vater – auch wenn sie das niemals vor irgendjemandem zugegeben hätte.

Dabei war Robert Warren kein besonders fürsorglicher Elternteil gewesen. Während andere Väter mit ihren Kindern am Strand herumtollten und im Herbst Drachen steigen ließen, hatte er nie freiwillig Zeit mit ihr verbracht. Zwar war er freundlich gewesen und hatte auch immer ihre Fragen beantwortet, wenn sie welche an ihn gerichtet hatte, aber sie hatte oft das Gefühl gehabt, unerwünscht zu sein, ohne zu wissen, warum.

In ihrer kleinen Zweizimmerwohnung in Edinburgh war das Verhältnis zu ihm noch angespannter geworden. Streitereien waren an der Tagesordnung gewesen – nicht nur zwischen ihren Eltern, sondern auch zwischen Lilly und ihrem Vater. Sie hatte ihm nicht verzeihen können, dass er das Cottage verkauft und sie vom Land in die Großstadt gebracht hatte, und sprach aus, was ihre Mutter nicht konnte. Tag für Tag musste diese als Putzhilfe schuften, weil ihr Mann keine passende Stelle finden konnte. Lilly wurde von ihren Mitschülern wegen ihrer abgetragenen Kleidung und ihrer Haarfarbe gehänselt. Die Unzufriedenheit darüber ließ sie ihren Vater spüren, wann immer es ging.

Ihr Blick haftete auf dem unbeschwerten Vater-Tochter-Gespann eine Reihe vor ihr. Sie biss die Zähne aufeinander. Unbemerkt hatte sie ihre Finger so angespannt, dass das Foto mit dem Cottage in ihrer Hand zerknitterte. Die Zeit kann Wunden nur heilen, wenn man ihnen Luft und Raum gibt und sie ordnungsgemäß verarztet, dachte sie seufzend.

Manchmal fragte sie sich, ob sie der Grund für das Auseinanderbrechen ihrer Familie gewesen war. Sie hatte es ihrem Vater nicht leicht gemacht – doch er war einfach gegangen, hatte sich ohne ein Wort davongestohlen. Seit Jahren gab es keinen Kontakt mehr zwischen ihnen, und wenn sie ganz ehrlich war, vermisste Lilly ihn nicht. Nach seinem Fortgehen hatte sie einen Schlussstrich gezogen. Sie hatte sich eingeredet, dass sie weder ihn noch einen anderen Mann brauchte, und sich völlig auf ihr Philosophiestudium in Oxford konzentriert, das sie sich über ein Stipendium verdient hatte. Aber das Schicksal hatte andere Pläne. Nach einem Zusammenbruch inmitten einer arbeitsreichen Woche musste sich Iris etlichen Untersuchungen unterziehen, mit der niederschmetternden Diagnose hatte keine von ihnen gerechnet. Wieder einmal schien das Pech ihr treuester Gefährte zu sein.

Der Bus bog auf eine Landstraße ab. Satte Wiesen wechselten sich mit ewig grünen Hügeln und kargen Tälern ab, bis hin zur Skye-Bridge, die über den Kyle of Lochalsh führte. Schon bald würden sie die größte Insel der Inneren Hebriden erreicht haben. Lillys Aufregung wuchs. An kaum einem anderen Ort gab es so viele unterschiedliche Landschaften zu sehen wie auf Skye – der »Insel des Nebels«, wie sie die Einheimischen liebevoll nannten. Lilly richtete sich im Sitz auf und blickte aufmerksam aus dem Fenster. Ein Fischerboot, das die Brücke gerade durchfahren hatte, wirbelte die fein gewellte Wasseroberfläche auf und zog eine weiße Spur hinter sich her. Der morgendliche Regen hatte nachgelassen, als der Bus die andere Seite erreicht hatte. In der Ferne zeichneten sich die scharfen Konturen von Bergen ab, die wie die Zähne eines urzeitlichen Riesen in den Himmel ragten. Fast hatte Lilly vergessen, wie wunderschön es auf der Insel war.

Zwei Bankreihen vor ihr knipste ein japanischer Tourist den Kreisverkehr in Broadford, der ersten Ortschaft hinter der Brücke. Nun würde es nur noch etwa eine Stunde dauern, bis sie Portree erreicht hatten. Mit einem Mal schlug Lillys Herz schneller. Sie hatte immer gehofft, zusammen mit ihrer Mutter ihre Heimatstadt wiederzusehen. Doch sie war allein. Plötzlich fühlte sie eine Enge in der Brust, die sie schwindelig werden ließ. Blind kramte sie einen der Kaugummis gegen Reisekrankheit aus ihrer Tasche, die sie sich vorsorglich in der Apotheke besorgt hatte. Ihre Hände umklammerten die Lehne ihres Vordermanns, und sie schaute zielgerichtet nach vorn. Der Bus zweigte in eine Nebenstraße ab, und es wurde holpriger. Kreislauf und Magen rebellierten. Mit zusammengepressten Lippen drehte sie sich zum Gang, richtete ihren Blick konzentriert durch die große Frontscheibe und atmete tief ein und aus. Zittrig stopfte sie sich die Ohrstöpsel, die mit ihrem Handy verbunden waren, in die Gehörgänge, und Debussys sanfte Komposition »Clair de lune« drang zu ihr durch.

Ihre Anspannung entging dem älteren Paar vor ihr nicht. Während die Frau Mitgefühl zu haben schien, senkte ihr Mann seine buschigen Brauen und rümpfte die Nase.

»Wo fahren Sie hin?«, fragte die Frau mit beinahe mütterlicher Fürsorge.

»Portree.« Lilly brachte ihre Antwort nur stockend hervor. Sie war zu konzentriert darauf, ihre Übelkeit unter Kontrolle zu bringen.

»Ich leide auch manchmal unter der Reisekrankheit.«

»O ja, das tut sie«, pflichtete ihr Mann bei. Er schien zu wissen, was das zur Folge haben konnte.

»Bis Portree sind es nur noch drei Stationen«, beruhigte die Frau sie freundlich. »Wir fahren nach Uig, zur Taufe unseres ersten Enkels.« Sie holte das Foto eines Babys im blau gepunkteten Strampler aus der Tasche und hielt es Lilly hin.

»Musst du das jedem auf die Nase binden?«, murrte ihr Mann. Seine Frau hörte gar nicht hin. Ihre Augen strahlten vor Glück.

»Er ist allerliebst«, sagte Lilly entzückt zu den frischgebackenen Großeltern. »Herzlichen Glückwunsch!«

Die Züge des Mannes wurden weicher, und ein Lächeln huschte über sein ernstes Gesicht. Seine Frau seufzte stolz, dankte Lilly, und beide wandten sich wieder in Fahrtrichtung. Das Gespräch hatte Lillys Aufmerksamkeit umgelenkt, es ging ihr besser. War sie vielleicht einfach nur … nervös? Weil sie kurz davor war, ihrer Vergangenheit zu begegnen?

Gedankenverloren glitt sie zurück in den Sitz. Ihr Blick verlor sich auf dem netten älteren Paar, das vertraut und liebevoll miteinander umging. Sie schätzte die beiden auf Anfang siebzig. Wahrscheinlich waren sie schon viele Jahre verheiratet und ein eingespieltes Team. Die Einheit, die sie bildeten, war bewundernswert, denn sie zeigte ihr, dass es doch noch Beziehungen gab, die von Dauer waren.

Draußen regnete es wieder mehr. Das Wasser lief an Lillys Fenster hinunter, so dass die vorbeiziehende Landschaft vor ihren Augen verschwamm. Sie drehte die Lautstärke ihrer Kopfhörer auf und ließ sich von der Melodie treiben. Die beruhigenden Klänge der klassischen Musik erinnerten sie jedes Mal daran, wie gerne sie selbst Klavier spielen gelernt hätte, hätten sie es sich nur leisten können. Mittlerweile hatte sie sich aber mit der Rolle der bewundernden Zuhörerin abgefunden und ging ganz darin auf.

In regelmäßigen Abständen schaute sie auf ihr Handy. Noch gab es keine neue Nachricht von ihrer Mutter. Auch nicht von Helen, die ihr versprochen hatte, sich sofort bei ihr zu melden, sollte sich Iris' Zustand verschlechtern. Lilly fiel es schwer, die Verantwortung anderen zu überlassen. In den sieben Jahren, in denen ihre Mutter schon gegen die Krankheit kämpfte, hatte sie das Zepter nicht ein einziges Mal aus der Hand gegeben. Würde ohne sie alles funktionieren? Mit Schrecken dachte Lilly an den Tag vor einem Jahr zurück, an dem ihre Mutter fast gestorben wäre. Iris' Herz hatte nach einem unterschätzten Infekt in der Tagesklinik, die sie damals behandelte, einfach aufgehört, zu schlagen. Im allerletzten Moment hatte der Notarzt sie wiederbeleben können. Anschließend folgten drei Wochen auf der Intensivstation, in denen sie sich wie durch ein Wunder zurück ins Leben gekämpft hatte. Iris hatte Lilly danach gesagt, dass es noch nicht ihre Zeit gewesen war, zu gehen. Seitdem verging kein Tag, an dem Lilly sich nicht fragte, wann es so weit sein würde. Doch zwei Dinge waren dabei sehr wahrscheinlich: Es würde plötzlich passieren, und sie wäre nicht bereit dafür – ganz egal wann es geschah.

Der Bus stoppte an der geschützten Bucht von Portree. Zischend öffneten sich die Türen, und Lilly, die dank ihrer Musik doch so weit entspannen konnte, dass sie vom Schlaf übermannt worden war, schlug die Augen auf. Sie blinzelte und rappelte sich hoch.

»Auf Wiedersehen«, verabschiedete sich die nette Frau im Sitz vor ihr. Lilly wünschte ihr und ihrem Mann alles Gute, dann folgte sie den anderen Fahrgästen hinaus.

Draußen traf sie ein kühler Wind. Sie ließ ihren Blick schweifen. Entlang der Hafenzeile zogen sich immer noch dieselben pastellfarbenen Häuser mit Pubs und Geschäften. Auf einer Anhöhe darüber thronte die alte Kirche. Lilly ließ das Panorama auf sich wirken. Sie konnte noch nicht glauben, wieder da zu sein. Vor dem Gepäckraum wartend, überblickte sie das Hafenbecken, das, wie alles in Portree, überschaubar war. Doch gerade die ländliche Idylle machte die kleine Küstenstadt mit ihrer bunten Fassade, ihren Hügeln, dem niedlichen Sandstrand und den ihn umgebenden schwarzen Klippen zu einem traumhaft schönen Fleckchen Erde. Der Regen hatte sich verzogen. Für Anfang Februar war es ungewöhnlich mild auf Skye. Vereinzelte Sonnenstrahlen drangen durch das aufbrechende Wolkengeflecht. Sie brachten die Wellen in der Bucht zum Glitzern. Lilly nahm einen tiefen Atemzug. Selbst die Luft roch frischer und sauberer als in Edinburgh. Wie sehr hatte sie den salzigen Geruch vermisst, ebenso wie das Rauschen des Meeres und das rege Geschrei der Möwen, die lauernd auf Beute die Bucht überflogen. Ein intensives Glücksgefühl durchströmte sie, und es war, als würde eine schwere Last von ihr abfallen. Die Geräusche und Gerüche an diesem Ort waren ihr so vertraut, als wäre sie nie weg gewesen. Lilly empfand eine Verbundenheit, von der sie geglaubt hatte, sie wäre für immer verloren.

»So, bitte«, durchbrach der Busfahrer ihre Wiedersehensfreude.

Für einen Moment hatte Lilly alles um sich herum vergessen. Der Fahrer schloss gerade die Klappe zum Gepäckraum. Erst jetzt bemerkte sie, dass sie die Einzige war, die wie angewurzelt davorstand.

»Ist ein hübsches Örtchen.« Der Busfahrer steckte sich eine Zigarette an.

»Ja, allerdings.« Lilly umklammerte den Griff ihres Trolleys und zog ihn näher zu sich heran.

»Urlaub?«

»Nein. Ich bin hier auf der Suche nach etwas.«

Für eine Sekunde schaute der Fahrer sie verwirrt über den Rand seiner dicken Brillengläser hinweg an. »Aha.« Er inhalierte seinen Tabakrauch und betrachtete die graue Wolkendecke über ihnen. »Hoffe doch mal, es ist nicht besseres Wetter. Das sucht man hier nämlich vergeblich.«

Lilly zuckte hinnehmend die Schultern. »Na ja, wir sind immer noch in Schottland.«

Er schnaubte zustimmend, schnippte seine Zigarette weg und drückte sie mit der Fußspitze aus. »Viel Glück für Ihre Suche.« Lilly nickte dankend. Der Fahrer stieg wieder ein, und der Bus rauschte Richtung Norden davon. Eine Windböe wehte Lilly das Haar ins Gesicht. Sie wickelte sich ihren roten Wollschal enger um den Hals und schlenderte in den Ortskern hinein. Der Hauptort der Insel Skye versprühte noch immer seinen nostalgischen Charme. Obwohl Lilly der Meinung war, dass sich kaum etwas verändert hatte, kam ihr alles irgendwie größer und imposanter vor. Vor ihrer alten Schule hielt Lilly einen Moment inne. Die Kinder hatten gerade Pause und tollten unbeschwert auf dem Hof herum. Das rote Ziegelsteingebäude sah immer noch genauso aus wie in ihrer Erinnerung. Ob ihre Lehrerin Miss Sturges wohl noch unterrichtete? Lilly setzte sich wieder in Bewegung. Sie betrat die einzige Einkaufsstraße der Stadt und erkannte trotz sich verdichtenden Nebels einige Häuser und Läden wieder. Überrascht stellte sie fest, dass es sogar das Modehaus *Ivys* noch gab. Wie früher blieb sie davor stehen und begutachtete die Auslage im Schaufenster. Die Mode hatte sich seit den Neunzigern verändert, nicht so ihre finanziellen Möglichkeiten. Wie oft hatte Lilly mit ihrer Mutter die teuren Kleider bewundert. Damals hatte sie ganz schnell erwachsen werden wollen, weil sie glaubte, dass sie sich dann alles leisten konnte, was sie wollte. Der Preis des weißen Spitzenkleides, das ihr nun gefiel, hielt ihr die ernüchternde Realität vor Augen. Deshalb blendete sie die Waren im Schaufenster aus und nahm nur noch ihr eigenes Spiegelbild wahr. Sie sah mitgenommen aus. Aus ihrem lieblos gemachten Dutt standen überall Haare ab, und ihr knielanger schwarzer Mantel, den sie selbst gern als »speziell« bezeichnete, hatte weiß Gott schon bessere Tage gesehen. Er gehörte zu den wenigen Dingen, die ihr Vater bei seinem Auszug zurückgelassen hatte. Und wie sich Lilly darin so betrachtete, wusste sie auch, warum: Er war abgetragen, der Stoff an den Ärmeln ausgefranst und dünn, außerdem war er Lilly viel zu groß. Das Einzige, was für ihn sprach, war sein warmes Innenfutter – und dass er bezahlt war. Im Grunde wusste Lilly aber selbst nicht, warum sie ihn jeden Winter erneut aus dem Keller hervorkramte.

Gedankenverloren setzte sie ihren Weg entlang der Friedhofsmauer fort. Der Himmel hatte sich wieder zugezogen, feiner Nieselregen fiel. Lilly beschleunigte ihren Gang. In der Nähe des alten Marktplatzes zog sie die Buchungsbestätigung aus ihrer Tasche und warf einen letzten Blick auf die Adresse der Pension, in der sie für die nächsten Tage bleiben sollte: Quay Street 26. Sie war angekommen. Über dem Eingang des roten Backsteinhauses hing ein Schild mit der verblichenen Aufschrift »B&B«. Das Gebäude war Teil einer endlos erscheinenden Häuserreihe, die bis zum Ende der Straße hinaufreichte, wo sie sich im dichter werdenden Nebel verlor. Lilly stieg die Stufen zur Haustür hinauf und klingelte. Es dauert eine Weile, bis eine ältere Dame öffnete.

»Ja?« Sie musterte Lilly skeptisch.

»Mrs Krock?«

Die Dame nickte knapp, machte jedoch weiter ein misstrauisches Gesicht.

»Mein Name ist Warren«, erklärte sich Lilly. »Meine Mutter hat für mich ein Zimmer gebucht.«

Schlagartig heiterte sich die Miene der Frau auf. »Lilly!« Sie nickte erfreut, wobei ihr schlohweißes Haar um ihren Kopf wippte. »Entschuldige, dass ich dich nicht gleich reingebeten habe. In letzter Zeit klingeln bei mir immer wieder Zeugen Jehovas.«

»Macht überhaupt nichts«, entgegnete Lilly.

Mrs Krock machte die Tür weiter auf und ließ Lilly eintreten. »Nicht dass ich etwas gegen andere Glaubensgemeinschaften hätte«, fuhr sie fort, während sie die Tür hinter sich schloss. »Aber ich möchte mit meinen fünfundachtzig Jahren gerne meine Ruhe – und konvertieren werde ich bestimmt nicht mehr. Nirgendwohin.« Sie führte Lilly durch den schmalen Flur.

»Du musst ja ganz durchnässt sein.«

»Es ist nicht so schlimm«, beteuerte Lilly.

»Hattest du eine schöne Fahrt?«

»Das schon, aber nun bin ich froh, endlich angekommen zu sein.«

»Sehr gut.«

Sie betraten das enge Treppenhaus. Mrs Krock ging voran. »Als deine Mutter angerufen hat, habe ich mich sehr gefreut. Ich habe sie immer sehr gemocht, musst du wissen. Sie und ihre Eltern.«

»Sie kannten meine Großeltern?«

»Aber ja! Ich war mit ihnen befreundet. Beth und Erol waren so großherzige Menschen – wie deine Mutter.« Sie machte eine Pause, hielt sich am Geländer fest und stützte die eine Hand auf ihr Knie.

»Geht es?«, erkundigte sich Lilly besorgt.

Mrs Krock machte eine wegwerfende Handbewegung. »O ja, natürlich. Ich schaffe die vielen Stufen nur nicht mehr auf einmal, das ist alles.«

Oben war der Flur mit einem Teppich mit Blumenmuster ausgelegt, an den Wänden hingen Schwarz-Weiß-Fotos: Familienporträts und Landschaftsaufnahmen.

»Da wären wir.« Mrs Krock holte einen Schlüssel aus ihrer Kitteltasche und zeigte Lilly ihr Zimmer. Die Einrichtung war, passend zum restlichen Mobiliar, relativ alt und rustikal, das schwere Eichenbett sogar mit einem altmodischen Baldachin überdacht. Auf dem Nachttisch lag eine Bibel bereit. Lilly stellte ihren Koffer vor den Kleiderschrank und legte ihre Tasche auf den Sessel daneben. Vor dem Fenster stand ein Tisch mit einem Stuhl. Der Raum war klein, aber trotzdem strahlte er eine gewisse Behaglichkeit aus.

»Und?« Mrs Krock war im Türrahmen stehen geblieben.

»Es ist sehr schön hier.«

Stolz überreichte die alte Dame ihr den Zimmerschlüssel. »Frühstück gibt es im Esszimmer, von sieben bis neun.«

»Danke«, hauchte Lilly.

Zufrieden lächelnd wandte sich die alte Dame zum Gehen.

»Ähm, Mrs Krock?«, hielt Lilly sie zurück.

»Ja?«

»Sagen Sie, hat Ihnen meine Mutter gesagt, warum ich hier bin?«

»O ja, meine Liebe«, antwortete sie wie selbstverständlich. Wieder war sie im Begriff, die Zimmertür zu schließen, als Lilly sie ein weiteres Mal davon abhielt.

»Und … was genau hat sie gesagt?« Lilly hoffte zu erfahren, was Mrs Krock wusste. Standen die beiden regelmäßig in Kontakt? Dass Lillys Mutter nichts davon erwähnt hatte, hatte nichts zu bedeuten. Lilly war sich darüber im Klaren, dass es Dinge gab, über die sie nicht miteinander sprachen.

Mrs Krock ließ von der Klinke ab, vergrub die Hände in ihren Schürzentaschen und machte einen Schritt auf sie zu. War sie etwa auch darüber informiert, dass ihre Mutter todkrank war? Das freundliche Lächeln auf ihrem Gesicht ließ Lilly daran zweifeln.

»Na, um endlich Urlaub zu machen!«, antwortete die alte Dame verzückt.

Lilly schaute sie mit zweifelnd zusammengekniffenen Augen an.

»Und um zu erkennen, was du wirklich willst«, fügte Mrs Krock mit einem schelmischen Gesichtsausdruck hinzu. Lilly hob verwirrt die Brauen.

»Ich werde dich dann mal allein lassen. Pack in Ruhe aus.« Sie kehrte zum Türrahmen zurück. »Ach, und am

Freitag ist Fischmarkt. Das solltest du dir nicht entgehen lassen.«

»Oh, ich habe nicht vor, so lange zu bleiben.«

»Ach nein?«

Lilly schüttelte den Kopf.

»Bezahlt wurde für sieben Tage«, erinnerte sie Mrs Krock. »Ich kann das Geld nicht erstatten.«

»Das dachte ich mir schon.« Lillys schlechtes Gewissen meldete sich. »Ich würde gerne länger bleiben, aber ich habe gerade viel um die Ohren. Eigentlich hätte ich momentan überhaupt nicht verreisen dürfen. Es war nicht meine Idee, herzukommen.«

Wieder lächelte Mrs Krock verschmitzt. »Ja, ja«, winkte sie ab. »Deine Mutter wusste, dass du das sagen würdest. Nimm meinen Rat an: Mach einfach das Beste draus. Und das Wetter wird sich in den kommenden Tagen noch bessern. Ich hab da so ein Ziehen im Bein.«

Lilly hob verdattert die Brauen, doch Mrs Krock ging nicht näher darauf ein.

»Und jetzt pack aus«, befahl Mrs Krock milde. Lilly lächelte schwach, dann sah sie zu, wie die alte Dame die Tür hinter sich schloss.

Eine Weile stand Lilly wie erstarrt im Raum. Mrs Krocks Befehl noch in den Ohren haftete ihr Blick an ihrem Trolley. Und sie befand, dass es sich nicht lohnte, sich hier einzurichten. Ihre Sachen in den Schrank zu räumen würde bedeuten, dass sie vorhatte, die Woche hier zu verbringen, dass sie sich freimachte von den Verpflichtungen, die in Edinburgh auf sie warteten. Und das wollte sie nicht. Schon jetzt fehlte ihr ihre Mutter, und dass sie so weit weg von ihr war, machte ihr Angst. Seufzend sank sie aufs Bett und nahm ihr Handy. Es zeigte immer noch keine Nachricht an. Nicht zu wissen, was in Edinburgh vor sich ging, machte sie fast verrückt. Lilly drückte auf Wahlwiederholung. Es klingelte.

»Ja?«, meldete sich ihre Mutter leise am anderen Ende der Leitung.

»Hi, Mum.«

»Lilly! Bist du gut angekommen?«

»Ja.«

»Und? Wie ist es?«

»Es ist … wunderschön.«

»Oh, das freut mich so. Und wie sieht es in Portree aus?«

»Soweit ich das bisher sagen kann, hat sich nicht viel verändert.«

»Hast du dich noch zurechtgefunden?«

»Erstaunlicherweise schon.«

»Das wundert mich nicht. Du hattest schon immer einen ausgezeichneten Orientierungssinn. Weißt du noch, wie wir uns bei einem Spaziergang in den Highlands verlaufen haben?«

»Na klar!«

»Du warst diejenige, die uns zurück auf den Weg geführt hat. Ohne dich würde ich wahrscheinlich immer noch dort umherirren.«

Beide mussten lachen.

»Ich bin sicher, du hättest auch alleine zurückgefunden.«

»Nein«, sagte Iris ernst. »Und das war auch nicht das einzige Mal, dass du mich wieder auf den richtigen Weg gebracht hast.«

Es wurde still zwischen ihnen.

»Du mich doch auch«, antwortete Lilly nach einer Weile leise. »Wenn auch eher im übertragenen Sinne.«

Iris kicherte, was jedoch in einem Husten endete.

»Ich wünschte, du könntest mit mir hier sein«, brach es aus Lilly heraus.

»Das wünschte ich auch, mein Schatz.« Iris' Stimme klang heiser. Lilly schluckte schwer.

»Ich werde zurückkommen, so schnell es geht, Mum.«

»Nein.« Iris hatte jegliche Schwäche aus ihrer Stimme verbannt. »Das wirst du nicht. Ich will, dass du die Zeit genießt. Dass du siehst, wie die Sonne am Abend im Meer versinkt, dass du die Hügel hinter der Stadt hinaufspazierst.« Ihre Stimme hatte einen wehmütigen Ton angenommen. »Und ich möchte, dass du erholt zu mir zurückkommst und mir alles erzählst, was du erlebt hast.«

»Was ist mit dieser Blume?«, hakte Lilly nach, weil ihre Mutter sie mit keinem Wort erwähnt hatte.

»Wenn du sie mitbringen würdest, wäre ich dir sehr dankbar. Aber sie soll nur ein Teil deiner Portree-Woche sein. Einer von vielen.«

Lilly dachte nach. »Okay«, stimmte sie schließlich zu.

»Hör mal, ich muss jetzt Schluss machen.« Iris wirkte auf einmal ungeduldig. »Das Essen kommt gerade rein, und es gibt Pudding.«

Lillys Brauen schnellten hinauf. »Seit wann magst du Pudding?«

»Seit … neuerdings. Er ist sehr nahrhaft.«

»Du meinst wohl kalorienreich.« Lilly konnte sich ein Lächeln nicht verkneifen.

»So kann man es auch ausdrücken.«

»Ist gut. Dann lass es dir schmecken.«

»Du rufst wieder an, ja?«, fragte ihre Mutter beschwichtigend. »Heute Abend?«

»Mhm.«

»Du musst dich sicher erst zurechtfinden.«

»Natürlich.«

»Ach, und … Lilly?«

»Ja?«

»Mach dir nicht zu viele Sorgen um mich. Versuch es zumindest.«

»Okay«, brachte sie widerwillig hervor.

»Mach dir eine schöne Zeit.«

»Das werde ich«, antwortete sie zögerlich.

»Und pack in Ruhe aus.«

»Ja, Mum. Bis bald.«

»Bis bald.«

KAPITEL 3

Verunsichert legte sie auf. Hatte ihre Mutter zufrieden geklungen? Traurig? Einsam? Einmal hatte sie husten müssen, und ihre Stimme hatte danach rau geklungen. Lilly konnte das Telefonat nicht einschätzen. Ihr schwirrte der Kopf. Erneut fiel ihr Blick auf ihren Koffer. *In Ruhe auspacken* – das lag ihr fern. Entschlossen stand sie auf, klaubte ihre Tasche vom Sessel und ging aus dem Zimmer. Sie wollte keine wertvolle Zeit mit einer sinnlosen Tätigkeit vergeuden. Stattdessen beschloss sie, sich einen ersten Eindruck vom Cottage zu verschaffen. Wie schon in der Ortsmitte fand sich Lilly auch außerhalb der Stadt noch immer mühelos zurecht. Der Schotterweg zum Cottage verlief hinter der Kirche durch ein kleines angrenzendes Waldstück. Dahinter lagen sanft gewellte Hügel, auf denen Schafe weideten. Es ging konstant bergauf, und Lilly spürte den Anstieg in ihren Waden. Der kühle Wind wehte ihr entgegen. Er führte gedämpftes Kirchengeläut mit sich. Es war drei Uhr am Nachmittag, als sie nach einem fünfzehnminütigen Fußmarsch endlich die letzte Anhöhe erreichte. Längst hatte ihr Blick das kleine Bruchsteinhaus erfasst, das, umgeben von grünen Wiesen, idyllisch unter dem nun aufklarenden Himmel stand. Im verwilderten Vorgarten wiegte sich die ihr vertraute Eberesche im Wind. Sie war mit den Jahren so hoch gewachsen, dass ihre Zweige das Dach streiften. Wilder Efeu bedeckte die Fassade zu einer Seite, das Badfenster war wie ein Tor im grünen Dickicht.

Der Anblick ihres ehemaligen Zuhauses verschlug Lilly den Atem. Tränen drängten sich in ihre Augen, weil ihr erst jetzt bewusst wurde, wie sehr sie es vermisst hatte. Das kleine Cottage war gealtert, ebenso wie sie. Wie zu erwarten hatten sich die Pflanzen, die ihre Mutter stets gebändigt hatte, in den vergangen zwei Jahrzehnten Platz verschafft. Der Vorgarten war völlig verwildert, die blattlosen Kletterrosen hatten das Küchenfenster fast vollständig umschlossen. Trostlos lag das Haus da, verlassen von jenen, die es wertgeschätzt hatten. Lilly wischte sich mit dem Mantelärmel die Tränen aus dem Gesicht. Ihre Füße gingen wie von selbst auf das Cottage zu. Je näher sie ihm kam, desto intensiver wurde das Gefühl, dass es immer noch ihr gehörte und nur auf ihre Rückkehr gewartet hatte. Als sie vor dem maroden Holzzaun zum Stehen kam, den ihr Vater einst aufstellen ließ, sog sie scharf Luft ein. Aus der Nähe betrachtet war der Zustand des Anwesens noch erschütternder. Sie ging um das Cottage herum und stellte Risse im Mauerwerk fest. Das Dachbodenfenster war mit Brettern vernagelt, der Schuppen hinter dem Haus zum Teil eingestürzt und von Pflanzen überwuchert. Alles wies darauf hin, dass das Cottage, in dem sie sich so wohl gefühlt hatten, von allen in Portree vergessen worden war. So, wie es aussah, würde es bald komplett verfallen und irgendwann für immer verschwunden sein. Lilly schmerzte die Tatsache, dass sie nichts daran ändern konnte. Wenn es ihr möglich wäre, würde sie es auf der Stelle zurückkaufen, es wieder instand setzen und in altem Glanz erstrahlen lassen. Doch alles, was ihr vergönnt war, war ein letzter Blick auf das, was sie verloren hatten.

Missmutig kehrte sie zum Vorgarten zurück. Sie hatte Glück, dass es ein milder Winter war. Die Erde auszuheben würde zumindest nicht das Problem sein. Laut ihrer Mutter hatte sich die Hyazinthe vor ihrem Schlafzimmerfenster befunden, aber die genaue Stelle zu finden würde wohl schwierig werden. Lilly griff nach dem Gartentor, das schief in den Angeln hing, als sie hinter sich trampelnde Geräusche hörte. Rasch zog sie ihre Hand zurück und drehte sich um. Ein Schäfer trieb seine Herde am Cottage vorbei. Als er Lilly bemerkte, fasste er sich an den Rand seines braunen Filzhutes und neigte den Kopf. »An Ihrer Stelle wäre ich vorsichtig. Dieses Haus ist uralt. Hätte längst abgerissen werden sollen.«

Lilly nickte verhalten. »Danke für die Warnung.«

»Da fehlt das Zutritt-verboten-Schild, wenn Sie mich fragen. Kommt für Unruhestifter ja einer Einladung gleich.«

»Meinen Sie damit mich?«, hakte sie grummelnd nach.

»Entschuldigung, Miss.« Er zog seinen Hut. »Sie sehen nicht aus wie einer. Das sind meistens Jugendliche aus dem Ort. Aber was ich sagen wollte, ist, auch auf Touristen wie Sie wirkt es wie ein Magnet. Hier kommen oft Menschen her und bleiben vor der Ruine stehen.«

»Es ist keine Ruine«, verbesserte Lilly ihn, und ihr Blick glitt zum Haus. »Jedenfalls noch nicht.«

»Aye«, stimmte er zu. »Manche gehen auch rein, in den Garten, meine ich. Aber das sollte man lieber lassen. Da sind überall lose Platten auf dem Weg.«

Lilly nickte seufzend.

»Die Leute lieben alte Bruchbuden. Und Cottages. Haben so was Mystisches, nicht wahr?«

Sie machte sich nicht die Mühe, zu widersprechen. Stattdessen nickte sie wieder nur.

»Waren Sie schon mal hier?«, fragte er plötzlich mit prüfendem Blick. Ob er sie wiedererkannte?

Sie winkte ab. »Vor langer Zeit.«

»Ah. Sie kommen vom Festland?«

»Edinburgh.«

Er ließ ein lang gezogenes »Mhm« hören und starrte schweigend neben sie ins Leere. »Auld Reekie.«

Lilly hob verwirrt die Brauen.

»›Alte Verräucherte‹ – so nannten die Einwohner früher die Hauptstadt – wegen der vielen Fabrikschornsteine, die früher die Luft vernebelt haben«, fuhr er unbeirrt fort. »Ich war schon seit Ewigkeiten nicht mehr dort. Wie ist es jetzt so?«

»Sie meinen mit dem Rauch?«

Er nickte überaus interessiert.

»Na ja.« Lilly räusperte sich. »Besser. Würde ich sagen.«

»Aye.« Der Mann strich durch seinen grauen Bart, der ihm bis zur Brust reichte, und betrachtete sie für einen Moment still. »Ich muss dann weiter«, erklärte er schließlich verhalten, aber freundlich. »Bevor die Schafe ungeduldig werden. Ich wünsche Ihnen noch einen schönen Aufenthalt.«

»Vielen Dank.« Lilly lächelte und winkte beklommen. So viel Redseligkeit war sie nicht mehr gewohnt. In der Stadt lebte es sich anonymer, ausladende Gespräche mit Fremden gehörten zur Seltenheit. Auf Skye hingegen ging es persönlicher zu. Man war eine große, neugierige Familie.

Nachdem der Schäfer nicht mehr zu sehen war, startete

Lilly einen zweiten Versuch, das Grundstück zu betreten, auch dieser wurde jedoch unterbrochen.

»Rusty!«, tönte jemand bestimmend. »Hierher!«

Lilly drehte sich um. Im nächsten Moment kam ein Border Collie hechelnd vor ihr zum Stehen. Vorwitzig legte er den Kopf schief und wedelte mit dem Schwanz.

»Rusty!«, rief der Mann von der Anhöhe aus noch einmal. Bewegungslos stand er da und schaute zu ihr herunter. Lilly hob die Hand und winkte entwarnend. Der Collie stellte die flapsigen Ohren auf, wendete und rannte flink zu seinem Herrchen zurück.

Lilly schüttelte den Kopf. Wenn das so weiterging, würde sie nie unbehelligt nach der Blumenzwiebel suchen können. Jedenfalls nicht zu dieser Zeit. Kurzerhand beschloss sie, am frühen Abend wiederzukommen. Sie hatte die Hoffnung, dass die Dämmerung die Leute von der eher einsamen Gegend fernhalten würde. Sie musste ohnehin noch Vorkehrungen treffen, bevor sie mit ihrer Suche beginnen konnte. Entschlossen machte sie sich also auf den Weg zurück in die Stadt.

Im Gemischtwarenladen kaufte sie eine Stirnlampe, Arbeitshandschuhe und einen Kinderspaten. Die Verkäuferin hatte beteuert, dass er für einfache Gartenarbeit absolut ausreichend war. Lilly hatte Bedenken, denn genau genommen wusste sie nicht, was sie erwarten würde. Einfach stellte sie sich die Suche nach der Hyazinthenzwiebel jedenfalls nicht vor, auch wenn sie einen Anhaltspunkt hatte, wo diese vergraben war. Bei einem Vorgarten mit einer Fläche wie der des Hauses kamen noch unzählige andere Möglichkeiten infrage.

Laut Mrs Krock regnete es seit Tagen fast durchgehend. Die Erde war aufgeweicht und würde sich auch mit weniger schwerem Gerät gut bearbeiten lassen – hoffentlich.

KAPITEL 4

Lilly wollte in der Stadt möglichst kein Aufsehen erregen. Ihr Aufenthalt sollte nicht durch ein Wiedersehen alter Bekannter geprägt werden, die sie mit Fragen darüber bombardierten, wie es ihnen in den letzten Jahren ergangen war. In ein paar Tagen würde sie wieder zurück in Edinburgh sein, und sie hatte nicht vor, währenddessen Portrees Gesprächsthema Nummer eins zu werden. Nachdem sie vorsichtig die Fußgängerzone durchstreift hatte, stärkte sie sich in einem der Hafenrestaurants mit Fish and Chips und machte sich wieder auf den Weg zum Cottage.

Als sie ankam, lag ihr früheres Zuhause wie in einem tiefen Schlummer unter dem blassrosafarbenen Himmel der anbrechenden Dämmerung. Es war deutlich kälter geworden. Der Temperaturabfall ließ erahnen, dass der Winter mit Schottland noch nicht fertig war. Lilly fror trotz gefütterter Stiefel und warmen Mantels. Skye lag immerhin auf einer Höhe mit der Südspitze Norwegens – aber früher hatte ihr das unberechenbare Klima hier nie etwas ausgemacht. Sie hatte es hingenommen und war stets passend dafür ausgerüstet gewesen. Die Tatsache, dass sie sich diesmal verschätzt hatte, ärgerte sie. Schonungslos hielt sie ihr vor Augen, dass sie mehr als ihr halbes Leben fort gewesen war. Auch wenn sie sich innerlich dagegen wehrte und jedes Mal, wenn sie jemand nach ihrer Herkunft fragte, angab, aus Portree zu sein, war das nur die halbe Wahrheit. Sie hatte mittlerweile mehr Zeit in Edinburgh verbracht.

Die Sonne senkte sich immer weiter hinab zu den grünen Hügeln. Lilly richtete ihren Blick nachdenklich hinauf zur halb verschleierten Mondsichel. Dichte, dunkle Wolken zogen an ihr vorüber. Kündigten sie etwa Schnee an? Lilly hoffte, dass sie von einem richtigen Wintereinbruch, wie sie ihn als Kind einmal erlebt hatte, verschont bleiben würde. Ihr Atem strömte wie eine Mahnung als weiße Dunstwolke vor ihr auf. Das Wetter auf Skye war so unterschiedlich wie die Landschaften. Sicherlich lag auf den Cuillin Hills und dem Sgurr Alasdair, dem höchsten Berg der Insel, längst Schnee. Wieder überkam Lilly Wehmut, weil sie ihre Mutter in Edinburgh zurückgelassen hatte, obwohl diese sich seit Jahren nach Portree sehnte.

Im Gegensatz zum Nachmittag, an dem die Gegend um das Cottage ein beliebtes Ziel für Spaziergänger zu sein schien, war nun alles wie ausgestorben. Lilly schauderte, nahm jedoch ihren Mut zusammen und betrat den Vorgarten. Vor dem alten Schlafzimmerfenster ihrer Mutter blieb sie stehen. Vorsichtig lugte sie hinein. Drinnen war es dunkel, die meisten der Möbel waren mit weißen Tüchern abgedeckt. Beim Anblick des verlassenen Hauses spürte Lilly einen festsitzenden Kloß im Hals, der sich nicht so leicht herunterschlucken ließ.

»Bloß nicht theatralisch werden«, ermahnte sie sich selbst und wandte sich dem Garten zu. Voller Tatendrang setzte sie sich die Stirnlampe auf, stülpte die Handschuhe über und befreite die Erde vor dem Fenster zunächst vom herumliegenden Gestrüpp. Sie versuchte, sich im Geiste den genauen Standort der blühenden Hyazinthen heranzuholen, aber alles, woran sie sich erinnerte, waren die leuchtenden Farben der Blumen und ihr unverwechselbarer Duft. Für sie hatte es damals so ausgesehen, als wären sie überall gewesen. Lilly ging in die Hocke und grub unmittelbar vor dem Fenster vorsichtig mit den Händen. Sollte die Hyazinthe nicht allzu tief unter der Erde liegen, wollte sie diese auf keinen Fall mit dem Spaten beschädigen. Der Regen hatte den lehmigen Boden so weit aufgeweicht, dass sie ohne große Anstrengung einige Zentimeter abtragen konnte. Sie stieß auf Wurzeln und Steine, förderte Geäst und halb verrottete Pflanzenreste zutage. Vorsichtig nahm sie anschließend den Spaten zur Hand und trug eine weitere Erdschicht ab. Die Arbeit war anstrengend und ließ Lilly die Kälte vergessen. Mittlerweile war das Cottage von einer gähnenden Finsternis eingehüllt. Die Wolkendecke hatte sich geschlossen, und Lilly befürchtete, dass es wieder zu regnen anfangen würde. Um mehr Licht zu haben, schaltete sie die Taschenlampe ihres Handys ein und lehnte dieses gegen die Fensterscheibe. Ihre Arme brannten bereits vor Anstrengung. Sie dehnte ihre Muskeln und verschnaufte, bis sie Geräusche hörte, die aus dem Haus kamen. Dann wandte sie sich wieder dem Fenster zu, aus dem ihr eine Gestalt grimmig entgegenstarrte. Erschrocken schrie sie auf, taumelte zurück und landete rücklings in der aufgewühlten Erde. Vor Angst wie gelähmt, lag sie für den Bruchteil einer Sekunde im Vorgarten. Erst beim Quietschen der sich öffnenden Haustür gelang es Lilly, sich aus ihrer Starre zu lösen. Blitzschnell rappelte sie sich hoch und hastete aus dem Garten.

»Stehen geblieben!«, forderte sie eine männliche Stimme auf. Lilly hatte fast das Tor passiert, stolperte jedoch über eine lose Bodenplatte. Zischend vor Schmerz hielt sie sich den Knöchel, robbte weiter voran, schaffte es aber nicht bis zum Weg, der vor dem Haus verlief, bevor der Mann sich vor ihr aufbaute. Sein Gesicht war unter der Kapuze eines weiten Sweatshirts verborgen. Mit schreckgeweitetem Blick nahm sie den Baseballschläger wahr, den er mit festem Griff in den Händen hielt. Lilly wagte es nicht, noch genauer hinzusehen. Sie konnte sich nicht rühren, kaum mehr atmen.

»Bitte«, flehte sie erschrocken. »Lassen Sie mich gehen.« Ihr gesamter Körper war wie erstarrt.

»Was haben Sie hier verloren?«, fragte der Mann zornig.

»Ich … Ähm …« Lilly konnte keinen anständigen Satz herausbringen.

»Das reicht jetzt«, stieß er ungeduldig aus. »Ich habe genug von euch Randalierern! Mal sehen, was die Polizei dazu sagt.« Er klemmte sich den Baseballschläger zwischen die Knie und zog sein Handy aus der Tasche. Lilly runzelte verwirrt die Stirn. Welcher Massenmörder drohte schon mit der Polizei? »Nein. Bitte warten Sie.« Sie hielt besänftigend eine Hand vor sich und stemmte sich hoch. »Ich glaube, hier liegt ein Missverständnis vor.«

»Ach was?« Der Mann klang immer noch ungehalten.

»Es ist nicht so, wie Sie denken. Ich bin kein Randalierer!«, beteuerte sie.

»Einbrecher sind auch nicht besser«, murrte er und führte sein Handy ans Ohr.

»Ich bin mit Sicherheit auch kein Einbrecher.«

»Das behaupten Sie jetzt. Und was genau haben Sie dann in meinem Vorgarten gemacht?«

»Das erkläre ich Ihnen gerne. Aber bitte, rufen Sie nicht die Polizei.«

Er ließ sein Handy sinken. »Ich bin sehr gespannt. Sie haben eine Minute.«

»Okay. Danke. Zunächst mal … Sie sagen, das sei Ihr … Ihr Vorgarten?« Sie wies in die Richtung des Hauses.

»Richtig.«

»Dann gehört dieses Cottage Ihnen?«

»Genau so ist es. Was bitte dachten Sie denn?«

Lilly war die ganze Sache auf einmal schrecklich peinlich.

»Ich wusste nicht, dass es jemandem gehört.«

»Sie wussten nicht … dass es jemandem gehört?«, wiederholte er, als hielte er sie für beschränkt.

Lilly nickte. »Ja.«

»Und dann dachten Sie, Sie könnten es sich einfach hier gemütlich machen, oder was?«

»Nein, so ist das nicht. Ich wollte nur …«

»Sie wollten nur … was?«

Ehe Lilly antworten konnte, hatte er sie schon am Arm gepackt und zog sie zurück aufs Grundstück. Ihr blieb nichts anderes übrig, als ihm humpelnd Folge zu leisten.

»Erklären Sie mir das!« Mit seinem Handy leuchtete er auf die Stelle, wo Lilly gegraben hatte. »Was in aller Welt haben Sie getan?«

»Nichts, gar nichts!«

»Sie haben meinen Garten verunstaltet!«

»Wie bitte?« Lilly gelang es nicht, ihren Zynismus herunterzuschlucken. »Dieser Garten ist völlig verwildert. Da kann man gar nichts mehr verunstalten.«

Er ging auf die Stelle zu und hob den Spaten an, den Lilly im Eifer des Gefechts zurückgelassen hatte.

»Hat meine Mutter Sie geschickt?«

»Natürlich nicht.« Nun war sie vollends verwirrt.

»Wer sind Sie?« Er kam zu ihr zurück und leuchtete ihr direkt ins Gesicht. Lilly brachte schützend die Hand vor die Augen. Mit der anderen schnappte sie sich ihr Handy, das immer noch gegen die Scheibe gelehnt war, und hielt es ihm entgegen. Geblendet ließ er von ihr ab. »Sie haben wohl einen Knall?«

Ihr Licht hatte ausgereicht, um einen Blick auf sein Gesicht werfen zu können. Der Mann kam ihr bekannt vor, doch wusste sie nicht, woher.

»Okay, okay. Offenbar sind Sie kein Einbrecher«, stellte er fest. »Die würden sich nicht so dumm anstellen.«

»Das nehme ich einfach mal als Kompliment.« Lilly steckte ihr Telefon wieder in die Hosentasche.

»Trotzdem sind Sie mir noch eine Erklärung schuldig.« Er kratzte sich nachdenklich am Hinterkopf. »Also, wer sind Sie, und was haben Sie auf meinem Grundstück verloren?«

Lilly schnappte nach Luft, bevor sie mit den Fakten rausrückte. »Ich habe früher in diesem Cottage gewohnt. Hier habe ich meine Kindheit verbracht. Ich bin …«

»Moment mal.« Er richtete erneut sein Handylicht auf ihr Gesicht. »Du bist doch nicht etwa die kleine Warren?«

Lilly stutzte. »Doch, genau die bin ich«, murmelte sie geständig und wandte den Blick zur Seite. »Ich schätze, unsere Geschichte hat sich damals rumgesprochen?«

»Ja, kann man wohl sagen«, stammelte er.

»Und Sie sind?«

Bevor er antworten konnte, hob Lilly eine Hand. »Ist mir auch egal. Es ist wirklich schön, dass die Leute an gutem Tratsch auch nach Jahren noch Gefallen finden. Erst recht, wenn es dabei um Tragödien geht.«

»›Tragödien‹«, wiederholte er spöttisch. »Wie melodramatisch. Findest du das nicht ein bisschen übertrieben?«

»Nein, überhaupt nicht«, antwortete sie wahrheitsgemäß.

»Hm, soweit ich weiß, waren deine Eltern damals froh, das Cottage loszuwerden …«

»Mein Vater vielleicht«, unterbrach sie ihn abrupt. Wer zum Teufel war er, dass er sich herausnahm, so mit ihr zu sprechen? »Woher wollen Sie das überhaupt so genau wissen?«

»Na ja, so hat es mir meine Mutter damals erzählt, nachdem sie es ihnen abgekauft hat.«

»O nein«, stieß Lilly aus. Endlich hatte sie erkannt, wen sie vor sich hatte. »Du bist Liam. Liam McTavish.«

Grinsend zog er die Kapuze ab und entblößte sein dunkles, kinnlanges Haar, das er sofort mit einer einstudiert wirkenden Kopfbewegung in Form schüttelte.

»Tut mir leid, dass ich dich nicht gleich zuordnen konnte.«

»Schätze, das kann ich nur zurückgeben. Fast hätte ich dich der Polizei ausgeliefert.« Er sah sie durchdringend an, als spielte er noch immer mit diesem Gedanken.

»Nun, Lilly Warren.« Er machte einen Schritt auf sie zu und musterte sie eingehend. »Du bist also zurück.«

»Allerdings«, murmelte sie verunsichert.

»Dauerhaft? Oder …«

»Es sind mehr so eine Art Ferien.«

Er nickte zweifelnd und musterte sie. »Ist ja eine komische Art, Urlaub zu machen – in den Vorgärten von anderen Leuten zu buddeln. Machst du das öfter?« Er verschränkte die Arme vor der Brust, lächelte aber breit. Dabei fielen Lilly seine perfekten weißen Zähne auf. Er hatte viel Ähnlichkeit mit seinem Vater, der, soweit sie sich an ihn erinnern konnte, ein auffallend attraktiver Mann gewesen war.

»Ist das etwa eine schräge Angewohnheit von dir?«, fragte er, während er naserümpfend an ihr hinuntersah. Es war unschwer zu erkennen, dass er ihren speziellen Mantel infrage stellte. In Lilly kochte eine Mischung aus Scham und Wut. Offensichtlich hatte er seine Arroganz in all den Jahren nicht abgelegt. Genau so hatte sie Liam McTavish, das verzogene Einzelkind des Destilleriekönigs, aus der Schulzeit in Erinnerung. Liam und sie waren schon als Kinder ständig aneinandergeraten. Er war ein verwöhntes Balg gewesen, das glaubte, es könne sich alles erlauben.

»Nein«, gab sie knapp zurück. »Keine Angewohnheit.«

»Okay.« Er zuckte die Schultern. »Willst du mir dann verraten, was das hier soll?«

»Das geht dich nichts an.« Lilly sammelte ihre Gerätschaften vom Boden auf.

»Na ja, irgendwie schon. Ich meine, es ist mein Garten.«

»Das war nicht immer so.«

»Nun.« Pikiert hob er seine Brauen. »Es ist aber jetzt so.«

Das Argument traf es auf den Punkt und brachte Lilly zum Schweigen. Früher hatte sie die meisten Wortgefechte für sich entschieden, heute hatte sie eindeutig verloren. Einen Augenblick lang standen sich beide schweigend gegenüber.

»Ich würde dich ja reinbitten«, brach Liam die peinliche Stille. »Aber ich habe nicht aufgeräumt.«

»Verstehe.« Lilly war klar, dass sein Grund nur vorgeschoben war. »Ich hatte auch nicht vor, es mir drinnen gemütlich zu machen. Wahrscheinlich würde ich eh ausrasten, wenn ich sehen würde, was du aus unserem Haus gemacht hast.« Für einige Sekunden schwieg er mit undurchdringlicher Miene, dann atmete er laut hörbar aus. »Ich gehe davon aus, du hast jetzt vor, dich in deine Unterkunft zurückzuziehen.«

»So ist es«, antwortete Lilly zögerlich. In Wahrheit hatte sie das nicht vor. Noch nicht.

»Dann gute Nacht.«

»Ebenso.«

Liam wandte sich um und marschierte ohne ein weiteres Wort wieder ins Haus. Hinter ihm fiel die Tür krachend ins Schloss.

Lilly verdrehte die Augen. Dass ausgerechnet dieser Snob in ihrem Cottage wohnte, wirkte auf sie wie ein hinterhältiger Plan des Schicksals. Sie hätte es Landstreichern oder Rattenfamilien mehr gegönnt als ihm. Er hatte nicht einmal gefragt, wie es ihr ging!

Ihr grimmiger Blick blieb aufs Haus gerichtet. Mit etwas Glück würde es bald über Liam einstürzen. Dieser Mann verdiente ihre Achtung nicht, und sie scherte sich nicht darum, dass das Cottage nun sein Eigentum war. Mit vorgerecktem Kinn machte sie sich wieder an die Arbeit. Sie richtete die Stirnlampe neu aus und trug mit dem Spaten Stück für Stück weiter Erde ab. Hinter ihr ging das Fenster auf, doch Lilly ließ sich nicht beirren.

»Ich dachte, du wolltest gehen!«, tönte Liam durch das geöffnete Fenster.

»Ich muss hier erst noch was erledigen«, entgegnete sie trotzig, ohne sich nach ihm umzudrehen.

»Du willst mir immer noch nicht sagen, was das ist?«

Lilly nickte zwischen zwei Spatenstichen.

Er gab ein genervtes Stöhnen von sich. »Hör mal, im Grunde ist es mir egal, was du treibst, und dein Gebuddel hilft vielleicht sogar, die Maulwürfe aus meinem Garten zu vertreiben, aber ich muss morgen früh raus …«

»Dann würde ich vorschlagen, du gehst schlafen.«

»Würde ich ja gerne, wenn du mich mit deinem Ächzen und Hacken nicht davon abhalten würdest.«

Er klang langsam ernsthaft gereizt.

»Pass auf«, begann Lilly. »Was hältst du von einem Deal?«

»Schieß los«, erwiderte er lustlos.

»Ich verschwinde sofort, wenn ich gefunden habe, wofür ich hergekommen bin.«

»Und was soll das sein? Ein Schatz vielleicht?«

»Eine Hyazinthe.«

Er machte schmale Augen.

»Das ist eine Blu…«

»Ich weiß, was das ist«, knurrte er.

»Bin beeindruckt.« Lilly konnte sich ihren Sarkasmus nicht verkneifen.

»Du willst mir erzählen, du bist wegen einer Blume nach Portree gekommen?«

»Einer Blumenzwiebel«, verbesserte sie ihn. »Und es ist nicht irgendeine. Ihr Name lautet *King of Great Britain*. Die Sorte ist sehr selten.«

»Ah, also ist sie wertvoll.«

»Eher von … ideellem Wert.«

»Verzeih mir, wenn ich mich irre, aber wäre es nicht einfacher, diese Blume zu finden, wenn sie blüht?«

»Das schon. Ich weiß nur leider nicht, ob ich die Zeit habe, auf den Frühling zu warten.«

Er sah sie verdutzt an. »Und warum kaufst du nicht einfach eine neue?«

Lilly biss sich auf die Lippe. »Ach, so einfach ist das nicht.«

Liam zog fragend eine Augenbraue nach oben.

»Das würdest du nicht verstehen.«

Er starrte sie an und wirkte dabei äußerst irritiert. Ihre Geschichte klang verrückt und unglaubwürdig, das war ihr klar.

»Diese Hyazinthe bedeutet meiner Mutter wirklich viel«, erklärte sie ihm.

»Deiner Mutter?« Liams Ton war sanfter geworden.

»Ja. Ich bin sozusagen in ihrem Auftrag hier. Vielleicht erinnerst du dich noch an sie?«

»Ja.« Er nickte langsam. »Sie war immer freundlich zu mir. Wie geht es ihr?«

Lilly musste kurz durchatmen, bevor sie antworten konnte. »Sie ist krank. Sehr krank sogar.«

»Oh«, flüsterte er betroffen. »Das tut mir leid.« Lilly spürte seinen mitleidigen Blick auf sich. Sie wich ihm aus.

»Du kannst diese Blume natürlich haben«, sagte er, als

hätte Lilly ihn darum gebeten. Für sie gehörten die Pflanzen im Garten des Cottages immer noch ihrer Mutter, weil diese sie erst in die Erde gebracht hatte.

»Wie großzügig von dir«, sagte sie, um einen dankbaren Ton bemüht.

Liam schien ihren Spott nicht herausgehört zu haben. Halb lächelnd zuckte er die Schultern. »Na ja, ich brauche sie nicht. Aber vielleicht suchst du besser bei Tageslicht weiter. Nur so als Tipp.«

Lilly nickte zaghaft.

»Ich bin meistens bis zum späten Nachmittag bei der Arbeit.«

Lilly verstand, was er ihr damit zu sagen versuchte. Sie würde freie Bahn haben – und keiner von ihnen ginge dem anderen auf die Nerven.

Sie schaffte ein ehrliches Lächeln. »Ich verspreche, am Ende wirst du kaum merken, dass ich da war.«

»Deal.« Liam hielt ihr seine Hand hin, und Lilly schlug ein. Er hatte einen warmen, kräftigen Händedruck. »Dann wirst du morgen früh weitermachen?«, erkundigte er sich, während ihre Hand noch in seiner lag.

Lilly löste sich langsam von ihm, aber wollte ihr Vorhaben noch nicht aufgeben. »Ich würde heute gerne noch ein wenig weitersuchen«, sagte sie. »Wenn es dir recht ist?«

»Klar. Wenn du das möchtest.«

Sie nickte.

»Und deinem Fuß geht es gut?« Er zeigte an ihr hinunter. Lilly war überrascht. Er hatte also doch mitbekommen, dass ihre überstürzte Flucht nicht ohne Blessuren einhergegangen war. Sie bewegte ihren Fuß nach rechts und links.

Der Schmerz war noch da, aber nicht mehr so schlimm wie zuvor.

»Ich kann dich in die Stadt fahren, wenn du willst.«

»Nein, ich schaffe es schon zurück.«

»Es macht mir aber nichts aus.«

»Du wolltest doch früh schlafen, wenn ich mich recht erinnere?«

Er legte den Kopf schief. »Nach dem aufregenden Abend kann ich das ohnehin vergessen.«

»Okay«, erwiderte Lilly zaghaft. »Danke. Mal sehen.«

Liam schloss das Fenster und ließ sie allein zurück.

Sie wusste nicht, was sie von seinem plötzlichen Wandel halten sollte. Er war wie ausgewechselt, seit sie ihm vom Zustand ihrer Mutter erzählt hatte. Lilly hing noch eine Weile ihren Gedanken nach, während sie sich durch die nächste Erdschicht kämpfte und überlegte, ob sie sein Angebot, sie zu fahren, wirklich annehmen sollte. Sie konnte nicht bestreiten, dass ihr der Marsch durch die Dunkelheit Unbehagen bereitete. Die Erschöpfung, die sie mittlerweile deutlich in den Knochen spürte, sowie ihr schmerzender Knöchel pflichteten ihr bei. Keine halbe Stunde später klopfte sie reuig an die Haustür. Ihr Herz schlug ihr bis zum Hals, als sie Liams Schritte hörte. Kurz darauf stand er vor ihr, eine Hand lässig gegen den Rahmen gestützt.

»Du bist schon umgezogen?«, stotterte Lilly verlegen mit Blick auf seine graue Jogginghose. »Dann laufe ich, ist kein Problem.«

»Nein, warte!« Liam hielt sie zurück, als sie sich gerade umwenden wollte. Die Flurlampe warf ihr sanftes Licht auf seine ebenmäßigen Gesichtszüge. Lilly schluckte und zwang sich, woandershin zu sehen. Zweifellos gehörte Liam zu den wenigen Männern, die selbst im Jogginganzug gut aussahen. Er warf sich seine Lederjacke über, löschte das Licht und zog die Tür hinter sich zu.

»Ich will dir keine Umstände machen.« Lilly folgte ihm ums Haus herum.

»Machst du auch nicht«, beteuerte er. »Wenn dir was passiert und es spricht sich herum, dass ich dich in der Dunkelheit allein in die Stadt habe laufen lassen, wäre das meinem Ruf nicht gerade zuträglich. Pass auf, wo du hintrittst. Hier sind überall Pfützen.«

Lilly hatte etwas anderes erwartet als einen alten Land Rover, dessen Beifahrertür sich nur mit Mühe öffnen ließ, wollte aber nichts sagen. Liam startete den Motor, und das Auto rollte aus seinem Verschlag.

»Parkst du immer hinter dem Cottage?«, fragte Lilly.

Er warf ihr einen flüchtigen Blick zu. »Warum nicht?«

»Na ja, ich habe dein Auto vom Weg aus nicht gesehen. Ist ein bisschen so, als wolltest du nicht gefunden werden.«

Er zog einen Mundwinkel hoch. »Wer will das schon?«, raunte er. »Nein, aber … Ich bin halt manchmal gerne für mich.« Er sah sie kurz an, um ihre Reaktion einzuschätzen.

»Hm.« Lilly dachte daran, wie oft es ihr ähnlich ging, ohne dass sie die Möglichkeit hatte, sich an einen ruhigen Ort zu flüchten. Ihr Blick glitt nach vorn, wo ein Reh seelenruhig die Straße überquerte. Liam, der wegen des Tiers kurz die Geschwindigkeit gedrosselt hatte, gab langsam wieder Gas.

Der regennasse Asphalt glänzte unter dem warmen Licht der nostalgischen Laternen, die Portrees Innenstadt kennzeichneten. Lilly hätte stundenlang so weiterfahren können, doch Liam hielt bereits vor ihrer Pension. Verwirrt sah sie ihn an.

»Hatte ich dir gesagt, wo ich wohne?« Der Tag war so abenteuerlich gewesen, dass sie sich nicht mehr sicher war.

Er trommelte mit den Fingern auf das Lenkrad und grinste. »Sagen wir mal, ich hatte so eine Ahnung.«

»Bitte?« Lilly konnte ihm nicht folgen.

»Kezia Krock ist eine alte Freundin der Familie. Vor ein paar Tagen hat sie mir erzählt, dass sie einen Gast erwartet, der früher einmal hier gewohnt hat. Ich habe eins und eins zusammengezählt.«

Lilly nickte. »Danke, dass du mich gefahren hast.«

»Keine Ursache.«

Sie stieg aus. »Und nochmals sorry für den Überfall – der keiner war, aber wie einer aussah.« Verlegen schüttelte sie den Kopf.

Liam lachte amüsiert. »Schon in Ordnung. Im Nachhinein war es witzig. Eine willkommene Abwechslung – so viel Außergewöhnliches passiert in Portree nicht.«

Sie nickte mit zusammengepressten Lippen. »Wir sehen uns.«

»Ja«, sagte Liam. Dann wendete er seinen Wagen und fuhr davon.

Zurück auf ihrem Zimmer, rief Lilly wie versprochen ihre Mutter an und erzählte von ihren Eindrücken. Die Begegnung mit Liam ließ sie dabei jedoch aus – Iris und Evelyn

McTavish waren früher nicht gut miteinander klargekommen. Zu erfahren, dass ihr Sohn das Cottage dem Verfall überließ und es wie einen Bunker besetzte, würde sie sicher nur aufregen.

In der Nacht lag Lilly noch einige Zeit wach in ihrem Bett und dachte über das Wiedersehen mit Liam nach. Seine Verwandlung von dem überheblichen Kerl, den sie von früher kannte, zum Gönner war ihr zu schnell gegangen, und sie wurde das Gefühl nicht los, dass er etwas vor ihr verbarg. Oder tat sie ihm da unrecht? Im Prinzip beruhte ihre Meinung immer noch auf den Streichen und Beleidigungen eines zwölfjährigen Jungen, der – genau wie sie – erwachsen geworden war. Zweifellos hatte er sich verändert, nicht nur äußerlich. Aber warum beschäftigte er sie überhaupt? Sie hatte keine Zeit, sich mit ihm zu befassen. Lilly wälzte sich noch eine Weile hin und her, bevor sie endlich einschlief.

KAPITEL 5

Am nächsten Morgen wurde sie vom monotonen Glockengeläut der Kirche geweckt. Sie hatte vergessen, ihren Handywecker zu aktivieren, und war nun eine Stunde im Verzug. Längst hatte sie beim Cottage sein wollen. Im Eiltempo duschte sie, schlüpfte in Latzhose und Pullover, stopfte ihr Handy in die Tasche und verließ ihr Zimmer. Auch wenn es nicht geplant gewesen war, musste sie zugeben, dass es gutgetan hatte, mal nicht so früh aufzustehen. Sie fühlte sich ausgeruhter und wacher als in den vergangenen Tagen und tröstete sich damit, dass sie die verlorene Zeit mit der zusätzlichen Energie schnell wieder aufholen würde.

Im Speisezimmer hatte Mrs Krock das Frühstück bereitgestellt. Gegen die Thermoskanne mit dem Kaffee war eine Notiz gelehnt:

Guten Morgen,
bin einkaufen und gegen zehn Uhr zurück. Bitte zieh die Tür hinter dir zu.
Gruß, Kezia Krock

Lilly schlürfte eine Tasse Kaffee. Für den Weg machte sie ein Käsesandwich, das sie sich zwischen die Zähne klemmen musste, um in ihre Stiefel schlüpfen zu können. Schnell stülpte sie sich ihre Mütze über den Kopf und öffnete mit dem Mantel in der Hand die Haustür.

»Was für ein herrlicher Tag!«, rief eine junge Frau bei

dem Taxi, das vor der Pension geparkt hatte. Lilly hielt im Türrahmen stehend inne.

»Wir sind zu früh«, sagte ihr Begleiter nüchtern, während er eine Unmenge an Gepäck auf den Eingangsstufen der Pension stapelte. Sein amerikanischer Akzent war unüberhörbar.

»Ist es nicht traumhaft hier? Ein bisschen wie in Glasgow, aber ländlicher. Findest du nicht, Gilli?« Die Frau klimperte mit ihren falschen Wimpern, schlug sich den weißen Seidenschal um die Schultern und schickte ihren Blick die Straße hinauf.

»Bin ganz deiner Meinung, Pip«, gab der Mann ächzend von sich und drückte dem Fahrer ein paar Geldscheine in die Hand.

Das Taxi rauschte davon.

»Oh, hallo«, sagte der Mann, nachdem er Lilly endlich bemerkt hatte, deren Weg nun durch ein Dutzend Gepäckstücke versperrt war. Sie stopfte ihren Schlüsselbund in die Manteltasche.

»Einen wunderschönen guten Morgen.« Die Frau stieg über die Koffer hinweg und schüttelte Lillys Hand, bevor diese sich wehren konnte. »Sie müssen Mrs Krock sein. Mein Gott, Sie sind ja so jung! Am Telefon klangen Sie viel älter.«

»Das liegt daran, dass Sie mich gerade verwechseln«, erklärte Lilly schnell. »Ich bin auch Gast.«

»Wie wunderbar!«, rief die Frau freudig aus. »Wir verbringen unsere Flitterwochen hier.« Sie kicherte haltlos. »Vier Wochen Schottland! Wir nehmen uns ganz viel Zeit, um auch ja alles zu sehen, was es zu entdecken gibt.«

»Na dann herzlichen Glückwunsch«, bekam Lilly heraus, die von dieser Menge an Enthusiasmus ganz verwirrt war.

»Danke sehr!« Die Frau hielt ihre Hand in die Höhe, damit Lilly den glänzenden Ring an ihrem Finger bewundern konnte.

»Beneidenswert.« Sie nickte anerkennend.

»O ja. Ich hatte wirklich großes Glück mit meinem Gilli.« Sie warf ihm einen Handkuss zu, den er mit übertriebenem Eifer fing. Als wäre das nicht genug, tat er so, als würde er sich ihn in die Hosentasche stecken. Lilly verzog das Gesicht. Auf sie wirkten die beiden wie Figuren aus einem Kitschroman. »Flitterwochen in Portree«, wiederholte sie stirnrunzelnd. »Fliegt man da nicht eher in den Süden? Irgendwohin, wo das Wetter nicht ständig macht, was es will?«

»Na ja, wir waren schon überall«, gab die Frau grinsend zu. Anhand der teuren Schuhe, die sie trug, glaubte Lilly ihr das sofort.

»Jetzt wollen wir uns das raue Leben in all seiner Einfachheit ansehen«, ergänzte ihr Mann entschlossen.

»Gilbert ist zu einem Viertel Schotte.« Seine Frau strahlte vor Stolz. »Wir sind die Cogans. Pippa und Gilbert. Aber nennen Sie uns ruhig Pip und Gil.«

»Lilly Warren.«

»Lilly!«, wiederholte sie entzückt. »Was für ein außergewöhnlicher Name. Findest du nicht auch, Schatz?«

Ihr Mann nickte nur, klemmte sich Koffer und Taschen unter die Arme und stieg mühsam die Stufen zur Pension hinauf.

»Lilie also, wie die Blume?«, erkundigte sich Pippa.

Sie lächelte und nickte matt.

»Der Name passt zu dir. Gilli, findest du nicht auch, dass sie aussieht wie eine zarte Pflanze?«

Ihr Mann hob flüchtig den Blick, brachte aber nur ein zustimmendes Brummen zustande.

»Und ihr Haar ist so schön rot. Absolut zauberhaft! Bist du eine echte Schottin?« Pippa berührte Lilly am Arm und starrte sie aus großen Augen an.

»Liebling, das kannst du sie doch nicht fragen!« Ihr Mann verzog peinlich berührt das Gesicht.

»Ist schon okay.« Lilly grinste amüsiert. Irgendwie fand sie die beiden erfrischend. »Ich wohne in der Hauptstadt.«

»Ohhh, ich liebe London«, stieß Pippa enthusiastisch aus.

»Edinburgh«, korrigierte ihr Mann sie dezent. »London ist die Hauptstadt von England, Schatz.«

»Ach, weiß ich doch.« Pippa winkte lachend ab. »Wir sind aus L. A. Bist du schon einmal dagewesen, Lilly?«

Sie schüttelte den Kopf.

»Es ist einfach phantastisch!«

Lilly nickte knapp. »Kann ich euch vielleicht beim Tragen helfen?«, fragte sie Gilbert, der schwer bepackt an ihr vorbei in den Flur ging.

»Es geht schon, danke«, meinte er keuchend.

»Was für ein niedliches Haus.« Pippa sah mit einem verklärten Ausdruck die Fassade hinauf. »So … schottisch!«

Lilly lächelte erheitert. »Ich glaube, Mrs Krock ist zum Einkaufen gegangen.«

Gilbert stellte das Gepäck vor der Rezeption ab und setzte eine enttäuschte Miene auf.

»Ist schon in Ordnung«, meinte Pippa. »Wir wollten uns doch sowieso erst mal die Stadt ansehen. Ist doch so, Gilli?«

Er nickte achselzuckend.

»Lilly kann uns bestimmt ein Restaurant empfehlen, in dem man gut frühstücken kann.« Pippas Blick glitt zu ihr.

»Um ehrlich zu sein, habe ich bisher nur herausgefunden, wo man Fish and Chips bekommt. Aber entlang der Hafenzeile gibt es sicher noch andere Möglichkeiten.«

»Das klingt hervorragend. So traditionell!« Pippa sah Lilly erwartungsvoll an. »Wie kommen wir am schnellsten dorthin?«

Lilly warf einen kurzen Blick auf ihre Armbanduhr und hob dann einen Mundwinkel. »Na ja, ich wollte gerade zu einem ... Termin. Ich könnte es euch aber schnell zeigen, wenn ihr wollt.«

»Nur wenn es keine Umstände macht«, sagte Gilbert.

Lilly überlegte kurz. Wenn sie sich beeilte, würde sie kaum eine halbe Stunde verlieren. Schließlich schüttelte sie den Kopf.

»Ach, das wäre so nett!« Pippa klatschte in die Hände.

Gilbert stellte das Gepäck an die Wand, so dass es nicht im Weg stand, und folgte den Frauen hinaus. Auf dem Weg zum Hafen nahm er sein Smartphone aus der Tasche. »Nach dem Frühstück könnten wir auf *The Lump*, den Aussichtsturm, hochsteigen. Der Blick von dort soll einzigartig sein.«

Pippa zuckte die Schultern. »Ich weiß nicht, ob ich dafür die richtigen Schuhe anhabe«, sagte sie, während sie ihren Absatz, der sich schon wieder im Kopfsteinpflaster verhakt hatte, herauszog.

»Warst du schon bei diesem Aussichtsturm, Lilly?«, wollte Pippa wissen.

Lilly schüttelte den Kopf. »Nein. Die Vorstellung, dass es früher der Richtplatz der Stadt gewesen ist, hat mir nie besonders gefallen.«

»Uh!«, gab Pippa erschrocken von sich. »Dann ist das auch nichts für mich. Andererseits … könnte es auch aufregend sein.« Sie drückte sich eng an ihren Ehemann und der legte den Arm um sie. Es war unschwer zu übersehen, dass die beiden ganz vernarrt ineinander waren.

Nebel hüllte die Bucht ein. Entlang der Hafenzeile herrschte reges Treiben. Auf dem Wochenmarkt boten Händler ihre Waren an – darunter Obst und Gemüse, fangfrischen Fisch, Fleisch und Wolle. Lilly fühlte sich an ihre Kindheit erinnert, an die Einkäufe mit ihrer Mutter, und für einen Moment stand sie ganz still. Sie ließ die bunten Eindrücke, die Gerüche und die Geselligkeit auf sich wirken.

»Wie urig!« Pippa tänzelte schnurstracks zum Obststand.

»Da wären wir also«, sagte Lilly an Gilbert gewandt.

»Danke, dass du uns den Weg gezeigt hast.«

»Hab ich gern gemacht. Mrs Krock müsste auch bald wieder in der Pension sein.«

Sie verabschiedete sich von Gilbert und Pippa, die gerade dabei war, eine Papiertüte mit rotbäckigen Äpfeln zu füllen, und schlängelte sich anschließend durch die Marktbesucher. Sie wollte gerade ihren Gang beschleunigen, als sie plötzlich von etwas Festem, Flauschigem angesprungen wurde. Die Wucht, mit der die Pfoten des Hundes auf sie trafen, riss sie fast von den Füßen. Taumelnd stolperte sie zurück, fing sich aber wieder. »Na, dich kenne ich doch«, befand sie, als sie in dem Hund den Border Collie wiedererkannte, der sie gestern vor dem Cottage begrüßt hatte. Er wedelte aufgeregt mit dem Schwanz und machte brav vor ihr Sitz, als hätte sie es ihm beigebracht. Angetan von seinem Charme ging sie in die Hocke und kraulte das flauschige Fell an seinem Hals.

»Rusty!« Sein Herrchen wand sich atemlos an den Marktbesuchern vorbei und blieb bei ihnen stehen. »Hier bist du also.« Aufgeregt legte er ihn an die Leine. »Entschuldigen Sie bitte.« Er warf Lilly einen bedauernden Blick zu. »Mein Hund ist einfach auf und davon – mal wieder.«

»Das macht doch nichts.« Rustys Zunge schleckte über Lillys Hand. Lächelnd richtete sie sich auf. »Wir kennen uns.«

»Ach ja?« Der Mann fasste ratlos an den Rand seiner braunen Baskenmütze.

»Von gestern.«

»Stimmt! Sie sind die Frau vom Cottage.«

»Genau.«

Er sah sie unverwandt an, als versuchte er, sie zuzuordnen. Auch Lillys Blick hing an ihm fest. Kannten sie sich vielleicht von früher? Er war groß und schlank, mit hellem Bart und Haar, das unter seiner Mütze hervorlugte. Ungefähr so alt wie ihre Mutter, würde sie schätzen.

»Sie machen Ferien?«, fragte er freundlich.

»Ja.« Lilly nickte. »Am besten, ich hänge mir ein Schild um.«

»Verzeihung. Die Neugier der anderen hat wohl auf mich abgefärbt.«

»Kein Problem.« Sie lachte.

»Im Sommer fällt es nicht so auf, weil dann mehr Touristen hier sind, aber im Winter, so fürchte ich, bleibt Ihre Anwesenheit nicht lange unbemerkt.«

»Macht ja nichts.« Sie kraulte Rustys Kopf, der sich gegen ihr Bein gedrückt hatte.

»Er scheint Sie zu mögen.«

»Ich mag ihn auch«, sagte Lilly, aber spürte die Zeit allmählich wieder im Nacken.

»Na komm, Rusty. Sonst bekommen wir keine Langusten mehr.« Der Mann hielt die Leine kürzer und zog den Hund zu sich, als hätte er gespürt, dass Lilly in Eile war. »Auf Wiedersehen.« Er verabschiedete sich mit einem freundlichen Lächeln.

»Wiedersehen«, murmelte Lilly und blickte den beiden kurz gedankenverloren nach, ehe sie sich wieder in Bewegung setzte.

Auf dem Weg außerhalb der Ortschaft knirschte Frost unter ihren Füßen. Eine feine, weiße Decke hatte sich über die Wiese gelegt, so dass es aussah, als läge Schnee. Die Luft war eiskalt, aber Lilly empfand sie als wohltuend. Sie blies ihren warmen Atem in die kalten Handflächen, bevor sie den Vorgarten des Cottages betrat.

Aus Höflichkeit klopfte sie an die Tür, ehe sie mit ihrer Suche fortfuhr, stellte jedoch fest, dass Liam schon fort war. Sofort machte sie sich an die Arbeit. Sie hatte Glück, dass der Boden so dicht am Haus nicht gefroren war und sie dort weitermachen konnte, wo sie am Abend zuvor aufgehört hatte. Die Stunden vergingen wie im Flug, ohne dass sie auf etwas stieß, das auch nur im Entferntesten wie eine Hyazinthenzwiebel aussah. Allmählich ging ihr auf, wie verrückt ihr Vorhaben war. Kein Wunder, dass Liam sie nicht ernst nahm …

Frustriert faltete sie die Hände über dem Ende des Spatenstiels, stützte ihr Kinn darauf und sah zu, wie der Schäfer seine Herde wieder am Cottage vorbeileitete. Mehrere Hundehalter führten ihre Vierbeiner entlang dem unbefestigten Weg aus. Sie beobachtete Wanderer und Fahrradfahrer. Ein Schwarm eifriger Spatzen flog zwitschernd über das Dach hinweg und richtete sich zwischen den Ästen der Eberesche ein. Lilly hatte das Gefühl, festzustecken. In ihr wurden die Zweifel darüber wieder lauter, ob es richtig gewesen war, herzukommen. Ein bleischwerer Gedanke, der sie seit dem letzten Abend in Edinburgh beschäftigte, drängte mit aller Macht an die Oberfläche. Hatte ihre Mutter sie nur loswerden wollen, damit sie in Ruhe sterben konnte? Glaubte sie etwa, ihr würde der Abschied leichter fallen, wenn sie nicht da wäre? Was, wenn ihr letzter Wunsch wirklich nur ein Vorwand war, damit Lilly ihr nicht beim Sterben zusehen musste?

Diese Überlegung war weit weniger absurd, als Lilly lieb war. Ihr Herz setzte einen Schlag lang aus. Sie holte tief Luft, strich das Haar unter ihre Wollmütze und schob diesen Gedanken mit aller Gewalt beiseite. Das konnte nicht sein. Das würde ihre Mutter nicht wagen! Lilly wusste genau, dass die Blume existierte. Jedenfalls hatte es sie gegeben, als sie noch ein Kind gewesen war. Sie war kein Märchen.

Aber was, wenn es sie nicht mehr gab? Lilly wusste nicht, was die vielen Jahre mit dem Garten angestellt hatten. Sie wollte ihre Mutter jedoch auf keinen Fall enttäuschen.

Je mehr Zeit sie zum Nachdenken hatte, desto peinlicher waren ihr die Ausgrabungen in Liams Vorgarten. Sie suchte die Nadel im Heuhaufen. Er war nur zu anständig, ihr das ins Gesicht zu sagen. Dass er Iris in guter Erinnerung behalten hatte, hatte Lilly aufhorchen lassen. Ihre Mutter war aufgrund ihrer hilfsbereiten und besonnenen Art bei den meisten beliebt. Darüber hatte sich Lilly auch mit Helen unterhalten, die Iris als Ehrenamtliche im Krankenhaus kennenlernen durfte, wo sie sich gemeinsam um ältere Menschen ohne Familie gekümmert und sich angefreundet hatten. Für Helen war Iris ein Vorbild an sozialem Engagement. »Wahrscheinlich will Gott sie deshalb bei sich haben«, hatte sie im Gespräch mit Lilly gemeint.

Lilly riss sich aus ihren Gedanken, aber das Brennen in ihrer Schulter, das während ihrer Spatenstiche eingesetzt hatte, zwang sie schon nach kurzer Zeit wieder zur Pause. Verdrossen setzte sie sich auf die Eingangsstufen. Nach nicht einmal zwei Tagen tat Lilly alles weh, noch dazu roch sie nach modriger Erde. Sie zog die Ärmel des gelben Pullovers lang, den ihre Mutter ihr vor Jahren gestrickt hatte, stülpte sie über ihre Hände und führte sie vor ihr Gesicht. Nie zuvor war sie sich lächerlicher vorgekommen.

Als sich ein Auto dem Cottage näherte, hob sie den Blick. Liam fuhr ums Haus herum, und sein Land Rover kam auf seinem gewohnten Platz zum Stehen. Lilly nutzte die Zeit, in der er noch mit dem Einparken beschäftigt war, und klopfte den Dreck von ihrer Latzhose.

Sekunden später kam er ums Haus herum auf sie zu. »Wie läuft die Suche? Schon was gefunden?«

»Es könnte besser laufen«, gab sie zu und massierte sich die Schulter.

»Das wird schon noch. Hier.« Er hielt ihr eine Tüte mit Gebäck hin.

Verwundert nahm Lilly sie entgegen.

»Ich dachte, du könntest vielleicht eine kleine Stärkung vertragen.«

Lillys Laune besserte sich schlagartig, nachdem sie sah, was er ihr mitgebracht hatte. »O mein Gott«, stieß sie aus. »Schokomuffins!«

»Als Wiedergutmachung dafür, dass ich dachte, du wärst ein Einbrecher.«

»Entschuldigung angenommen«, sagte Lilly, ohne zu wissen, wie ihr geschah. Sie hatte geglaubt, sie wären bereits dadurch quitt, dass er sie gestern in ihre Unterkunft gefahren hatte.

»Ich wusste nicht, was du magst.« Er deutete auf die Tüte.

»Die sind genau richtig. Danke!« Lilly nahm einen Bissen. Vor lauter Selbstmitleid hatte sie gar nicht gemerkt, wie hungrig sie war.

»Gerne.« Er räusperte sich. »Du siehst ziemlich erfroren aus. Könnte ich dich für einen Tee begeistern? Ich wollte gerade welchen machen.«

Bei der Vorstellung, das Cottage zu betreten, verschluckte sie sich am Gebäck. Hustend klopfte sie sich auf die Brust.

»Du könntest mir erzählen, was du so gemacht hast in den letzten zwanzig Jahren«, schlug Liam gelassen vor.

»In Ordnung«, antwortete sie zaghaft.

Er lächelte sie an. Lilly verlor sich kurz in den unterschiedlichen Grüntönen seiner Iris.

Verlegen senkte er den Blick und ging ins Haus.

Lilly nahm einen tiefen Atemzug. Rasch fegte sie die Krümel von ihrer Kleidung, zog sich die Mütze vom Kopf und ließ ihre schmutzigen Stiefel vor der Tür zurück, bevor sie ihm hinein folgte. Ihr Puls raste, als sie den Flur des Cottages betrat. Aufmerksam ließ sie ihren Blick schweifen. Selbst durch ihre dicken Wollsocken erspürten ihre Füße die bekannten Dielen. Am Treppengeländer ihr gegenüber blätterte die hellblaue Farbe ab, die ihr Vater einst dafür bestimmt hatte. Sie ging weiter in den Flur. Die vertrauten Gerüche von nassem Brennholz und Lavendel katapultierten sie zurück in ihre Kindheit. Rechts von ihr befand sich das Wohnzimmer, dahinter die Küche. Lilly war vollkommen überwältigt. Niemals hätte sie gedacht, dass sie in ihr altes Cottage zurückkehren würde. Für einen Moment stand sie wie angewurzelt da.

»Ist es noch so wie früher?« Liam kam zu ihr und reichte ihr eine dampfende Tasse.

Lilly nahm sie dankend an. »Es riecht sogar noch wie damals.«

»Was auch immer das heißt«, witzelte Liam und deutete ins Wohnzimmer. »Wollen wir uns setzen?« Neben dem Kamin nahm er in einem Ohrensessel Platz, der Lilly stutzig machte.

Sie umkreiste ihn und fuhr mit der freien Hand über die rote Lehne aus abgenutztem Wildleder.

»Ich glaube, der stammt noch aus eurer Zeit«, bestätigte

Liam Lillys Verdacht. »So wie einiges andere auch. Ich habe hier nicht viel verändert.«

»Dann hat in der Zwischenzeit nie jemand anderes hier gewohnt als du?«

Er schüttelte den Kopf und nahm einen Schluck von seinem Tee.

»Ich ging eigentlich davon aus, dass deine Mutter es schnellstmöglich verkaufen würde.«

»Das hatte sie auch vor.« Er stellte seine Tasse neben sich auf einen Beistelltisch mit Glasplatte. »Aber mein Vater hat sie davon abgehalten.«

»Warum?« Lilly betrachtete alles im Raum genau.

»Er hat wohl geglaubt, ihr würdet eines Tages wiederkommen und es zurückkaufen wollen. Jedenfalls hat er so was mal angedeutet.«

Lilly umschloss grübelnd ihre Tasse. Sie hatte James McTavish als gutmütigen Geschäftsmann in Erinnerung, der sich nie gegen seine herrische Frau hatte durchsetzen können.

»Wie geht es ihm jetzt – deinem Vater?«

Liam atmete tief durch, bevor er antwortete. »Er ist gestorben. Das ist jetzt zehn Jahre her.«

»Oh.« Lilly spürte, wie sich ihr Magen verkrampfte, weil sie nicht feinfühliger gewesen war. »Das tut mir leid, Liam. Er war ein sehr guter Mann.«

»Ja, das war er.« Er starrte ins Nichts.

»Es war sehr rücksichtsvoll von ihm, das Cottage zu behalten. Ich glaube, meine Mutter hätte es nur allzu gern zurückgekauft.« Lilly atmete hörbar aus. »Aber es war einfach nicht möglich. Und jetzt … jetzt ist es zu spät.«

»Was ist mit deinem Vater?«, wechselte er das Thema.

»Oh, es geht ihm prächtig. Jedenfalls nehme ich das an – er hat uns verlassen, deshalb kann ich das nicht mit Sicherheit sagen.«

Er senkte die Brauen. »Wann war das?«

»Ist schon ein paar Jahre her.«

»Das muss schwer für euch gewesen sein. War deine Mum damals schon krank?«

»Nein.«

»Weiß er, wie es ihr geht?«

Lilly zog die Nase hoch. Er hatte ein sensibles Thema angesprochen, über das sie nur ungern redete.

»Wenn ich dir zu nahe trete …«, begann er, als spürte er ihre Stimmung.

»Tust du nicht. Ich wüsste nicht, warum ich daraus ein Geheimnis machen sollte. Im Grunde kenne ich ihn ja nicht einmal mehr. Wir haben keinen Kontakt zueinander.«

»Dann weiß er es nicht?«, erkundigte er sich nochmals.

Lilly schluckte schwer. »Doch. Er weiß, wie krank sie ist. Und es interessiert ihn nicht.« Sie hätte lieber etwas anderes gesagt, doch das war nun mal die Wahrheit. Als sie vor zwei Jahren ihren Vater zufällig auf der Straße getroffen hatte, hatte sie ihm alles erzählt. Er hatte nur genickt und gemeint, er habe noch viel zu tun und müsse weiter. Lilly hatte sich eine andere Reaktion erhofft. Am Ende hatte sie bereut, es ihm überhaupt anvertraut zu haben. Liam betrachtete sie schweigend. Er wirkte schockiert.

Lilly zuckte die Achseln und schüttelte den Kopf. »Ist auch egal. Ich will dir damit nicht die Ohren volljammern.« Sie sank auf das Sofa und stellte ihre Tasse vor sich auf den Couchtisch. »Eigentlich weiß ich gar nicht, wieso ich dir das erzähle …«

»Na ja, ich hab dich gefragt.«

Lilly merkte, dass er sie unverwandt ansah. Sie hatte den Eindruck, dass sie ihn zu sehr mit ihrer Geschichte belastet hatte. Jetzt sollte es um ihn gehen.

»Was ist mit dir? Ich bin neugierig. Warum lebst du in unserem Cottage? War im Palast deiner Eltern nicht mehr genügend Platz?« Sie hatte witzig klingen wollen. An seinem ernsten Gesichtsausdruck merkte sie jedoch, dass er es nicht so aufgefasst hatte. Schnell ruderte sie zurück. »Ich meine, etwas wie das hier, das ist doch nicht standesgemäß für den Sohn des Whiskykönigs.«

Er sah sie mit einem starren Gesichtsausdruck an. Lilly wurde rot. Sie nahm ihre Tasse, schwenkte sie und starrte auf deren Grund, um zu vertuschen, wie peinlich ihr die Situation war.

»Das Verhältnis zu meiner Mutter ist nicht das beste«, sagte er schließlich.

»Tatsächlich?«

Er nickte seufzend, dann bildete sein Mund eine schmale Linie. Offenbar hatte ihr Gespräch ein Thema erreicht, auf das er empfindlich reagierte. Händeringend suchte Lilly nach den richtigen Worten. Aber wie sollte sie diese finden, ohne zu wissen, worum es ihm ging?

»Sie versucht, aus mir jemanden zu machen, der ich nicht sein will«, ergänzte er nach einer Weile von selbst.

»Das tun die meisten Mütter.«

»Deine nicht.«

Warum war er sich da so sicher? Lilly sah ihn irritiert an, aber ließ es dabei bewenden.

»Dieses Haus hat eine positive Atmosphäre.« Er stand auf, hockte sich vor den Kamin und legte einen Holzscheit hinein. »Ich sollte dir dankbar sein, denn die stammt wahrscheinlich von deiner Familie. Ich bilde mir gerne ein, dass sie sich auf mich überträgt.«

Lilly nickte stoisch. Auch sie glaubte daran, dass ein Haus mit den Schwingungen seiner Bewohner erfüllt werden konnte. Dass es Glück und Trauer wie ein Schwamm aufsaugte.

»Ich habe vor, es von Grund auf zu sanieren.« Liam fächerte der aufsteigenden Flamme, die sich um das Holz schloss, Luft zu.

Erneut überraschte er Lilly. »Aber du wirst doch nichts verändern?«, fragte sie zaghaft, weil ihr die Vorstellung, dass das Cottage seine ursprüngliche Form verlieren könnte, nicht gefiel.

»Auf gar keinen Fall.« Er drehte sich halb zu ihr um. »Ich finde es perfekt so, wie es ist.«

Sie konnte sich ein erleichtertes Lächeln nicht verkneifen. Liam stand auf, und eine Weile blickten sich beide in die Augen.

»Du hast sie noch nicht gefunden, oder?«, meinte er schließlich.

»Hm?« Sie blinzelte fragend.

»Die Blume für deine Mutter.«

»Oh. Nein, noch nicht.«

»Wie lange hast du vor, in Portree zu sein?«

»Ein paar Tage.«

Er nickte nachdenklich. »Du könntest länger bleiben.«

»Nein. Das geht nicht.«

»Wie ist es bei Kezia?«

»Gemütlich.« Lilly konnte nichts anderes behaupten.

»Sie ist Portrees älteste Bewohnerin. Bei ihr bist du gut aufgehoben.«

Lilly wurde das Gefühl nicht los, dass er auf etwas anderes hinauswollte. Er setzte sich wieder hin und trank seine Tasse leer. »Lilly, ich habe ein wenig nachgedacht. Sagen wir, als eine Geste des Respekts, weil du hier mal zu Hause warst … würde ich dir bei der Suche helfen.«

Lillys Augen weiteten sich. »Das ist echt nett von dir, aber …«

»Ich möchte wirklich gern, und …«, unterbrach er sie mit einem schelmischen Lächeln, »außerdem ist es mein Garten, schon vergessen?«

Lilly hielt inne. Er hatte recht. Sie würde ihn gar nicht davon abhalten können, ihr zu helfen.

»Sieh es als Erweiterung unseres Deals an.« Er lehnte sich zu ihr vor. Lilly nickte nach kurzem Zögern, obwohl sie diese Aufgabe eigentlich lieber alleine ausgeführt hätte.

»Bestimmt finden wir die Blume deiner Mutter so schneller«, fügte Liam mit einem Lächeln hinzu. Wieder konnte er recht haben. Lilly zuckte die Schultern. Wenn dem so wäre, würde sie noch vor dem Wochenende nach Edinburgh zurückkehren und wieder bei ihrer Mutter sein können. Die Aussicht darauf wischte letzte Zweifel fort. Im Grunde hatte sie ja nichts zu verlieren.

KAPITEL 6

Als Lilly am nächsten Morgen mit Gilbert und Pippa am Frühstückstisch saß, kreisten ihre Gedanken immer wieder um ihre bisher erfolglose Suche nach der Hyazinthe – und um Liams überraschendes Angebot. Warum war ihrer Mutter die Blume nur so wichtig? Auch wenn sie nicht wusste, was sie von Liam halten sollte, hatte er doch in der einen Sache recht: Die Sorte im Internet zu besorgen war wahrscheinlich einfacher, als sie nach all der Zeit in ihrem ehemaligen Garten zu finden. Grübelnd stocherte sie mit der Gabel in ihrem Rührei herum.

»Ist alles in Ordnung, Lilly?« Pippa betrachtete sie aus großen Augen. »Du wirkst ganz versunken.«

Lilly nickte kaum merklich. »Alles okay.«

»Was hast du für heute geplant?«, fragte Gilbert und rührte Süßstoff in seinen Kaffee. »Geht es wieder auf Recherchetour?«

»Ja«, log sie. Sie hatte den beiden erzählt, sie sei damit beauftragt worden, einen Reiseführer zu schreiben. Warum sie wirklich nach Portree gekommen war, mussten sie nicht wissen.

»Und ihr? Wieder auf *The Lump*?« Der Aussichtsturm aus grobem, schwarzem Stein hatte es den beiden angetan. Am gestrigen Abend hatten sie ihr davon vorgeschwärmt. Mrs Krock stellte eine Kanne Tee auf den Tisch, was Lillys Grübeleien endgültig unterbrach.

»Für heute haben wir uns etwas Besonderes vorgenommen.« Pippa kicherte hinter vorgehaltener Hand.

Lilly hob aufmerksam die Brauen.

»Es gibt großartige Neuigkeiten.« Gilbert rutschte mit dem Stuhl noch näher an seine junge Frau heran. Die beiden konnten die Finger keine fünf Minuten voneinander lassen. »Uns gefällt es auf Skye so gut, dass wir überlegen, uns hier niederzulassen.«

»So als Zweitwohnsitz«, ergänzte Pippa strahlend.

Lilly ließ die Gabel sinken. »Ist das euer Ernst?«

Beide nickten gleichsam.

»Das ist …«, Lilly suchte das richtige Wort, »toll!« Mehr fiel ihr dazu nicht ein. Sie beneidete die beiden um ihr Glück und ihre Möglichkeiten, zu leben, wo immer sie wollten.

»Wir werden uns heute etwas ansehen, das vielleicht für uns infrage kommt«, verriet Pippa.

»Das wäre ein neues Projekt für uns, auf das wir uns ganz und gar einstellen müssten.«, pflichtete Gilbert bei.

»Aber es wäre unglaublich aufregend.« Pippa strahlte.

Lilly zwang sich, zu lächeln. »Na dann wünsche ich euch viel Glück.«

Pippa lehnte sich zu ihr vor und tätschelte ihre Hand. »Danke!«

Nachdem beide aufgebrochen waren, half Lilly Mrs Krock dabei, den Tisch abzuräumen. Von ihr erfuhr Lilly, dass das frisch vermählte Paar nicht nur der Flitterwochen wegen auf Skye war, sondern auch, um eine größere Investition zu tätigen, die der ganzen Insel zugutekommen sollte – was auch immer das zu bedeuten hatte. Lilly hatte nicht weiter nachgehakt. Für sie war das nicht wichtig, schließlich war sie selbst nur vorübergehend hier. Nur noch fünf Tage, dann würde sie zurück in Edinburgh sein, und Portree würde sie nichts mehr angehen.

Die Sonne schien auf Lilly herab. Der Himmel war fast durchgängig blau, was ihr Herz mit neuem Mut erfüllte. Zu ihrer Überraschung erwartete Liam sie an diesem Morgen bereits im Vorgarten – bewaffnet mit Harke und Rechen. »Im Keller habe ich noch Gartenwerkzeug gefunden«, waren die Worte, mit denen er sie begrüßte. Lilly nickte knapp und brachte ein trockenes »Morgen« heraus.

»Das Zeug ist wahrscheinlich noch von euch.« Liam hantierte ungelenk mit dem Werkzeug herum.

»Schon möglich.« Lilly zuckte die Schultern und machte sich daran, die Erde vor dem Fenster weiter abzutragen.

»Hast du das schon mal gemacht – Gartenarbeit?«, fragte sie mit dem Anflug eines Lächelns.

»Sagen wir mal so: Man muss kein Gärtner sein, um graben zu können.« Liam stellte die Gerätschaften gegen die Hauswand, zog ein Paar Handschuhe aus seiner hinteren Hosentasche und streifte sie über.

»Ich nehme an, dort vermutest du die Blume?« Er wies mit dem Kinn auf die ausgehobene Stelle unterhalb des Fensters.

»Das ist der einzige Anhaltspunkt.« Lilly schnaubte verdrießlich. »Du erinnerst dich nicht zufällig an den vergangenen Frühling – daran, wo eine weiße Hyazinthe mit rotem Kern geblüht hat?«

Er sog zischend Luft durch die Vorderzähne. »Leider nein.«

»Aber ... es haben noch Hyazinthen hier geblüht, oder?«

»Ich wünschte wirklich, ich hätte mehr darauf geachtet.«

Grinsend festigte sie den Griff um ihr Werkzeug. »Du bist immer noch so wie früher. Was frag ich dich überhaupt?«

Er zuckte ratlos die Schultern, dann machte er sich neben Lilly an die Arbeit.

»Weißt du denn, wie diese Zwiebel aussieht?« Liam raute den Boden auf. »Ich nehme an, sie hat keine große Ähnlichkeit mit einer Gemüsezwiebel? Oder doch?« Er kratzte sich fragend am Kopf.

»Ich arbeite in einem Blumenladen, deshalb glaube ich, ich würde sie erkennen, wenn ich sie sehe.«

Schon nach kurzer Zeit bemerkte Lilly, dass sich Liam entgegen ihren Erwartungen als äußerst hilfreich erwies. Sie kam mit seiner Ausdauer und Muskelkraft viel schneller voran. Gemeinsam stießen sie auf Krokusse, Tulpen und Schneeglöckchen, die sie in Eimern sammelten, um sie später wieder in die Erde zu bringen. Doch von Hyazinthen fehlte jede Spur.

Gestrüpp und Blätter häufte Liam sorgsam zusammen. Während sie nebeneinander arbeiteten, unterhielten sie sich. Es wurde ungezwungener, und für die Dauer ihrer Zusammenarbeit vergaß Lilly, mit wem sie im Garten war. Sie sprachen über ihre Kindheit, die Zeit nach ihrem Umzug, über Portree und das Cottage. Lilly war erstaunt, zu erfahren, wie viel Liam darüber wusste.

»Es muss hart für deine Mutter gewesen sein, aus ihrem Elternhaus vertrieben zu werden«, sagte er, während er den Stamm der Esche von verblühten Kletterpflanzen befreite.

»Das war es«, murmelte Lilly. Manchmal fragte sie sich, was wohl passiert wäre, wenn sie nicht aus Portree fortgegangen wären. Wäre ihre Mutter vielleicht nie krank geworden? Natürlich wusste sie, dass Edinburgh nicht am Krebs schuld war. Jedenfalls nicht direkt. Womöglich waren es aber die Umstände, unter denen Iris dorthin gekommen war. Sie hatte mit einem Schlag alles verloren – das Haus, in dem sie aufgewachsen war, ihre finanzielle Sicherheit, ihre Freunde und wenig später ihren Mann.

»Sie hätte es dir sicher gerne vermacht«, meinte Liam nach einer Weile.

»Das ist immer ihr Wunsch gewesen. Dass ich hier einmal alt werden würde.« Schwermütig betrachtete Lilly das Haus.

»Kann ich verstehen.«

Sie riss sich abrupt von diesen Gedanken los und grub weiter in der Erde. Es führte nirgendwohin, darüber nachzudenken, was hätte sein können. Lilly gab ihrem Vater die Schuld daran, dass alles anders gekommen war – und daran, dass es ihr so schwer fiel, Vertrauen und Nähe aufzubauen.

»Du scheinst dich gut über das Cottage informiert zu haben.«

»Ich habe noch viel mit Mrs Krock zu tun. Sie hat mir alles erzählt, was sie über das Haus wusste. Und ich habe die alten Baupläne gefunden, die haben meine Neugier noch mehr geweckt.«

»Die Baupläne meines Großvaters?«

»Ja. Sie sind im leeren Schlafzimmer. Du kannst sie dir ansehen, wenn du willst.«

Lilly sah zu ihm auf. »Das würde ich gerne.«

Er schenkte ihr ein leichtes Lächeln, wischte sich mit dem Hemdärmel den Schweiß von der Stirn und jätete weiter das Unkraut. Nie hätte Lilly gedacht, dass sie einmal Seite an Seite mit Liam McTavish an etwas arbeiten würde – ausgerechnet mit ihm, der doch stets auf sie herabgesehen hatte. Jetzt musste sie zugeben, dass es gar nicht so schlecht war. Auch wenn sie das Gefühl hatte, Liam noch nicht gänzlich durchschaut zu haben, hatte er etwas an sich, dem sie sich nicht verschließen konnte.

Lillys Auftauchen hatte Liam den Anstoß gegeben, seinen Plan, das Cottage wiederherzurichten, schneller in die Tat umzusetzen als geplant. Schon am nächsten Morgen hatte er in der Stadt Holz besorgt, um Zaun und Gartentor zu reparieren. Es stapelte sich auf dem Anhänger seines Land Rovers, den er vor dem Haus abgestellt hatte. Für den nächsten Tag erwartete er Hilfe von einem alten Freund der McTavish-Familie, der bei den Renovierungsarbeiten mit anpacken sollte. Zu wissen, dass ihr Cottage vor dem Verfall bewahrt werden würde, erfüllte sie mit einem Glück, das sie fast vergessen ließ, weshalb sie hergekommen war. Gleichzeitig empfand sie eine tiefe Enttäuschung darüber, nicht miterleben zu können, wie ihr Haus wieder in seinen früheren Zustand gebracht wurde.

Am Abend kam sie mit Liam in der Küche zusammen, in der noch die dunkelgrüne Holzzeile von früher war. Um den massiven Eichentisch, den sie ebenfalls kannte, standen zwei Gartenstühle. Die Küchengeräte waren gegen neuere Modelle ausgetauscht worden. Doch auch sie waren, genau wie Liams alter Land Rover, nichts Besonderes, sondern schlichtweg zweckerfüllend.

»Bitte setz dich doch. Was trinkst du?« Er steckte den Kopf in den Kühlschrank.

»Ich bin nicht wählerisch.« Lilly nahm auf einem der Stühle Platz. Liam löste die Kronkorken zweier Colaflaschen mit einem Feuerzeug und reichte Lilly eine davon.

»Der Tag ging echt schnell vorbei.« Hinter Liam ging die Kühlschranktür zum wiederholten Mal von selbst auf. Er lehnte sich dagegen, ohne auf die offensichtlich defekte Dichtung einzugehen.

Lilly fragte sich, was hinter seiner Genügsamkeit steckte. Desinteresse oder Geiz? Bei reichen Leuten hatte sie beides bereits erlebt.

»Was machst du eigentlich sonst so?«, fragte Liam. »Ich meine, wenn du nicht gerade Gärten umgräbst?«

»Na ja, momentan bin ich in erster Linie für meine Mum da.«

Er nickte langsam. Lilly zögerte damit, ihm zu erzählen, womit sie ihren Lebensunterhalt verdiente, überwand sich dann aber doch. Er schwieg daraufhin für einen Moment.

»Wir finden diese Blume schon noch«, sagte er nach einer ungewöhnlich langen Pause, als wüsste er nichts Besseres zu sagen. Lilly nickte und nahm einen Schluck von ihrer Cola.

»Und wenn nicht, gibt es andere Möglichkeiten. Die gibt es immer.« Sein Optimismus war bemerkenswert. Oder wollte er einfach nur schneller fertig werden?

»Woran hast du da gedacht?«, erkundigte sich Lilly skeptisch.

Er zuckte die Schulter. »Uns fällt sicher etwas ein.«

Lilly wollte daran noch gar nicht denken.

»Deine Mutter hat ihren Garten sehr geliebt, was?«

»Ja«, flüsterte sie. »Er war ihr sehr wichtig. In all den Jahren in der Stadt hat sie immer wieder davon gesprochen, wie sehr ihr die Blumen fehlen. Unsere Wohnung war klein, wir hatten nicht einmal einen Balkon … Sie hat immer in einem eigenen Haus gelebt, die Wiese direkt vor der Tür. So ein Garten ist ein Stückchen Natur, das einem allein gehört. Zu beobachten, wie alles wächst, im Frühling erblüht, und das Jahr um Jahr – für einige von uns ist das wahres Glück.«

Liam hörte ihr zu und schien ganz in dieser Vorstellung versunken.

»Wir mussten uns zuvor nie mit lauten Nachbarn herumplagen«, ergänzte Lilly. »In so einem Mietshaus ist man nie wirklich für sich. Jedenfalls hatte ich immer das Gefühl, als müsste ich mich unterordnen und ständig Rücksicht auf Leute nehmen, denen wir egal waren.«

»Kommt mir irgendwoher bekannt vor«, murmelte er zwischen zwei Schlucken.

Lilly trank ihre Flasche aus und stand auf. »Es ist spät geworden. Ich sollte jetzt gehen.«

»Ich könnte dich fahren.«

»Nein danke, ich gehe gerne zu Fuß. Jetzt, wo ich das

wieder besser kann, dank Mrs Krocks Arnikatinktur.« Sie wies lächelnd auf ihren Knöchel, um den sich ihre Pensionsbetreiberin fürsorglich gekümmert hatte.

Liam lachte auf. »Sie sagt nicht nur das Wetter zuverlässiger voraus als das Fernsehen, sondern versteht auch was von Medizin.«

»Du hast recht!« Lilly fiel Mrs Krocks Wetterprognose ein. »Es hat heute nicht geregnet. Sagt ihr das wirklich ihr Bein?«

Liam reichte ihr den Mantel. »Ich nehme an, sie hat mit den Jahren gelernt, gewisse Zeichen zu deuten. Wind und Wellengang und so etwas.«

»Das muss sie mir bei Gelegenheit mal beibringen.«

»Oh, sie teilt ihre Geheimnisse nicht – eher die der anderen. Aber ich könnte dir die Grundlagen erklären.«

Er brachte sie zur Tür.

»Du verstehst etwas von Wettervorhersagen?«

»Sagen wir es mal so …« Er schmunzelte, dabei blickte er ihr tief in die Augen. »Ich kann Zeichen deuten.«

Er stand kaum einen halben Meter von ihr entfernt und sah unglaublich gut aus in seinem dünnen Pullover, der die Farbe seiner Augen hervorhob. Lilly hörte plötzlich ihr Herz hämmern.

»Soll ich dich wirklich nicht fahren?« Liam sah an ihr hinunter. Lilly fiel es schwer, klar zu denken. Flirtete er etwa mit ihr? Und gefiel er ihr tatsächlich – Liam, dieser arrogante Schnösel von früher? Sie schaute weg, irgendwohin, um ihren Blick auf etwas anderes zu lenken als auf ihn. Die Wand neben der Treppe war mit Regalen bedeckt. Zwischen den Büchern, Aktenmappen und Papierstapeln entdeckte sie etwas, das ihr die Sprache verschlug. Sie nahm das Miniaturschiff mit dem roten Segel aus dem Regal und drehte es in ihrer Hand.

»Wo hast du das gefunden?«, flüsterte sie ergriffen.

»Auf dem Speicher, in einer der hintersten Ecken, stand eine Kiste. Zuerst dachte ich, sie wäre nur voller alter Zeitungen. Ich wollte sie verbrennen, aber dann fiel dieses kleine Schiff heraus. Es wollte wohl entdeckt werden. Ich fand es zu schade, um es wegzuschmeißen. Hat es einmal dir gehört?«

»Ja.« Ihre Stimme war belegt. »Ich dachte, ich würde es nie wiedersehen.«

»Sieht aus, als wäre es handgeschnitzt.«

»Ich weiß nicht viel darüber, nur, dass ich es ewig hatte. Es stand immer in meinem Zimmer auf der Fensterbank.«

»War dein Zimmer das mit Blick auf den Hügel?«

Sie nickte.

»Witzig, da schlafe ich jetzt. Es ist besonders schön, weil es so hell ist.«

»Das habe ich auch immer gemocht.« Lilly lächelte knapp. »Schon komisch, die Vorstellung, dass du dort bist, wo ich einmal war.« Sie war sich der Traurigkeit ihrer Worte nicht bewusst, ehe sie sie ausgesprochen hatte.

»Irgendwie schon«, antwortete Liam sanft. Lilly starrte in seine grünen Augen. Ein Schauer lief ihr über den Rücken.

»Ich sollte gehen«, sagte sie und stellte das Schiff zurück ins Regal.

»Nimm es mit!« Liam drückte es ihr wieder in die Hand. »Es gehört dir.«

Sie schaute ihn verwundert an.

»Warte noch.« Er verschwand im Nebenraum. Kurz darauf kehrte er mit einem vergilbten Dokument zurück. »Der Originalbauplan des Cottage. Ich will, dass du ihn bekommst. Ich habe eine Kopie.«

»Liam, das musst du nicht tun.« Lilly schob das Papier von sich, weil sie glaubte, er handle aus Mitleid und würde seine Entscheidung später bereuen.

»Mag sein.« Er zuckte die Schultern und drückte ihr das Dokument einfach in die Hand.

Lilly öffnete die Tür, wandte sich aber nochmals zu ihm um.

»Ich weiß nicht, ob ich es schon gesagt habe.« Sein Blick war durchdringend auf sie gerichtet. »Aber es tut mir leid, dass es damals so gekommen ist.«

In seinen Augen erkannte Lilly, dass er ehrlich war.

»Bis morgen, Liam«, verabschiedete sie sich dankbar. Sie schaute sich nicht um, spürte aber, dass er ihr nachblickte. Als sie im Waldstück hinter der Anhöhe außer Sichtweite war, hielt sie an. Schluchzend faltete sie das Dokument mit dem Grundriss des Hauses auseinander, den ihr Großvater in den späten vierziger Jahren angefertigt hatte. Ihr Herz verkrampfte sich. Das Stück Papier in ihren Händen war alles, was von seinem Vermächtnis für sie übrig geblieben war. Am unteren Rand entdeckte sie drei bunt gemalte Blumen. Die unbeholfene Zeichnung eines Kindes. Lilly dachte an die Schwingungen, von denen Liam gesprochen hatte. Ihre Mutter hatte den Großteil ihres Lebens im Cottage verbracht und es zweifellos mit ihrer Geschichte angefüllt. Gedankenverloren strich Lilly über das kindliche

Kunstwerk, das dem ganzen Dokument eine sehr persönliche Note verlieh. Sie musste lächeln. Wenn Häuser wirklich die Lebensenergie ihrer Bewohner aufnehmen, wenn sie sich erinnern, dann würde das Cottage ihre Mutter nie vergessen. So viel stand für Lilly fest.

KAPITEL 7

Portree, Sommer 1986 – Iris

Es war ein regnerischer Freitagabend. Iris stand am Küchentisch und blickte betrübt auf das Essen, das sie vor einiger Zeit gekocht hatte. Die Pastete war inzwischen kalt, es war fast neun. In den vergangenen Wochen hatte sie meistens allein zu Abend gegessen, weil Robert nach Feierabend mit Kollegen in den Pub gegangen war. Auch wenn Iris sich einsam fühlte, wollte sie ihm deswegen keine Szene machen. Sie wusste um seine Unzufriedenheit wegen seines Jobs. Als sie vor drei Jahren geheiratet hatten, hatte er noch von der großen Karriere geträumt, davon, es einmal besser zu haben als sein Vater, der einfacher Farmer war. Wie ein dunkler Schatten hing dieser Ehrgeiz nach seiner nicht bestandenen Aufnahmeprüfung bei der Royal Bank of Scotland über ihnen. Inzwischen war es drei Jahre her, dass er bei McTavishs eine Stelle als Lagerist angenommen hatte. Die Arbeit dort hatte nur vorübergehend sein sollen. Jetzt war daraus eine Sackgasse geworden. Seit einiger Zeit schien Rob sich an nichts mehr erfreuen zu können, er verteufelte den Arbeitsmarkt auf Skye, wann immer er konnte.

Iris ging zum Fenster. Der Wind pfiff ums Haus. In diesen Tagen fegten heftige Stürme, die bereits zwei Bäume im Forst entwurzelt hatten, über die Insel. Ängstlich schaute sie nach draußen und hoffte, dass ihr Mann nicht zu lange im Wald sein würde. Einer der Fensterläden hatte sich gelöst und polterte gegen die Hauswand. Iris warf sich eine

Decke über die Schultern und trat hinaus. Sofort peitschte ihr der Wind das Haar ins Gesicht. Sie schloss den Fensterladen, rieb sich die Oberarme und wandte sich der weiten Landschaft zu, die sich vor ihrem Cottage erstreckte. Der Mond schickte sein sanftes Licht über die Wiesen und Felder, auf denen sich Grashalme und Heidekraut im Wind bogen. Iris liebte die unbescholtene Natur, die wilde Landschaft und die Abgeschiedenheit des Hauses, in dem sie aufgewachsen war. Im Cottage kannte sie jeden Ziegel, jede knarrende Diele. Sie störte sich weder am zugigen Flur noch an den alten Leitungen, die dazu führten, dass das Licht ständig flackerte. Das Cottage war wie ein geliebtes Familienmitglied. Hier fühlte sie sich geborgen, und nach dem Tod ihrer Eltern war es alles, was ihr von ihnen geblieben war.

Es begann zu donnern. Ein Blitz erhellte die Wiese vor ihrem Grundstück, und Iris eilte wieder ins Haus. Sorgfältig verriegelte sie die Tür und kehrte in die Küche zurück, die nur vom Schein zweier Kerzen beleuchtet war. Für einen Moment verlor sie sich im sanften Licht und schluckte ihre Enttäuschung darüber hinunter, dass Rob nicht da war. Nach einer anstrengenden Woche hatte sie gehofft, wenigstens am Freitagabend etwas Zeit mit ihm verbringen zu können. Sie vermisste die Zweisamkeit. Ob es nur ihr so ging? Nachdem er ihr am Vortag euphorisch von seinem Vorstellungsgespräch bei einer Investmentfirma erzählt hatte, war sie davon ausgegangen, dass er das mit ihr feiern werde und nicht mit seinen Freunden. Nur deshalb hatte sie sein Lieblingsgericht gekocht und ihr schickstes Kleid angezogen. Es war ihre Art, ihm zu zeigen, dass sie sich für ihn freute. Ein weiterer Versuch, sein Interesse zurückzuerlangen, das in den letzten Monaten abhandengekommen war. Mit ihrer besten Freundin Diana hatte sie über die Ursachen seiner Ignoranz gebrütet. Während Diana eine Affäre nicht ausschließen wollte, verbürgte sich Iris für Robs Treue. Vielmehr sah sie sein Verhalten in seiner Unzufriedenheit begründet – er hatte immer in die Welt hinausgewollt, und Iris befürchtete, dass es nicht nur die Insel war, die ihn einengte. Nach der Hochzeit war er mit ihr ins Cottage gezogen, weil es das Naheliegendste gewesen war. Robert kam wie Iris aus ärmlichen Verhältnissen – mit dem Unterschied, dass Iris ein Haus besaß. Als sie Robert Warren kurz nach dem Tod ihres Vaters kennengelernt hatte, hatte sie geglaubt, in ihm jemanden gefunden zu haben, auf den sie sich verlassen konnte. Seine offene Art ergänzte ihren vorsichtigen Charakter. Er schien immer dann Worte zu finden, wenn es ihr nicht gelang. Das hatte ihr imponiert. Auch, dass er seine Ideen und Ziele inbrünstig verteidigte, hatte sie bewundert. Iris gewöhnte sich an seine Nähe und an den Gedanken, ihr Leben mit einem Mann zu teilen, der ihr zwar nicht die große, romantische Liebe gab, dafür aber Sicherheit. Nachdem auch ihre Mutter verstorben war, hatte sie nur noch ihn. Sie hatte sich gänzlich auf ihn eingestellt, auf das, was er wollte, und darüber fast vergessen, dass auch sie einmal Träume gehabt hatte.

Sie setzte sich an den Küchentisch und starrte wie hypnotisiert in die Flammen der Kerzen hinein. Kein Anruf, keine Nachricht von Robert. War sie ihm so gleichgültig? Iris krallte ihre Finger in die weiße Spitzentischdecke. Ihr

Blick glitt zum silbernen Kerzenleuchter, in dem sich ihr Gesicht spiegelte. Im Oktober hatte sie ihren dreißigsten Geburtstag gefeiert. Sie hatte nie Angst vor dem Altwerden gehabt, für sie gehörte es zum Leben dazu. Doch in letzter Zeit dachte sie immer häufiger darüber nach, was die Jahre mit ihr anstellten. Erste kleine Fältchen bildeten sich um ihre Augen, und sie hatte das Gefühl, dass ihre Haut am gesamten Körper an Kraft verloren hatte. Sie war weniger fest als in ihren Zwanzigern. Im Gegensatz zu Diana war Iris nie besonders eitel gewesen, aber nun, da Robert sie nicht einmal mehr ansah, beschäftigte sie sich mit ihrem Aussehen. Fand er sie nicht mehr attraktiv? Hatte sie die Rolle der Hausfrau so langweilig werden lassen, dass ihr Mann ihre Gesellschaft nicht länger ertrug?

Sie biss die Zähne zusammen und schloss die Augen. Das Gefühl der Machtlosigkeit ließ sie innerlich aufschreien. Tränen traten unter ihren geschlossenen Lidern hervor. Sie liefen ihre Wangen hinunter und tropften auf die Tischplatte.

Das erste Jahr nach der Hochzeit hatte Iris geglaubt, die richtige Entscheidung getroffen zu haben. Sie hatten sich im Cottage eingerichtet. Iris hatte angefangen, in der Poststelle zu arbeiten, damit sich Robert um seine Karriere kümmern konnte. Er war von einem Vorstellungsgespräch zum anderen gelaufen, immer in der Hoffnung, seinem Traum von Anerkennung und dem großen Geld ein Stückchen näher zu kommen. Doch mit jeder Absage, die er erhalten hatte, war seine Motivation weniger geworden, ebenso wie seine Zuneigung ihr gegenüber. Iris griff nach der Weinflasche, die neben der unberührten Pastete stand, füllte ihr Glas und trank es in einem Zug leer. Sie kam sich lächerlich vor – ungewollt, verlassen. Nie im Leben hätte sie geglaubt, dass man trotz Partner so einsam sein konnte. Ein weiteres Glas Wein führte ihre Wut zutage, die sich in erster Linie gegen sich selbst richtete. Warum hatte sie sich Hoffnungen gemacht? Zwischen ihr und Robert herrschte derzeit eine eisige Kälte. Sie hätte sich denken können, dass er es vorzog, im Pub auf sein Vorstellungsgespräch anzustoßen anstatt mit ihr.

Sie war es müde, ihm den Rücken freizuhalten, ihn aufzubauen, obwohl sie nie etwas von ihm zurückbekam. Die Einsamkeit, die in ihrem Herzen vorherrschte, war manchmal so schlimm, dass sie sich gedanklich zu dem Punkt zurückflüchtete, an dem sie noch alle Möglichkeiten hatte. Es war nur schwer zu akzeptieren, dass das Leben, das sie sich ausgesucht hatten, für keinen von ihnen das richtige war. Und es war längst kein Geheimnis mehr, dass sie einander die Schuld daran gaben, dort zu sein, wo sie waren: Iris in einer unglücklichen Ehe und Rob auf einer Insel, die für ihn wie ein Gefängnis war.

Noch immer grollte der Donner. Iris nahm einen tiefen Atemzug, der sie aus ihrer melancholischen Starre löste.

»Genug jetzt!«, sagte sie bestimmt und trocknete ihre Tränen.

Nachdem sie den Tisch abgeräumt und das Essen im Kühlschrank verstaut hatte, machte sie es sich im Wohnzimmer bequem. Während im Fernsehen Mr Darcy um Elisabeth Bennets Hand anhielt, strickte Iris wie in Trance an einem Pullover mit weitem Kragen. Einen solchen hatte sie im Schaufenster bei *Ivys* gesehen. In dem Geschäft hatte er zwanzig Pfund gekostet, und das war eine Menge Geld. Iris konnte es unmöglich aufbringen. Jeder Penny floss in Robs Geschäftsidee einer eigenen Immobilienfirma, an der er festhielt, wenn auch nicht mehr so verbissen wie früher. Iris war bescheiden erzogen worden. Es machte ihr nichts aus, wenig zu haben, obwohl sie sich manchmal etwas mehr Luxus wünschte. Die lilafarbene Wolle für den Pullover hatte sie nur ein Pfund gekostet. Geld, das aus dem Verkauf der Eier stammte, die sie jede Woche in Mrs Baxters Gemischtwarenhandlung brachte. Für gewöhnlich flossen auch diese Einkünfte sofort in Robs Spartopf, doch hin und wieder, wenn die Hühner besonders fleißig gewesen waren, behielt sie etwas für sich. Rob musste nichts davon erfahren.

Regen prasselte gegen die geschlossenen Fensterläden. Unermüdlich heulte der Wind um das kleine Cottage, das einsam in einem Tal umringt von Wiesen und steinigen Hügeln lag. Die Nächte allein im Haus zu verbringen, bereitete Iris Unbehagen. Auch in dieser Nacht lag sie wach, die Decke über die Schultern gezogen wartete sie darauf, dass Rob endlich nach Hause kam. Es war fast Mitternacht.

Eisern versuchte sie den Schlaf zu erzwingen, doch sie war zu aufgewühlt. In ihrem Kopf spielte sie alle möglichen Szenarien durch. Ging es Robert gut? Was, wenn er einen Unfall gehabt hatte? Sie hasste diese quälende Ungewissheit, und sie hasste ihn dafür, dass er es nicht für nötig hielt, sich zu melden.

Irgendwann wurde sie doch noch von Müdigkeit übermannt und schlief ein. Es war ein leichter Schlaf, aus dem sie sofort hochschreckte, als sie das Geräusch klirrender

Schlüssel wahrnahm. Rob war zurück. Das Licht im Flur warf einen gebündelten Strahl ins Schlafzimmer, dessen Tür, wie immer, einen Spalt geöffnet war. Andernfalls hatte sie das Gefühl, zu ersticken. Sie rollte sich fester in die Decke ein und stellte sich schlafend, als Rob wenig später das Zimmer betrat. Wenigstens war er nun zu Hause – sie beschloss, jetzt nicht mit ihm zu streiten. Iris hörte, wie er seine Stiefel auszog, und spürte, wie die Matratze unter seinem Gewicht nachgab. Dann drehte Rob sich ächzend auf die Seite. Eine schneidende Stille erfüllte den Raum, die Iris das Herz zuschnürte. Es war Wochen her, dass sie einander im Arm gehalten hatten. An das letzte Mal, dass sie miteinander geschlafen hatten, konnte sie sich kaum erinnern. War es Monate her? Noch immer hatte sie den Wunsch nach einem Kind. Er offenbar nicht.

»Rob«, flüsterte sie. Er reagierte nicht, also drehte sie sich ihm zu.

»Schläfst du?« Eine Hand über seiner Schulter schwebend nahm sie seinen Geruch von Schweiß und Alkohol wahr. Er ließ ein Brummen hören, das fast sofort in ein sägendes Schnarchen überging. Iris' Hand sank ins Laken. Hilflos seufzend ergriff sie einen Zipfel seiner Decke und legte sie ihm über die nackten Schultern. Rob hatte auch schon früher mit sich zu kämpfen gehabt, aber bis vor Kurzem hatte sie immer das Gefühl gehabt, ihn auffangen zu können. Sein Schnarchen wurde lauter, und Iris drehte sich um, knüllte das Kissen unter ihrem Kopf zurecht und zog sich die Decke über die Ohren. Plötzlich überkam sie eine tiefe Traurigkeit, weil ihr klar geworden war, dass es so nicht weitergehen konnte.

Wieder ein Tag, der zu Ende ging, ohne dass sie spürte, dass ihr Ehemann wirklich da war. Iris wusste nicht, wie viele sie noch ertragen konnte.

Am nächsten Morgen hatte Iris Kopfschmerzen, als hätte sie die ganze Nacht gefeiert. Müde saß sie am Frühstückstisch und schlürfte still ihren Tee. Ihr Blick war auf Robs aufgeschlagene Zeitung gerichtet. Im Feuilletonteil war ein Bild seines Arbeitgebers abgedruckt: James McTavish stand lächelnd neben aufgestapelten Whiskyfässern. Iris fragte sich, ob ihr Mann diesen Teil der Zeitung absichtlich übersprungen hatte. Er war in einer Phase seines Lebens angekommen, in der er niemandem den Erfolg gönnte, außer sich selbst. Seit dem Aufstehen hatte er kaum etwas gesagt, sondern lediglich nickend seine Pfannkuchen entgegengenommen und höflich nach der Butter gefragt. Iris jedoch hielt diese Stille nicht mehr länger aus.

»Ich habe gestern auf dich gewartet«, begann sie vorsichtig.

Er blätterte um.

»Ich habe dein Lieblingsessen gekocht.«

Robert schwieg immer noch.

»Warum bist du nicht nach Hause gekommen?«, bohrte sie nach.

»Bin ich doch«, murmelte er zwischen zwei Schlucken Kaffee.

»Ja, aber erst in der Nacht. Ich habe mir Sorgen gemacht!«

Er gab ein leises Stöhnen von sich. »Ich hatte noch im Lager zu tun.«

»Ich habe dort angerufen«, sagte sie leise. »James hat mir gesagt, du seist schon weg.«

Er sah sie über den Rand der Zeitung an und machte schmale Augen. »Wann soll das gewesen sein?«

»Um halb acht.« Das wusste Iris genau. Sie hatte lange mit sich gerungen, bevor sie die Nummer des Lagers gewählt hatte.

Er schlug die Zeitung zu und legte sie neben seinen Teller. »Was willst du von mir hören, Iris?« Sein Blick war schneidend. »Muss ich dir jetzt Rechenschaft ablegen, wenn ich mit ein paar Kollegen auf ein Feierabendbier in den Pub gehe?«

»Nein, natürlich nicht«, presste sie hervor und wich seinem verurteilenden Blick aus.

»Ich habs zum Runterkommen gebraucht. Das ist manchmal so nach einer heftigen Arbeitswoche, aber davon verstehst du ja nichts.«

Iris nickte widerwillig. »Dagegen sage ich nichts. Ich habe mir nur Sorgen gemacht, das ist alles. Wenn du das nächste Mal kurz anrufen könntest, dann wäre ich …«

»Herrgott noch mal, Iris. Ich bin ein erwachsener Mann!« Robs Stimme wurde lauter, und sie senkte den Blick.

»Ich will dir nichts vorschreiben …«

»Dann tu's nicht!«, brüllte er so laut, dass sie zusammenzuckte. Eine Weile blieb es still zwischen ihnen. So lange, bis das Telefon sie aus der Situation riss.

Rob leerte seine Tasse, stand auf, ging in den Flur und hob ab.

»Hallo«, meldete er sich überfreundlich. »Ist er? Wunderbar! Ich mach mich gleich auf den Weg. Danke, Angus.«

Er legte auf und zog eilig seinen Mantel über.

Iris stand ebenfalls auf.

»Du gehst?«

Er stellte sich vor sie. Auf einmal war er wie ausgewechselt. Seufzend strich er ihr eine dunkelbraune Locke hinters Ohr, die sich aus ihrem Zopf gelöst hatte. »Das war Angus.«

Sie nickte knapp. »Was wollte er?«

»Er hatte eine Information für mich. Und zwar über einen Edward Levish.«

»So?«

»Der Kerl ist Makler«, erklärte er ihr. »Ich habe ihn gestern im Pub kennengelernt. Er meinte, er könnte mir vielleicht eine Stelle in seiner Immobilienfirma verschaffen, in Edinburgh.«

»Was ist mit dem Vorstellungsgespräch, von dem du mir erzählt hast?«

»Hier stehen die Chancen für mich um einiges besser. Mr Levish verkauft die Hesterman Farm und ist nur noch heute in Portree.«

»Ich wusste gar nicht, dass die Hestermans ihre Farm verkaufen.«

»Sie ziehen aufs Festland. Neil kann die Farm nach seinem Schlaganfall nicht mehr bestellen.«

Iris schluckte schwer. Die Hestermans waren seit drei Generationen in Portree und ihre nächsten Nachbarn. »Vielleicht erwische ich ihn noch auf der Farm.« Rob setzte seinen Hut auf. »Mit etwas Glück kann ich einen Probearbeitstag vereinbaren.«

»In Edinburgh?« Iris sprach so leise, dass sie sich selbst kaum hörte.

Ihr Mann legte die Hand unter ihr Kinn und hob es leicht an. »Das könnte meine Chance sein. Unsere.« In seinen rehbraunen Augen spiegelte sich seine Hoffnung darauf, endlich aus der Lethargie zu entkommen, in der er sich befand. Iris blieb stumm. Einerseits wollte sie sich für ihn freuen, andererseits hatte sie allmählich genug von seinen Luftschlössern. Sie begriff einfach nicht, warum er nicht endlich im Hier und Jetzt leben konnte, zufrieden mit dem, was er hatte. War sie zu selbstsüchtig – zu traumlos?

»Wünsch mir Glück.« Rob betrachtete sie mit hoffnungsvoller Miene.

»Viel Glück«, kam sie gehorsam seiner Aufforderung nach.

Er drückte ihr einen Kuss auf die Wange und ließ die Tür hinter sich ins Schloss fallen.

Iris war sich nicht sicher, was sie davon halten sollte. Im Grunde wollte sie nicht aus Portree weg. Sie wollte ihr kleines Cottage nicht verlassen, denn sie konnte sich nicht vorstellen, dass es einen Ort gab, an dem sie sich auch nur annähernd so wohl fühlen könnte. Die Großstadt hatte sicherlich ihre Vorteile, aber dort sah sie sich einfach nicht. Wahrscheinlich war sie für ein Leben zwischen Straßenlärm und Menschenmassen nicht geschaffen. Doch sie wollte Rob seinen neu gewonnenen Mut auf keinen Fall nehmen. Vielleicht, so dachte Iris, würde sich alles von selbst erledigen.

Aber als Rob am Nachmittag zurückkam, hatte er so gute Laune wie lange nicht. Mr Levish hatte ihm ein unbezahltes Praktikum in seiner Kanzlei angeboten und ihm eine Stelle in Aussicht gestellt. Sollte er sich beweisen, würde er ihm die Immobilienaufträge auf der Insel übertragen, was auch Iris gelegen kommen würde. Womöglich würde sich Robs Traum doch erfüllen.

Er strotzte nur so vor Tatkraft, und Iris verdrängte die bösen Gedanken und das Gefühl der Einsamkeit, das sich in den letzten Monaten eingeschlichen hatte.

»Wann wirst du nach Edinburgh fahren?«, fragte sie, als sie am Abend nebeneinander im Bett lagen. Er hatte den Arm um sie gelegt, so wie er es früher getan hatte.

»Ich werde morgen mit James sprechen und ihn fragen, ob ich mir kurzfristig Urlaub nehmen darf.«

»Er wird dir sicher nicht im Weg stehen. Er weiß, wie viel es dir bedeutet.«

»Da hast du wahrscheinlich recht.«

Zu seinem Chef pflegten beide ein freundschaftliches Verhältnis. James McTavish war nur wenig älter als Iris und wie sie in Portree aufgewachsen. Im Gegensatz zu seiner Frau stellte er sich nicht über die Bedürfnisse seiner Mitarbeiter. Er interessierte sich für ihre Belange und saß oft nach Feierabend noch mit ihnen im Pub.

Er hatte Robert eingestellt, obwohl dieser keinerlei Vorkenntnisse hatte und eigentlich keine Stelle frei gewesen war. Iris hielt große Stücke auf ihn.

»Endlich wieder ein Lichtblick.« Robert drückte sie an sich, und Iris war dabei, ihm sein ignorantes Verhalten der vergangenen Monate zu verzeihen.

»Ich hab's dir doch gesagt.« Mit einem Lächeln schaute sie zu ihm auf. »Du musst nur Geduld haben.«

Er nickte zustimmend. »Bald wird alles besser! Die Stelle ist sehr gut bezahlt. Wir könnten uns ein größeres Haus leisten.«

»Ich mag unser Haus.«

»Na gut. Womöglich könnten wir aber ein paar Dinge verändern. Damit es noch schöner wird.«

Iris überlegte.

»Gibt es etwas, das du dir wünschst?«

Sie schmunzelte. Das hatte er sie schon lange nicht mehr gefragt. Neben einem Kind wünschte sie sich etwas, das sie sich vor langer Zeit zusammen mit ihrer Mutter vorgenommen hatte. Sie hatten von einem kleinen Paradies geträumt, das nur ihnen gehörte.

»Na?«, hakte Rob nach, nachdem sie immer noch nichts gesagt hatte.

»Ich will einen Garten vor dem Haus.« Iris richtete sich auf. »Mit vielen unterschiedlichen Blumen!«

Er hob grinsend die Brauen. »Ist dir der Gemüsegarten nicht genug?«

Iris presste die Lippen zu einem schmalen Streifen zusammen, dann schüttelte sie den Kopf. »Und ich möchte einen Zaun drum herum, damit Fergusons Herde mir nicht alles zertrampelt.«

Rob lachte. »Er wird nicht erfreut sein.«

Iris zuckte die Schultern. Sie hatte schon ewig vorgehabt, den verwöhnten Tieren des hiesigen Schäfers einen Denkzettel zu verpassen. Ständig trieben sich auf ihrem Grundstück Ausreißer herum, die sich an ihrem Salat satt fraßen.

Sie hatte Rob schon mehrfach wegen eines Zauns fragen wollen, aber bei seiner schlechten Laune hatte ihr der Mut gefehlt. Er hätte sie nur wieder belehrt, dass sie sparen mussten.

»Du wünscht dir also einen Vorgarten?«, wiederholte er.

Iris nickte, gespannt auf seine Reaktion.

»Das ist alles?«

»Ja.«

»Meine bescheidene Iris.« Er seufzte angetan, führte seine Hand um ihre schmale Taille, drehte sie auf den Rücken und beugte sich über sie. »Den Garten sollst du haben. Entschuldige, dass ich in letzter Zeit so ein Griesgram war. Ich mach's wieder gut, ja?« Er blickte ihr tief in die Augen.

Iris versuchte in seinem Gesicht zu lesen, wie ernst es ihm war. Für sie war er wie ein Buch in einer fremden Sprache. Würde sie sie jemals lernen? Seine Hände schoben sich wenig zärtlich unter ihr Nachthemd. Robs Mund senkte sich über ihren, doch sie empfand nichts. Kein Prickeln in der Magengrube, kein Verlangen, nicht einmal ihr Herzschlag reagierte auf ihn. Nichts regte sich in ihr, außer dem Pflichtgefühl ihrem Ehemann eine gute Frau zu sein. War es das, worauf es ankam? Während er sich über sie beugte, dachte sie an die Zukunft. Mehr Geld bedeutete mehr Sicherheit. Möglicherweise würde das ihre Ehe dauerhaft glücklicher machen.

James McTavish reagierte wie zu erwarten verständnisvoll und gewährte Rob vier Wochen unbezahlten Urlaub. So lange würde es laut Mr Levish dauern, bis sich Rob in die Tätigkeiten als Makler eingearbeitet hatte und mit allem vertraut war. Dass sein Gehalt einen Monat ausbleiben würde, stellte ein Risiko dar, das sie in Kauf nehmen mussten. Rob war so überzeugt, dass er nach Ablauf dieser Probezeit eingestellt werden würde, dass er sich deswegen keine Gedanken machte. Im Gegenteil schien es ihm sogar ein besonderes Anliegen zu sein, den Wunsch seiner Frau nach einem Vorgarten schnellstmöglich zu erfüllen. Für die anfallenden Arbeiten hatte er bereits jemanden verpflichtet: Ein Saisonarbeiter aus dem schottischen Westen, dessen Bekanntschaft er ebenfalls im Pub gemacht hatte, würde sich in den kommenden Tagen bei Iris vorstellen. So viel Tatendrang hatte sie lange nicht bei ihrem Mann erlebt. Trotzdem hatte sie ein mulmiges Gefühl, als der Morgen seiner Abreise kam. War es, weil ihr bewusst war, was auf dem Spiel stand?

Eine dunkle Wolkendecke spannte sich über den Himmel, in den Iris blickte. Wieder sah es nach Regen aus. Für den Nachmittag hatten sich heftige Orkanböen angekündigt. Eingehüllt in eine Decke stand sie auf der untersten Eingangsstufe vor dem Cottage und sah zu, wie sich Rob den grünen Schal umwickelte, den sie ihm gestrickt hatte.

»Und du rufst an, wenn du angekommen bist?«

»Sobald ich Zeit habe«, sagte er. »Du kommst schon zurecht.«

Sie nickte und hielt sich fröstelnd die Arme.

»Ich habe dir etwas Geld dagelassen. Sei sparsam, dann sollte es bis zu meiner Rückkehr reichen. Und wenn der Saisonarbeiter kommt, kannst du ihm sagen, wie du den Garten gerne hättest.«

»Ist gut. Wie war noch mal sein Name?«

»Baron … glaube ich. Du wirst ihn mögen. Scheint geschickt zu sein. Er hat beim Kartenspiel ganz schön abgeräumt.«

»Hm.« Sie fragte sich, was das mit seinen handwerklichen Fähigkeiten zu tun hatte. Verunsichert biss sie sich auf die Unterlippe.

»Und ich scheue keine Kosten in der Umsetzung.« Rob kam noch einmal zu ihr und küsste sie auf die Stirn.

»Ich aber.«

»Ach, Unsinn.« Er machte eine wegwerfende Handbewegung. »Es wird alles gut laufen. Das kann ich spüren.«

Iris zwang sich, bestärkend zu lächeln.

»Mach's gut.« Rob nahm seinen Koffer und ging. Iris stand noch eine Weile auf der Treppe und schaute ihm nach, bis er nicht mehr zu sehen war. Das mulmige Gefühl in ihrer Magengrube wurde stärker, genau wie der Wind, der ihr fast die Decke wegriss. Er schob aber auch die Wolken weiter und schaffte Platz, damit die Morgensonne die vom Tau feuchten Wiesen vor dem Haus zum Glitzern bringen konnte. Iris schickte ihren Blick zum Himmel hinauf, und als sie ins Haus ging und die Tür hinter sich schloss, ahnte sie, dass etwas Neues auf sie zukommen würde.

Die vor ihr liegenden einsamen Nächte im Cottage bereiteten ihr keine Angst mehr. Stattdessen spürte sie eine freudige Erwartung in sich, die sie auf den Garten schob, der schon bald vor dem Haus erstrahlen würde. Endlich würde sie etwas haben, das ganz und gar ihr gehörte. Sie konnte es kaum erwarten, endlich damit zu beginnen.

Es war angenehm warm, die Temperaturen waren seit dem Mittag stetig angestiegen. Iris nahm gerade die Wäsche von der Leine, als sie eine große Gestalt hinter einem der im Wind flatternden Laken entdeckte.

»Entschuldigen Sie bitte.«

Ein Mann hob das Betttuch an, das Iris von ihm trennte. Erschrocken wich sie einen Schritt zurück, ehe sie sich in Erinnerung rief, dass sie jemanden erwartete. Gerechnet hatte sie mit einem Glatzkopf, Mitte fünfzig, mit Bierbauch. Stattdessen stand ein Mann in ihrem Alter vor ihr – mit kristallklaren, blauen Augen. Für einen Moment war sie von diesem Anblick so eingenommen, dass sie erstarrte.

»Ich glaube, das hier gehört Ihnen.« Er hielt ihr eines ihrer Spitzennachthemden hin.

»Was …?« Sie nahm es beschämt an sich. »Woher …?«

»Es lag dort drüben auf der Wiese.« Er deutete hinter sich.

»Oh, ja.« Sie räusperte sich, um ihre Stimme zu festigen. »Der Sturm muss es von der Leine gerissen haben. Wie peinlich. Ich danke Ihnen. Mr …?«

»Brandon.«

»Richtig. Mein Mann hat mir gesagt, dass Sie herkommen würden.«

»Tatsächlich?«

»Ja. Ich bin Mrs Warren.«

Er zog seinen verblichenen braunen Hut vor ihr.

»Sie sind Handwerker?«

Er nickte zaghaft.

»Ich plane, unsere Außenanlage schöner zu gestalten«, sagte sie, während sie Handtücher faltete und in den Korb legte. Brandon half ihr, die vom Wind verwehte Wäsche zu bändigen.

»Das kann ich nicht allein. Und mein Mann ist … Na ja, er versteht nicht sonderlich viel von Gärten.« Iris redete wie ein Wasserfall, um zu überspielen, dass sie auf so etwas wie ihn nicht vorbereitet gewesen war. »Ich habe mir viel vorgenommen. Das Cottage hat meinen Eltern gehört.«

Sein Blick glitt über die Fassade. »Es ist sehr hübsch.«

»Danke, aber es wurde lange nichts daran gemacht. Vor allem der Vorgarten stört mich!« Sie nahm den Wäschekorb hoch und schlenderte ums Haus herum. Er folgte ihr.

»Sehen Sie?« Sie wies auf den Frontbereich.

Er besah sich das karge Stück Land vor dem Haus und schwieg für einen Moment, dann sagte er: »Hier ist kein Vorgarten.«

»Genau das ist das Problem. Ich möchte so gerne einen, so wie die Häuser sie in der Stadt haben. Nicht zu groß und nicht zu klein.«

»Das sollten wir hinkriegen.« Er sah sie eindringlich an, und Iris errötete.

»Wunderbar!« Sie löste sich von seinem Blick. »Wann können Sie anfangen?«

»Von mir aus gleich.«

Iris blinzelte überrascht.

»Wenn es Ihnen an einem anderen Tag lieber ist, dann …«

»O nein.« Sie schüttelte vehement den Kopf. »Das wäre … toll.« Warum nur machte er sie so nervös? Sie klammerte sich an den Wäschekorb.

»Was ist mit dem Sturm?« Ihr wehte das Haar ins Gesicht. »Er soll im Laufe des Tages noch weiter zunehmen.«

»Ich bin viel auf See gewesen. Extremes Wetter macht mir nichts aus.«

»Ach nein?«

»Im Gegenteil.« Er lächelte und brachte damit Iris' Wangen weiter zum Glühen. »Ich finde Wind reinigend.«

Iris betrachtete gebannt seine Lippen, die von einem leichten Dreitagebart umgeben waren.

»Ein Sturm setzt vieles in Gang«, fuhr er fort.

In seinen Worten lag eine Wahrheit, über die sie bisher nie nachgedacht hatte. Sie nickte lächelnd.

»Wie groß soll der Garten denn werden? Haben Sie spezielle Vorstellungen?«

Iris stellte den Korb auf die oberste Eingangsstufe, trat vor ihn und breitete ihre Arme zu den Seiten aus. »Nun, der Weg soll ungefähr so breit sein.«

»Ah, ein Weg soll auch noch her!« Er zückte Bleistift und Papier aus seiner Brusttasche.

»Unbedingt.«

»Gepflastert?«

»Wenn das möglich ist.«

»Ich wüsste nicht, was dagegen spräche.« Er lächelte breit und machte sich Notizen, während Iris den imaginären Weg von der Tür bis zur Wiese entlanglief.

»Zu den Seiten stelle ich mir Rosen und Lavendel vor. Bunte Heide wäre auch schön.« Sie kehrte zu ihm zurück.

»Und dort, in der Mitte des Gartens, hätte ich gern einen Baum. Am liebsten eine Eberesche.«

»Hat das einen besonderen Grund?«, fragte er, ohne von seinem Papier aufzusehen. »Die Eberesche, meine ich.«

»Nun, die Kelten waren der Ansicht, sie habe magische Kräfte. Pflanzt man sie vor sein Haus, so beschützt sie die Kinder, die darin leben.«

Er schaute zu ihr auf. »Sie haben Kinder?«

»Nein. Noch nicht.«

Seine Wangenknochen spannten sich an. Er sagte nichts, was Iris auch lieber war. Sie hatte selbst keine Erklärung dafür, warum sie in all den Jahren nicht schwanger geworden war. Sicherlich lag es nicht an der Flaute der vergangenen paar Monate, denn am Anfang ihrer Ehe hatten sie und Robert regelmäßig miteinander geschlafen. Bisher hatte sie noch keinen Arzt aufgesucht, um Klarheit zu haben. Iris hatte Angst. Was, wenn es an ihr lag? Die Vorstellung, niemals eigene Kinder zu haben, war schrecklich für sie.

»Was haben Sie sich sonst noch vorgestellt?«, unterbrach er ihre Gedanken. »Das war doch bestimmt nicht alles.«

»Ein Kreis.« Sie räusperte sich, um ihre rau gewordene Stimme zu kräftigen. »Ein Kreis aus Frühlingsblumen um die Eberesche herum. Und ein Zaun. Der ist sehr wichtig. Wir haben hier nämlich ein kleines Problem mit zudringlichen Ziegen und Schafen.«

Er nahm grinsend den Bleistift zwischen seine Lippen und kaute darauf herum.

»Glauben Sie, das ist machbar?«, hinterfragte sie seinen undurchsichtigen Ausdruck. »Ich weiß nicht, wie teuer das Ganze werden wird. Wenn es zu viel sein sollte, lassen wir etwas weg. Ich weiß, ich verlange so einiges, aber ich dachte, ich beschreibe Ihnen, was ich mir vorstelle, und dann sagen Sie mir, ob es möglich ist.«

Er ging einige Schritte vor dem Haus umher, kritzelte erneut etwas auf das Papier und wandte sich wieder Iris zu. »Ich denke, das bekommen wir schon hin.«

»Wirklich?«

Er nickte, und seine Augen strahlten dabei.

»Gut.« Iris lächelte erleichtert.

»Für den Zaun muss ich ein paar Dinge besorgen. Wegen der Pflanzen werde ich mich schlaumachen. Ich bin nicht sicher, ob es die in Portree gibt.«

»Eher nicht.« Iris schüttelte entmutigt den Kopf.

»Aber ich höre mich gerne um.«

»Das ist nett.«

Getrampel war zu hören. Sofort drehte sich Iris danach um, denn sie kannte das unheilverkündende Geräusch nur zu gut. Hinter der Anhöhe tauchte Fergusons Herde auf. Ungebremst bewegte sie sich auf das Cottage zu.

»Sind das besagte zudringliche Tiere?« Brandon sah ihnen ungläubig entgegen.

»Allerdings«, bestätigte Iris. »Nur ohne ihren Schäfer. Mal wieder.«

Blökend galoppierte die Herde in hohem Tempo auf sie zu. »O nein.« Iris rannte zum Gemüsebeet und stellte sich schützend davor.

»Verschwindet«, rief sie. »Husch! Nun haut schon ab!«

Ungebremst erreichten die Tiere auch den geplanten Vorgarten, stoppten jedoch vor Brandon, der wild mit den Armen wedelte und sie wieder in die andere Richtung trieb, wo nun endlich auch Ferguson ankam. Iris schäumte vor Wut.

»Würdest du deine Tiere bitte nicht ständig auf mein Grundstück jagen?« Wild gestikulierend marschierte sie auf ihn zu.

»Was soll ich machen, Iris?«, antwortete er grienend. »Sie lieben dein Cottage nun mal. Vielleicht schaffst du dir einen Hund an.«

Iris atmete genervt aus. Ferguson zog mit der Herde weiter.

Brandon trat neben Iris. »Ich denke, ich fange mit dem Zaun an. Und zwar gleich morgen früh.«

»Das wäre schön«, antwortete Iris, noch immer genervt.

Er lächelte aufheiternd. »Ist Ihnen neun Uhr zu früh?«

»Nein. Neun Uhr ist super.« Seufzend richtete sie ihren Blick wieder in die Ferne, wo Ferguson gerade mit seiner Herde verschwand. »Je eher, desto besser«, fügte sie durch zusammengebissene Zähne hinzu.

»Gut.« Brandon schulterte seinen Rucksack und steckte Zettel und Bleistift zurück in die Brusttasche. »Dann sehen wir uns morgen.« Wieder schenkte er ihr ein charmantes Lächeln. Iris erwiderte es. Zufrieden sah sie zu, wie er den Weg Richtung Innenstadt nahm. Schon bald würde sie sich über Fergusons Nachlässigkeit zum letzten Mal geärgert haben.

In den darauffolgenden Tagen kam Brandon jeden Morgen pünktlich um neun Uhr und arbeitete bis zum Abend. Mit der Zeit gewöhnte sich Iris daran, dass er da war, und seltsamerweise genoss sie es, ihn um sich zu haben. Sie machte ihm Sandwiches und versorgte ihn mit selbst gemachter Limonade. Iris war begeistert von seinem handwerklichen Geschick. In nur einer Woche hatte er in einiger Entfernung zum Haus Pfosten und Zwischenstreben angebracht. Iris konnte zusehen, wie ihr kleines Paradies langsam Gestalt annahm, und mit jedem neuen Tag wurde sie ausgeglichener. Nicht nur, weil der Garten weiter an Schönheit gewann, sondern auch, weil sie sich darauf freute, Brandon zu sehen. Er fand immer einen Weg, ihr zu schmeicheln, und sparte nicht an Komplimenten, ohne dabei aufdringlich zu sein. Seine Nähe und die zuvorkommende Art lösten eine Befangenheit in Iris, von der sie nicht gewusst hatte, dass sie da gewesen war.

Wie jeden Morgen machte sie sorgfältig das Bett auf ihrer Seite. Gedankenverloren strich sie über die Decke ihres Mannes, die bereits die zweite Woche unangetastet war, und schüttelte die Kissen auf. Auf Robs Nachttisch lagen noch die teuren Manschettenknöpfe, die er vergessen hatte mitzunehmen. Iris öffnete die Schublade der Konsole, um sie sicher im Etui zu verstauen, als ihr ein goldener Ohrring ins Auge fiel, der nicht ihr gehörte. Zitternd nahm sie ihn in die Hand. Ihr Puls beschleunigte sich, während sie ihn genau betrachtete. Gab es eine andere Erklärung dafür als die, die Iris als Erstes durch den Kopf schoss? Vielleicht hatte ihr Mann den Ohrring irgendwo gefunden und wusste nicht, wem er ihn zurückgeben sollte? Iris biss sich auf die Unterlippe. Aber wie wahrscheinlich war das wohl? Sie überlegte, ob sie an ihrem Mann jüngst irgendeinen anderen Geruch als nach Holz und Alkohol wahrgenommen hatte. Sie wusste es nicht. Kurzentschlossen nahm sie das Schmuckstück an sich und steckte es in ihre Schürzentasche. Sie würde Robert bei seinem nächsten Anruf danach fragen – sofern er sie zu Wort kommen ließ. Bisher hatte er sich nur selten gemeldet, dabei jedoch so ungezügelt geredet, dass er ihr keine Gelegenheit gegeben hatte, ihm von den Fortschritten mit dem Garten zu erzählen. Iris bemühte sich, Interesse für seine Berichte aufzubringen, aber sie war viel zu sehr mit der Schönheit beschäftigt, die sie und Brandon vor dem Cottage schufen.

Das Fundstück aus Robs Nachttisch beschäftigte sie hingegen in einer anderen Art und Weise. Welche Geheimnisse hatte er wohl noch vor ihr? Sie zwang sich, diese Gedanken von sich abzuschütteln, und richtete ihren Blick aus dem Fenster. Brandon setzte gerade seine Feldflasche an die Lippen und trank durstig. Ohne es zu wollen, verharrte ihr Blick auf ihm. Der Gedanke, dass die Zeit, in der er für sie arbeitete, schon bald wieder vorbei sein würde, gefiel ihr überhaupt nicht. Unauffällig beobachtete sie ihn weiterhin. Sein sonnengebräunter Teint zeugte von vielen Stunden im Freien. Unter seinem schlichten, weißen T-Shirt zeichneten sich breite Schultern und ein muskulöser Oberkörper ab. Er trug verwaschene Jeans und ausgebleichte Lederstiefel, die seinen Handwerkerlook abrundeten. Als er in ihre Richtung sah, wandte sie sich schnell ab. Rasch schüttelte sie die Regungen von sich, die er in ihr auslöste. Sie waren fehl am Platz. Wieder war ihr ganz heiß geworden – vor Scham, vor Reue. Weil sie verbotenerweise für diesen Mann schwärmte, über den sie nicht das Geringste wusste.

KAPITEL 8
Lilly

Lilly war früh auf den Beinen. Da Pippa und Gilbert noch schliefen, frühstückte sie an diesem Morgen nur mit Mrs Krock in der Küche. Im Laufe ihrer Jahre hatte die alte Dame einiges gesehen, und Lilly mochte ihre Geschichten. Niemand verstand Portrees Wandel besser als sie. Und so erzählte sie Lilly von der Zeit nach dem Zweiten Weltkrieg, als Tausende auf Skye ein neues Heim suchten, wie sich die Stadt seitdem verändert hatte und wie McTavishs Destillerie zu einem der größten Unternehmen Großbritanniens wurde. Lilly hörte gerne zu. Sie spürte, dass es Mrs Krock guttat, sich zu unterhalten – und ihre Geschichten brachten Lilly Portree wieder näher; sie füllten die Lücke, die nach ihrem Umzug entstanden war. Obwohl sie die Hyazinthe noch nicht gefunden hatte, war doch ein Stück des Drucks von ihr abgefallen. Und sie merkte, dass sie die Zeit hier genoss. Gedankenversunken knabberte sie an ihrem Toast, den sie zuvor mit Marmelade bestrichen hatte. Im Vergleich zu ihrer Ankunft war sie nun wie ausgewechselt, was auch der neugierigen Pensionsbetreiberin nicht entging.

»Und«, fragte diese mit vielsagendem Lächeln, »was hast du dir für heute vorgenommen?«

Lilly blinzelte verwirrt in Mrs Krocks Richtung.

»Oh, du musst es mir nicht sagen, Kindchen! Aber du siehst aus, als hätte sich etwas verändert.«

»Verändert?« Lilly nahm einen hastigen Schluck Tee.

»Ich kann mir schon denken, was es ist.«

»Ach … ja?« Lillys Puls schnellte in die Höhe. Hatte es sich bereits herumgesprochen, dass sie viel Zeit mit Liam McTavish verbrachte? Sie hatte die Buschtrommeln in diesem kleinen Ort wohl unterschätzt. Peinlich berührt senkte sie den Blick.

»Es liegt an Portree«, fuhr Mrs Krock entschieden fort und faltete die Hände vor sich. Lilly atmete erleichtert auf. »Das stimmt wohl.«

»Hier hat noch jeder zur inneren Ruhe gefunden. Nicht umsonst hat es Bonnie Prince Charlie nach dem Jakobiteraufstand hierher verschlagen.«

Lilly legte die Stirn in Falten.

Summend machte sich Mrs Krock daran, den Tisch abzuräumen. »Die Insel hilft einem dabei, das Wesentliche zu entdecken.«

»Und was ist das?« Sie wollte unbedingt wissen, was die alte Dame darunter verstand. Lilly stapelte die Teller aufeinander und folgte ihr. »Das Wesentliche?«

»Das ist natürlich für jeden etwas anderes«, antwortete diese. »Es kommt immer darauf an, wonach man sucht.«

Ihre Worte hatten eine eindringliche Wirkung auf Lilly. Wusste Mrs Krock vielleicht doch, warum sie hier war?

»Und Sie glauben, dass auch ich etwas Bestimmtes suche?«

»Ach, Kindchen. Junge Menschen sind doch ständig auf der Suche, oder nicht?«

Lilly dachte darüber nach, wie viel Weisheit in diesem Satz steckte. Sie setzte alles auf eine Karte. »Wie gut kennen Sie Liam McTavish?«

»James' Sohn?« Sie wandte sich ihr zu, und ihre Brauen hoben sich.

Lilly nickte.

»Ach, er ist ein lieber Junge.« Sie lachte, während sie das schmutzige Geschirr in der Spüle stapelte. »Ich erinnere mich noch an die Zeit, als er ein kleines Kind war.«

»Dann würden Sie sagen, Sie kennen ihn gut?«

»O ja, ich habe früher manchmal auf ihn aufgepasst, wenn seine Eltern zu Veranstaltungen gefahren sind, bei denen keine Kinder erwünscht waren. Diese piekfeinen Gesellschaften sind auch heute noch nichts für ihn – auch wenn er jetzt derjenige ist, der zu ihnen eingeladen wird.«

Lilly konnte sich ein Grinsen nicht verkneifen, denn irgendwie passte das zu ihm.

»Er ist sehr bodenständig, musst du wissen. Da kommt er eher nach seinem Vater. Liam will nicht im Rampenlicht stehen, keine Sonderbehandlungen, nur weil er vermögend ist. Manchmal denke ich, er würde alles sofort eintauschen wollen gegen ein ganz gewöhnliches Leben.«

»Er könnte doch – wenn er wollte?«

»So einfach ist das nicht. Wenn man wie er in eine solche Familie hineingeboren wird, und dann auch noch als einziges Kind, haben die Menschen gewisse Erwartungen. Davon kann er sich nicht so einfach freimachen.«

»Ich kann mir nicht vorstellen, dass es belastend sein kann, Geld zu haben.« Lilly rümpfte die Nase.

»Geld nicht unbedingt. Aber eine Familie zu haben, die jeder kennt …«

»Er möchte also lieber unbedeutend sein.« Lilly grinste in sich hinein.

»Im letzten Sommer war er zur Gartenparty der Queen eingeladen.« Mrs Krock kramte das Geschirrspülmittel aus dem Schrank unter dem Abwaschbecken. »Die Windsors kaufen schon seit Jahren nur McTavishs Whisky. Da wollten sie ihn als königlichen Hoflieferanten einmal persönlich kennenlernen. James hatte schon einmal das Vergnügen, der Queen gegenüberzustehen. Er war zwar auch nicht der Typ für große Empfänge, aber er wusste, dass sie dazugehören. Anders als Liam. Weißt du, was er gemacht hat?«

Lilly schüttelte gespannt den Kopf.

»Er hat abgelehnt. Hat gesagt, der englische Hof, die ganze Aufmerksamkeit, das sei nichts für ihn.«

»Oje, da war die Queen bestimmt verärgert!«

»Keineswegs. Es geht das Gerücht, sie habe ihn für seine Ehrlichkeit sogar gelobt. Die meisten würden sich ein Bein für eine solche Einladung ausreißen.« Mrs Krock hielt sich stöhnend den Rücken und schwankte kurz.

»Setzen Sie sich lieber mal hin, ich räume hier weiter auf!« Lilly schob der alten Dame einen Stuhl zurecht, auf dem sie dankend Platz nahm.

»Legt Liam denn überhaupt keinen Wert darauf? Auf Anerkennung, meine ich.« Lilly ließ heißes Wasser in die Spüle einlaufen.

»Nicht auf diese Art«, antwortete Mrs Krock. »Liam versucht, ein guter Mensch zu sein. Wie sein Vater einer war.«

Lilly erinnerte sich dunkel an James – manchmal hatte er ihren Vater nach einer durchzechten Nacht im Pub sicher nach Hause gebracht. Sie wusste auch noch, dass er sich gut mit ihrer Mutter verstanden hatte. Er war manchmal zum Tee bei ihr gewesen, wenn ihr Vater tagelang auf dem

Festland war, um seine dubiosen Geschäfte abzuwickeln. James hatte ihr Geld geliehen, als sie die Schulden bei der Bank nicht bezahlen konnten. Vermutlich hatte er Mitleid mit ihnen gehabt. Gedankenverloren wischte sie mit dem Schwamm über einen Teller.

»Woran ist James gestorben?«

»Eine tragische Geschichte war das.« Mrs Krock schnäuzte sich in ein Taschentuch, das sie in ihrem Ärmel hatte. »Er ist ertrunken, keine fünfhundert Meter von unserem Hafen entfernt.«

Lilly durchfuhr ein Schauer. »Ertrunken?«

»Ja. Man sagt, er sei beim Segeln in ein Unwetter geraten, aber einige glauben das nicht. Er war ein erfahrener Segler und ein guter Schwimmer.«

»Heißt das, er ist absichtlich …?«

Mrs Krock seufzte laut. »Wer weiß das schon. James war ein sensibler Mann. Zu sensibel für diese Welt. Er stand unter großem Druck, die Firma hat ihn förmlich ausgesaugt. In den letzten Jahren hat er sich immer mehr zurückgezogen und niemanden mehr so richtig an sich herangelassen, außer seinen Sohn.«

»Klingt nach einer Depression.« Diese Verhaltensweisen kamen Lilly nur allzu bekannt vor. Nachdem ihr Vater von heute auf morgen seine Sachen gepackt und sie und ihre Mum mit den Schulden alleingelassen hatte, war auch sie in ein Loch gefallen. Eine Zeit lang war ihre Welt nur noch grau gewesen. Nichts schien mehr Sinn zu machen, sie war zwischen Trauer und Wut gefangen. Erst viel später hatte Lilly erkannt, woran sie gelitten hatte.

»Wie auch immer«, fuhr Mrs Krock fort. »Die gute Evelyn wollte davon nichts hören. Für sie war es ein Unfall. Aber wenn du mich fragst, ist sie nicht ganz unschuldig an dem, was passiert ist.«

»Wie kommen Sie darauf?«

»Ich kenne keine Frau, die energischer an ihren Zielen festhält als Evelyn McTavish«, sagte sie ungewohnt spitzzüngig. »Es gibt Menschen, die nie zufrieden sind. Egal wie viel sie haben, sie finden immer etwas, das ihnen fehlt. Evelyn ist so eine Person, das genaue Gegenteil ihres Mannes. Irgendwann konnte er wohl einfach nicht mehr damit umgehen.«

Lilly wurde eiskalt. Liam hatte mit keinem Wort erwähnt, wie sein Vater umgekommen war. Sie war froh, dass Mrs Krock es ihr erzählt hatte, denn nun würde sie noch vorsichtiger ihm gegenüber sein und besser auf ihre Worte achten, wenn das Gespräch auf seinen Vater kam.

»Liam leidet noch sehr unter dem Verlust«, murmelte Lilly, denn das hatte sie ihm angemerkt. »Ist er deshalb aus dem Haus seiner Familie ausgezogen?« Grübelnd stellte sie das saubere Geschirr zum Abtropfen neben die Spüle.

»Ach, er wohnt gar nicht mehr auf Court Magna?«, bemerkte Mrs Krock verwundert.

»Anscheinend zieht er unser altes, klappriges Cottage einem Leben dort vor.«

»Euer Cottage?«, wiederholte Mrs Krock, als hätte sie Mühe, Lilly zu folgen.

»Sein Cottage«, korrigierte sie sich und ließ das Wasser ablaufen. »Das meinte ich.«

»Hm«, machte Mrs Krock hinter ihr. »Ich wusste nicht, dass er jetzt dort wohnt. Der Junge probiert vieles aus.« Sie lachte beherzt. »Dann hast du ihn ja schon getroffen. Er ist ein äußerst gut aussehender Bursche geworden – und das weiß er wohl auch. Er kommt gut bei den Damen an, aber offenbar ist er recht wählerisch.«

»Wie meinen Sie das?« Langsam drehte sich Lilly zu ihr um. Ihr Herz klopfte etwas schneller.

»Nun ja, er hat sich erst kürzlich von Jeannie Finch getrennt, einer steinreichen Engländerin. Da waren alle ziemlich überrascht, kann ich dir sagen. Auch ich hatte fest damit gerechnet, dass die beiden heiraten würden.«

»Wissen Sie, was genau passiert ist?«

»Es heißt, es gab ›unüberbrückbare Differenzen‹.«

Lilly überlegte kurz, ob sie Mrs Krock von ihren Begegnungen erzählen sollte. Sie würde es ja sowieso irgendwann erfahren. Portree war klein, und die Leute tratschten gerne.

»Ich verbringe gerade etwas Zeit mit ihm«, sagte sie deshalb vorsichtig. »Ungeplanterweise, muss ich zugeben. Ich wusste nicht, dass er im Cottage wohnt. Meine Mutter sagte mir, es sei verlassen.«

»Tja, das war es auch. Wahrscheinlich hat ihn ein weiterer Streit mit seiner Mutter dazu gebracht, umzuziehen. Er kommt einfach nicht mit ihr klar. Wer kann es ihm verdenken!«

»Er hat vor, das Cottage zu sanieren.«

»Hat er das?« Mrs Krock erhob sich ächzend vom Stuhl. »Na, das ist doch schön zu hören. Es war ein trauriger Anblick, dieses reizende Haus so verkommen zu sehen. Ich war jetzt schon ein paar Jahre nicht mehr dort, aber als ich noch besser zu Fuß war, bin ich regelmäßig daran vorbeispaziert. Es hat immer so traurig ausgesehen. Ich erinnere mich gut daran, wie es war, als deine Familie noch darin wohnte. Es war ein wahres Schmuckstück.«

In Lilly stieg Wehmut hoch. Wenn sie ihr Herz befragte, gehörte das Cottage nach wie vor ihr. Sie war dankbar, dass Liam sich nun darum kümmerte, und doch blieb eine gewisse Missgunst bei ihr zurück. Nach all der Zeit fiel es ihr schwer, es freizugeben. Sie riss sich zusammen. »Das wird es wieder sein«, sagte sie mit fester Stimme. »Ein Schmuckstück.«

»Wenn Liam das in die Hand nimmt, ganz bestimmt.« Mrs Krock hielt sich den Rücken. »Ich werde mich jetzt ein wenig zurückziehen, mein Kind. Richte Liam meine Grüße aus, wenn du ihn siehst, ja?«

»Das mache ich.«

»Und sag ihm doch bitte, er soll sich mal bei mir blicken lassen, wenn er Zeit hat. Ich habe noch ein paar Gläser meiner Orangenmarmelade hier, die er so mag.«

»Ich werde es ihm sagen.«

Mrs Krock nickte freundlich, dann mühte sie sich über den Flur und die Treppe hinauf. Die Kirchenglocken begannen zu läuten, und Lilly zog ihren Mantel an.

Draußen war es kühl. Das Wetter spiegelte die andächtige Stille wider, in der Lilly festhing. Dichter Nebel waberte über die Straßen, die gespenstisch wirkten. Die Sicht war so schlecht, dass Lilly den Friedhof, an dessen Mauer sie entlangging, nicht sehen konnte. Die Stadt war wie leer gefegt. Während sie Portrees gepflasterte Gassen hinter sich ließ und den Schotterweg Richtung Cottage nahm, dachte sie über das nach, was ihr Mrs Krock erzählt hatte.

Sie konnte Liams Verhalten nun besser verstehen. Beim Gedanken an ihn stieg ein warmes Gefühl in ihr auf, und sie wusste nicht, ob es an ihm lag oder an der Tatsache, dass er sich des Cottages annahm, weil sie es nicht konnte. Der Nebel, den sie durchstreifte, war wie ein Tunnel, der ihre Gedanken bündelte – und die drehten sich nur um Liam. Sie war so versunken, dass sie kaum merkte, wie sich ihre Füße bewegten. Sie dachte an seine Augen, die nicht einfach nur grün waren. Sie erinnerten sie an den Frühling, an frisches Gras und junge Pflanzen. Dann sah sie seine hohen Wangenknochen und sein Lächeln vor sich. Es war eindeutig, dass sie ihn mochte – doch laut Mrs Krock war sie nicht die Einzige. Lilly nahm sich vor, ihre Schwärmerei für sich zu behalten. Ihn aus der Ferne zu bewundern, im Geheimen, nur für sich, war alles, was sie zulassen würde. Sie beschloss, seine Gegenwart zu ertragen, nicht weich zu werden und sich nichts anmerken zu lassen. In ein paar Tagen wäre der Spuk vorbei. Sie würde zurück nach Edinburgh fahren und ihn nie wiedersehen.

Ihr Herz schlug schneller, sobald sie die Kuppe des Hügels erreichte, von dem aus sie auf das Cottage hinunterblicken konnte. Als wäre es von einem unsichtbaren Wall umgeben, hatte der Nebel das Haus verschont. Im Vorgarten erkannte Lilly Liam, der die Erde mit dem Spaten bearbeitete. Sie stand einen Moment still und beobachtete ihn. Sie war immer noch zwiegespalten, was sein Verhalten ihr gegenüber anging. Er duldete sie bestimmt nur vorübergehend in seinem Cottage und ohnehin nur aus Mitleid, wegen ihrer Mutter.

Normalerweise ließ sie niemanden so leicht an sich heran, aber hier schien alles anderen Gesetzen zu folgen. Im beschaulichen Portree war sie wieder das unbescholtene Mädchen von einst. Wie konnten die wenigen Tage, die sie auf der Insel war, sie dermaßen vergessen lassen, was in Edinburgh geschehen war? Lilly war vollkommen durcheinander. Sie wusste nur eins: Sie musste sich auf ihre eigentliche Aufgabe konzentrieren und dann schnellstmöglich verschwinden. Das, was dieser Ort mit ihr anstellte, machte ihr Angst. Sie befürchtete, die Kontrolle zu verlieren. Dann würde ihr der Abschied von Skye so schwerfallen wie damals, als sie glaubte, die Insel für immer verloren zu haben.

»Reiß dich zusammen«, ermahnte sie sich, atmete mehrmals hintereinander tief ein und aus und ging auf das Cottage zu. Sie schob das Tor auf, das Liam schon instand gesetzt hatte. Wann hatte er das denn geschafft?

»Guten Morgen.« Prustend stützte sich Liam auf den Spatenstiel. »Ich hatte darüber nachgedacht, dich bei dem Wetter abzuholen, aber dann ist mir aufgefallen, dass ich deine Nummer nicht habe, und ich wusste nicht, ob du schon losgegangen bist.«

»Das macht nichts, ich gehe gern zu Fuß. Und ich kenne die Strecke ja zum Glück blind.« Sie ging an ihm vorbei zur Treppe.

»Ich habe gerade frischen Kaffee gemacht, wenn du auch welchen möchtest?«

»Nein, danke.« Lilly schnappte sich die Harke, die er an der Hauswand für sie bereitgestellt hatte.

»Welche Laus ist dir denn über die Leber gelaufen?«

»Keine«, murmelte sie knapper, als sie wollte. »Ich bin nur langsam etwas ungeduldig. Ich will nach Hause, zu meiner Mum.«

Er musterte sie eingehend. »Klar. Wir finden diese Blumenzwiebel. Ich muss gestehen, ich habe sie gegoogelt. Es gibt wohl noch einen Händler in Italien, der diese Art züchtet. Nur für den Fall, dass …«

»Sie will aber diese eine, aus diesem Garten!«, fuhr Lilly ihn an und malträtierte den Boden mit der Harke so heftig, dass ihr die Erdbrocken nur so um die Ohren flogen. Irritiert zuckte Liam zurück, und sofort bereute Lilly, ausfallend geworden zu sein.

»Okay. Natürlich«, sagte er besänftigend, ehe sie zurückrudern konnte.

»Tut mir leid.« Lilly seufzte. »Du hast nicht unrecht. Es wäre so viel einfacher, wenn ich sie kaufen würde. Aber … es wäre eben nicht dieselbe. Und wenn ich es verschweigen würde, hätte ich das Gefühl, meine Mutter zu belügen, verstehst du?«

»Ja, absolut. Wir finden sie. Versprochen.«

Lilly nickte, beschämt darüber, ihn angeschrien zu haben. Er konnte schließlich nichts dafür, dass sie sich über ihre Gefühle für ihn nicht im Klaren war. Im Grunde war sie wütend auf sich selbst. Sie hatte das Wesentliche aus den Augen verloren – das, wovon Mrs Krock gesprochen hatte. Sie war hergekommen, um diese dumme Blumenzwiebel zu finden. Keine innere Ruhe und erst recht keinen Mann.

Ein Auto näherte sich vom Schotterweg aus. Gleichzeitig

wandten sich Lilly und Liam dem dunklen Jaguar zu, der vor dem Cottage parkte.

»Na wunderbar«, murrte Liam und ließ den Spaten fallen.

Gemächlich schlenderte er zum Tor. Lilly versteckte sich hinter der Eberesche und spähte zwischen den Ästen hindurch. Die Fahrertür öffnete sich, und eine Frau in silbergrauem Pelzmantel und akkurater weißer Bobfrisur stieg aus. Lilly stöhnte innerlich. Sie hatte gehofft, Evelyn McTavish nie wieder begegnen zu müssen.

»Ich hätte wissen müssen, dass du hier bist.« Evelyn warf einen knappen, verächtlichen Blick aufs Haus.

»Wo sollte ich sonst sein, Mutter?« Liam ließ das Tor zwischen sich und ihr geschlossen.

»Was glaubst du eigentlich, was du hier tust? Du hast eine Firma zu leiten«, belehrte sie ihn streng.

»Die Firma kommt einige Tage sehr gut ohne mich zurecht. Ich habe mir Urlaub genommen.«

»Wie bitte?«, zischte sie. »Das hier nennst du Urlaub? Du bist über und über voll Erde. Ich seh schon, du steckst in einer Krise. Wenn es wegen Jeannie ist, solltest du sie anrufen. Ich weiß zufälligerweise, dass sie nur darauf wartet, dass du dich mit ihr aussöhnst und dieses Missverständnis aus der Welt schaffst.«

»Es gab kein Missverständnis. Jeannie und ich haben uns in gegenseitigem Einvernehmen getrennt. Wir waren einfach zu verschieden.«

»Das ist doch himmelschreiender Unsinn!«

»Überhaupt nicht, und das weißt du auch.«

Sie betrachtete ihn kurz voller Enttäuschung. »Gut, gut.

Ich verstehe, dass du Abstand brauchst. Warum fährst du nicht ein paar Tage in unser Ferienhaus an die Algarve? Da warst du doch früher so gerne.«

»Ich habe dieses Haus gehasst.«

Evelyn McTavish sah entrüstet an ihrem Sohn hinunter, dann streifte ihr Blick den Garten, und sie erfasste Lilly, die sich versehentlich zu weit vorgewagt hatte.

»Wer ist das?«, fragte sie fordernd.

Gelassen drehte sich Liam zu Lilly um, die in dem Moment aus dem Schatten der Eberesche trat.

»Guten Morgen, Mrs McTavish«, begrüße Lilly sie höflich.

»Guten Morgen«, entgegnete diese knapp.

»Mutter, das ist Lilly Warren. Du erinnerst dich vielleicht noch an sie? Ihren Eltern gehörte früher dieses Haus.«

Evelyns Augen weiteten sich zuerst, dann wurden sie schmal. »Oh, und wie ich mich erinnere.« Sie trat näher an ihren Sohn heran und senkte ihre Stimme. »Was tut sie hier?«

»Sie macht Urlaub, Mutter. Genau wie ich.«

Sie schluckte sichtbar. »Urlaub«, krächzte sie und beäugte Lilly, als sei sie eine Bedrohung für die gesamte Insel.

»Ich hoffe doch sehr, dass sie nicht der Grund für dein Benehmen ist«, flüsterte sie, wohl im Glauben, Lilly könne sie nicht hören.

Liam schickte Lilly einen peinlich berührten Blick. »Nein, Mutter. Wir sind uns nur zufällig begegnet.«

»Dann ist es dir also ernst? Du willst dieses grässliche Haus behalten?«

»Ja.«

Sie rollte mit den Augen. »Dann nimm dir deine verflixte Auszeit«, knurrte sie. »Von mir aus einen ganzen Monat. Aber komm danach bitte wieder zur Vernunft. In jedweder Hinsicht.«

»Wir werden sehen«, entgegnete Liam ruhig. »Auf Wiedersehen, Mutter.« Sie hob das Kinn und stieg in ihren Wagen. Liam winkte übertrieben, als sie davonrauschte.

»Deine Mutter ist so reizend wie eh und je.« Lilly kam zu ihm.

»Im wahrsten Sinne des Wortes.« Er schnalzte mit der Zunge. »Sie ist … wie soll ich sagen? Etwas besitzergreifend. Und sie hat ein Problem damit, wenn man nicht nach ihrer Pfeife tanzt.«

»Vielleicht kann sie nur nicht loslassen. Du bist schließlich ihr einziges Kind.«

Liam schüttelte den Kopf. »Darum geht es ihr sicher nicht. Seit mein Dad gestorben ist, hat sie niemanden mehr, den sie herumkommandieren kann.«

»Sie vermisst ihn wohl sehr?«

Er hob amüsiert die Brauen. »Sie vermisst das Kommandieren. Wobei man meinen müsste, sie habe genug mit unseren Angestellten zu tun. Dass uns nicht schon längst alle Arbeiter davongelaufen sind, grenzt an ein Wunder.«

Er kehrte zum Spaten zurück und machte dort weiter, wo er unterbrochen worden war.

»Vielleicht bist du zu hart zu ihr.« Lilly dachte laut. Auch wenn sie ihr nicht sympathisch war, konnte sie sich nicht vorstellen, dass seine Mutter so herzlos war, wie er und Mrs Krock sie darstellten.

Schnaubend sah er sie an. »Ich bin erwachsen, Lilly«, erklärte er scharf. »Ich brauche niemanden, der mir sagt, was ich zu tun und zu lassen habe.«

Erstaunt von seiner harschen Reaktion hielt sie inne. »Ich sage ja nur, dass sie wahrscheinlich ihre Gründe hat. Vielleicht macht sie sich nur Sorgen um dich.«

»Sorgen!« Liam prustete.

»Warum nicht?«

»Sie hat sich nie für jemanden interessiert, außer für sich selbst. Bitte, Lilly. Ich will nicht mehr darüber reden. Versteh mich nicht falsch, aber was weißt du schon? Du kennst mich oder meine Mutter nicht, es ist Jahre her, dass wir uns zuletzt gesehen haben.«

Lilly schluckte gekränkt. »Schön«, murmelte sie. »Ich wollte nur nett sein und helfen.«

»Nettigkeit hat noch niemanden weitergebracht. Es lässt einen schwach aussehen. Das müsstest du am besten wissen, mit deinem Drang, es allen recht zu machen – außer dir selbst.«

»Ich?« Sie stemmte die Hände in die Hüften und funkelte ihn an. »Was ist denn plötzlich mit dir los, Liam? Ich habe dir nichts getan! Wenn dir das alles hier auf die Nerven geht, sag es mir einfach, vielleicht finden wir ja noch eine andere Lösung. Ich habe dich jedenfalls nicht darum gebeten, mir bei der Suche nach der Blume zu helfen.«

Er lachte abfällig. »Du willst wissen, was mein Problem ist?«

Sie nickte ungeduldig.

»Okay. Mein Problem sind Leute wie du, die meinen, sie könnten die Welt verbessern. Die glauben, dass Freundlichkeit alles ist, was sie dafür brauchen, und dass ihr Fleiß ausreicht, um im Leben voranzukommen.«

»Dann hältst du nichts von Freundlichkeit und Fleiß?«

»Ich halte es für Schwachsinn, sich darauf zu verlassen. Du kannst nur verlieren, wenn du etwas für andere tust, ohne etwas dafür zu verlangen.«

»Jetzt hörst du dich an wie deine Mutter.«

Er stemmte eine Hand in die Hüfte, schnaufte aus und bedachte sie mit einem wütenden Blick. »Du hast ja keine Ahnung, wie es ist, in einem goldenen Käfig aufzuwachsen. Meine Familie hat so hohe Erwartungen an mich, dass ich ständigem Druck ausgesetzt bin. Seit ich ein Kind war, wurde ich auf meine Aufgabe vorbereitet, eines Tages das Unternehmen zu leiten.«

»O mein Gott!«, rief Lilly gespielt schockiert aus. »Du bist die schlimmste Form von Snob, die mir je begegnet ist! Für einen Moment hatte ich tatsächlich gedacht, du hättest dich seit unserer Kindheit verändert.« Enttäuscht schüttelte sie den Kopf. »Du hast recht. Ich habe keine Ahnung, wie es ist, so zu sein wie du. Ein Leben wie deines zu führen, frei von Existenzängsten. Sich nicht abrackern zu müssen für einen Hungerlohn, Zeit zu haben für die wichtigen Dinge im Leben, weil Geld keine Rolle spielt. Du bist wirklich zu bemitleiden, Liam.«

Einen Augenblick lang betrachtete er sie verstört.

»Ich wollte dich nicht verletzen …«, murmelte er entschuldigend. »Es ist sicher nicht deine Schuld, dass ihr jeden Penny umdrehen müsst.«

Lilly presste die Lippen zusammen. Ihr war nicht klar, warum sich das Gespräch in diese Richtung entwickelt hatte. Angespannt fuhr sie sich durchs Haar. »Schieben wir es auf die falschen Entscheidungen. Aber in einem Punkt gebe ich dir recht: Jemand, der mehr an sich denkt, trifft Entscheidungen wahrscheinlich leichter und vernünftiger.« Die aufkommenden Gedanken an ihre Vergangenheit und das Leid, das ihr Vater ihr und ihrer Mutter zugefügt hatte, schnürten ihr beinahe die Kehle zu. »Man lebt sicherer, vor der Armut und … vor einem gebrochenen Herzen. Fast unheimlich, wie beides zusammenhängt.«

Er machte einen Schritt auf sie zu, aber Lilly wich zurück. Sie hielt ihre Hände abwehrend vor sich. »Seien wir mal ehrlich: Wir werden diese Blume niemals finden. Wahrscheinlich gibt es sie gar nicht mehr. Es war naiv von mir, etwas zu suchen, das nicht gefunden werden will.«

Lilly marschierte los und drückte Liam im Vorbeigehen die Harke in die Hand.

»Was hast du jetzt vor?«

Sie hob ihre Tasche von der Treppe und ging zum Tor.

»Hey!«, rief er ihr ungehalten hinterher. »Lilly, bitte … Jetzt warte doch mal!« Er kam ihr nach, hielt ihren Arm fest, und sie drehte sich zu ihm um.

»Du dachtest von Anfang an, dass mein Plan, diese Blume zu finden, schwachsinnig war. Wieso hast du mir dann geholfen?«

Stumm sah er sie an. Lilly hielt dem Blick schweigend stand. Sie wollte ihm die Gelegenheit geben, sich zu erklären, doch er schwieg weiterhin.

»Ich mag vielleicht zu nett und knapp bei Kasse sein. Aber ich bin nicht diejenige von uns, die arm ist.« Ruckartig wandte sie sich um und ließ ihn stehen.

KAPITEL 9

Sommer 1986 – Iris

Iris atmete durch. Sie stützte die Hände in die Hüfte, dabei fiel ihr Blick erneut aus dem Fenster. Diana stand mit galant gekreuzten Beinen vor dem Haus und unterhielt sich mit Brandon. Sie kannte ihre beste Freundin gut genug, um an deren Körpersprache zu erkennen, wie angetan sie von ihm war. Für eine Weile beobachtete sie die beiden, dann stürmte Iris aus dem Haus, getrieben von einem brennenden Gefühl in der Magengrube, das sie nicht zu deuten wusste. Auf den Eingangsstufen stehend schluckte sie die aufgekommene Verärgerung hinunter, als sie deren Ursprung erkannt hatte. Sie hatte kein Recht auf Brandon. Er war nicht ihr Mann. Und im Gegensatz zu ihr war Diana nicht verheiratet. Sie wollte bereits wieder kehrtmachen und unauffällig zurück hinein verschwinden, als Brandon sie bemerkte.

Ihr plötzliches Auftauchen hatte auch Diana zu ihr aufsehen lassen.

»Alles in Ordnung?«, fragte Brandon, gewohnt anständig.

Iris schluckte noch einmal, strich ihre Schürze glatt, nickte und ging auf ihre Freundin zu. »Ich hatte dich gar nicht erwartet.« Sie nahm sie an die Hand und zog sie zum Haus.

»Na ja, ich musste mich doch mal vergewissern, wie es vorangeht. Und wie ich sehe, wird alles sehr schön. Eine ausgesprochen gute Arbeit.« Sie blickte sich nach Brandon um.

»Danke«, antwortete er und setzte weiter die Pflastersteine für den Weg.

»Ich hätte da auch noch ein paar Aufgaben für dich in meinem Garten. Also … wenn du hier fertig bist.«

Er nickte knapp.

Dianas entzückter Blick blieb an ihm hängen, bis Iris sie erneut am Arm nahm. »Wir sollten ihn in Ruhe arbeiten lassen.« Sie führte ihre Freundin ins Haus. Auf dem oberen Treppenabsatz stehend wandte sie sich ihm noch einmal zu. »Ich bringe Ihnen das Mittagessen gleich raus, Brandon.«

Er schaute zu ihr auf und lächelte. »Danke.«

Iris schloss die Tür hinter sich und ihrer Freundin.

»Dieser Mann ist ein Gott!« Diana hielt nichts davon, um den heißen Brei herumzureden. »Ganz ehrlich: Ich will ihn.«

»Beruhige dich, Di. Du weißt, die Wände sind nicht besonders dick. Er könnte dich hören.«

Sie zuckte die Schultern. »Egal. Er ist perfekt. Hast du seinen Bizeps gesehen?« Sie fächerte sich mit einer Hand Luft zu. »Himmel, so heiß ist mir noch in keiner Sauna geworden.«

Iris eilte in die Küche. Diana folgte ihr. »Wo hast du ihn bloß gefunden?«

»Ich habe ihn gar nicht gefunden.« Iris schenkte zwei Gläser Limonade ein und reichte Diana eins, die sofort einen hastigen Schluck nahm.

»Ganz ehrlich gesagt hat er mein Nachthemd gefunden.«

»Wie bitte?« Fast hätte sie sich an der Limonade verschluckt.

Iris lachte. »Witzige Geschichte. Aber eigentlich war es Rob, der ihn engagiert hat, um mir den Garten anzulegen.«

Diana grunzte. »Dein Mann hat ihn beauftragt, dir den Hof zu machen? Das würde ich mir nicht zweimal sagen lassen.«

»Es ist nicht so, wie du denkst.«

»Egal! Zum ersten Mal wünschte ich, ich hätte einen Garten.« Diana stierte angestrengt vor sich hin. »Vielleicht kann er mir etwas im Haus reparieren.«

»Was ist denn kaputt?«

»Noch nichts.« Sie grinste breit. »Woher kennt dein Mann denn jemanden wie ihn?«

Iris stand gegen das Besteckfach gelehnt und nippte an ihrem Glas. »Anscheinend aus dem Pub.«

»Woher auch sonst …« Diana setzte sich an den Tisch und stöhnte auf. »Und? Erzähl mir mehr. Ich will alles über ihn wissen.«

»Na ja, eigentlich weiß ich gar nicht viel über ihn. Nur dass er Saisonarbeiter ist und vom Festland kommt.«

»Wow«, säuselte Diana und starrte verträumt aus dem Fenster. »Ein Mann, der noch nicht weiß, was er will. Der auf der Suche nach seiner Bestimmung ist. Darauf steh ich total.«

Iris verdrehte kichernd die Augen. »Ich weiß.«

»Du hast so ein Glück!«

»Das würde ich so nicht sagen.«

»Wieso nicht?« Diana verstand die Welt nicht mehr. »Du bist hier, allein, und hast tagtäglich diesen Anblick vor dir. Also ich hätte schon längst was draus gemacht.«

»Du vergisst, dass ich verheiratet bin.«

Diana plusterte die Backen auf. »Jetzt erzähl mir nicht, dass du seine Anwesenheit nicht genießt. Wenn auch nur ein bisschen.«

Iris konnte sich ein kleines Lächeln nicht verkneifen.

»Wusste ich es doch! Ich hätte mich auch schwer gewundert, wenn es anders wäre. Gucken darf man immer. Du denkst doch nicht allen Ernstes, dass dein Robert das nicht auch tut, dort, wo er jetzt ist? Männer tun es noch weit häufiger als wir Frauen. Die lassen keine Gelegenheit aus, und meistens bleibt es nicht beim harmlosen Gaffen. Vertrau mir, ich weiß, wovon ich rede.«

»Weder Rob noch ich sind so.«

»Sagst du. Aber würdest du deine Hand für deinen Ehemann ins Feuer legen?«

Iris überlegte. Noch bis vor ein paar Stunden wäre ihr die Antwort leichtgefallen …

Diana deutete ihr Schweigen als Zugeständnis. »Also ich habe auch schon ein paarmal mitbekommen, wie dein Rob anderen Frauen nachstarrt. Nur mal so am Rande.«

»Solange nichts passiert, ist das ja nicht verboten.«

»Und du weißt sicher, dass Rob nicht weiter geht?« Dianas Blick war bohrend. Es war nicht das erste Mal, dass sie auf seine Untreue anspielte, aber beweisen konnte sie nichts.

Iris seufzte achselzuckend. Seit ihrem Ohrringfund wusste sie gar nichts mehr.

»Vertrauen sieht anders aus«, schloss Diana. »Verrätst du mir, was los ist?«

Iris blickte schweigend vor sich hin. Sollte es für den Ohrring eine andere Erklärung geben, so würde sie es bereuen, ihrer Freundin davon erzählt zu haben. Sicher würde

Diana Rob am Ende noch mehr verachten, als sie es ohnehin schon tat.

»Der Stand der Dinge ist doch, dass Rob geschäftlich weg ist. Oder gibt es irgendwas, das ich nicht weiß?«, fragte Diana skeptisch.

»Nein.« Iris strich sich nervös eine Haarsträhne hinters Ohr. »Er ist geschäftlich fort.«

»Dann ist nichts zwischen euch passiert?«

Sie schüttelte den Kopf.

Diana nickte, wenn auch wenig überzeugt. »Na dann kannst du ja beruhigt sein. Du hast schließlich auch nicht vor, irgendwas hier passieren zu lassen.«

»Was sollte ich denn bitte passieren lassen?«

»Ach, du weißt schon. Du könntest dem Charme dieses gut aussehenden Mannes da draußen verfallen. Keiner könnte es dir verdenken. Ich bin ihm auf jeden Fall schon erlegen.«

»Ich bin nicht du, Di.«

»Das weiß ich doch.« Diana schlug ein Bein übers andere, raffte ihren Rock bis zum Oberschenkel und zog ihr Zigarettenetui aus ihrem Strumpfband. »Sonst wärst du schon über ihn hergefallen.« Sie klappte die kleine Metalldose auf und entnahm eine ihrer feinen Zigaretten. Sie zündete sie an, nahm einen Zug und lehnte sich zurück, dabei musterte sie ihre Freundin prüfend. Iris schluckte und wurde rot.

»Wusste ich es doch!«, murmelte Diana wohlwollend. »Er gefällt dir also.«

Über Iris' Gesicht huschte ein Lächeln. Sie beließ es dabei, und auch Diana hatte keine weiteren Fragen mehr, als sie ihre Freundin am Nachmittag verließ. Dennoch wollte

Iris das Gespräch nicht aus dem Kopf gehen. Diana sprach immer aus, was sie dachte, selbst wenn das manchmal anstrengend war. Dafür bewunderte Iris sie – und hin und wieder wünschte sie sich ein kleines bisschen von dem Mut, den ihre Freundin besaß. Wäre ihr Leben einfacher, wenn sie sich nehmen würde, was sie wollte? Vertieft in die Vorstellung, wie es wohl wäre, etwas mehr an sich zu denken, presste Iris Zitronen für die frische Limonade aus. Sie war so versunken, dass sie nicht bemerkte, wie Brandon in die Küche kam. Erst als er sich im Türrahmen stehend räusperte, drehte sie sich zu ihm um.

»Verzeihung.« Er hielt sich den Hut vor seinen Bauch, wo er ihn nervös zwischen den Fingern drehte. »Ich hatte geklopft, aber Sie haben mich wohl nicht gehört.«

»Ist schon gut«, sagte Iris. »Sie warten sicher auf Ihr Sandwich. Ich bringe es Ihnen sofort raus.«

»Nein.« Er hob eine Hand vor sich. »Bitte. Machen Sie sich keine Umstände meinetwegen. Ich habe gut gefrühstückt. Außerdem …«, er machte eine Pause, um Luft zu holen, »bin ich mit dem Zaun fertig.«

»Wirklich?« Iris schaute wieder aus dem Fenster und begutachtete seine Arbeit. »Er sieht toll aus. Tausend Dank! Ich bin begeistert!«

»Die Tiere werden Ihnen keine Probleme mehr machen«, versicherte er. »Der Zaun ist absolut sicher.«

»Vielen Dank, Brandon.« Iris lächelte ihn an. Er erwiderte ihr Lächeln. Kurz schien die Zeit stillzustehen.

»Morgen pflastere ich den Weg weiter. Für heute war es das dann.« Er presste die Lippen zusammen. »Die Blumen, die Sie wollten …«

»Ja?« Iris lehnte sich mit dem Rücken gegen die Arbeitsfläche.

»Ich wollte sie nachher abholen. In Glendale. Und ich dachte, vielleicht hätten Sie Lust, mich zu begleiten.«

Iris betrachtete ihn unschlüssig.

»Damit Sie sie mit aussuchen können«, ergänzte er schnell. »Außerdem gibt es dort einen herrlichen Strand und einen Leuchtturm, wie Sie sicher wissen.«

Iris nickte lächelnd. War er etwa … nervös?

»Manchmal kann man dort Delfine, Wale und Robben beobachten.«

Für einige Sekunden blieb es ruhig in der Küche. Brandons Finger kneteten weiterhin seinen Hut.

»Ich weiß nicht. Ich habe noch so viel im Haushalt zu tun …« Iris zögerte. Obwohl sein Angebot sie reizte, war sie sich nicht sicher, ob es klug wäre, den Nachmittag mit ihm zu verbringen. Was würde Rob dazu sagen? Unwillkürlich erspürte sie den Ohrring in ihrer Schürzentasche, und die Zweifel waren wie ausgelöscht.

»Ach, warum eigentlich nicht! Ich hol nur meine Tasche.«

Angespannt nahm sie wenig später neben ihm im Wagen Platz. Sie verließen Portree und bogen auf die Landstraße Richtung Westen ab. Unauffällig betrachtete Iris Brandons makelloses Profil und die blassen Sommersprossen um seine Nase. Auch er schaute hin und wieder kurz zu ihr herüber. Im Gegensatz zu Rob schien er kein Mann vieler

Worte zu sein, und da Iris ähnlich gestrickt war, blieb es die ersten Minuten ruhig im Wagen. Ihr Schweigen hatte etwas Friedliches, Beruhigendes, das sie nicht näher beschreiben konnte. Aus dem Autoradio tönte Pat Benaters *Love is a Battlefield.* Brandon trommelte dazu im Takt leicht mit den Fingern auf das Lenkrad.

»Die Pflanzen ...«, begann sie etwas unbeholfen ein Gespräch. »Was denken Sie: Wie lange wird es dauern, bis wir alle in die Erde gebracht haben?«

Er hob die Brauen und lächelte. »Wir?«

»Umso schneller ist der Garten fertig, oder?« Sie bremste sich, weil ihr klar geworden war, was das für sie bedeuten würde. Er würde früher fortgehen. Wollte sie das?

Brandon nickte zögernd.

»Ich finde es schön, etwas zu erschaffen«, erklärte sie. »Mein Mann ist da ganz anders ...«

»Nun, ich schätze, diese Arbeit liegt nicht jedem.« Einen Moment betrachtete er sie rätselnd, dann wandte er sich wieder nach vorn.

»Was ist mit Ihrer Frau?« Iris hielt gespannt den Atem an.

Seine Hände umklammerten fester das Lenkrad. »Ich bin nicht verheiratet.«

»Hm«, machte Iris und sank tiefer in ihren Sitz, denn der Anflug eines schlechten Gewissens überkam sie. Er hatte nichts zu verlieren, wenn er mit ihr nach Glendale fuhr. Aber würde sie jemand mit ihm sehen, würde das die Gerüchteküche ordentlich anheizen. Wäre sie dem gewachsen?

Kurz vor Glendale legten sie einen Zwischenstopp ein, bei dem Brandon den Anhänger eines Bekannten auslieh und am Wagen befestigte.

»Für jemanden, der umherreist, haben Sie viele Freunde«, bemerkte Iris, als er danach wieder ins Auto kam.

»Ich komme schon seit meiner Kindheit nach Skye. Mein Vater war Fischer, und hier gibt es gute Fanggründe.«

»Gehen Sie immer noch gerne fischen?«

»In den letzten Jahren weniger. Ich bin viel gereist.«

Iris lächelte. »Wohin denn?« Der Anhänger ratterte über die Küstenstraße hinter ihnen her. Über ihnen hatte sich der Himmel aufgeklart und war fast wolkenfrei blau.

»Amerika, Südostasien …«

»Beneidenswert.«

In der Ferne sah Iris die glitzernde Meeresoberfläche und den Rand der weiten See. Die Sicht war überwältigend. Es war lange her, dass sie und Rob etwas zusammen unternommen hatten. Im Gegensatz zu ihr lagen ihm Ausflüge nicht sonderlich. Während sie gerne Neues entdeckte, empfand er sie als Zeitverschwendung. Brandon schien da anders zu sein. »Sind Sie auch herumgekommen, Mrs Warren?« Er schickte ihr einen aufmerksamen Blick. »Sie haben sich doch bestimmt etwas von der Welt angesehen.«

»Ich fürchte, da muss ich Sie enttäuschen. Ich habe die Isle of Skye noch nie verlassen.«

Er verzog einen Moment schockiert das Gesicht.

»Sie müssen mich für enorm langweilig halten.«

»O nein, ganz und gar nicht«, beteuerte er, und sein Blick blieb an ihr haften, als wollte er sichergehen, dass sie ihm glaubte. »Diese Insel ist wunderschön. Im Grunde braucht man nicht zu reisen, wenn man an einem Ort lebt, der alles hat, was man sich wünscht.«

In seinen Worten lag eine Wahrheit, der Iris nur zustimmen konnte.

»Als Kind bin ich mit meiner Familie oft umgezogen«, fuhr er fort. »Ich vermute, das Reisen ist einfach zur Gewohnheit geworden. Wir sind nie länger an einem Ort geblieben als ein halbes Jahr.«

»Das tut mir leid.«

Er presste die Lippen aufeinander.

»Wissen Sie schon, wie es nach Ihrem Aufenthalt auf Skye für Sie weitergehen wird?« Iris betrachtete ihn mitfühlend.

Er sah kurz vom Steuer zu ihr hinüber und schenkte ihr ein Lächeln. »Ja. Ich denke schon.«

Iris lächelte mit ihm. Seine Geschichte schien ein Happy End zu haben, und das gefiel ihr. Entrückt von der Welt lehnte sie das Gesicht gegen das Fenster und ließ die Landschaft an sich vorüberziehen. Sie fühlte sich geborgen an seiner Seite – und auf ungeahnte Weise frei.

Als sie in Glendale ankamen, war es bereits spät am Nachmittag. Bei einem örtlichen Händler luden sie die Pflanzen und den Baum für den Vorgarten auf den Anhänger, der anschließend brechend voll war. Iris stand gegen die Beifahrertür gelehnt, ihr Blick glitt bewundernd über die malerische Küstenlandschaft mit ihren Felsen und Klippen.

»Was ist das dahinten?« Sie deutete in die Ferne, wo sich ein weißer Leuchtturm in den Himmel streckte.

»Das ist Neist Point«, erklärte Brandon. »Waren Sie schon mal dort?«

»Als Kind. Ich kann mich kaum mehr daran erinnern.«

»Dort drüben geht's zum Strand hinunter. Wir könnten uns den Leuchtturm näher ansehen, wenn Sie wollen?«

Iris biss sich auf die Lippe. Kurzerhand marschierte sie in die niedrigen Dünen hinein. Sie zog ihre Schuhe aus und ging weiter, bis zu dem festen Sand am Wasser. Brandon folgte ihr. Am Ende des Strandabschnitts erhob sich der Leuchtturm über die steilen Klippen, unter denen sich die Wellen brachen.

Iris bückte sich nach einer blauvioletten Muschel, die ihre Aufmerksamkeit auf sich gezogen hatte. Sie hielt sie ins Licht. »Wunderschön.«

»Ja.« Brandon war neben sie gekommen. »Sieht aus, als käme sie von Coral Beach.«

»Dem Korallenstrand!« Iris hatte ihn mit ihren Eltern besucht. Auch das war eine Ewigkeit her.

»Waren Sie schon einmal dort?« Sie schüttelte betreten den Kopf. »Vergessen Sie diese dumme Frage. Natürlich waren Sie da.«

Er lächelte, die Hände in die Taschen seiner Jeans vergraben. »In meiner Jugend ein- oder zweimal.«

Einen Moment wurde es still zwischen ihnen. Sie spazierten weiter nebeneinanderher. Ein junges Pärchen begegnete ihnen Arm in Arm. Iris vermied es, Brandon anzusehen.

»Was machen Sie so?«, durchbrach sie nach einer Weile das Schweigen. »Ich meine, wenn Sie nicht gerade reisen oder Gärten anlegen?«

Er hob ein unterarmgroßes Stück Treibholz vom Boden auf und blieb stehen.

Iris hielt inne. »Sieht aus wie eine Robbe.«

Brandon besah sich das Stück näher und lächelte vielsagend. »Mit etwas Phantasie kann es alles werden.« Er legte das Holz zurück in den Sand.

Iris zählte eins und eins zusammen. »Sie sind ein Künstler?«

»Es ist ein Hobby«, verriet er mit einem Hauch von Wehmut in der Stimme, als fürchtete er, von ihr belächelt zu werden.

»Ein wunderschönes Hobby«, schwärmte sie. »Und es klingt, als wäre es bereits mehr als das.«

»Ich hoffe, das wird es einmal sein.« Er klopfte seine Handflächen an seiner Hose ab, um den feuchten Sand loszuwerden, den das Treibholz hinterlassen hatte.

»Und Sie?«, lenkte er das Thema um.

»Ich?« Iris blinzelte verwirrt. Es war lange her, dass sich jemand nach ihren Interessen erkundigt hatte. »Zu mir gibt es eigentlich nicht viel zu sagen.«

»Sie mögen Blumen«, antwortete er für sie.

Sie nickte.

»Und Sie haben mit Ihrem Garten große Pläne.«

»Große Pläne für einen Garten, der zu einem kleinen Haus gehört.« Sie machte sich lustig über sich selbst, aber Brandon lachte nicht.

»Ich finde Ihre Ideen wunderbar. Sie haben eine Vision. Man merkt, wie viel Ihnen Ihr Heim bedeutet.«

Iris sah ihn verunsichert an. Wie konnte es sein, dass er sie schon nach so kurzer Zeit durchschaut hatte? War er ein guter Menschenkenner oder hatte er sich im Pub über sie informiert? Portree war ein kleines Nest, in dem jeder jeden kannte. Mit einem Mal wurde ihr furchtbar heiß. Sie ging aufs Wasser zu und ließ ihre Füße von der Gischt umspülen.

»Ich hatte fast vergessen, wie groß unsere Welt ist«, flüsterte sie.

Brandon war an ihre Seite gekommen. »Sie ist so groß, wie wir sie sehen wollen.«

Sie gingen weiter nebeneinander auf den Leuchtturm zu, während sich der Himmel über dem Meer langsam verfärbte. Ein warmes Orange beherrschte den Horizont – ein Vorbote des nahenden Sonnenuntergangs, der Iris vergessen ließ, wo sie eigentlich sein sollte.

Zwischen den Felsen schlängelte sich ein kleiner Trampelpfad hinauf. Beim Anblick des steilen Aufgangs musste Iris schlucken. Waghalsige Klettermanöver lagen ihr nicht besonders.

»Es ist nicht so schlimm, wie es aussieht. Man muss nur aufpassen, dass man auf dem Weg bleibt«, erklärte Brandon, der ihre ängstliche Miene richtig gedeutet hatte.

»Der ist ziemlich schmal.«

»Kommen Sie, ich helfe Ihnen hoch. Glauben Sie mir, es lohnt sich.«

Iris atmete tief ein. Sie wollte ihm nicht sagen, dass sie unter extremer Höhenangst litt, doch sie hatte Mühe, gegen die Angst anzukommen, die sie förmlich am Boden festschweißte.

Brandon schien ihre Furcht zu spüren. Er trat nah zu ihr heran. »Vertrauen Sie mir.« Sein Blick tastete sich über ihr

Gesicht. Er blieb an ihren Augen hängen. Zaghaft schaute Iris auf seine Hand hinab, die er ihr hinhielt, und ergriff sie. Daraufhin führte er sie über den Weg durch die zerklüfteten Felsen bis zum Plateau, wo sich der Leuchtturm befand.

»Danke«, sagte Iris knapp und zog ihre Hand aus seiner, die er länger als nötig gehalten hatte. Sie waren nun direkt vor dem Gebäude, in dem früher der Wärter gewohnt hatte und das unmittelbar an den weißen Zylinderturm grenzte. Iris wagte sich dichter an die Brüstung heran. Unter ihr brachen sich tosend die Wellen. Wie gebannt betrachtete sie das Schauspiel – es war gleichermaßen faszinierend und furchteinflößend.

Brandon begab sich zum Eingang des Turms und klopfte an der Haupttür. Wenig später kehrte er zu Iris zurück.

»Ich hatte gehofft, der Wärter wäre da. Dann hätten wir vielleicht von oben aufs Meer hinausblicken können, aber heute scheint niemand hier zu sein.«

Iris umschloss mit beiden Händen den oberen Rand der eisernen Abgrenzung und richtete ihren Blick nach vorn. Die untergehende Sonne hatte den Horizont rot verfärbt. Ihre Silhouette spiegelte sich auf der Meeresoberfläche.

Brandon trat neben sie. Von den Felsen unter ihnen schossen Basstölpel pfeilschnell ins Wasser. Gemeinsam beobachteten sie das Schauspiel eine Weile, indes setzte die Sonne den Himmel weiter in Flammen. Schon bald würde es dunkel werden, und der Leuchtturm würde sein Licht auf das weite Meer hinausschicken. Iris wurde von dem Wunsch erfüllt, auf die Dunkelheit zu warten, um es mitansehen zu können. Andächtig stand sie neben Brandon.

Seine Hand lag dicht neben ihrer auf der Brüstung. Der Wind hatte aufgefrischt, und es war kühler geworden. Außer ihnen war niemand zu sehen. Es war, als wären sie die einzigen Menschen auf der Welt.

»Es ist wie Magie«, hauchte Iris fröstelnd, mit Blick auf das atemberaubende Farbenspiel am Horizont und im Wasser.

»Ja.« Brandons Hand tastete sich näher an ihre heran. Sie spürte seinen Blick auf sich und die unverhohlene Bewunderung darin. Nie zuvor hatte sie ein Mann so angesehen.

Er zog seine Jeansjacke aus und legte sie ihr um die Schultern. Sie fühlte die Wärme seines Körpers an ihrem Rücken.

»Danke.« Iris Herz klopfte schneller, und ihre Gedanken überschlugen sich. Sie dachte an zu Hause, an Rob, an ihr Leben mit ihm. Das alles rückte in Brandons Gegenwart in den Hintergrund, und das machte ihr Angst. Schnell wandte sie sich wieder der rauen See zu – irritiert und überwältigt von den Gefühlen in ihr, die sie nicht für möglich gehalten hatte. Die letzten Sonnenstrahlen verglühten über dem Meer, und Iris versuchte zu verstehen, was mit ihr geschah. An Brandons Seite fühlte sie sich wie eine andere Person, frei und mit unbegrenzten Möglichkeiten. Sie wusste nicht, was das zu bedeuten hatte, nur, dass sie im Begriff war, sich in diesen Mann zu verlieben, der zufällig in ihr Leben getreten war und schon bald wieder fort sein würde.

KAPITEL 10
Lilly

Lilly schlenderte am Hafen entlang. Nach dem Streit mit Liam brauchte sie frische Luft und Abstand. Am liebsten wäre sie sofort abgereist, doch der Gedanke, mit leeren Händen nach Edinburgh zurückzukommen, bereitete ihr Magenschmerzen. Alles wäre umsonst gewesen, die Fahrt, die Unkosten, ganz zu schweigen von der vergeudeten Zeit. Durch die Krankheit ihrer Mutter hatte sie gelernt, dass jede Minute kostbar war. Doch jetzt zurück zum Cottage zu gehen, wäre sinnlos. Sie musste sich erst beruhigen und darüber klar werden, ob sie Liam überhaupt noch mal begegnen wollte.

Als sie Hunger verspürte, verschlug es sie in einen unscheinbaren Pub, der sich in einer schmalen Seitengasse befand. Auf einer Tafel neben dem Eingang warb er mit seiner gutbürgerlichen Küche. Dafür hatte Lilly schon immer eine Schwäche gehabt. Im Inneren der überschaubaren Gaststätte waren die Wände mit dunklem Holz verkleidet, neben einem Flachbildfernseher hingen Wimpel von Celtic Glasgow. An der Theke saßen drei Männer, die wie gestrandet wirkten.

Lilly entschied sich für einen Tisch in der hinteren Ecke und bestellte Haggis mit Steckrüben und Kartoffeln, dazu Ale. Für gewöhnlich trank sie nur selten Alkohol, erst recht nicht so früh am Tag. Nach dem turbulenten Morgen war sie aber der Meinung, ein Bier vertragen zu können.

»Sind Sie neu in der Stadt?«, erkundigte sich die Kellnerin, als sie Lilly den Teller vorsetzte. In ihrem blonden, toupierten Haar steckte eine knallpinke Kunstblume, die geradezu fesselnd auf Lilly wirkte.

»Für einen Kurzurlaub«, antwortete sie nach kurzem Zögern.

Die Kellnerin umfasste grübelnd ihr Kinn. »Sie kommen mir irgendwie so bekannt vor.«

»Ich habe vor Jahren hier gelebt. Da war ich aber noch ein Kind.«

Ihre Miene entspannte sich. »Du bist doch nicht etwa … Iris' Tochter?«

»Doch, die bin ich.« Lilly zwang sich, zu lächeln.

»Das gibt's ja nicht! Wie lange ist das her?«

»Zwanzig Jahre.«

»Unglaublich!« Die Kellnerin wandte sich dem Mann zu, der hinter der Theke Gläser polierte. »Komm doch mal her, Paul. Du glaubst nicht, wer hier reingeschneit ist.«

Lilly wäre am liebsten im Boden versunken.

Der Mann kam hinter der Theke hervor, stellte sich neben die Kellnerin und schaute ratlos auf Lilly herab.

»Du kennst sie.« Die Frau stieß ihn mit dem Ellenbogen an. »Iris Warrens Tochter Lilly!«

Der Blick des Mannes weitete sich, dann lächelte er. »Aye. Natürlich!«

Lilly schaute ratlos zwischen ihnen hin und her. »Verzeihung, aber ich kann mich nicht so recht an Sie erinnern.«

»Oh, das macht nichts. Du warst ja auch noch klein.« Die Frau lachte herzlich. »Ich bin Diana. Das ist mein Mann Paul.« Sie deutete auf ihn. Er nickte freundlich und zwirbelte die Enden seines weißen Schnurrbarts.

»Dann hat dich der Zufall ins Fog Inn getrieben?«, fragte er.

»Ich schätze schon.« Lilly lächelte verunsichert. Die beiden wirkten ausgesprochen froh, sie zu sehen. Ihr war es peinlich, dass sie sie nicht zuordnen konnte. Waren sie Freunde der Familie gewesen?

»Das hier geht selbstverständlich aufs Haus.« Diana deutete auf die Speisen auf dem Tisch.

»Oh, das ist sehr nett. Ist aber nicht nötig.«

»Und ob!« Sie duldete keinen Widerspruch.

»Hol uns doch noch zwei Ale, Paul.« Ihr Mann trabte zurück hinter die Theke. »Ich darf mich doch zu dir setzen?« Diana nahm bei Lilly Platz, bevor diese antworten konnte.

»Also«, begann sie, nachdem Paul ihnen das Bier vorgesetzt hatte. »Du musst mir alles erzählen. Seit wann bist du hier? Ist deine Mutter auch mitgekommen? Oh, ich würde mich so freuen, sie wiederzusehen.«

»Äh, nein. Ich bin allein hier.«

»Ein Jammer!« Sie seufzte auf. »Wahrscheinlich hat die gute alte Iris wieder zu viel um die Ohren. Das hat sie ja immer.« Sie trank einen großen Schluck aus ihrem Glas.

»Sie haben noch Kontakt zu ihr?« Lilly hatte das Gefühl, nicht mitzukommen.

»Nicht mehr so viel wie früher«, sagte sie bedauernd und machte eine Pause. »Du weißt schon, die Entfernung. Seit eurem Umzug hat sich einiges getan. Wenn man bedenkt, dass wir einmal unzertrennlich waren.«

»Sie waren gut befreundet?«

Diana blickte sie verwundert an. »Wir waren die besten Freundinnen.«

Lilly legte die Hände um ihr Glas und starrte die fremde Frau verwirrt an.

»Hat sie dir nie von mir erzählt?« Plötzlich wirkte sie zutiefst bedrückt. Lilly schüttelte zaghaft den Kopf.

»Na ja. Vielleicht waren wir doch nicht so eng, wie ich gedacht hatte.«

»Das glaube ich nicht«, meinte Lilly aufmunternd.

»Sie hat es wahrscheinlich immer noch nicht einfach.« Diana ahnte nicht, wie recht sie hatte.

»Deine Mutter hatte früher ein gewisses Händchen dafür, sich in Schwierigkeiten zu bringen, auch wenn sie dasselbe über mich sagen würde.« Gedankenversunken lächelte sie vor sich hin.

»Schwierigkeiten? Meine Mutter?« Lilly war, als sprachen sie über eine Fremde. Für sie gab es keine vernünftigere Person.

Diana zuckte die Achseln. »Es war nicht so, als hätte sie sich ihre Probleme ausgesucht. Die Schwierigkeiten haben eher sie gefunden.« Sie seufzte bedauernd.

»Ich fürchte, ich kann Ihnen nicht folgen«, gestand Lilly.

»Ach, sie hatte es einfach nicht leicht. Nicht so wie andere.«

»Sie meinen, mit meinem Vater?«

»Mit dem auch«, verriet sie knapp. »Aber ich will dich nicht mit alten Geschichten langweilen. Das ist Schnee von gestern, oder?«

Lilly kniff die Augen zusammen. Sie war sich da nicht so sicher.

»Sag, wie geht es Iris? Ich wette, sie hat immer noch die Energie von zehn Pferden.«

Lillys betroffenes Schweigen alarmierte Diana, deren Miene erstarrt war. »Sie ist doch wohlauf, hoffe ich?«

»Sie ist …« Lilly schluckte schwer. Sie wusste nicht genau, wie sie ihre Situation erklären sollte. Womöglich hatte ihre Mutter Diana absichtlich nicht über ihren Zustand informiert. Aber warum?

Diana legte ihr die Hand auf den Arm. »Was ist mit Iris?«

Lilly zwang sich, ruhig zu bleiben.

»Sie hat in Edinburgh zu tun. Stress. Das ist alles.« Die Lüge ging ihr nicht leicht über die Lippen. Doch für den Moment schien es das Beste zu sein – bis sie wusste, was es mit Diana und ihrer Mutter auf sich hatte. Wer war diese Frau für sie gewesen, und warum konnte sie sich nicht an sie erinnern?

Die Begegnung mit Diana und Paul beschäftigte Lilly noch, nachdem sie den Pub verlassen hatte. Beide hatten sich offensichtlich gefreut, sie zu sehen. Diana hatte darauf gedrängt, dass Lilly sie vor ihrer Abreise noch einmal besuchte. Lilly hatte zugestimmt. Bis dahin hoffte sie, etwas mehr über diese Frau zu erfahren, die ihrer Mutter nach eigener Aussage einmal sehr nahegestanden hatte.

Das Zusammentreffen mit Diana hatte sie für kurze Zeit auf andere Gedanken gebracht und von dem Streit mit Liam abgelenkt. Doch jetzt, da sie wieder alleine war, wanderten ihre Gedanken erneut zu ihm. Warum war seine Stimmung so schnell umgeschlagen? War der Überraschungsbesuch seiner Mutter daran schuld gewesen? Dass beide ein angespanntes Verhältnis zueinander hatten, war mehr als deutlich gewesen. Mrs Krock hatte nicht übertrieben. Aber was hatte das mit ihr zu tun? War sie einfach nur zum falschen Zeitpunkt dort gewesen?

Auf der Suche nach Ablenkung spazierte Lilly die Hafenpromenade entlang. Sie konnte noch immer nicht fassen, wie Liam mit ihr gesprochen hatte, und sie hasste sich dafür, dass sie sich so in ihm getäuscht hatte. Sie hatte gedacht, er sei ein Mann mit Charakter geworden. Dabei schien er noch immer derselbe verzogene, reiche Junge zu sein, der seine Launen ungehemmt an anderen ausließ.

Der Wind frischte auf. Lilly schlug ihren Mantelkragen hoch, während sie den Weg die Klippen entlang nahm. Bis vor zwanzig Jahren war die Gegend kaum bebaut gewesen. Nun reihten sich mehrgeschossige Wohnblocks aneinander – Apartments mit ausladenden Balkonen und einem Seeblick, für den die Bewohner zweifellos hohe Summen hingeblättert hatten. Lilly erinnerte sich daran, wie sie vor Jahren mit ihrem Vater hier gewesen war. Damals waren die abfallenden Klippen ein Paradies für Fischer gewesen: ein kleines Idyll am Rande der Stadt, das durch seine Ruhe und die atemberaubende Aussicht auf das weite Atlantikmeer bestach. Für Lilly war dieser Teil von Portree magisch gewesen. Ebenso für ihre Mutter. Lilly erinnerte sich, dass diese oft hierhergekommen war, um nachzudenken. Wenn es zwischen ihren Eltern Streit gegeben hatte, hatte sich Iris hierhin zurückgezogen. Immer hatte sie sehnsüchtig aufs Meer hinausgestarrt, als trauerte sie um etwas. Mehr als einmal hatte sich Lilly gefragt, was es wohl war. Ihre zu früh verstorbenen Eltern, ihre Jugend, oder eine unerfüllte Sehnsucht?

Gespannt folgte Lilly der Straße bis zum Ende. Sie führte zu einem weiteren eingezäunten Privatgrundstück, das bis hinunter zum Wasser reichte. Angestrengt reckte sie den Hals, um einen genauen Blick auf den Bungalow werfen zu können, der malerisch auf einer kleinen Hochfläche zwischen den Klippen stand. Aus dem überdachten Anbau ragte der Bug eines Segelschiffes. Früher hatte an diesem Platz ein heruntergekommenes Fischerhaus gestanden. Ihre Klassenkameraden hatten behauptet, dass es darin spuke, doch Lilly hatte sich nie davor gefürchtet. Möwen kreisten kreischend über dem Grundstück, und Lillys Blick folgte ihnen, richtete sich aber dann auf das weite Meer. Die Sonne schickte ihre wärmenden Strahlen durch das dunkle Wolkengemisch direkt auf ihr Gesicht. Für einen Moment schloss sie die Augen und atmete tief ein und aus, so, wie es ihre Mutter an jenem Ort getan hatte. Dann war der Augenblick vorbei. Eine Windböe wehte ihr das Haar um die Schultern, Nieselregen fiel. In Lilly breitete sich eine innere Ruhe aus, die sie nicht erklären konnte.

»Kann ich Ihnen irgendwie helfen?«, holte sie eine tiefe Stimme aus ihrer Entspannung.

Lilly blickte zum Haus, vor dem ein Mann stand, die Kapuze seines schwarzen Regenmantels tief im Gesicht.

»Oh, nein«, rief sie. »Entschuldigen Sie bitte. Ich schätze, ich habe mich etwas verlaufen.«

»Das macht doch nichts«, antwortete er freundlich. Lilly winkte ihm verunsichert zu und wollte kehrtmachen, als ein Hund auf sie zugelaufen kam.

Sie stutzte. »Rusty?«

Der Hund sprang am Tor hoch, bellte und wedelte eifrig mit dem Schwanz.

»Ach, Sie sind das.« Sein Herrchen nahm die Kapuze ab und kam mit einem freundlichen Lächeln auf sie zu.

»Verzeihung, ich hatte Sie nicht erkannt!«, sagte Lilly.

»Kein Problem.«

»Sie wohnen hier?« Sie deutete auf das Haus hinter ihm.

Er nickte. »Ja.«

»Ich finde es schön, dass sich jemand des alten Fischerhauses angenommen hat. Es sah früher immer so traurig aus.«

»Dann sind Sie von hier?«

»Als Kind habe ich hier gewohnt.«

Er nickte langsam. »Dann kennen Sie ja die Geschichten über Henshaw Cove?«

»Allerdings. Aber ich habe sie nie geglaubt. Ich meine, dass der Geist eines Fischers hier sein Unwesen treibt … das ist doch ziemlich absurd.«

»Sind sie sich da ganz sicher?« Er betrachtete sie ernst. Lilly zögerte, nickte aber dann stumm.

»Ich mache nur Spaß«, sagte er lachend. »Also seit ich hier wohne, ist mir noch kein Gespenst begegnet.«

»Das wundert mich nicht.« Sie strich Rusty, der die Pfoten gegen das Tor gelehnt hatte, über den Kopf.

»Und ich bin während des Umbaus auch nicht auf irgendwelche Knochenreste gestoßen, so wie man sich erzählt.«

Lilly lächelte. »Davon höre ich zum ersten Mal. Haben Sie das alles ganz allein umgebaut?«

»Ja, habe ich. So etwas sehe ich als Herausforderung. Es

hat zwar eine Weile gedauert, weil von dem ursprünglichen Haus nicht mehr viel stand, aber ich finde es schön, alte Gemäuer vor dem Verfall zu retten. Gerade bin ich auf dem Weg zum McTavish Cottage. Sie müssten es kennen. Soweit ich mich erinnere, standen Sie vor zwei Tagen davor – wo Sie zum ersten Mal Bekanntschaft mit Rusty gemacht haben.«

»Natürlich kenne ich es«, antwortete Lilly perplex. »Ich komme gerade … beziehungsweise, ich sollte wieder dorthin.«

»Ach ja?«

Sie nickte, als ihr aufging, dass er derjenige war, den Liam für die Arbeiten am Cottage angekündigt hatte.

»Dann sind Sie die junge Dame, von der Liam gesprochen hat.«

Sie legte die Stirn in Falten. »Was auch immer er über mich gesagt hat, ich würde es ihm nicht glauben.«

»Oh, verstehen Sie mich bitte nicht falsch! Er hat nichts Schlechtes gesagt.«

Lilly schnaubte und schüttelte unwirsch den Kopf. Bei dem, was er im Streit zu ihr gesagt hatte, konnte sie sich das nicht vorstellen.

Der Regen wurde heftiger, und sie vergrub sich tiefer in ihren Mantel.

»Wenn Sie auch zum Cottage möchten«, begann er, gegen den prasselnden Strom ankämpfend, und zog sich die Kapuze wieder über, »kann ich Sie mitnehmen?«

Lilly überlegte kurz. Sie musste diese Blume finden. Nur so würde sie mit Portree abschließen können – und mit Liam. Also musste sie wohl oder übel dorthin zurück.

»In Ordnung«, antwortete sie.

Er öffnete das Tor. Lilly eilte hinter ihm her über die Auffahrt bis zum Carport neben dem Haus, unter dem ein weißer Kleinbus parkte.

»Ich weiß gar nicht, wo meine Manieren sind.« Der Mann streifte seine Kapuze zurück. »Bitte sag Henry zu mir. Das tun alle. Rusty kennst du ja schon.« Der Hund kam vor ihr zum Stehen und schüttelte sein nasses Fell.

»Ich bin Lilly.« Amüsiert brachte sie die Hände vor sich, um die Wassertropfen abzuwehren.

»Rusty, musste das sein?« Henry bedeutete ihm, in den Wagen zu klettern.

Ungerührt sprang der Collie auf den Rücksitz.

»Lilly.« In sich gekehrt stieg Henry ein. »Das passt zu dir.«

Sie zog eine Grimasse und setzte sich neben ihn. »Das habe ich schon oft gehört.«

Mittlerweile regnete es in Strömen. »Dieses Wetter.« Henrys Blick glitt gedankenverloren nach vorn. »Das ist wohl das Einzige, an das ich mich hier nie richtig gewöhnen werde.«

Lilly stimmte mit einem Seufzen zu. »Irgendwie hatte ich es anders in Erinnerung. Weniger nass.«

»Das ist der Trick dabei: Man behält nur die guten Dinge im Kopf.«

Sie nickte stumm.

»Der Mai!« Henry startete den Motor. »Der ist wesentlich lohnender für einen Besuch auf Skye. Da gibt es statistisch gesehen die wenigsten Regentage.«

Sie durchfuhren das Tor und bogen auf die Straße ab, über die Lilly gekommen war.

Rusty postierte sich hechelnd zwischen ihnen.

»Schon wieder nasse Hundespuren auf meinen Sitzen.« Henry scheuchte ihn mit einer Handbewegung nach hinten, doch sofort kehrte der Collie zurück.

»Mach Platz, Rusty. Los!« Doch anstatt sich abzulegen, kletterte dieser über die Ganghebel gezielt auf Lillys Schoß.

»Böser Hund!«, schimpfte ihn Henry. »Ab mit dir nach hinten.«

Rusty dachte nicht daran, die milden Befehle seines Herrchens zu befolgen.

»Es geht schon.« Grinsend führte Lilly die Arme um den nassen Hundebauch.

»Wirklich?« Henry seufzte beschämt.

»Ja.«

»Du musst wissen, er sitzt sonst immer neben mir im Auto. Er hält sich für einen Menschen.«

»Schon in Ordnung. Wir können uns gut leiden.« Rusty drehte den Kopf und leckte mit der Zunge über Lillys Gesicht.

»Du wirkst, als hättest du Erfahrung mit Hunden.«

»Na ja, ich habe mir immer einen gewünscht, aber …«

»Deine Eltern waren dagegen?«

»Mein Vater hat nicht viel für Haustiere übriggehabt. Und später hatte ich irgendwie nie die Zeit, mir selbst eins anzuschaffen.«

»Ein Jammer.« Er machte schmale Lippen und wechselte das Thema. »Du bist also eine alte Freundin von Liam?«

»Sozusagen.« Lilly biss die Zähne aufeinander, weil sie diese Bezeichnung doch etwas unpassend fand.

»Ich finde es toll, dass er jetzt endlich das Cottage reparieren will. Das hat er sich schon so lange vorgenommen. Er konnte sich bisher nur nie dazu aufraffen.«

Lilly stöhnte kaum hörbar. Sie war nicht daran interessiert, Geschichten mit Liam in der Rolle des zu Bemitleidenden zu hören. Sicher, er konnte freundlich sein, hilfsbereit und einfühlsam, aber heute Morgen hatte er sie zur Weißglut gebracht. Das würde sie so schnell nicht vergessen können.

»Seit sein Vater tot ist, hat er so seine Schwierigkeiten«, fuhr Henry fort. »Das hast du sicher schon gemerkt.«

»Eigentlich stehen wir uns nicht besonders nah«, stellte sie klar. »Ich weiß also nicht, womit Liam Schwierigkeiten hat.« Außer mit seiner Mutter, dachte sie zähneknirschend.

»Ah, nun, ich ging davon aus, ihr würdet euch schon lange kennen, deshalb …«

»Tun wir – und auch wieder nicht. Ich war einige Jahre nicht mehr hier, und in dieser Zeit hatten wir keinen Kontakt.«

»Hm«, machte er und nickte. Bevor Lilly weiter darüber nachdenken konnte, was Liam Henry über sie erzählt hatte, waren sie bereits am Cottage angekommen.

»Nicht schon wieder!« Henry stellte den Motor ab. Lillys Blick glitt zum Vorgarten, in dem Liam stand. Er war nass bis auf die Knochen, umringt von Schafen und Ziegen, die mähend und blökend den Weg versperrten. Lilly stieg aus. Sie konnte sich ein Lachen nicht verkneifen, als sie unterstützt von Rustys Gebell die Tiere zum Tor hinausscheuchte.

»Du bist wieder da«, sagte Liam tonlos, nachdem die Herde sich auf der Wiese vor dem Haus verstreut hatte.

»Ja«, entgegnete Lilly kühl und ohne ihn anzusehen.

»Du hast mich gerettet.«

Sie lächelte amüsiert und beschloss, mitzuspielen. »Meine Lebensaufgabe.«

Henry manövrierte sich durch die Herde hindurch. »Was für ein Chaos!« Etwas weiter hinter ihm stieß der Schäfer hinzu.

»Sie sind mir entwischt«, sagte er wenig bedauernd.

»Mal wieder«, maulte Liam und zog sich die Jacke glatt, an der eine Ziege ihre Knabberspuren hinterlassen hatte.

»Du musst besser aufpassen, Ferguson«, sagte Henry geduldig und kam bei Liam und Lilly zum Stehen.

»Aye.« Ferguson machte einen schrillen Pfeifton, und die Herde setzte sich in Bewegung. Wenig später verschwand sie hinter der Anhöhe.

»Er lernt's nie.« Liam reichte Henry die Hand.

»Du aber auch nicht.« Henry sah über seinen förmlichen Gruß hinweg und zog ihn in eine väterliche Umarmung. »Du musst das Tor zulassen. Jetzt, wo du wieder ein intaktes hast.«

Liam nickte. »Offenbar muss ich mich erst noch daran gewöhnen.«

»Das war Ferguson? Ferguson O'Donnell?«, erkundigte sich Lilly.

»Junior«, antwortete Henry. »Aber wenn du mich fragst, steht er seinem alten Herrn in nichts nach.«

Sie stimmte in sein Lachen ein – und für kurze Zeit hatte Lilly fast vergessen, dass sie wütend auf Liam war.

»Ihr kennt euch?« Liam deutete abwechselnd auf sie und Henry.

»Na ja.« Lilly zuckte die Schultern. »Wir sind uns mehr oder weniger zufällig begegnet.«

»Du weißt doch, Portree ist ein winziges Nest.« Henry rieb sich voller Tatendrang die Hände. »So ein Glück – es hat aufgehört zu schütten! Dann steht unserem Vorhaben nichts mehr im Weg. Ich hol mal das Werkzeug aus dem Wagen.« Er schlenderte zurück zum Kleinbus.

»Schön, dass du wieder da bist.« Liam betrachtete Lilly reumütig. »Und es … tut mir leid, was ich gesagt habe. Ich wollte dich nicht kränken. Das hatte nichts mit dir zu tun. Ich fürchte, ich habe eine ziemlich kurze Zündschnur, wenn es um meine Mutter geht. Daran muss ich arbeiten.« Er machte einen Schritt auf sie zu und hielt ihr seine Hand hin. »Frieden?«

Lilly zögerte. Sie war sich nicht sicher, ob sie noch wütend auf ihn sein sollte. Dass er ausfallend geworden war, zeigte ihr, wie impulsiv er sein konnte. Trotzdem war sie geneigt, ihm eine weitere Chance zu geben, denn sie wusste nur zu gut, welchen Einfluss Eltern auf ihre Kinder haben konnten – selbst wenn diese schon erwachsen waren. »Ausnahmsweise.« Sie legte ihre Hand in seine. »Frieden.«

Er lächelte breit. Lilly war überrascht, so etwas wie Erleichterung in seinen Augen zu sehen. Liam drückte ihre Hand und hielt sie fest, bis Henry wieder zu ihnen stieß, bepackt mit Trittleiter und Werkzeugkoffer.

»Die Pläne vom Haus …«

»Die hab ich«, rutschte es Lilly heraus.

Henry schaute sie irritiert an.

»Ähm, also, das Original …«, sie räusperte sich verlegen, »zum Aufbewahren.«

»Okay.« Henry hob die Brauen. »Die werden wir hoffentlich nicht brauchen. Ich kenne das Haus ja ein bisschen. Na ja, es ist wie alle Cottages, an denen ich bereits gearbeitet habe. Solide Grundbauweise. Womit fangen wir an?«

»Der Riss in der Fassade?«, schlug Liam vor.

»Ich seh's mir an.« Henry stellte den Werkzeugkoffer vor der Tür ab und umrundete das Gebäude.

»Ich habe ein bisschen weitergesucht.« Liam betrachtete Lilly. »Aber, um ehrlich zu sein – ohne dich ist es nur halb so lustig.«

»Du findest die Gartenarbeit mit mir also lustig?«

Er legte den Kopf schief. »Na ja …«

Sie grinste halb. Offenbar hatte ihn der Streit ähnlich beschäftigt wie sie, denn plötzlich ließ er all seinen Charme spielen. Hatte er etwa ein schlechtes Gewissen? Für einen Augenblick war sie gewillt, ihm sein Verhalten zu verzeihen. Und sie geriet erneut in Gefahr, ihn anziehend zu finden. Sein Lächeln und das Funkeln seiner Augen ließen ihre Knie wackelig werden. Ruckartig riss sie sich von seinem Blick los und erinnerte sich daran, dass Vergeben noch lange nicht Vergessen bedeutete. Nicht für sie.

»Wir ziehen das jetzt durch«, sagte sie gefasst. »Ich habe nur noch ein paar Tage Zeit, und die will ich nutzen.«

Er presste die Lippen aufeinander und nickte entschlossen. »Worauf warten wir dann noch?«

KAPITEL 11

Sommer 1986 – Iris

Die Welt schien eine andere geworden zu sein, seitdem Iris mit Brandon am Leuchtturm gewesen war. Etwas war in ihr erwacht. Etwas, von dem sie nicht geglaubt hatte, dass es noch existierte. Der Durst nach Liebe und Leidenschaft – und die Erkenntnis, dass ihre Träume nicht verloren waren. Brandon hatte auf eine Weise ihr Herz berührt wie kein Mann vor ihm. Nun, da sie ihre Gefühle für ihn erkannt hatte, wusste sie nicht, wie sie mit ihm umgehen sollte. Allein der Gedanke daran, ihn wiederzusehen, verursachte ihr heftiges Herzklopfen.

Es war Montagmorgen. Brandon hatte sich erst für den Nachmittag angekündigt, um am Vorgarten weiterzuarbeiten, und Iris kam die Verschnaufpause recht. Bei einem Spaziergang in die Innenstadt erhoffte sie sich über das im Klaren zu werden, was Neist Point in ihr ausgelöst hatte. Am Vorabend hatte sie mit Diana telefoniert und ihr erzählt, was in ihr vorging. Daraufhin hatte diese den Vorschlag unterbreitet, Brandon bei einem gemeinsamen Abendessen besser kennenzulernen. Iris sollte ihren Gefühlen eine Chance geben, sich darauf einlassen. Iris hielt nicht viel von der Idee. Allein die Vorstellung machte ihr Angst. Nie zuvor hatte sie ernsthaft in Erwägung gezogen, mit einem anderen Mann …

Den Korb mit den Eiern im Arm betrat sie den Gemischtwarenladen. Mrs Baxter war zu Besuch bei ihrer Schwester auf dem Festland, und während ihrer Abwesenheit wurde sie von Fanny Vermont im Geschäft vertreten. Fanny war nicht nur ein angesehenes Mitglied von Portrees hochkatholischer Kirchengemeinde, sondern auch die Ehefrau von Robs Cousin Willy, was sie zu einer Verfechterin seiner Interessen machte. Seit Iris wusste, dass sich Rob regelmäßig bei ihnen ausheulte, war sie ihr gegenüber noch zurückhaltender geworden. Fanny hatte nie ein Geheimnis daraus gemacht, dass sie sich eine andere Frau für Rob gewünscht hatten. Eine, die sich noch aufopfernder um ihn kümmerte. Iris bewegte sich angespannt durch die Reihen. Sie spürte, wie Fanny sie dabei mit ihren Augen verfolgte, als wäre sie eine gesuchte Verbrecherin. Am liebsten hätte Iris das Geschäft sofort wieder verlassen, aber sie hatte keine Wahl. Sie war auf das Eiergeld angewiesen – und auf die Waren, die es nur hier zu kaufen gab. Sie beeilte sich, ihre Einkaufsliste abzuarbeiten, und trat an die Kasse.

»Hallo, Iris.« Fanny musterte sie kühl.

»Fanny.« Iris lächelte angestrengt und legte die Einkäufe auf den Tresen.

»Wie geht es dir? Hab gehört, Rob bleibt noch ein Weilchen länger in Edinburgh.«

»Nein«, sagte sie mit fester Stimme. »Er kommt in zwei Wochen zurück.«

»Ach was.« Sie tippte die Preise in die Kasse. »Ist ja witzig. Gerade habe ich mit Willy gesprochen, und er war sich sicher, dass Rob länger bleibt. Erst gestern haben die beiden telefoniert. Aber du als seine Frau weißt da sicher mehr.«

Iris biss die Zähne so fest zusammen, dass ihr Kiefer schmerzte. Seit einer Woche hatte sich Rob nicht mehr bei ihr gemeldet. Fanny Vermont war zwar eine falsche Schlange, deren größte Freude es war, Klatsch und Tratsch im Ort zu verbreiten – auch wenn ihm nur wenig Wahres anhaftete. Doch in Robs Fall glaubte sie ihr. Und das war wahrscheinlich das Schlimmste.

»Macht dann dreiundzwanzig fünfzig.«

Iris hielt ihr den Korb hin. »Die möchte ich damit verrechnen.«

Fanny schürzte die Lippen. »Wir nehmen heute keine Eier.«

»Aber Mrs Baxter kauft sie mir immer ab.«

»Na und?« Sie hob fordernd ihre buschigen Brauen. »Sie ist nicht da, wie du siehst. In ihrer Abwesenheit habe ich das Sagen, und ich sage, wir haben genug Eier.« Sie schob den Korb von sich weg. Iris schluckte mühevoll ihre Empörung hinunter. Sie nahm das Räuspern und Durchschnaufen der Kunden wahr, die hinter ihr anstanden, und wagte nicht, sich umzudrehen.

»Was ist jetzt?« Fanny hielt ungeduldig die Hand auf.

Iris spürte, wie ihr die Röte ins Gesicht stieg. Nervös kramte sie ihr Portemonnaie aus der Tasche, zählte das Geld darin zusammen und presste wieder die Zähne aufeinander. »Ich hab nur zwanzig dabei. Kann ich dir den Rest später bringen?«

Fanny schnalzte mit der Zunge. »Tut mir leid, aber du weißt doch, dass wir hier keinen Kredit geben.«

Iris' Herz pochte laut. Ihre Nerven lagen blank. Sie nahm sich zusammen, lehnte sich zu Fanny vor und sprach in gesenkter Lautstärke.

»Es sind nur drei Pfund.«

Fanny spitzte ungerührt die Lippen.

»Margaret Pierce lässt ständig anschreiben … und weitaus größere Beträge.«

»Margaret Pierce' Ehemann hat auch eine Anstellung.«

Iris schluckte verletzt. Sie nahm einen tiefen Atemzug, um sich zu sammeln. »Und mein Mann nicht?«, fragte sie ernst.

Fanny grinste abschätzig. »Meine liebe Iris, nach allem, was ich gehört habe, kann ich mir nicht einmal sicher sein, ob du noch einen Ehemann hast.«

Ihre Worte waren wie Gift. Sie schnürten Iris' Innerstes zusammen. Ihr ganzer Körper verkrampfte sich, und ihr wurde eiskalt. Beschämt machte sie einen Schritt zur Seite und ließ die anderen Kunden vor. Sie eilte hinaus, floh außer Sichtweite des Schaufensters und lehnte sich mit dem Rücken gegen eine Hauswand. Gefangen in ihren Gedanken, in der Demütigung, die sie soeben erfahren hatte, hielt sie inne.

»Iris?«

Sie hob den Blick und schaute in das freundliche Gesicht von James McTavish.

»Geht es dir gut?«

»Ja, natürlich«, log sie wenig überzeugend.

»Ich habe das eben unfreiwillig mit angehört.« Er betrachtete sie voll Mitgefühl.

»Nun, da warst du wohl nicht der Einzige. Diese Frau lässt sich keine Gelegenheit entgehen, jemanden runterzumachen. Erst recht nicht mich.«

»In der Tat. Aber bitte nimm dir ihre Worte nicht so zu Herzen. Das ist es nicht wert.«

Iris schluckte ihre Kränkung hinunter und nickte dankbar.

»Ich habe mir erlaubt, die Sachen für dich zu kaufen.« Er hielt ihr einen Beutel hin.

»Das hättest du nicht tun müssen«, sagte sie vollkommen überwältigt von seiner Hilfsbereitschaft.

Er winkte ab. »Ich habe es gern gemacht. Rob kann es mir ja zurückgeben, wenn er wieder da ist.«

Zögernd nahm sie den Beutel an sich.

»Er verlängert seinen Aufenthalt in Edinburgh?«

Iris zögerte, zuckte dann aber die Schultern.

James tat es ihr nach. »Offenbar läuft es gut für ihn.«

»Sieht so aus.« Sie setzte ein künstliches Lächeln auf. Er sollte nicht merken, dass Rob sie nicht von seinen Plänen unterrichtet hatte, länger fortzubleiben. Sie wollte auch nicht daran denken, dass das Geld, das er ihr dagelassen hatte, keine Woche mehr reichen würde.

»Er soll seine Träume verwirklichen«, fuhr James fort.

»Ja«, murmelte sie, noch immer in Gedanken. Allmählich konnte sie das nicht mehr hören.

»Wenn du noch irgendetwas brauchen solltest, komm zu mir. Ich werde sehen, was ich tun kann.«

»Ich danke dir.«

»Keine Ursache.« Er verabschiedete sich mit einem Lächeln, dann stieg er in seinen schwarzen Chevrolet, der vor dem Laden parkte, und fuhr davon. Iris stand noch eine Weile da und ließ das Geschehene nachhallen. Sie wurde das Gefühl nicht los, dass James McTavish mehr über Rob und dessen Pläne wusste. Hatte ihr Mann vielleicht gar nicht vor, wiederzukommen? War er bei der Frau, von der

der Ohrring stammte? Iris schwirrte der Kopf. Sie eilte die Straße entlang, wollte so schnell wie möglich raus aus der Innenstadt. Die Tatsache, dass Rob sich nicht bei ihr meldete, war verdächtig. Offensichtlich verschwendete er keinen Gedanken an sie. Und sie? Hätte Fanny nicht das Gespräch auf ihn gebracht, wäre sie mit dem Rezept für das Zimthühnchen beschäftigt gewesen, das sie fürs Abendessen geplant hatte. Trotzdem fühlte sie sich von Rob hintergangen. Er spielte seine Spielchen mit ihr, dabei war es ihm augenscheinlich egal, wenn ganz Portree davon erfuhr. Sein Fremdgehen brach ihr nicht das Herz, und je mehr sie über ihn nachdachte, umso bewusster wurde ihr, dass sie ihn nicht vermisste. Was, wenn es ihm genauso ging? In Iris stieg eine Bitterkeit auf, die sie ihren Griff um den Beutel festigen ließ. Wenn dem so war, konnte sie ihm dann überhaupt einen Vorwurf machen?

Zurück im Cottage, schüttete sie den Inhalt der Kaffeedose, in der sie ihr Erspartes aufbewahrte, auf den Küchentisch. Es waren nur noch etwas mehr als zehn Pfund. Im Geldbeutel hatte sie zwanzig. Sie musste Brandon noch bezahlen, außerdem war ein Brief von der Bank gekommen, in dem sie aufgefordert wurde, die Rückstände der Hypothek zu begleichen, die auf dem Haus lag. Iris sank auf dem Stuhl zusammen und rieb sich angespannt die Stirn. Wenn Rob nicht bald zurückkam, hätte sie ein ernsthaftes Problem. Seufzend schaute sie sich in der Küche um. Auf dem Kalender neben der Tür hatte sie Robs Edinburgh-Reise mit grünem Filzstift eingetragen. Zweieinhalb Wochen war er schon weg. Merkwürdigerweise kam es ihr nicht so lange vor. Iris hinterfragte ihr Empfinden. War es falsch, zu hoffen, dass Fanny recht hatte und Rob nicht zu ihr zurückkommen würde? Sie würde allein über die Runden kommen müssen und Brandon nicht entlohnen können, bis sie eine Arbeitsstelle gefunden hatte. Womöglich würde sie das Cottage an die Bank verlieren und damit ihr Zuhause. Dieses Haus war alles, was sie hatte. Alles, was ihr etwas bedeutete.

Iris schlug die Augen nieder und schluckte den Kloß hinunter, der sich während ihrer Überlegungen in ihrem Hals festgesetzt hatte. Sie spürte eine tiefe Verzweiflung in sich, die sie selbst zu verantworten hatte. Sie hatte Rob erlaubt, ihr Ketten anzulegen. Um ihn beruflich voranzubringen und ihn in seinen Plänen zu unterstützen, hatte sie sich in hohe Schulden gestürzt. Schulden, von denen er behauptet hatte, sie seien schnell beglichen. Seit Jahren ging das schon so. Die ganze Zeit über war ihr, als stehe sie am Rande eines tiefen Abgrunds, ohne zu wissen, ob sie aufgefangen würde, wenn sie fiel.

Iris atmete tief aus. Sie packte das Geld zurück in die Kaffeedose und stellte sie wieder ins Regal. Es war kurz nach halb zwölf. Wenn sie Glück hatte, erreichte sie Rob um diese Uhrzeit in Levishs Kanzlei. Die Nummer hatte er ihr für absolute Notfälle hinterlassen, doch die Ungewissheit quälte sie. Sie hatte das Recht, zu erfahren, was vor sich ging. Nicht Fanny und Willy, nicht James McTavish. Sie! Mit wild klopfendem Herzen nahm sie den Hörer und wählte.

»Levish und Partner Immobilien. Was kann ich für Sie tun?«, meldete sich eine Dame überfreundlich.

»Guten Tag. Ich wollte fragen, ob mein Mann zu sprechen ist – Robert Warren?«

Kurz blieb es still am anderen Ende der Leitung.

»Hallo?«, hakte Iris nach, weil sie bereits glaubte, sie seien unterbrochen worden.

»Er ist leider außer Haus«, sagte die Empfangsdame im gleichen freundlichen, aber kühlen Ton.

»Okay, dann … Würden Sie ihm vielleicht sagen, er soll mich zurückrufen? Es ist dringend.«

»Sehr gerne, Mrs Warren.«

»Vielen Dank.«

»Auf Wiederhören.«

»Wiederhören«, murmelte Iris und legte auf. Irgendwie hatte sie kein gutes Gefühl. Würde sich Rob tatsächlich zurückmelden? Iris war, als hinge sie in der Luft. Rob hatte es geschafft, dass ihr ohne ihn die Hände gebunden waren. Er hatte sie von sich abhängig gemacht. Wozu, wenn er nicht einmal das Bedürfnis hatte, mit ihr zu sprechen, und das, obwohl sie sich seit einem halben Monat nicht gesehen hatten? Iris wusste nicht viel von der Liebe – aber das, was sie und Rob hatten, war etwas ganz anderes, da war sie sich sicher.

Am Nachmittag stand sie am Küchenfenster und beobachtete, wie Brandon den Weg pflasterte. Während seiner Pause hatte er an etwas geschnitzt, und Iris hatte ihm auch dabei verstohlen zugesehen. Zunächst hatte sie ihn danach fragen wollen, doch dann besann sie sich eines Besseren. Sie wollte schließlich nicht zu neugierig wirken. Was er wohl in ihr sah? Die Geldgeberin? Die Vorgesetzte? Bei der Vorstellung musste Iris lächeln, denn sie fühlte sich nicht wie seine Chefin.

Nachdem sie das Hühnchen mariniert, die Pastinaken geschält und alles aufgesetzt hatte, kam sie zu ihm in den Garten. Wie versprochen würde sie ihm bei der Bepflanzung helfen.

»Unglaublich, wie anders es schon jetzt aussieht«, sagte sie, während sie einen Rosenstamm an den für ihn vorgesehenen Platz stellte.

Brandon hob den Blick, sah sich um und lächelte. »Dann hatten Sie es sich so vorgestellt?«

Iris hielt inne. »Es ist noch besser.«

Sein Lächeln wurde weicher, und ihre Blicke verfingen sich ineinander. Iris' Herz pochte heftiger. Sie ließ die Rosen sinken, ohne hinzusehen, dann zischte sie vor Schmerz. »Mist«, brummte sie und hielt sich die Hand.

»Was ist passiert?« Brandon kam zu ihr.

»Ein Splitter.«

»Lassen Sie mich mal.« Er hielt ihr Handgelenk hoch und begutachtete ihren Zeigefinger.

»Sieht tief aus. Haben Sie vielleicht eine Nadel?«

»Im Wohnzimmer.«

Er nickte, und sie gingen hinein. Iris kramte das Nähset aus einer Schublade und reichte Brandon eine Nadel.

»Das wird jetzt ein bisschen wehtun«, warnte er sie vor. Iris presste kurz die Lider aufeinander und hielt den Atem an. Sie spürte ein leichtes Brennen, das schnell vorüber war.

»Geschafft«, sagte Brandon.

Iris blinzelte.

»Ein Rosendorn. Sie waren sehr tapfer.« Er hielt noch immer ihre Hand, dabei sah er sie wie gefesselt an. Iris spürte ein sonderbares Gefühl in sich aufsteigen. Der Wunsch, Brandon noch näher zu kommen, vereinnahmte ihre Gedanken. Sie kam kaum noch dagegen an.

»Ich danke Ihnen.« Verlegen erwiderte sie seinen intensiven Blick. »Würden Sie heute mit mir zu Abend essen?« Die Frage hatte sich einfach aus ihr herausgelöst. Ihr stieg die Hitze ins Gesicht, als er sie schweigend betrachtete. War sie ihm zu direkt? Sie dachte an Diana. Daran, wie leicht es ihr fiel, Männer um den Finger zu wickeln. Iris' Schüchternheit machte es ihr hingegen beinahe unmöglich, aus sich herauszugehen. Noch nie hatte sie den ersten Schritt gewagt – bis jetzt.

»Das würde ich sehr gerne«, antwortete er endlich mit einem Lächeln. Iris war, als fiele ein tonnenschwerer Klotz von ihr ab.

»Wann muss ich fertig sein?«

Prustend zuckte sie die Schultern. »Das Essen ist schon im Ofen.«

»Okay.«

Sie standen sich kurz still gegenüber.

»Hätten Sie was dagegen, wenn ich vorher bei Ihnen duschen würde?«

»Nein. Gar nicht«, schoss es aus ihr heraus. »Das Bad ist oben, die Treppe rauf und dann links. Handtücher sind im Regal.«

Er nickte dankbar.

»Sie sollten das noch verbinden.« Er wies auf die leicht blutende Wunde an ihrem Finger.

»Natürlich.«

Brandon lächelte sie an, bevor er sich abwandte und zur Treppe ging. Iris bekam weiche Knie. Als sie das Wasser im Bad rauschen hörte, war sie stolz, über ihren Schatten gesprungen zu sein. Leise tappte sie die Treppe hinauf und verharrte vor der Badezimmertür. Die Vorstellung von ihm unter ihrer Dusche hatte etwas Elektrisierendes. Kopfschüttelnd kehrte sie nach unten zurück. Sie würde Zeit mit Brandon verbringen. Die Freude darüber ließ sie ihre Sorgen fast vergessen.

Es war fast sechs Uhr, und das Huhn schmorte immer noch im Ofen. Iris hatte sich in Windeseile umgezogen, ihr Haar geöffnet und etwas Make-up aufgetragen. In regelmäßigen Abständen schickte sie ihren Blick über den Flur ins Wohnzimmer. Wenn ich das Diana erzähle, dachte sie aufgeregt lächelnd. Brandon saß tatsächlich auf ihrem Sofa. Das Haar noch nass von der Dusche wartete er auf sie.

»Und Sie sind sicher, dass ich mich nicht nützlich machen soll?«, fragte er schon zum zweiten Mal.

»Nein, nein. Aber es ist nett, dass Sie fragen.«

»Sie haben es sehr gemütlich«, meinte er, nachdem er sie ertappt hatte, wie sie ihm erneut einen Blick über den Flur zuwarf.

Iris merkte, wie ihr Gesicht puterrot anlief. »Vielen

Dank. Das meiste stammt noch von meinen Eltern und Großeltern.«

»Das klingt so, als würden Sie Ihrer Familie sehr nahestehen?«

»Das war früher so, ja. Meine Großeltern sind schon lange verstorben und meine Eltern inzwischen auch. Irgendwie bin nur noch ich übrig.«

»Das tut mir leid zu hören.«

»Muss es nicht. Ich habe alles, was ich brauche. In diesem Haus leben sie weiter, und ich bin stolz, die dritte Generation zu sein, die es mit Erinnerungen füllt. Wir fühlen uns sehr wohl.« Innerlich schalt sie sich – warum hatte sie bloß *wir* gesagt?

»Noch ein Glas Limonade?«, fragte sie, um ihn schnellstmöglich abzulenken. »Oder lieber was Stärkeres? Ich habe auch Bier … wenn Sie mögen.«

»Nein, danke. Ich bin wunschlos glücklich.«

Nervös strich sie ihren knöchellangen blauen Rock glatt, bevor sie zu ihm ins Wohnzimmer kam. »Das Hühnchen dauert noch einen Moment.« Sie setzte sich ihm gegenüber in den Ledersessel.

Er lächelte und nickte knapp.

»Wie geht es Ihrem Finger?«

Verlegen hob sie ihren Zeigefinger an, den sie mit einem Pflaster mit buntem Tiermotiv versorgt hatte. Leicht grinsend senkte er den Blick.

»Der Vorgarten ist wirklich schön geworden.« Iris fuhr sich durchs Haar.

»Wenn erst mal alles angewachsen ist, werden Sie Ihre Freude damit haben.«

»Die hab ich schon jetzt«, schoss es aus ihr heraus. »Ich weiß gar nicht, wie ich Ihnen danken soll. Für Ihre Hilfe. Allein hätte ich das nie geschafft.«

»Ich habe es gern getan. Wirklich. Dieses Cottage ist ein ganz besonderer Ort.« Sein Blick wanderte über die Regale neben der Durchreiche zum Esszimmer, auf dem Buddelschiffe in unterschiedlichen Größen standen, dazwischen gerahmte Fotografien. »Ich bin gerne hier.« Er sah auf seine gefalteten Hände herab und fügte leise hinzu: »Bei Ihnen.«

Iris spürte, wie ihr die Röte in die Wangen stieg. Kurz ließ sie seine Worte in sich wirken, um sich darüber klar zu werden, wie er sie gemeint hatte. Unsicher fuhr sie sich erneut durchs Haar.

»Es tut mir leid. Ich wollte Sie nicht in Verlegenheit bringen«, entschuldigte er sich. »Ich weiß, Sie sind verheiratet.« Sein Blick glitt zu dem Foto auf dem Kaminsims, das sie und Rob an ihrem Hochzeitstag zeigte. Ein blasses Zeugnis ihrer noch blasseren Ehe.

»Das haben Sie nicht«, versicherte Iris. »Auch ich mag Ihre Gesellschaft. So viel Spaß wie bei unserem kleinen Ausflug hatte ich schon lange nicht mehr.«

»Schön, dass es Ihnen gefallen hat. Vielleicht besuchen Sie diesen Ort nun öfter. Mit Ihrem Mann?«

Ihr entfuhr ein Seufzen.

»Er kommt doch bald zurück?«

Sie räusperte sich. »Eigentlich weiß ich nicht genau, wann er wiederkommt. Es kann sein, dass er länger in Edinburgh bleiben muss.« Sie schwenkte ihr Limonadenglas, so dass die Eiswürfel klimperten.

»Es macht Ihnen nichts aus, allein zu sein?«

»Ich bin ja nicht allein. Ich habe Diana und …« Sie stockte und starrte vor sich hin. Dass ihre Freundin im Grunde die einzige Person war, mit der sie noch engen Kontakt hatte, kam ihr auf einmal unwahrscheinlich traurig vor.

»Sie beide stehen sich wohl sehr nah.«

»Wir sind seit der Schulzeit befreundet. Ich hatte nie viele enge Freunde. Diana ist die Einzige, die geblieben ist. Sie ist die Schwester, die ich nie hatte.«

»Das kenne ich gut.«

»Tatsächlich?«

Er nickte. »Ja.«

Ein langer Augenblick verstrich, in dem sie einfach nur dasaßen und einander anschauten. So lange, bis Brandon alarmiert die Nase rümpfte. Daraufhin nahm auch Iris den verbrannten Geruch wahr, der im Zimmer hing.

»Das Hühnchen!« Sie sprang auf, hastete in die Küche und riss die Ofentür auf, aus der ihr eine Rauchwolke entgegenquoll. Hüstelnd wedelte sie mit der Hand vor ihrem Gesicht und tastete nach dem Topflappen, der am Haken neben der Tür hing.

»O nein!«

Brandon kam ihr zuvor, holte das Huhn aus dem Ofen und stellte es neben der Spüle ab.

»Herrje, unser schönes Abendessen …« Iris stützte die Hände in die Hüften. Sie hatte alles richtig machen wollen – und jetzt hatte sie nichts als Pastinaken zum Servieren.

»Ist doch nicht weiter schlimm.« Brandon öffnete ein Fenster und vertrieb den übrigen Rauch mit dem Topflappen.

»Dieser dumme Backofen …« Iris seufzte. »Er überhitzt manchmal einfach. Wenn ich nicht aufpasse, verbrennt mir alles.«

Brandon warf einen Blick auf das Gerät. »Er hat schon bessere Tage gesehen.«

»Ich weiß, er hätte längst ausgetauscht werden sollen. Irgendwann setzt er noch das ganze Haus in Brand.«

»Vielleicht kann ich das Problem beheben.«

»Sagen Sie bloß, Sie kennen sich auch mit Elektrik aus?«

»Nun ja, ich bin kein Fachmann oder so was, aber kleinere Reparaturen bekomme ich meistens hin.«

»Na gut.« Sie zuckte die Schultern und lächelte. Ihr Lächeln erstarb jedoch, als ihr Blick auf das verbrannte Abendessen fiel. Mit einem Messer kratzte sie die kohlrabenschwarze Kruste vom Huhn. »Ich weiß nicht«, murmelte sie. »Ob wir das noch essen können?«

»Sicher.« Brandon kam neben sie. »Unter der vielen verbrannten Haut verbirgt sich bestimmt …«

»Ein ledriges Hühnchen. Nein! Das möchte ich uns nicht antun.« Sie war beschämt, verärgert über sich selbst, aber sie lachte.

»Na ja. Mit genügend Zitronenlimonade könnte man es runterbringen.«

Iris legte den Kopf schief und rempelte ihn mit dem Ellenbogen an. »Machen Sie sich etwa über mein Abendessen lustig?« Sie sah ihn gespielt ernst an.

»Das würde ich nie tun.«

Iris konnte ihr Lachen nicht länger zurückhalten, und er stimmte mit ein.

»Mögen Sie Fish and Chips?«, fragte er, nachdem ihr Lachen verhallt war. »Ich lade Sie ein.«

Iris nickte, und sie sahen einander tief in die Augen.

Das Telefon klingelte und riss sie aus dem Augenblick. Iris zuckte zusammen, auch, weil sie fast vergessen hatte, wessen Rückruf sie erwartete.

»Da muss ich rangehen«, sagte sie schwerfällig.

»Ich warte draußen auf Sie.« Mit einem Lächeln trat Brandon vor die Tür. Iris schnappte nach Luft, bevor sie den Hörer abnahm.

»Hallo?«, meldete sie sich zögerlich.

»Iris.« Robs Tonfall verriet, dass er in keiner guten Stimmung war. »Ist was passiert?«

»Nein«, antwortete sie.

»Warum sollte ich dann zurückrufen?«

»Du hast dich schon lange nicht mehr gemeldet, da dachte ich …«

»Hatte ich dir nicht erklärt, dass du mich nicht einfach auf der Arbeit anrufen sollst?«

»Doch, hast du.«

»Ich stecke bis zum Hals in Arbeit, Iris. Da habe ich keine Zeit, jeden Tag zu telefonieren.«

»Ist es wahr, dass du vorhast, länger in Edinburgh zu bleiben?«

Stille.

»Fanny Vermont und James McTavish sprachen davon.«

Er seufzte leidend. »Es steht noch nicht fest. Aber ja, ich denke darüber nach. Ich hätte es dir schon noch gesagt.«

Im Hintergrund war Gekicher zu hören. Iris packte den Hörer fester. »Wer ist da bei dir?«

»Niemand. Das ist nur der Fernseher. Iris, was soll das? Willst du mich etwa kontrollieren?«

»Nein.« Sie schluckte. »Von mir aus kannst du länger bleiben. Es ist nur … das Geld wird langsam knapp, und der Mann, der mir mit dem Vorgarten hilft, muss auch bezahlt werden.«

Er stieß ein Prusten aus. »Ich werde den Mann bezahlen, nachdem ich seine Arbeit gesehen habe. So ist das üblich. Aber du musst besser haushalten, Iris!«

Sie riss schockiert die Augen auf.

»Du hast mir ganze zweiundvierzig Pfund dagelassen, Rob! Und die Hypothekenrate ist auch wieder fällig.« Sie senkte die Stimme, damit Brandon sie nicht hörte. »Du hast mir gesagt, sie sei bezahlt.«

»Ich hatte vor, sie zu bezahlen. Aber dann kam die Reise dazwischen, und ich habs vergessen. Ich rufe bei Bernie in der Bank an und werde ihm sagen, dass ich bezahle, sobald ich zurück bin.«

Iris unterdrückte ein Seufzen. Rob war unverbesserlich. Aber er war auch jemand, der sich aus allem rausreden konnte. Bei anderen zog diese Masche, bei ihr nicht mehr.

»Ich werd mir was überlegen, wegen des Geldes für dich. Okay?« Sein Ton war auf einmal sanfter. »Vielleicht kann ich dir was schicken.«

Ein vages Versprechen. Iris nahm einen tiefen Atemzug und blinzelte den Kummer weg, den er ihr bereitete.

»Ich kümmer mich drum, ja?«

Sie presste die Zähne aufeinander und würgte ein leises »Okay« hervor, denn wieder war das Kichern einer Frau im Hintergrund zu hören. Ohne es zu wollen, dachte Iris an den Ohrring. Machten sie sich etwa über sie lustig? Die Wut begann in ihr zu kochen.

»Ich melde mich wieder«, sagte Rob. »Bis dann.«

»Ja. Bis dann.« Iris legte auf, bevor er es tat. Rob gab ihr das Gefühl, als sei sie nur eine lästige Pflicht. Ihr Herz wog so schwer wie Blei – dabei war nicht einmal die Tatsache, dass er sie hinterging, am schlimmsten, sondern vielmehr, dass er glaubte, sie bemerke es nicht.

Als sie wenig später vor die Tür trat, stand Brandon am Gartentor, sein Blick lag auf den sanften Hügeln, die in der Dämmerung versanken. Die laue Abendluft umwehte Iris' Haar. Noch waren die Temperaturen angenehm, aber sie wusste, wie schnell sie auf Skye sinken konnten, wenn es erst einmal dunkel geworden war. Der Wind pausierte niemals. Auch nicht im Sommer, weswegen sie Mantel und Halstuch dabeihatte.

»Ich bin so weit«, sagte sie. Jetzt, da sie von Rob enttäuschter war denn je, fühlte sich der Abend mit Brandon noch besser an.

»Sie haben nichts gegen einen Spaziergang, hoffe ich?« Er streifte seine Jeansjacke über. »Der Freund, der mir sein Auto geliehen hat, braucht es im Moment selbst.«

»Nein, gar nicht.«

Für einen Moment sahen sie einander an. Das geschah immer öfter, und jedes Mal dauerte es länger, bis sie sich wieder voneinander lösten. Iris konnte nicht mehr bestreiten, dass sich das Verhältnis zwischen ihnen geändert hatte, und die Stimme in ihr, die ihr riet, dem nachzugeben, wurde immer lauter. Sie liefen dicht nebeneinander her. Brandons Hand streifte die ihre.

»Ist Ihr Freund von hier?« Sie zog ihre Hand weg und tat, als wolle sie ihren Schal neu anlegen.

»Oh, ja.« Brandon vergrub die Hände in seine Hosentaschen. »Ein Ureinwohner von Skye, wenn man das so nennen kann. Ihm gehört die hiesige Destillerie.«

»James?« Iris hob verwundert die Brauen. In Gedanken war sie bei ihrer letzten Begegnung mit James, die erst wenige Stunden her war.

»Sie kennen ihn?«

»Sicher«, antwortete sie mit rauer Stimme und räusperte sich. »Mein Mann arbeitet für ihn. Oder … hat für ihn gearbeitet.« In Bezug auf Rob war sie sich in nichts mehr sicher. »Kennen Sie James gut?«

»Das würde ich meinen.«

Sie betraten das Waldstück. Die untergehende Sonne schien durch die Bäume hindurch und verlieh dem Ort eine verwunschene Atmosphäre.

»Unsere Väter sind beide in St. Andrews gewesen. Wir waren oft zusammen segeln und fischen. James drängt mich seit Jahren dazu, hier sesshaft zu werden. Er will, dass ich in seine Firma einsteige, aber ich denke, das wäre nicht so mein Gebiet. Dafür muss man geboren sein.«

»Wie James?«

Er zuckte die Achseln. »Manchmal habe ich das Gefühl, auch er würde lieber etwas ganz anderes machen. Ausbrechen. Aber das passt nicht zu ihm.«

»Er ist sehr gewissenhaft«, bemerkte Iris.

»Zu sehr. Wenn Sie mich fragen, ist das einem selbst nicht immer förderlich.«

Die Sorge in seiner Stimme berührte sie, doch sie hakte

nicht weiter nach. »Und Sie? Ziehen Sie es vor, etwas Eigenes zu haben?«

»Ja, ich denke schon.«

Sie unterhielten sich den ganzen Weg über, so dass Iris die Strecke vom Cottage bis in die Innenstadt nie leichter und kürzer vorgekommen war. Trotz der angenehmen Temperaturen waren nur wenige Menschen unterwegs. In einem Pub am Hafen aßen sie Fish and Chips mit Salz und Essig, wie es schottische Tradition war, und tranken Ale. Als die Sonne im Meer versank, sahen sie ihr vom Strand aus dabei zu. Iris war leicht beschwipst, genoss diese neu gewonnene Freiheit und vergeudete keinen Gedanken an Rob. In diesem Moment war sie einfach nur sie. Jung und unbelastet, ohne Verpflichtungen. Brandon und sie spazierten am Wasserrand entlang, bis hin zu dem verlassenen Fischerhaus, das verborgen zwischen den Klippen am Rande von Loch Portree stand.

»Ich komme manchmal hierher«, sagte Iris und setzte sich auf die marode Veranda. »Um nachzudenken.«

Brandon trat neben sie.

»Hier bin ich ganz für mich allein.« Iris stützte die Hände hinter sich auf und lehnte sich zurück, den Blick nach oben gerichtet. Vom Meer trieben bizarre Wolkengebilde zum Land, die das Licht der Sterne trübten.

»Ich habe viel übrig für Orte wie diesen«, sagte Brandon.

»Sie meinen für verlassene Orte?«

»Für aufgegebene. Für hoffnungslose, wenn man so will. Sicher war Henshaw Cove einmal sehr schön. Allein die Lage macht es zu etwas Besonderem. Das sollte wertgeschätzt werden.«

»Stattdessen fürchten es die Leute.«

»Wir nicht.« Er lächelte sie an.

»Nein. Wir nicht.« Iris erwiderte sein Lächeln.

Für einen Augenblick schien alles zu verstummen. Das Rauschen der Wellen, der Wind, der ums Haus pfiff. Iris' Herz klopfte schneller. Sie wurde ernst und drehte den Kopf weg.

»Ich glaube, ich hatte nicht mehr so viel Spaß seit …« Sie grübelte angestrengt, kam aber schließlich zu einem ganz anderen Schluss. Einem, der sie überraschte und gleichzeitig erschreckte. »Nie.« Sie wandte sich ihm zu und realisierte, dass er sie die ganze Zeit ansah. »Ich hatte noch nie so viel Spaß«, sagte sie voller Überzeugung, und es tat ihr nicht leid, ihm dieses Geständnis gemacht zu haben. Im Gegenteil: Brandons Lächeln machte ihr deutlich, wie richtig es gewesen war.

»Meine Freundin Diana meint, ich müsse mehr aus mir rausgehen.«

Er sagte nichts, hörte ihr nur zu.

»Sie denkt, ich vergeude mein Leben.«

»Was denken Sie?« Sein Blick tastete sich über ihr Gesicht.

»Ich?« Sie kämpfte gegen das Bedürfnis, sich an ihn zu lehnen.

Er nickte sanft.

»Ich denke, sie hat recht«, hauchte Iris, ohne sich von seinen Augen zu lösen.

Ein Lächeln huschte über Brandons Gesicht. Erst als Iris seinen warmen Atem auf ihrer Haut spürte, merkte sie, wie nah sie sich gekommen waren. Kurz flackerten Zweifel in ihr auf, doch als seine Lippen auf ihre trafen, waren sie wie fortgespült. Alles um sie herum rückte in den Hintergrund. Brandons Hände schlossen sich um ihre Hüfte, fuhren ihren Rücken entlang, befreiten sie von Schal und Mantel. Sein Mund fand ihren Hals, liebkoste ihre Schultern. Iris wollte diesen Mann wie keinen zuvor. Er hatte ihr klargemacht, wie sehr sie sich nach Liebe sehnte. Danach, sich selbst zu verwirklichen, längst verworfene Träume von Glück und Leidenschaft auszuleben. Iris ließ sich fallen, um vollkommen von seinen Armen aufgefangen zu werden. Und als sie miteinander schliefen, wusste sie, dass sie nie zuvor wirklich geliebt hatte.

KAPITEL 12
Lilly

Liam schien fest entschlossen, Lilly in alle geplanten Arbeiten am Haus mit einzubeziehen. Sein auffälliges Bemühen um sie war ihr fast unangenehm – seit ihrem Streit benahm er sich merkwürdig. Ständig war er in ihrer Nähe und versuchte, sich um sie zu kümmern.

Als wäre das nicht genug, hatte er sich vorgenommen, an diesem Abend mit ihr und Henry die Restaurierung bei gutem Essen und Ale zu besprechen. Lilly hatte eingewilligt. Zu hören, wie das Cottage erneuert wurde, schien ihr der beste Weg, ihre Zeit zu verbringen, wenn sie nicht gerade nach der Hyazinthe suchte.

Der Vorgarten wirkte nun viel ordentlicher, aber in Lilly wuchs die Angst davor, dass die Blume nicht mehr da war. Verdrossen verschnaufte sie kurz. Sie strich sich das Dreieckstuch, das ihre wilde Frisur bändigte, aus dem Haar und positionierte es neu.

»Du schuftest schon seit Stunden.« Liam betrachtete sie eingehend. »Setz dich doch einen Moment hin.«

»Nein, es geht schon.«

»Wirklich?«

»Ja«, antwortete sie mit Nachdruck. »Vielleicht solltest du mal nach Henry sehen.«

»Was sollte mit ihm sein?«

Sie zuckte die Schultern. »Was soll mit *mir* sein? Du machst mich ganz nervös, wenn du jeden meiner Schritte überwachst.«

»Tue ich das?«

»Jedenfalls kommt es mir so vor.«

Er strich sich prustend durchs Haar. »Vielleicht will ich nur sicher sein, dass es dir gut geht.«

Sie lächelte halb. »Vielleicht bekomme ich das auch selbst gut hin.«

»Du hast recht.« Er lächelte kopfschüttelnd. »Ich gehe rein und sehe nach, ob Henry Hilfe gebrauchen kann.«

»Gute Idee!«

»Brauchst du noch irgendwas? Soll ich einen Tee machen oder lieber Kaffee?«

Er war irgendwie süß, wenn er versuchte, ihr zu gefallen. Lilly konnte sich ein Grinsen nicht verkneifen. »Nein, danke. Aber frag doch mal Henry.«

Er nickte, zog seine Arbeitshandschuhe aus und legte sie aufs Fensterbrett. Noch bevor er im Haus verschwunden war, hörten sie ein herannahendes Auto. Liam ließ die Schultern hängen, als der schwarze Jaguar seiner Mutter vor dem Cottage zum Stehen kam.

»Rusty, aus!«

Der Collie schoss laut bellend an Liam vorbei und sprang am Gartentor hoch. Lilly hielt mit dem Spaten in der Hand inne.

»Ist gut, alter Junge.« Beruhigend strich Liam dem Hund über den Rücken. Mit heraushängender Zunge setzte Rusty sich neben ihn. Evelyn öffnete ihr Autofenster.

»Mutter.« Liam stand seitlich zum Tor. Sein Lächeln war angestrengt. »Du bist wieder da.«

»Glaub mir«, ihr strenger Blick glitt von ihrem Sohn zu Lilly und wieder zurück, »ich hätte mir liebend gern den

Weg hierher gespart – wenn man dich anders erreichen könnte.«

»Dummerweise ist das Netz in dieser Gegend nicht das beste.«

Ihre Augen wurden schmal. »Du wirst heute Abend zum Dinner kommen«, sagte sie befehlend. »Wir haben wichtige Gäste.« Sie wies neben sich auf den Beifahrersitz. Lilly sah vom Garten aus, wie Liam jemandem die Hand schüttelte.

»Es gibt Geschäftliches zu besprechen. Um sieben Uhr wird …«

»Bedauere«, fiel er ihr scharf ins Wort, »aber ich habe heute Abend schon andere Pläne.«

Lilly wagte sich ein Stück weiter vor.

»Etwa mit ihr?« Evelyns Blick traf sie wie ein Pfeil.

Liam sah sich nach Lilly um. »Ja«, antwortete er trocken.

Die Augen seiner Mutter weiteten sich, dann wurden sie schmal.

»Liam, ich bitte dich. Dieses Dinner hat Vorrang. Es ist ein Geschäftsessen, und dabei …«

»Das gibts doch nicht!«, hörte Lilly eine ihr bekannte Stimme, die Evelyns Ansprache unterbrach. Die Beifahrertür öffnete sich.

»Lilly!« Pippa winkte ihr auffällig gut gelaunt übers Autodach zu. Anschließend lief sie um den Wagen herum zum Zaun.

»Das ist also dein geheimer Rechercheort!« Pippa zwinkerte ihr mit einem Auge zu.

Lilly lächelte verlegen und begrüßte nun auch Liams Mutter.

»Guten Tag«, erwiderte diese reglos. Augenblicklich wandte sie sich wieder ihrem Sohn zu. Lilly tat dasselbe mit Pippa.

»Was machst du hier?«, wollte sie wissen.

»Gilbert hatte schon immer eine Schwäche für guten Whisky. Er möchte mehr über die Destillerie erfahren. Das wird sicher ein superinteressanter Abend. Ach, Lilly, du musst auch kommen.«

»Ich denke nicht, dass das …«

»Mrs McTavish!«, rief sie, bevor Lilly einschreiten konnte. Evelyn reckte das Kinn aus dem Autofenster.

»Wäre es nicht eine Freude, Lilly dabeizuhaben?«

Evelyn blieb stumm wie ein Fisch.

Pippa ignorierte Lillys energisches Kopfschütteln und wandte sich direkt an Liam. »Ich dränge mich nur ungern in Ihre Pläne, aber wenn Sie und Lilly zusammen kämen, würde niemand versetzt werden – und ich bin sicher, wir würden alle viel Spaß haben.«

Liam schaute fragend zu Lilly. Diese deutete ein Kopfschütteln an.

»Das kann unmöglich dein Ernst sein, Liam.« Evelyns Meinung war deutlich, was ihn zu ermuntern schien.

»Wie könnten wir da Nein sagen, Mrs Cogan«, sagte er plötzlich mit einem freundlichen Lächeln. Pippa jauchzte, und Lilly funkelte Liam an.

Er zuckte leicht die Schultern.

»Ich freu mich schon so!« Pippa drückte Lillys Hand, die locker auf dem Zaunpfosten auflag. Leise stöhnend presste sie ihre Lippen aufeinander. Bei dem Gedanken, zusammen mit Liams Mutter an einem Tisch zu sitzen, verkrampfte sie sich. Diese Frau hatte nichts als Feindseligkeit für sie übrig. Und sie wusste nicht einmal, wieso.

»Gilly wird vielleicht Augen machen! Er besichtigt gerade das Lager mit den Fässern und so. Und ist mal wieder schwer beschäftigt. Aber so sind sie, die Männer!« Kichernd deutete Pippa in Liams Richtung. Er hob erheitert eine Braue.

»Kommen Sie, Mrs Cogan? Sie wollten doch noch unsere Wintergärten sehen.« Evelyns tonlose Stimme unterbrach Pippas Freudentanz.

»O ja, das wollte ich. Dann lass ich dich mal weiter recherchieren.« Sie grinste in Liams Richtung. »Wir sehen uns später.« Sie tippelte zum Wagen zurück und stieg ein.

»Sei unbedingt pünktlich, mein Sohn.« Evelyns getöntes Fenster fuhr hoch. Liam nickte knapp. Der Wagen setzte sich in Bewegung und verschwand hinter der Anhöhe.

Lilly entfuhr ein lautes Stöhnen. Genervt drehte sie sich um, schnappte sich den Spaten und grub weiter.

»Tut mir leid!« Liam sah sie reumütig an.

»Du hättest mich wenigstens fragen können.«

Er schnalzte mit der Zunge. »Stimmt«, presste er hervor. »Aber es wird nicht allzu lange dauern. Du wirst es überleben.« Er ging an ihr vorbei zur Tür.

Lilly konnte nicht fassen, dass er sie einfach überging. »Was, wenn ich nicht mitkommen will?«

Er kehrte zu ihr zurück und betrachtete sie ernst.

»Du weißt, ich habe keine Zeit für so was. Das ist nicht der Grund, weshalb ich hier bin.«

»Ja, ich weiß.« Er seufzte.

»Und du weißt sehr genau, dass deine Mutter mich nicht dabeihaben will.«

Er nickte leicht grinsend.

»Du willst sie provozieren, oder?«

Wieder nickte er.

»Muss ich das verstehen?«

»Nein.«

»Dann lass mich hierbleiben.«

»Ich bitte dich darum, mich zu begleiten, Lilly. Lass mich heute Abend nicht allein.« Er sah ihr tief in die Augen.

Sie spürte, wie ihr die Hitze ins Gesicht stieg, und atmete tief aus. »Du bist so anders, wenn sie mit dir spricht. Warum ist das so?«

Er stemmte die Hände in die Hüften und sah zu Boden. »Das … bin ich nicht.«

»Doch«, sagte sie entschieden. »Bist du. Nur weiß ich nicht, wieso.«

Er sah zu ihr auf. Ihre Blicke trafen sich.

»Du solltest aufhören, Angst vor ihr zu haben.«

Liam hob erstaunt die Brauen. »Ich und Angst?«

Sie nickte mit einem milden Lächeln. »Ich werde heute mitkommen. Aber nur unter einer Bedingung.«

Er sah sie erwartungsvoll an.

»Sei nicht wieder so ein Arsch.« Sie klopfte ihm auf die Schulter und versenkte den Spaten im Boden.

»In Ordnung«, willigte er perplex ein. »Auch wenn ich nicht weiß, was du meinst.« Er grinste sie an.

Lilly lächelte.

Ein Räuspern ließ sie gleichzeitig zur Tür schauen. »Evelyn?« Henry sah mit vielsagend hochgezogenen Brauen zu

Liam. Dieser nickte ernüchtert. »Sieht so aus, als müssten wir unseren gemütlichen Abend verschieben. Wir werden zum Essen erwartet.«

Er drängte sich an ihm vorbei ins Haus. Henrys Blick traf auf Lilly. Kurz dachte sie, darin so etwas wie Mitleid zu sehen. Es war deutlich, dass auch er Bekanntschaft mit Liams Mutter gemacht hatte. War sie wirklich so schlimm? Lilly hatte sie unterkühlt in Erinnerung gehabt. Bis vor wenigen Tagen hatte sie aber geglaubt, dass das auf die schwammigen Wahrnehmungen eines Kindes zurückzuführen war. Bei dem Gedanken, ihr einen ganzen Abend lang gegenübersitzen zu müssen, wurde ihr flau im Magen.

Henry hatte einen genauen Plan für die Renovierung des Cottage erstellt. Es zu restaurieren, würde ein kleines Vermögen kosten, was Liam sofort mit einem resoluten Kopfnicken abgesegnet hatte. Schon am nächsten Tag wollte Henry alles Notwendige in der Stadt besorgen. Liam setzte Lilly in der Pension ab, damit sie vor dem Dinner mit seiner Mutter duschen und sich umziehen konnte. Er hatte beschlossen, so lange im Auto auf sie zu warten.

»Ich hab überhaupt nichts anzuziehen«, murmelte Lilly schon zum wiederholten Mal. Ratlos zog sie ein Kleidungsstück nach dem anderen aus ihrem Koffer und hielt es sich an den Körper, nur um es kurz darauf wieder fallen zu lassen. Für einen solchen Anlass hatte sie nichts eingepackt. Warum auch? Sie hatte schließlich nicht ahnen können, dass sie auf ein Herrenhaus eingeladen werden würde. Es klopfte an der Tür, und sie fuhr herum. Pippa steckte den Kopf hindurch. »Sollen wir dich mitnehmen?«

»Liam wartet unten«, antwortete Lilly mutlos. »Ich bin gleich fertig.«

»Ach wirklich? Dafür bist du aber schon ziemlich lange hier oben.«

»Das liegt daran, dass ich nicht weiß, was ich anziehen soll!« Sie hielt den grobmaschigen Pulli hoch, den ihr ihre Mutter gehäkelt hatte.

»Ein Notfall. Ich verstehe.« Pippas Miene verriet Bestürzung. »Warte kurz. Ich hab genau das richtige Kleid für dich.« Sie verschwand auf den Flur. Lilly schluckte in Erwartung dessen, was sie ihr aufdrängen würde. Sie war nicht der Typ für tief dekolletierte Etuikleider und hochhackige Schuhe, in denen sie keinen halben Meter laufen konnte. Sie würde sich alle Knochen brechen. Nach kurzer Zeit kam Pippa zurück und brachte ein lavendelfarbenes Kleid, die dazu passenden Pumps und einen überdimensional großen Schminkkoffer mit.

Lilly bekam es mit der Angst zu tun. »Was hast du vor?«

»Gilbert hat Liam schon mal vorgeschickt«, verkündete sie kichernd. »Ich musste ihm einfach sagen, dass du auch kommst. Er freut sich so! Du fährst mit uns. Wir beide werden nämlich ein bisschen Zeit brauchen, um dich in eine Prinzessin zu verwandeln.«

»Aber ich will gar keine Prinzessin …«

»Schhh!« Sie drückte ihr das Kleid in die Hände. »Müsste deine Größe sein. Na los, zieh's an!«

Lilly starrte einen Moment auf den feinen Seidenstoff, ehe sie sich dazu durchrang, Pippas Befehl zu befolgen.

»Erzähl mal: Was läuft da zwischen dir und Mr McTavish?«

»Da läuft gar nichts«, sagte Lilly entschieden, während sie in das knielange Kleid schlüpfte.

»Soso.« Pippa kicherte haltlos und half ihr, den Reißverschluss an der Seite zu schließen. Lilly beließ es dabei. Sie war sicher, dass Pippa nicht so leicht lockerlassen würde. Die Schuhe waren etwas zu klein, aber das Kleid saß perfekt. Fachmännisch rundete Pippa Lillys Look mit lilafarbenem Lidschatten und dezentem Lippenstift ab. Sie brachte Lillys langes Haar mit etwas Festiger in Form, dann zerrte sie sie vor den Spiegel.

»Wahnsinn!« Pippa jauchzte. »Du siehst so hübsch aus.«

Lilly musterte sich kritisch. Sie musste zugeben, dass ihr ihr Anblick gefiel, auch wenn er ungewohnt war. Das Kleid betonte ihre schlanke Figur, die tiefschwarze Mascara verlieh ihren Augen mehr Ausdruck.

»Und? Was meinst du?«, fragte Pippa aufgedreht.

Lilly war sprachlos. Sie begutachtete sich von allen Seiten. »Du bist eine Zauberin.«

Pippa lächelte gerührt. »O nein, ich hab gar nicht viel gemacht. Du bist eine Schönheit, Lilly. Und das darfst du ruhig zeigen.«

Lilly umarmte sie. »Ich danke dir!«

»Da gibt es nichts zu danken. Wir sollten jetzt aber wirklich los.«

Lilly nickte.

Gilbert zeigte sich begeistert von Lillys Outfit, doch auf der Fahrt zum Herrenhaus wuchs ihre Nervosität. Sie krallte sich an der schwarzen Pradatasche fest, auf der Pippa bestanden hatte, weil sich Lilly nicht von ihrem speziellen Mantel hatte trennen können. In der winzigen Handtasche war nur Platz für ihr Handy und den Pensionsschlüssel. Der Inhalt stand im abnormen Gegensatz zu dem, was Lilly normalerweise mit sich herumschleppte: Kaugummis, Bonbons, Ladekabel, Kopfschmerztablette, ein Pflasterset … Die Gewissheit zu haben, auf alles vorbereitet zu sein, gab ihr ein Gefühl von Sicherheit. Darauf musste sie nun verzichten – und zu allem Überfluss zwickten die zu engen Schuhe.

»Es wird dir gefallen.« Pippa legte beruhigend ihre Hand auf Lillys, als habe sie ihre Angst gespürt. Sie durchfuhren das große, schmiedeeiserne Tor, und ihr Blick glitt hinauf zu Court Magna. Das herrschaftliche Anwesen der McTavishs lag auf einem Hügel, eingerahmt von Bäumen. Davor war ein dunkelblauer See mit einem Springbrunnen in der Mitte. Schon als Kind hatte Lilly den märchenhaften Anblick genossen und sich vorgestellt, wie es im Innern des prunkvollen Herrenhauses aussah. Es grenzte an Ironie, dass sie selbst noch nie hier gewesen war, während Pippa und Gilbert zum zweiten Mal an einem Tag Gast in dem Haus sein würden.

Der Wagen hielt vor dem mächtigen zweiflügeligen Eingang. Ein Butler empfing sie an der Tür. Lilly betrat hinter Pippa und Gilbert die imposante Eingangshalle. Ehrfürchtig ließ sie ihren Blick schweifen. Ein Dienstmädchen nahm ihnen die Mäntel ab und führte sie durch einen Raum mit floraler Deckenmalerei. Ein schwarzer Flügel, der mittig darin stand, erregte Lillys Aufmerksamkeit.

»Ist es nicht wunderschön hier?« Pippa schmiegte sich an ihren Mann.

»Äußerst britisch, würde ich sagen.« Gilbert stolzierte als Erster in den dahinter liegenden Speisesaal. Lilly hielt sich im Hintergrund.

»Guten Abend.« Gilbert begrüßte Evelyn mit einem Kuss auf beide Wangen. Danach war Pippa an der Reihe.

»Wie schön, dass wir hier sein dürfen.«

Evelyns strenger Blick fiel auf Lilly, die nervös ihre Tasche an sich drückte. »Vielen Dank für die Einladung, Mrs McTavish«, sagte sie, um ein ehrliches Lächeln bemüht.

»Ms Warren.« Evelyn musterte sie eingehend, dann räusperte sie sich. »Nun, ich ging davon aus, Sie würden mit meinem Sohn kommen.«

»Oh, ist er denn noch nicht hier?«, stammelte Lilly.

Sie lächelte halbherzig. »Ich bin sicher, er trifft jeden Augenblick ein. Hier entlang bitte.« Sie wies ihnen ihre Plätze am langen Tisch zu. Verunsichert setzte sich Lilly neben Evelyn. Die Tür schwang auf und Liam betrat gehetzt den Raum. »Verzeihung, Mutter. Ihr habt doch nicht ohne mich angefangen?«

»Aber nein, Liam. Bitte. Setz dich.« Er warf einen flüchtigen Blick in die Runde, begrüßte Gilbert mit einem Händedruck und nahm dann Lilly gegenüber Platz. Fasziniert starrte er sie an.

»Sie haben ein so eindrucksvolles Zuhause, Mr McTavish«, lobte Pippa.

»Danke sehr.« Er lächelte ihr matt zu.

»Es muss wundervoll gewesen sein, so aufzuwachsen«, fuhr Pippa fort.

Seine Miene erkaltete.

»Das war es, zweifellos«, antwortete Evelyn für ihn. »Wir

wollten für Liam nur das Beste. Er spricht vier Sprachen fließend, ficht und spielt ausgezeichnet Pianoforte.«

Pippas Augen weiteten sich beeindruckt. Lillys Blick glitt unterdessen zu Liam, dessen Kiefermuskulatur sich sichtbar anspannte.

»Er hat sogar Preise gewonnen«, rühmte ihn seine Mutter weiter.

Liams Miene war unbewegt. »Da war ich zehn.«

»Es ist unwichtig, wie alt du warst«, erwiderte sie und wandte sich augenzwinkernd wieder an Pippa und Gilbert. »Er ist nur bescheiden. Warum spielst du uns nicht nach dem Dinner ein wenig auf dem Flügel vor, Liam?«

»O ja!«, jauchzte Pippa. »Das wäre wirklich nett.«

Liam sagte nichts, stattdessen schenkte er sich großzügig Wein ein und trank das halbe Glas in einem Zug.

»Ihr Lager ist wirklich eine Begehung wert, Mr McTavish«, wechselte Gilbert das Thema. Ein Dienstmädchen servierte die Vorspeise.

»Finden Sie?«, fragte Liam, dessen Blick nun ruhig an Lilly hing. Ein leichtes Lächeln auf seinen Lippen.

»O ja«, fuhr Gilbert zwischen zwei Bissen Carpaccio fort. »Seit wann ist die Destillerie noch mal im Familienbesitz?«

»Ähm, seit … 1891.«

Gilbert hob beeindruckt die Brauen. »Das ist wirklich interessant. Und so nostalgisch!«

»Das finde ich auch!« Pippa warf ihrem Mann einen liebevollen Blick über den Tisch zu.

»Bei Gelegenheit sollten wir uns mal zusammensetzen«, sagte Gilbert. »Ich denke, ich habe einige Ideen, wie Sie Ihr Unternehmen noch ertragreicher führen können.«

»Mr Cogan ist Investor«, mischte sich Evelyn taktvoll ein. »Er hat den Umsatz vieler namhafter Unternehmen auf der ganzen Welt gesteigert – um das Doppelte!« Sie lächelte verzückt.

Liam lehnte sich zurück und bedachte seine Mutter mit einem knappen, abschätzigen Blick. »Bedauerlicherweise, Mr Cogan, werde ich keine Zeit haben. Ich bin gerade ziemlich beschäftigt.«

Evelyn ließ ihre Gabel neben den Teller sinken. »Du wirst einen Nachmittag entbehren können.«

»Leider nicht, Mutter. Meine Verpflichtungen lassen es gerade nicht zu.«

»Welche Verpflichtungen?« Sie lachte gekünstelt. »Du hast dir Urlaub genommen.«

»Sehr richtig. Um das Cottage von Grund auf zu restaurieren.«

»Du bist dir sicher, dass du das schaffst?«, fragte sie kühl, als zweifele sie an den handwerklichen Fertigkeiten ihres Sohnes.

»Ja, Mutter. Ich und … Henry.«

Ihre Miene wurde starr, dann überspielte sie ihren Schock mit einem dünnen Lächeln. Lilly entging nicht, wie sie eine Hand zur Faust geballt in ihren Schoß fallen ließ.

Was war ihr Problem? Ein unangenehmes Schweigen, das selbst Pippa nicht zu brechen wusste, hing im Raum. Verunsichert schaute Lilly abwechselnd zu Liam und seiner Mutter.

»Mr Cogan«, durchbrach Liam die peinliche Stille. »Ich bin dankbar für Ihr Angebot und Ihre Zeit, aber ich sehe mich in der Pflicht, Ihnen mitzuteilen, dass ich andere Pläne für die Destillerie habe.«

»So?« Gilbert lehnte sich interessiert vor.

Evelyns Blick war eisig.

»Vielleicht erzählen Sie mir, was Ihnen vorschwebt. Sie müssen wissen, dass ich von Ihrem Unternehmen beeindruckt bin. Egal, was Sie damit vorhaben.«

Liam willigte ein. Nach dem Essen führte er Gilbert in den Salon, um sich bei einer Whiskyverkostung mit ihm unter vier Augen zu unterhalten. Evelyns Miene blieb eisig. Es war ihr anzusehen, wie sehr es sie belastete, keine Kontrolle über ihren Sohn zu haben. Was für eine schreckliche Frau, dachte Lilly und nippte an ihrem Espresso. Es war seltsam, wie sehr Evelyn McTavish die Atmosphäre veränderte. Selbst Pippa schien in ihrer Anwesenheit befangen. Sie war ungewöhnlich ruhig.

»Ich muss mal für kleine Mädchen.« Leise schob Pippa ihren Stuhl zurück und stand auf.

»Den Flur runter und dann rechts«, wies Evelyn sie ein.

Pippa nickte dankend, dann ließ sie Lilly mit Liams Mutter allein.

»Nun, Ms Warren …«

Verwundert darüber, von ihr angesprochen zu werden, schaute Lilly auf.

»Sie machen also Urlaub?«

»Genau.« Wieder nippte sie an ihrer Tasse, obwohl die bereits leer war. Sie brauchte etwas, das ihr Halt gab.

»Hat Liam Ihnen das erzählt?«

»Oh, mein Sohn und ich, wir … reden nicht besonders viel über so banale Dinge.«

Für einen Moment zog Lilly in Erwägung, nachzufragen, warum das so war, doch dann sah sie davon ab. Offenbar war die Familie McTavish weit weniger perfekt, als es den Anschein hatte, doch das ging sie nichts an. Evelyn nahm einen großen Schluck Rotwein, dabei ließ sie Lilly nicht aus den Augen. »Denken Sie bloß nicht, ich hätte Sie nicht durchschaut.«

Lilly starrte sie nur verwirrt an.

»Ich weiß nicht, worauf Sie hinauswollen, aber …«

Evelyns Hand preschte vor und krallte sich in Lillys Unterarm. Sie zog sie zu sich heran. »Ich kenne Sie«, zischte sie. »Sie sind genau wie Ihre Mutter.«

Es dauerte einen Moment, bis Lilly etwas erwidern konnte. »Was hat meine Mutter damit zu tun?«

»Oh, Sie haben wirklich keine Ahnung, oder?«

»Lassen Sie mich los!«, verlangte sie heiser. Evelyn funkelte sie durch graue Augen an. Lilly lief es eiskalt den Rücken hinunter.

»Halten Sie sich von meinem Sohn fern. Sonst …«

»Sonst was?« Energisch machte sich Lilly von ihrem Griff frei. »Drohen Sie mir etwa?«

Sie lächelte falsch. »Ich bin eine Kämpferin, Ms Warren. Frauen wie ich tun alles, um ihre Familie vor dem Ruin zu bewahren.«

Lilly konnte nicht fassen, was sie hörte. »Und eine Frau wie ich wäre so schlimm für Ihren Sohn?«

Evelyn betrachtete sie mit hochgerecktem Kinn.

Schritte auf dem Flur, die Pippas Rückkehr ankündigten, beendeten ihren Schlagabtausch. Evelyn faltete die Hände vor sich, als wäre nichts passiert. Aber Lilly war noch nicht fertig. »Wissen Sie was? Sie tun mir leid. Sie und ihre ganze Familie.«

Evelyns Blick war schneidend.

»Sie stecken so tief in Ihrer Verbitterung fest, dass Sie nicht einmal merken, wie sehr Ihr Sohn Sie verabscheut. Woher wollen Sie wissen, was Liam braucht?« Lilly stand auf. Pippa blieb wie angewurzelt an der Tür stehen.

»Wir sind kein Paar«, fuhr Lilly fort. »Das wird Sie sicherlich freuen. Und sollten Sie immer noch Zweifel haben: Ich werde übermorgen abreisen. Und ich denke, ich werde so schnell nicht wieder zurückkommen. Ich habe genug von diesem Urlaub. Schönen Abend noch.« Sie drängte sich an Pippa vorbei, die ihren Arm streifte.

»Aber, Lilly …«

Auf dem Flur begegnete sie Liam und Gilbert, die gerade aus dem Salon zurückkehrten.

»Haben wir was verpasst?« Gilbert tauschte einen ratlosen Blick mit Liam.

Der Butler hatte Lilly bereits in ihren Mantel geholfen.

»Du gehst?« Liam fasste sie am Arm, doch Lilly machte sich heftig los.

»Ich verstehe jetzt, was du meinst.«

»Was hat meine Mutter getan?«, verlangte er zu wissen.

Lilly schwieg.

»Ich werde mit ihr reden.«

»Nein, lass nur. Ich bleibe keine Minute länger hier.«

»Ist gut.« Er sah sie an, bedauernd und voller Mitgefühl. »Ich fahr dich nach Hause.«

Lillys Stimmung hatte einen neuen Tiefpunkt erreicht. Am liebsten hätte sie sein Angebot ausgeschlagen. Sie hatte genug von dieser Familie und deren Problemen, die für sie ebenso undurchschaubar wie unverständlich waren.

»Willst du mir nicht endlich sagen, was passiert ist?« Liam hakte schon zum dritten Mal nach, seit sie vom Herrenhaus weggefahren waren, aber sie war nicht bereit, die Worte seiner Mutter zu wiederholen. Obwohl sie sich bemühte, sie nicht an sich ranzulassen, hörte sie sie noch immer in sich nachhallen.

»Ich will dir helfen, Lilly.« Liam betrachtete sie von der Seite.

»Ich habe dich nie darum gebeten.« Eisern schaute sie aus dem Fenster.

»Fangen wir jetzt wieder damit an?«

Sie seufzte, zog energisch ihr Handy aus Pippas Minitasche und entsperrte es.

»Ich hatte dich vor ihr gewarnt …«

Lilly ließ das Telefon sinken, ihr Kopf fuhr zu ihm herum. »Warum hast du darauf bestanden, dass ich mitkomme?«

Er blickte angestrengt nach vorn und festigte seinen Griff ums Lenkrad. »Keine Ahnung. Vielleicht, weil ich nicht allein sein wollte.«

»Und wieso nicht?« Während des Dinners hatte er deutlich gezeigt, dass er sich nicht von seiner Mutter einschüchtern ließ.

»Hat es etwas mit deinen Plänen für die Destillerie zu tun?«, fragte sie frei heraus. Er fuhr sich über die Lippen und schwieg. Sie hatte ins Schwarze getroffen.

»Ich habe vor, die Destillerie aufzugeben«, sagte er leise.

»Und deine Mutter weiß es noch nicht.«

Er schüttelte den Kopf.

»Wieso sagst du es ihr nicht einfach?«

»Du hast sie doch gerade erlebt, oder? Außerdem wird es sie schwer treffen. Seit dem Tod meines Vaters klammert sie sich ans Unternehmen. Sie hat sonst nichts mehr.«

Lilly kam nicht ganz mit. »Wir kommen gerade aus einem Palast. Dem Palast, in dem du aufgewachsen bist – und sie lebt da drin.«

»Und du glaubst, das reicht?«

»Ich glaube, dass nicht mal Prinz William so viel Platz hat.«

Sie erreichten die Pension. Liam stellte den Motor ab und ließ die Hände in seinen Schoß fallen.

»Du hast mir nicht gesagt, dass du Klavier spielst«, murmelte Lilly.

»Wieso hätte ich das tun sollen?« Er wirkte ratlos und genervt.

Unmerklich schüttelte sie sich. Sie wusste selbst nicht, warum sie ihm das zum Vorwurf machte. Es gehörte nicht hierher. Anders verhielt es sich mit einer Sache, die ihr nicht aus dem Kopf gehen wollte. »Deine Mutter hat da diese Bemerkung gemacht …«

»Was für eine Bemerkung?«

»Sie hat gesagt, ich wäre genau wie meine Mutter.«

Liam starrte sie stumm an.

»Was hat sie damit gemeint?«

»Das hast du sicher missverstanden.«

»Das bezweifle ich.« Ihre Mutter war unantastbar. Und doch hatte sie das Gefühl, dass es ein Geheimnis in deren

Leben gab. Etwas, das mit ihrer Vergangenheit in Portree zusammenhing.

»Mach dir nicht zu viele Gedanken wegen dem, was heute passiert ist.« Er lächelte besänftigend und sah an ihr hinunter. »Dieses Kleid …«

»Ist nicht meins.«

»Du siehst wunderschön aus, Lilly.« Er sah sie durchdringend an, und ihr wurde plötzlich furchtbar heiß.

»Vielleicht war es das.«

Sie runzelte die Stirn.

»Meine Mutter hasst Konkurrenz. Wahrscheinlich hofft sie immer noch, dass das mit mir und meiner Exfreundin wieder was wird.«

»Und du?«

»Ich bin froh, dass es vorbei ist. Wir waren viel zu verschieden.«

Warum war sie erleichtert, das zu hören?

Überraschend lächelte er sie an, und sie hatte das Gefühl, er könne Gedanken lesen.

»Ich glaube, Gemeinsamkeiten sind der Schlüssel für eine glückliche Beziehung«, erklärte er. »Anders kann es nicht funktionieren. Nicht auf Dauer.«

Sie nickte. Da stimmte sie ihm voll und ganz zu.

»Und du? Ich hab dich nie gefragt, ob du in einer Beziehung bist.«

»Wenn es einen Mann in meinem Leben gäbe, wäre er hier. Jedenfalls würde ich mir das in einer solchen Situation wünschen. Also … nicht allein zu sein.«

»Man sollte füreinander da sein.«

»Ja.«

Sie nickten beide. Dann entstand eine aufgeladene Stille, in der sie einander ansahen. Lilly spürte, dass sie ihn nicht länger verachtete. Im Gegenteil. Nur mit Mühe gelang es ihr, sich von ihm zu verabschieden. »Schlaf gut, Liam«, sagte sie sanft und öffnete die Autotür.

»Gute Nacht, Lilly.«

Auf den Stufen zur Pension drehte sie sich noch einmal zu ihm um. Mit einem wehmütigen Lächeln winkte sie ihm zu. Er hob ebenfalls die Hand. Lilly ging ins Haus. Erst nachdem die Tür sich hinter ihr schloss, hörte sie, dass er wegfuhr.

KAPITEL 13

Sommer 1986 – Iris

Das Sonnenlicht schien durchs Fenster und traf auf Robs Kopfkissen. Schlaftrunken blinzelte Iris. Sie nahm einen tiefen Atemzug und drehte sich auf den Rücken. Im ersten Moment glaubte sie, alles sei nur ein Traum gewesen. Doch als sie mit der Zunge über die Lippen fuhr, konnte sie Brandons Kuss noch immer schmecken. Und sie wusste, dass es wirklich passiert war. Sie hatten sich geliebt. Die ganze Nacht. Zuerst am alten Fischerhaus, danach war er mit zu ihr nach Hause gekommen. Nie hätte sie es für möglich gehalten, dass Sex so sein konnte! Von dieser Erkenntnis berauscht, strich sie sich durchs Haar. Ihre Haut und ihr ganzer Körper dufteten nach ihm. Selbst die Laken hatten seinen Geruch in sich aufgenommen, als wäre er der Mann, der in ihr Bett, der zu ihr gehörte. Noch immer glühte das Gefühl in ihr, das sie in seinen Armen verspürt hatte. Fühlte sich so wahre Liebe an? Iris war wie entflammt. Es war, als wäre sie neu geboren. Vom Glück erfüllt glitt ihre Hand neben sich über das Laken. Es war noch warm von ihm. Die Decke gegen ihren nackten Körper gedrückt, stellte sie sich ans Fenster. Es war ein herrlicher Morgen. Der Himmel war fast vollständig blau, und Iris kam es so vor, als wäre alles schöner: der Himmel, die grünen Hügel vorm Haus, selbst die Schafe, die Ferguson am Cottage vorbeitrieb. Und der Garten mit seinen Rosen und dem Lavendel, der Eberesche, die Brandon erst am Tag zuvor eingepflanzt hatte. Auf einmal schien alles um sie herum lebendiger.

Es klopfte, und sie drehte sich um. Brandon trat durch die Tür.

»Guten Morgen«, sagte er mit einem Lächeln. Auf dem Tablett, das er auf den Händen trug, waren eine Tasse Kaffee, ein paar Scones mit Marmelade sowie Rührei und eine seltsame weiße Blume, die Iris nie zuvor gesehen hatte.

»Gefällt sie dir?«, fragte Brandon, dem ihr faszinierter Blick aufgefallen war.

Sie nickte.

»Die Blüte hing in den Rosen, die wir aus Glendale mitgebracht haben. Wahrscheinlich ist sie versehentlich mitgekommen. Ich finde für dich raus, wie sie heißt, ja?«

»Okay.« Berauscht von Glück sank sie zurück auf die Bettkante.

»Ich wollte dich eigentlich noch schlafen lassen.« Er kam zu ihr, stellte das Tablett auf dem Bett ab und küsste sie auf den Mund. Iris betrachtete ihn still. Sie konnte nicht glauben, was sie fühlte. Es war so überwältigend, dass sie keine Worte fand.

»Ich wusste nicht, was du magst. Also habe ich …« Er wies mit dem Kinn zum Tablett.

Iris seufzte.

Er suchte ihren Blick, dabei strahlte er eine unerschütterliche Ruhe aus. »Bereust du es?«

Sie schaute ihn an, führte ihre Hand an seine Wange und legte den Kopf schief. Er schmiegte sich ihrer Berührung entgegen, geduldig auf ihre Antwort wartend.

»Ich bereue gar nichts«, flüsterte sie. »Aber …«, wieder seufzte sie gerührt, »mir hat noch nie jemand Frühstück ans Bett gebracht.«

Er lachte erleichtert. »Das kann ich nur schwer glauben.«

»Es ist aber so.«

Sein Lachen wich einem zärtlichen Gesichtsausdruck. Langsam näherte er sich ihr. Iris fiel mit dem Rücken zurück aufs Bett. Die Decke glitt auf den Boden. Brandon schob das Tablett zur Seite und beugte sich über sie. Sein Kuss war von einer Zärtlichkeit, die ihr Herz erwärmte. Iris klammerte sich an seine muskulösen Schultern, als er seinen Arm unter ihr Becken brachte und sie leicht anhob.

»Ich liebe dich, Iris«, flüsterte er, und sie spürte, wie ihr die Tränen in die Augen stiegen.

Während sie sich liebten, trafen sich immer wieder ihre Blicke. Plötzlich sah sie mit einer Klarheit, was es bedeutete, mit dem Menschen verbunden zu sein, dessen Herz mit ihrem im gleichen Takt schlug. Es war ein Geschenk. Brandon war ein Geschenk. Und sie erkannte, dass ihr Leben vor ihm eine Lüge gewesen war. Es überfiel sie mit einer solchen Wucht, dass sie ihn noch fester hielt.

Später legte Iris sich neben ihn und bettete ihren Kopf auf seine Brust. Ihr Herzschlag hatte sich noch nicht beruhigt, und sie strich mit der Hand über seinen trainierten Bauch. So lange, bis er sie ergriff und seine Finger mit ihren verschränkte. Angst stieg in Iris auf. Davor, ihn gehen lassen zu müssen, wenn die Zeit gekommen war.

»Hast du das ernst gemeint?«, fragte sie und starrte zur Decke hinauf.

»Ja.« Er wusste genau, was sie meinte. Seine Antwort war knapp, aber aufrichtig, und er schien nichts dafür zu verlangen. Iris ließ ihren Gedanken freien Lauf. Obwohl ihr Herz bei seinen Worten einen Schlag ausgesetzt hatte, fragte sie sich, ob es nicht zu früh gewesen war, sie zu sagen. Sie kannten sich gerade einmal zwei Wochen. Zwei Wochen, hallte es in ihrem Innern wider, und ungeahnte Zweifel wurden in ihr laut. War er wirklich aufrichtig zu ihr? Wie wertvoll konnte ein Liebesgeständnis sein, das nach so kurzer Zeit gemacht wurde? Iris überlegte. Lag es an ihr? Hatte sie diese Worte abgenutzt, indem sie sie zu Rob gesagt hatte – einem Mann, den sie nicht liebte, nie geliebt hatte? Konnte sie sie nun nicht mehr sagen, selbst wenn sie genau so empfand? Iris setzte sich auf die Bettkante und hielt die Decke vor sich.

»Hast du jetzt Lust auf Frühstück?« Seine Fingerspitzen glitten ihren nackten Rücken hinab, und eine wohlige Gänsehaut breitete sich auf ihrer Haut aus.

»Ein wenig«, antwortete sie lächelnd.

Er kam hinter sie, strich ihr liebevoll das Haar aus dem Nacken und bedeckte ihre Haut mit seinen Küssen. Iris merkte, wie das Verlangen erneut in ihr aufwallte. Sie drehte sich halb zu ihm um. Sofort nahmen seine tiefblauen Augen sie gefangen.

Sie legte den Kopf leicht schief und seufzte verliebt. »Was machen wir nur?«

»Du stärkst dich jetzt, und ich gehe raus in den Garten.« Er küsste sie, stand auf und zog sich an. »Und danach unternehmen wir irgendwas. Worauf hast du Lust?«

Iris zog einen Mundwinkel hoch und zuckte die Achseln.

»Ich hätte da eine Idee.« Er lächelte geheimnisvoll. Iris sah ihm nach, wie er aus der Tür verschwand. In dem Moment war sie sicher: Sie würde sich mit ihm auf jedes Abenteuer einlassen. Brandon hatte sie zu neuem Leben erweckt. Und dafür würde sie ihm ewig dankbar sein.

Am Nachmittag fuhren sie zum Old Man Of Storr, wo Iris zuletzt mit ihrer Mutter gewesen war. Die achtundvierzig Meter hohe skurrile Felsnadel hatte nichts von ihrer Ausstrahlung eingebüßt. Noch immer war Iris vom Anblick der Gesteinsformation fasziniert, die den Namen »The Sanctuary«, die Zuflucht, trug. Sie wanderten hinauf. Iris hatte mit dem Anstieg zu kämpfen, aber beklagte sich nicht.

»Der Legende nach ist Old Storr ein versteinerter Riese«, keuchte sie.

Brandon reichte ihr seine Hand und blieb stehen. »Ein Mann und seine Frau suchten nach einer entlaufenen Kuh. Dabei trafen sie auf einen Riesen – genau hier. Sie rannten davon, warfen jedoch einen Blick zurück und wurden daraufhin versteinert.«

»Warum wundert es mich nicht, dass du diese Legende besser kennst als ich?« Sie lächelte ihn an.

»James und ich haben früher Touristen hier hochgeführt.«

Sie hob verwundert die Brauen.

»Na ja, eigentlich war es eher meine Idee. Schließlich musste ich mir irgendwie mein Taschengeld aufbessern.«

Sie wanderten weiter und erreichten die Felsnadel. Oben erwartete sie eine herrliche Aussicht auf die pittoreske Landschaft des zerklüfteten Gebirges im Norden der Insel.

Iris war überrascht darüber, wie selbstverständlich es sich anfühlte, Brandons Hand zu halten – bei ihm zu sein, Zeit mit ihm zu verbringen. Und sie fragte sich, wie konnte etwas falsch sein, das sich so richtig anfühlte?

Am Sonntag war sie mit Diana zum Kaffee verabredet. Ihre beste Freundin merkte Lilly sofort an, dass etwas anders war. Sie lächelte häufiger, starrte verträumt vor sich hin. Iris war es nicht möglich, sich vor ihr zu verstellen. Ein vielsagender Blick hatte ausgereicht, und Diana wusste, was ihre Freundin verändert hatte.

»Iris Elisabeth Warren«, hatte sie mit gespielter Bestürzung gesagt. »Was ist nur in dich gefahren!«

Daraufhin hatte Iris ihr alles erzählt, und sie flehte ihre Freundin an, ihr Geheimnis für sich zu behalten. Am Ende wirkte Diana nicht mehr schockiert, sondern vielmehr beeindruckt. Sie wusste nur zu gut, wie unglücklich Iris in ihrer Ehe gewesen war, und freute sich für sie. Iris' Geheimnis war bei ihr sicher. Trotzdem riet sie ihr, vorsichtig zu sein.

»Du weißt doch«, Diana tunkte ein Scone in ihren Kaffee, »dein Mann hat weit mehr Freunde in Portree, als er verdient.«

Sie hatte recht. Wenn man sie mit Brandon zusammen sah, würde ihre Beziehung schnell die Runde machen und Rob erreichen, bevor sie Gelegenheit hätte, mit ihm zu sprechen.

»Vielleicht will ich, dass er es erfährt.« Iris dachte laut. »Dann wäre es vorbei. Er würde mich verlassen.«

Diana sah sie eine Weile an, dann setzte sie eine verständnisvolle Miene auf. »Du würdest hier nicht mehr so unbeschwert leben können. Es kümmert niemanden, wenn ein Mann Affären hat, aber wenn eine Frau das tut, gilt sie als billig – du weißt doch, wie die Leute sind. Das war immer so und wird immer so sein.«

Iris musste an Fanny Vermont denken. Seit sie sie derart abfällig behandelt hatte, war sie nicht mehr im Laden gewesen. Sie hatte die gesamte Innenstadt gemieden und nur das Nötigste auf dem Markt am Hafen eingekauft.

»Rob wäre fein raus.« Diana rührte ein weiteres Stück Zucker in ihren Kaffee. »Der ist ja sowieso ein Heiliger, wenn es nach der Meinung vieler hier geht. Die wenigsten Leute machen sich die Mühe und durchschauen seine müde Darstellung von Patrick Swayze in *Fackeln im Sturm*. Dabei ist Rob das Gegenteil von ihm. Wie dieser fiese kleine Ausbilder! Wie hieß der noch gleich?«

Iris musste lachen und zuckte die Schultern. Kurz darauf wurde sie sehr ernst, denn es war nur zu wahr. Die Leute würden sie an den Pranger stellen, nicht Rob. Eine Frau, die in Abwesenheit ihres Mannes eine Affäre mit dem Gärtner begann, war gefundenes Fressen für Portrees Gerüchteküche. Für einen Moment überlegte sie, wie Rob mit der Sache umgehen würde. Würde er sie den Löwen zum Fraß vorwerfen, wenn er es erfuhr?

»Dann seht ihr euch morgen wieder, du und Brandon? Auch wenn der Garten schon fertig ist?«

»Ja«, antwortete Iris. Sie rührte mit dem Löffel in ihrem Kaffee und starrte ins Leere. Die Zeit war wie im Flug vergangen. Der Vorgarten hatte ihre Erwartungen übertroffen.

Jetzt fehlten nur noch Kleinigkeiten. Verschönerungen, für die sie keine männliche Hilfe brauchte. Eigentlich wäre das der Moment, in dem sie Brandon für seine Arbeit entlohnen sollte, er sich verabschiedete und ging.

»Es hat dich schwer erwischt, was?«

Iris sagte nichts.

»Habt ihr darüber gesprochen, wie es weitergehen wird?«

»Was meinst du?«

»Na ja, früher oder später kommt Rob zurück.«

Iris nickte seufzend. Auch wenn immer noch kein Geld bei ihr angekommen war, war sie froh, dass es Rob mit der Heimkehr nicht eilig hatte. »Ich will noch gar nicht daran denken«, raunte sie.

»Das solltest du aber.« Dianas warme Hand legte sich über ihre, die locker auf dem Tisch lag.

»Iris, eine Trennung ist immer einfacher, wenn man jemand Neues hat. Vorausgesetzt, das mit Brandon und dir ist was Ernstes?« Diana betrachtete sie fragend.

War es das? Für Iris fühlte es sich so an. Aber was, wenn sie sich irrte? Rob war der erste Mann in ihrem Leben gewesen. Die Jahre mit ihm hatten sie vieles gelehrt, vor allem, was Misstrauen und Enttäuschung anging.

»Ich habe noch nicht darüber nachgedacht«, sagte Iris. »Und ich will ihn zu nichts drängen. Es ist gerade so schön.«

Diana lächelte verständnisvoll. »Du hast Angst, ihn zu verlieren.«

»Große Angst.« Iris schaute zum Fenster, gegen das Regentropfen pochten. Sie spürte Dianas mitfühlenden Blick auf sich. Ihre Freundin verliebte sich oft, aber niemals lange. Seit einem Monat jedoch traf sie sich regelmäßig mit Paul

Fowley, dem Sohn des Pubbesitzers aus der Hafengasse, wo sie auch kellnerte. Er war nett, bodenständig und geduldig, außerdem besaß er einen außerordentlich guten Sinn für Humor – und das waren Kriterien, die für Diana darüber entschieden, wie lange sie es mit einem Mann aushielt.

Eine neue Woche brach an. Rob hatte Iris kein Geld zukommen lassen, und die Bank beharrte auf der überfälligen Rate. Sie hatte eine letzte Mahnung mit der Androhung einer Zwangsvollstreckung geschickt. Iris war am Ende. Sie zählte noch ganze zwölf Pfund in ihrer Geldbörse. Von Diana, die chronisch pleite war, konnte sie sich nichts leihen, und vor Brandon wollte sie ihre finanzielle Situation fernhalten. Er musste nicht wissen, dass sie um ihr Cottage fürchtete. Nachdem sie hin und her überlegt hatte, was sie tun konnte, kam ihr nur eine Möglichkeit in den Sinn, und die gefiel ihr gar nicht. Iris hasste es, auf Hilfe angewiesen zu sein, in diesem Fall hatte sie jedoch keine andere Wahl. Wenn sie ihr Geburtshaus behalten wollte, musste sie alles auf eine Karte setzen – und James McTavish um Unterstützung bitten …

Geschlagene zwanzig Minuten wartete sie vor seinem Büro. Sie zwirbelte nervös ihr Haar, kaute an ihren Fingernägeln und grübelte vor sich hin. Wie sollte sie ihm ihre Situation am besten erklären? Noch fehlten ihr die richtigen Worte.

Die Tür öffnete sich, und Iris zuckte unmerklich zusammen. James trat auf den Flur, schaute zu ihr und lächelte.

»Iris!«, begrüßte er sie freundlich. Er trug einen dunkelblauen Anzug mit rot-grün karierter Krawatte – die Farben seiner Firma.

»Hallo, James.« Iris stand auf und strich ihren Rock glatt. »Hättest du ein paar Minuten?«

»Natürlich.« Er machte eine einladende Handbewegung und schloss die Tür hinter ihnen.

»Darf ich dir etwas zu trinken anbieten?«

»Nein, dankc.«

Er setzte sich hinter seinen Mahagonischreibtisch und bedeutete Iris, davor Platz zu nehmen.

»Was kann ich für dich tun?«

Verkrampft ließ sie sich im Sessel nieder. »Ich hoffe, ich halte dich nicht von der Arbeit ab?«

»Aber nein. Was führt dich her?«

Iris lächelte angespannt. Es hatte sie ein gehöriges Maß Überwindung gekostet, ihn aufzusuchen. So viel, dass sie ihre Bitte kaum auszusprechen wagte.

»Es ist nicht leicht für mich, hier zu sitzen«, begann sie nach einem tiefen Atemzug.

»Was es auch ist, so schlimm kann es nicht sein.«

Iris gab sich einen Ruck. »Du sagtest einmal, dass ich mich an dich wenden kann, wenn …«

»Dann ist Rob immer noch nicht zurück?«, unterbrach er sie ruhig.

Sie presste die Lippen aufeinander und schüttelte den Kopf. James faltete die Hände vor sich, dabei sah er sie unentwegt an. »Ist irgendetwas geschehen, Iris?«

Sie dachte einen Moment nach, was sie ihm antworten sollte. Die Wahrheit? Über die war sie sich selbst nicht im

Klaren. Nur eins wusste sie mit Sicherheit: Ihre Wahrheit war eine andere als die von Rob.

»Rob wird länger als geplant in Edinburgh bleiben«, sagte sie nach einer Weile.

»Dann läuft es gut für ihn?« James wirkte wenig überzeugt.

Iris nickte mit einem aufgesetzten Lächeln.

Sie mochte James' Ausstrahlung. Er war ein eleganter Mann, dem es trotz seines Einflusses nicht an Zurückhaltung mangelte. Wenn er blinzelnd vor sich hin schaute, schimmerte sogar eine gewisse Unsicherheit bei ihm durch, was ihn überaus sympathisch machte.

»Dann hat Rob gesagt, dass er übernommen wird?«, hakte er nach.

»Davon gehe ich aus.« Iris hoffte, dass er ihre Lüge nicht durchschaute.

James' Brauen wölbten sich über seinen Augen. »Aber deshalb bist du nicht hier.«

»Nein …« Sie stockte, suchend nach den richtigen Worten. »Ach, du glaubst nicht, wie schwer es mir fällt, dich zu fragen.«

»Bitte. Ich beiße nicht.« Er lächelte sanft, und Iris fiel auf, wie tiefbraun seine Augen waren. Sie hatten etwas Vertrauenswürdiges, etwas Tiefgründiges, das sie ermutigte, aufs Ganze zu gehen. »Es gibt eine Hypothek.«

»Auf deinem Cottage?«

Überrascht davon, dass er es so genannt hatte, nickte sie langsam. »Die Bank macht uns Druck, weil wir uns die Raten momentan nicht leisten können. Rob brauchte Geld für Edinburgh, und wir sind im Rückstand.«

Er sah sie einen Moment an, dann öffnete er eine Schublade und holte ein Scheckbuch hervor. »Wie viel brauchst du?«

Iris' Herz polterte wie wild vor Staunen darüber, wie schnell er bereit war, ihr Geld zu leihen.

»Wir zahlen es so schnell wie möglich zurück«, sagte sie hastig.

Er nickte nur.

Sie konnte die Erleichterung und Dankbarkeit nicht in Worte fassen, die sie erfüllte, als er die Summe, die sie ihm nannte, mit schwarzem Füllfederhalter auf den Scheck schrieb. James kam um den Schreibtisch herum, und Iris nahm mit zitternder Hand den Scheck an sich. »Ich weiß gar nicht, wie ich dir danken soll.« Sie stemmte sich hoch. Für einen Moment standen sie sich still gegenüber.

»Ich sorge dafür, dass du es so schnell wie möglich zurückbekommst.«

»Das weiß ich.« Er sah sie durchdringend an. War da Mitgefühl in seinem Blick? Die Tatsache, dass er Brandons bester Freund war, brannte sich mit einem Mal so fest in ihr Bewusstsein, dass ihr schwindelig wurde. Wusste er von ihm und ihr? Oder war es ein anderes Geheimnis, das in seinen Augen aufblitzte?

»Kann ich vielleicht sonst noch etwas tun?«, fragte er nach einer Pause.

Iris' Herz raste. Er sah sie an, als wolle er in ihr tiefstes Innerstes blicken. »Nein. Danke.« Sie strich sich nervös durchs Haar und schulterte ihre Tasche. Er begleitete sie zur Tür. Dort wandte er sich noch einmal zu ihr. »Ich habe gehört, dein neuer Garten ist fertig.«

Iris zuckte zusammen. Er weiß das mit Brandon, flüsterte die Stimme in ihrem Kopf.

»Das stimmt«, antwortete sie zögerlich.

Er lächelte halb. »Hättest du was dagegen, wenn ich ihn mir mal ansähe?«

Sie schluckte nervös.

»Wir planen selbst ein paar Umstrukturierungen auf Court Magna. Und Brandon hat mir so von deinen Ideen vorgeschwärmt.«

»Sicher«, sagte sie zaghaft. »Komm vorbei, wann immer du möchtest.« Für diesen Satz hätte sie sich am liebsten geohrfeigt. Was, wenn er sie mit Brandon erwischte? Bei dem Gedanken wurde es Iris eiskalt. James lächelte, nickte leicht, und ihr war, als stünde Erleichterung in seinem Blick. Was ging in ihm vor? Iris konnte ihn nicht durchschauen …

KAPITEL 14
Lilly

Gefrorener Tau glitzerte auf den Seiten der Straße vor Lillys Fenster. Der fast durchgängig blaue Himmel, der gestern noch den Frühling einzuläuten schien, war nun in ein tristes Grau gehüllt. Sie brauchte nicht erst auf ihrer Wetter-App nachzusehen, um zu wissen, dass der Winter zurück war. Nur noch zwei Tage, dachte sie, und ihr Magen verkrampfte sich in dem Wissen, dass sie umsonst so früh aufgestanden war, um ihre Suche nach der Blume fortzusetzen. In den vergangenen Tagen hatte sie fast jeden Zentimeter in Liams Vorgarten umgegraben. Sie war nah dran – das konnte sie spüren. Lilly nahm ihr Handy und checkte ihre Nachrichten. Gestern Abend hatte sie mit ihrer Mutter telefoniert. Sie hatte sich gut angehört, vielleicht sogar ein wenig zu beschwingt. Lilly war einer der wenigen Menschen, die wussten, wie gut ihre Mutter falsche Tatsachen vorspielen konnte. Sie freute sich darauf, sie bald wiederzusehen, aber gleichzeitig versetzte ihr der Gedanke, abreisen zu müssen, einen Stich. Was war nur los?

Sie fror, also zog sie noch eine Strickjacke über ihren Pullover. Die Heizung in ihrem Zimmer rumorte, als würde jemand mit einem Hammer dagegen schlagen, doch sie gab nur wenig Wärme ab. Lilly schnappte sich ihre Tasche und schloss die Tür hinter sich. Das makabre Dinner beschäftigte sie noch immer. In der Nacht hatte sie wegen dem, was Evelyn gesagt hatte, lange wach gelegen. Früher hatte sie nie verstanden, warum sich Evelyn und ihre Mutter nicht ausstehen konnten. Über den Grund hatte Iris nie ein Wort verloren. Jetzt glaubte Lilly, ihn zu kennen. Liams Mutter war der reinste Horror. Arrogant, boshaft, intolerant. Innerlich grummelnd durchforstete sie auf dem Weg nach unten die Bildergalerie ihres Smartphones. Sie hatte ihrer Mutter versprochen, sie mit Fotos von Skye zu versorgen. Ursprünglich wollte sie jeden Tag ihrer Reise festhalten, aber mit diesem Plan hatte sie schon versagt. Lilly hatte keines von Court Magna, und sie würde ihr auch keines von dem Wetter schicken, das Portree an ihrem vorletzten Tag beherrschte. Beides wäre zu trostlos, zu entmutigend. Und Aufregung war Iris strengstens untersagt. Deshalb hatte ihr Lilly nichts von Evelyn erzählt und auch immer noch nichts von Liam. Sie befürchtete, die Familie McTavish würde sie zu sehr an das erinnern, was sie verloren hatte.

Eine Nachricht von ihrer Chefin Heather ploppte auf. Ein Ultraschallbild. Eingebettet zwischen roten Herzen und einem Baby-Emoji standen drei Worte: *Wir sind schwanger.*

Was? Lilly war so perplex, dass sie die letzte Stufe verfehlte. Ihr Handy wirbelte durch die Luft und traf klirrend auf den Boden – keine Sekunde später folgte Lilly. Ihr Sturz war so schnell gegangen, dass sie zunächst auf allen vieren blieb.

Pippa stürmte in einem quietschgelben Kostüm mit Fellkragen auf den Flur. »O mein Gott, Lilly! Bist du etwa die Treppe runtergefallen?«

Gemeinsam mit Gilbert half sie Lilly wieder auf die Füße.

»Hast du dir wehgetan?« Pippa musterte sie von oben bis unten.

»Glaub nicht.« Lilly sog zischend Luft ein, dabei rieb sie sich das Knie.

»Was machst du denn für Sachen?« Mrs Krock lugte von der Küche aus in den Flur, die Hände in die Hüfte gestützt. Unter Schmerzen bewegte Lilly ihre Beine.

»Zum Glück scheint nichts gebrochen zu sein.« Gilbert hatte sich nach ihrem Handy gebückt. »Aber das hat seine besten Zeiten jetzt hinter sich.«

Lilly nahm es an sich und stöhnte. Ein tiefer Riss verlief quer übers Display, die Anzeige blieb schwarz. Sie humpelte ins Esszimmer, wo Pippa ihr einen Stuhl zurechtrückte.

Mrs Krock brachte eine Packung gefrorene Erbsen, die sie Lilly aufs Knie legte. Sie war buchstäblich am Boden. Ohne Handy war sie für ihre Mutter nicht zu erreichen, und das Wetter machte ihr auch noch einen Strich durch die Rechnung. Verzweifelt stützte sie den Kopf auf ihre Hände und versuchte, die aufkommenden Tränen wegzublinzeln.

»Du Arme! Tut es so weh?«, fragte Pippa besorgt. Lilly schüttelte schniefend den Kopf.

»Das Handy kann man ersetzen, Lilly.« Gilbert tätschelte ihr die Schulter.

»Das ist es nicht.« Sie zog die Nase hoch. »Es ist nur … ich hatte mir alles leichter vorgestellt.« Sie merkte, dass diese Situation nicht der Grund für ihren Gefühlsausbruch war, sondern nur der Auslöser. Seit Wochen stand sie kurz vor diesem Abgrund, hatte es aber geschafft, stark zu bleiben. Sie hatte ihre Sorgen buchstäblich weggeschaufelt, so wie die Erde im Garten des Cottage.

Gilbert, Pippa und Mrs Krock tauschten ratlose Blicke.

»Ich mach ihr eine heiße Schokolade und vielleicht einen Pfannkuchen?« Mrs Krock schaute hilflos zwischen ihnen hin und her.

»Das wird ihr sicher guttun. Ich helfe Ihnen«, meinte Gilbert und schob sie aus der Tür.

Lilly wusste nicht, was mit ihr passierte. Sie hasste nichts so sehr, als vor anderen zu weinen. Pippa reichte ihr ein Taschentuch und setzte sich zu ihr.

»Es geht um gestern Abend, oder?«, fragte Pippa einfühlsam.

Lilly schnäuzte sich.

»Du kannst mit mir darüber reden.«

»Es ist nicht nur das …« Sie versuchte, sich wieder zu fassen. Pippa betrachtete sie aufmerksam, und Lilly beschloss, ihr alles zu erzählen – was sie wirklich nach Portree geführt hatte, wie sie auf Liam gestoßen war und wie sehr sie Evelyn McTavishs Feindseligkeit ihr gegenüber beschäftigte. Pippa hörte sich alles aufmerksam an, ohne etwas zu sagen. Mittendrin kam Gilbert mit einer Tasse voll heißer Schokolade zurück. Sie war sogar mit einer Sahnehaube versehen. Hinter ihm war Mrs Krock, einen Teller mit Pfannkuchen in der Hand. Lilly war sofort klar, dass sie alles mitangehört hatten.

»Ach, Lilly.« Pippa nahm sie in den Arm. Ihre fein manikürten, pinken Fingernägel gruben sich in Lillys Haar. »Und ich habe mich gewundert, was du in Liams Garten gemacht hast.«

»Dieser Liam ist ein guter Kerl.« Gilbert reichte Lilly die Tasse. »Er hat lange mit sich gerungen wegen der Destillerie.« Gilbert trat hinter seine Frau und legte ihr eine Hand auf die Schulter.

»Ja, und seine Mutter weiß das nicht zu schätzen!«, ergänzte diese.

»Hier, Kind.« Mrs Krock stellte Lilly den Teller hin, und die geschmolzene Butter verteilte sich wie flüssiges Gold über die Pfannkuchen.

»Manche Menschen haben das Gefühl für andere verloren, und diese Frau gehört definitiv dazu.« Gilbert seufzte.

»Ich will gar nicht wissen, wie sie mich behandelt hätte.« Pippa zog eine Schnute. »Bevor ich Gilly geheiratet habe, hatte ich nichts. Wir haben uns in dem Burgerladen kennengelernt, in dem ich gearbeitet habe.«

»Es war Liebe auf den ersten Blick.« Gilbert nahm ihr Gesicht zwischen seine Hände und küsste sie. »Nur eine Woche später habe ich sie gefragt, ob sie meine Frau werden will.«

»Und ich habe natürlich Ja gesagt.«

»Damit machtest du mich zum glücklichsten Mann auf der Welt.« Pippa sah zu ihrem Mann auf, und Gilbert warf ihr derart liebevolle Blicke zu, dass man es förmlich in der Luft knistern hören konnte. Trotz seines Geldes war Gilbert nicht abgehoben, er hatte nichts von Evelyns Arroganz und zog eine in die Jahre gekommene Pension einem Fünfsternehotel vor. Als sie die beiden betrachtete, wurde ihr klar, wie gut sie einander taten. Pippa erdete ihn, brachte ihm ihre Welt näher. Gilbert ließ seiner Frau Freiheiten und versuchte nicht, sie zu ändern. War das das Geheimnis einer perfekten Beziehung?

Während Lilly ihre heiße Schokolade trank, erzählten ihr die beiden von ihren Plänen. Es stellte sich heraus, dass Gilbert Liam das Angebot unterbreitet hatte, die Destillerie zu übernehmen. Sicher würde das Paar frischen Wind ins McTavish-Unternehmen bringen. Lilly hatte den Eindruck, dass Liam sein Erbe zunehmend als Belastung empfand, auch wenn sie noch nicht verstand, warum.

Nachdem sich Lilly wieder beruhigt hatte, rief sie im Pflegeheim an, wo sie die Nummer der Pension hinterlegte, um erreichbar zu bleiben. Anschließend setzten sie Gilbert und Pippa am Cottage ab. Beide waren auf dem Weg nach Dunvegan Castle, wo sie mit den MacLeods verabredet waren, die ihnen Relikte aus deren achthundertjährigen Familiengeschichte zeigen wollten – darunter die Fairy-Flag sowie eine Locke von Bonnie Prince Charlie. Gilberts Beziehungen waren beeindruckend, und Pippa war deswegen ganz aus dem Häuschen.

Ein eisiger Wind wehte, als Lilly das Gartentor passierte. Noch sah das Cottage wie eingepudert aus, doch der wenige Schnee, der in der Nacht heruntergekommen war, war bereits zusammengefallen. Es war seltsam, wie sehr das Wetter Einfluss auf das Leben nahm. Ein paar Grad machten schon einen Unterschied. Im Vergleich zu den letzten Tagen war die ganze Gegend wie ausgestorben. Keine Schafe und Ziegen, die über die weiten Wiesen streiften, kein Liam, der im Vorgarten auf sie wartete.

Lilly stieg die Eingangsstufen hinauf. Ihr Knie schmerzte zwar noch, aber sie konnte es zumindest bewegen. Sie klopfte an die Tür und war überrascht zu sehen, dass es nicht Liam war, der ihr öffnete.

»Guten Morgen, Lilly.« Henrys Herzlichkeit munterte sie sofort auf.

»Ich hoffe, ich bin nicht zu früh.«

»Aber nein. Komm nur.« Er winkte sie herein. Auf dem Flur sprang Rusty an ihren Beinen hoch. Lilly kraulte ihn hinter den flapsigen Ohren.

»Ich bin auch immer früh auf, wenn ich etwas erledigen will.« Er führte sie ins Wohnzimmer, hockte sich vor den Kamin und legte ein Holzscheit nach.

Lilly runzelte die Stirn. Hatte Liam ihm erzählt, was sie hier machte? Davon ging sie aus.

»Meine Mutter sagt immer, ich käme nie zur Ruhe. Dabei mag ich es nur nicht, wenn etwas unfertig ist.«

Er sah zu ihr auf. Der Feuerschein rahmte sein Gesicht ein, und sie bemerkte die blassen Sommersprossen auf seiner Nase. Sicher waren sie in sonnenreichen Monaten deutlicher zu sehen – genau wie bei ihr.

»Kaffee?«, fragte er und rappelte sich hoch.

»Nein, danke.« Sie schaute sich um. »Ist Liam nicht da?«

»Er musste kurz in die Stadt. Meinte, es dauert nicht lange.«

Verstohlen musterte sie ihn. Seine blaue Arbeitshose war mit weißer Farbe besprenkelt.

»Du machst das Bad?«, riet sie, weil sie erst gestern davon gesprochen hatten, dass dessen Zustand von allen Räumen am schlimmsten war.

»Es ist ein Jammer, dass wir draußen nichts machen können. Der Riss in der Fassade müsste dringend geflickt werden, sonst kommt irgendwann noch Wasser rein.«

Lilly fand es schön, dass er sich um das Cottage kümmerte. Sein Renovierungsplan machte deutlich, dass es allerhöchste Zeit war.

»Schade, dass Liam dich nicht schon früher gefragt hat. Dann wäre die Reparaturenliste vielleicht etwas kürzer.«

»Manchmal braucht es einfach einen Menschen, der einem die Augen öffnet.«

Lilly starrte nachdenklich vor sich hin. Meinte er damit etwa sie? Sie überlegte, inwiefern sie Liam beeinflusst haben könnte. »Ich glaube, er hätte so oder so bald damit angefangen«, sagte sie schließlich.

Henry schüttelte den Kopf. »Ich kenne Liam schon sein ganzes Leben. Man könnte sagen, er ist wie ein Sohn für mich.« Er lächelte, schwelgend in Erinnerungen, die er für sich behielt. »Liam schiebt gerne Dinge auf die lange Bank. Und ich meine auf die sehr, sehr lange Bank. Es sei denn, es ist ihm wichtig. Ich glaube, du hast ihn inspiriert, Lilly.«

Sie schnaubte verlegen. »Er würde das anders nennen.« Sie dachte daran, wie sehr sie ihn wegen der Blumenzwiebel unter Druck gesetzt hatte. Ein anderer Mann hätte sie wahrscheinlich vom Grundstück gejagt. Unwillkürlich schüttelte sie den Kopf, als ihr klar wurde, dass er derjenige war, der sie inspirierte. Sein Wunsch nach Bescheidenheit, die Tatsache, dass er trotz aller Differenzen Rücksicht auf seine Mutter nahm – all das mochte sie an ihm, ließ sie in einer Art und Weise zu ihm aufblicken, die sie nicht in

Worte fassen konnte. Nachdenklich drehte Lilly eine Haarsträhne zwischen ihren Fingern. Liam war ihr ähnlicher, als sie zuerst geglaubt hatte, und obwohl sie es nicht zugeben wollte. Sie war so vertieft in ihre Gedanken, dass sie zunächst nicht bemerkte, dass Henrys Blick auf sie geheftet war.

»Du wohnst in Edinburgh, richtig?« Er nahm seine Tasse vom Couchtisch und nippte daran.

Lilly schaute auf und nickte.

»Dann kommt dir unser kleiner Ort bestimmt sehr langweilig vor.«

»Ganz und gar nicht. In der Stadt ist es immer laut und chaotisch. Hier wirkt alles so …«, sie machte eine Pause, suchend nach dem richtigen Begriff, »… entschleunigt«, sagte sie endlich.

Er lachte leise. »Ja. Das sehe ich genau wie du.«

Sie hörten die Haustür. Kurz darauf betrat Liam in Mantel und Schal das Wohnzimmer. Auf seinen Schultern blitzten feine Eiskristalle.

»Oh, du bist schon da?« Er sah zu Lilly und zupfte jeden Finger einzeln aus seinen schwarzen Lederhandschuhen.

»Ich wollte dem Wetter eine Chance geben«, sagte sie.

»Wie sieht es inzwischen draußen aus?«, erkundigte sich Henry.

Liam rümpfte die Nase.

»Schneit es etwa schon wieder?« Lillys Blick glitt zum Fenster.

»Es ist irgendwas zwischen Regen und Schnee.«

»Du meinst … Schneeregen?«, warf Henry mit einem leichten Grinsen ein.

»Och, da will ich mich nicht festlegen.« Liam wärmte seine Hände mit seinem Atem. »Es ist einfach nur echt ungemütlich heute.«

»Und wenn schon.« Lilly knöpfte ihren Mantel bis oben hin zu und wickelte sich ihren Schal enger um den Hals.

»Du willst da wirklich raus?«, fragte Liam, als sie sich an ihm vorbeidrängen wollte.

»Ich muss.«

»Das ist Wahnsinn, Lilly.« Liams Stimme klang sanft. »Heute ist es zu kalt und viel zu nass. Warte kurz.« Er eilte in den Flur und kam mit einem Paket zurück, das er auf dem Couchtisch abstellte. Lilly hob verwirrt die Brauen.

»Das hab ich gerade bei der Post abgeholt.« Er entfernte das Klebeband vom Deckel. »Ich dachte schon, es würde trotz Expressversand nicht rechtzeitig ankommen. Aber …« Er warf ihr einen vielsagenden Blick über die Schulter zu, dann klappte er die Kartonlaschen hoch und machte einen Schritt zur Seite. »Für dich!«

Skeptisch sah Lilly in das Paket. Sie musste mehrere Lagen Papier und Styropor anheben, ehe sie auf Anzuchttöpfe stieß – und darüber ein löchriger Plastikbeutel, in dem sich Blumenzwiebeln befanden. Schweigend hielt sie ihn in der Hand.

»Ich dachte, es wäre gut, auf Nummer sicher zu gehen«, sagte Liam, erwartungsvoll und unsicher zugleich.

Lilly fehlten die Worte. Einerseits war sie gerührt, denn er setzte Himmel und Erde in Bewegung, um ihr zu helfen. Andererseits erfasste sie eine blinde Wut, denn er hatte sich über ihren ausdrücklichen Wunsch hinweggesetzt, die richtige, echte Blume zu finden.

»Die gabs nur im Dreierpack«, ergänzte er. »Aber so stehen die Chancen auch besser, dass sie bei deiner Mutter blüht.«

»Du hättest das mit mir besprechen sollen.« Lilly legte die Tüte zurück ins Paket.

»Wenn ich das getan hätte, müsstest du mit leeren Händen nach Hause fahren.«

Lilly blitzte ihn zornig an. »Das weißt du nicht! Ich bin sicher, wir sind nah dran gewesen, sie zu finden. Sie ist irgendwo da, direkt vor deiner Haustür. Ich will deine Hyazinthen nicht, Liam. Keine von denen ist die richtige!«

»Das würde ja niemand wissen. Sie werden genauso aussehen wie die, die deine Mutter von früher kennt.«

»Ich schon«, hauchte Lilly mit einem Seufzen. »Verstehst du das denn nicht? Ich würde es wissen. Und ich will sie nicht belügen.«

»Auch nicht, wenn du ihren letzten Wunsch nur so erfüllen kannst?« Er berührte sie am Arm, dabei betrachtete er sie eingehend und voller Mitgefühl.

Lilly schluckte. Was für eine Frage? Ein Teil von ihr war gewillt, sich auf seinen Vorschlag einzulassen. Ein anderer wehrte sich vehement dagegen, ihrer Mutter eine Hyazinthe vorzusetzen, die die Erde ihres geliebten Gartens nie berührt hatte. Erschrocken sah Lilly zu Henry. Sein Schweigen hatte sie fast vergessen lassen, dass er da war und alles mitangehört hatte. Nun verriet seine Miene große Betroffenheit. Wie in Zeitlupe stellte er seine Tasse auf dem Kaminsims ab und starrte vor sich hin. Und in dem Moment realisierte Lilly, dass er nicht gewusst hatte, warum sie wirklich auf die Insel gekommen war. Das machte sie noch wütender auf Liam. Er hatte eine empfindliche Geschichte aus ihrem Leben vor einem Fremden ins Rampenlicht gerückt.

»Schick sie zurück!« Lilly machte sich energisch von Liam frei. »Oder mach damit, was du willst. Ich will sie jedenfalls nicht.« Sie lief in den Flur und riss die Haustür auf.

»Lilly!«, rief er ihr nach. »Das ist doch albern.«

Ihr drohte das Herz in der Brust zu zerspringen. Vor der Tür füllte sie ihre Lunge mit frischer Luft. In ihr brodelte es so sehr, dass sie zunächst kein Gefühl für die Kälte hatte. Das Regen-Schnee-Gemisch, von dem Liam gesprochen hatte, traf auf ihre überhitzten Wangen und vermischte sich mit ihren Tränen. Sie nahm alles zurück, was sie über Liam gedacht hatte. Er war ihr nicht ähnlich. Er konnte es nicht sein. Liam verstand nicht, worum es ihr ging – worum es ihrer Mutter ging. Mit ihrem Schal wischte sie sich die Tränen aus dem Gesicht. Dann stapfte sie zurück in den Vorgarten, hinein in die matschige Erde, die Liam mit ihr zusammen aufgewühlt hatte. Verbissen versenkte sie den Spaten wieder und wieder, häufte weiter Erde an und trotzte dem anhaltenden Regen. Sie achtete weder auf Liam, der sie vom Küchenfenster aus beobachtete, noch auf Henry, der in der Haustür stand und seine Hände tief in die Taschen seiner Arbeitshose vergraben hatte.

KAPITEL 15

Sommer 1986 – Iris

Es war Montag. Eine weitere Woche war vergangen, seit Rob versprochen hatte, sich um die finanzielle Situation zu kümmern. Nichts war geschehen. Es war an Iris gewesen, eine Katastrophe abzuwenden, die er billigend in Kauf genommen hätte. Wie oft würde sie das noch tun müssen?

Iris hatte genug. Als sie mit dem Staubwedel über ihr Hochzeitsfoto fuhr, wusste sie, dass sich etwas ändern musste. Sie betrachtete es kurz, dann legte sie es mit dem Bild nach unten hin. Ihre Ehe war vorbei, dachte sie, und das war schon so gewesen, lange bevor Brandon in ihr Leben getreten war. In den gemeinsamen Jahren mit Rob hatte sie über vieles hinweggesehen, aber die Tatsache, dass er sie ohne Geld zurückließ, während er sich in Edinburgh amüsierte, hatte das Fass zum Überlaufen gebracht. Iris konnte so einiges ertragen, aber nicht das. Nicht diese Demütigung, der er sie ausgesetzt hatte. Viel zu lange hatte sie seinetwegen auf alles verzichtet. Rob hasste es, Fremde im Haus zu haben. Er hatte Diana unterstellt, sie habe einen schlechten Einfluss, weshalb sie nur vorbeikam, wenn er nicht da war. Er isolierte Iris. Und sie war nicht länger bereit, das mit sich machen zu lassen.

Es klopfte an der Tür. Iris warf einen Blick auf die Uhr. Es war noch nicht neun. War Brandon doch früher von seinem Termin in Glendale zurück? Hastig richtete sich Iris das Tuch, das ihr Haar aus dem Gesicht gehalten hatte, und öffnete.

»Guten Morgen, Iris.« James McTavish zauberte einen Strauß bunter Rosen hinter seinem Rücken hervor.

»James!« Perplex legte sie den Staubwedel auf die Anrichte neben der Garderobe. »Was für eine Überraschung.«

»Ich hoffe, ich komme nicht ungelegen?«

»Aber nein.«

»Ich dachte, ich komme mal vorbei, bringe eine kleine Aufmerksamkeit mit. Sozusagen als Einweihungsgeschenk für den Garten.«

»Wie nett von dir.« Sie nahm ihm die Blumen ab.

»Hat mit der Bank alles geklappt?«

»Ja, es ging alles gut. Dank dir!«

Sie ließ ihn eintreten. »Kann ich dir einen Tee anbieten?«

»Gerne.«

Iris führte ihn ins Wohnzimmer. »Bitte setz dich doch.«

Er nahm im Sessel Platz.

»Ich bring die nur schnell weg.« Sie ging in die Küche, stellte die Blumen in eine mit Wasser gefüllte Vase auf den Tisch und roch an ihnen. Der herrlich süße Duft der Rosen ließ sie aufseufzen.

»Ich muss sagen, ich bin schwer beeindruckt«, rief er ihr zu.

»Ach ja?« Rasch füllte sie zwei Tassen mit Tee, stellte sie zusammen mit einem Milchkännchen und der Zuckerdose auf ein Tablett und kehrte damit zu ihm zurück.

»Wovon genau?«, fragte sie, als sie ihm eine Tasse vorsetzte.

Er gab einen Schuss Milch hinein und trank vorsichtig. »Der Garten ist toll geworden.«

»Das finde ich auch.« Iris nahm lächelnd ihm gegenüber Platz. »Ich bin selbst überrascht, wie schnell alles ging.«

James nickte. »Brandon hat wirklich sehr gute Arbeit geleistet.«

»Ja. Ich verdanke ihm viel.«

Für einen Moment sah James sie gedankenverloren an, dann ließ er den Blick im Raum umherschweifen. »Der neue Garten wertet das Cottage auf. Nicht, dass es das nötig gehabt hätte. Ich persönlich finde ja, dass dieses Haus auch ohne Vorgarten zu den schönsten von ganz Portree gehört.«

Iris hob die Brauen. »Das kann ich schwer glauben.«

»Und doch ist es so. Wenn ich könnte, würde ich mir selbst ein Cottage bauen. Nah am Wasser, mit Blick auf die launische See.«

»Du erwartest, dass ich dir das abnehme?« Iris nippte schmunzelnd vom Rand ihrer Tasse.

Er lächelte breit.

»Glaub mir, nie im Leben würdest du Court Magna gegen ein Cottage mit knarrenden Dielen und zugigem Flur eintauschen wollen.«

»Das macht doch erst den Charme eines solchen Heims aus. Seine Eigenheiten.«

Sie zuckte die Achseln. »Ich kann mir nicht vorstellen, wie es ist, in einem Haus zu wohnen, in dem alles perfekt ist. Wie viele Zimmer habt ihr eigentlich?«

Er hob eine Hand und tat, als müsste er sie an den Fingern abzählen. »Einhundertzwölf«, sagte er schließlich und presste die Lippen zusammen. »Die meisten davon stehen leer. Es ist schwer, ein so großes Haus mit Leben zu füllen.

Manchmal kommt es mir so vor, als würde es nie gelingen, ganz egal, was ich auch versuche.«

»Das kann sich ja noch ändern.« Iris zwinkerte ihm mit einem Auge zu. Er hob verwirrt einen Mundwinkel zur Wange. »Ich meine, du und Evelyn, ihr habt doch sicher vor …«

»Oh. Ja. Haben wir«, sagte er stockend und wirkte plötzlich sehr ernst.

»Entschuldige, wenn die Frage zu persönlich war. Ich hatte nur angenommen, dass …«

»Schon okay.« Er lächelte sie beruhigend an, stellte seine Tasse auf den Tisch und stand auf.

»Kann ich dir noch etwas anderes anbieten?«, fragte Iris.

»Nein, danke.« Er ging einige Schritte im Raum umher. Am Kamin blieb er stehen. »Weißt du, ich bereue es, dass wir nicht schon früher mehr miteinander zu tun hatten. Ich habe dich immer sehr geschätzt, Iris – dich und deine Familie.«

Sie senkte ihren Blick und erhob sich langsam.

»Willst du mir irgendwas sagen, James?«

Mit ernster Miene hob er den Bilderrahmen an, den sie mit der Fotoseite nach unten hingelegt hatte. Er betrachtete die Aufnahme kurz, aber intensiv.

»Das muss wohl beim Staubwischen umgefallen sein.« Iris griff nach dem Bild, doch James hielt es weiterhin fest. Ihre Blicke verfingen sich ineinander. Iris' Verdacht, dass er von ihr und Brandon wusste, verhärtete sich. Auf wessen Seite er wohl stand? Auf ihrer oder Robs? Ihr Herz klopfte schnell, und ihre Wangen begannen zu glühen. Endlich überließ er ihr das Bild. Iris hielt es fest in den Händen.

»Rob hat dir noch nicht gesagt, wann er zurückkommt, oder?« Er setzte seinen Weg durch den Raum fort, dabei führte er seine Hände hinter den Rücken.

Sie schüttelte leicht mit dem Kopf.

»Ende der Woche. Samstag. Levish hat's mir gesagt.«

»Du hast Kontakt zu Levish?«

»Er ist ein Freund von mir«, gestand er. Doch damit nicht genug. »Ich habe Rob diese Arbeit verschafft. Das alles kam nur durch mich zustande. Ich wusste, dass er sich beruflich umorientieren wollte, und wollte ihm helfen. Er hat es dir nicht erzählt, oder?«

Wie in Zeitlupe schüttelte sie den Kopf. Gleichzeitig fragte sie sich, ob er ihr ansah, wie viel sie nicht über ihren Ehemann wusste. Offensichtlich war es eine ganze Menge.

»Wenn du mit Levish gesprochen hast, dann weißt du auch, wie es für Rob gelaufen ist.«

James presste die Lippen aufeinander.

»Wird er übernommen?«

Er strich sich über den dunklen Dreitagebart und atmete tief aus.

»Es war wohl nicht so, wie es sich Mr Levish erhofft hatte«, verriet James behutsam.

Kein Wunder, dachte Iris, die sich an die Hintergrundgeräusche des letzten Telefonats mit ihrem Mann erinnerte. Ob James auch davon wusste? Kurz überlegte sie, ihn danach zu fragen, kam aber zu dem Schluss, dass sie schon genug erniedrigt worden war.

»Es tut mir leid für euch«, fügte er hinzu.

Sie sank auf die Sessellehne, ihr Hochzeitsbild noch in den Händen.

»Es tut mir leid für dich, Iris. Du verdienst etwas anderes.«

Sie beäugte ihn misstrauisch.

»Ich muss jetzt gehen.« Er hastete in den Flur, bevor sie fragen konnte, warum er das gesagt hatte. »Danke für den Tee.«

»Moment mal.« Verwirrt lief sie ihm nach, aber James hatte die Tür schon aufgerissen. Brandon stand ihm direkt gegenüber. Verwirrt schauten sie einander an.

»James.« Brandon lächelte überrascht. »Was machst du hier?«

»Ich … ich wollte nur …« Er winkte ab. »Ich muss los. Wiedersehen.« Er stürmte aus der Tür. Vor dem Haus versperrten ihm Fergusons Schafe den Weg.

»Morgen, Mr McTavish.« Freundlich zog Ferguson den Hut vor ihm, als er sich durch die Herde bis zu seinem Wagen kämpfte. James winkte flüchtig, dann stieg er ein und raste davon.

»Was war das denn?«, fragte Brandon, ohne den Blick vom Weg zu lösen, von dem James soeben weggefahren war.

»Keine Ahnung.« Iris seufzte ratlos. Sie konnte nur ahnen, dass James einer der wenigen Menschen war, die hinter Robs schillernde Fassade gesehen hatten. Hatte er deshalb Mitleid mit ihr? Oder war es etwas anderes, das ihn an diesem Morgen hergeführt hatte?

»Er hat ziemlich durch den Wind gewirkt«, urteilte Brandon, nachdem Iris die Tür hinter ihnen zugedrückt hatte.

»Ja, irgendwie schon.« Sie wollte an ihm vorbei in die Küche verschwinden, da hielt er sie sanft am Arm und suchte ihren Blick.

»Hey. Es ist doch alles in Ordnung, oder?«

Zögernd nickte sie. »Was soll sein?«

»Ich weiß nicht.« Er zuckte die Schultern. »James stürmt aus deinem Haus, als hätte er einen Geist gesehen, und du bist ganz …«

»Ganz was?«

»Ganz weit weg.« Er betrachtete sie eindringlich.

Sie schaute zu Boden.

»Was hat er denn gewollt?«

»Er hat …« Sie nahm einen tiefen Atemzug, bevor sie weitersprach. »Rob hat die Stelle in Edinburgh nicht gekriegt.«

Er runzelte die Stirn. »Hat James dir das erzählt?«

Sie nickte stockend.

»Das heißt, er kommt zurück.« Brandons Miene verdüsterte sich.

»Wann kommt er?«, verlangte er zu wissen, und seine Kiefermuskulatur spannte sich an. »Was hat er dir gesagt?«

Schnaufend machte sich Iris von ihm frei. Sie sammelte die Tassen im Wohnzimmer ein und ging in die Küche. Brandon folgte ihr beharrlich.

»Er hat mir noch gar nichts gesagt«, erklärte sie ihm und ließ heißes Wasser in die Spüle laufen.

»Sind die Blumen von James?«

»Ja«, antwortete sie, während sie einen Spritzer Spülmittel ins Wasser gab. Sofort schäumte es auf.

»Warum bringt er dir Blumen mit?«

»Er wollte einfach nur nett sein, vermute ich.«

»Treibhausblumen«, zischte er. »Und ihr habt Tee getrunken.«

»Ja, haben wir.« Sie malträtierte die Tasse mit dem Spülschwamm und stellte sie umgedreht zum Abtropfen auf ein Handtuch.

»Du klingst, als wärst du eifersüchtig.«

»Hab ich denn Grund, eifersüchtig zu sein?«, fragte er mit sanfter Stimme.

»Hör auf!« Ihr war klar, dass sie zu laut geworden war, aber sie hatte sich nicht zügeln können.

»Tut mir leid«, sagte sie, ließ das Wasser ablaufen und drehte sich zu ihm um. Er stand mit dem Rücken zum Esstisch und hatte die Finger neben sich auf die Platte gestützt.

»Ich stehe gerade ziemlich unter Druck.« Sie trocknete sich die Hände mit einem Handtuch ab und legte es sich über die Schulter.

»Du musst dich nicht entschuldigen.« Sein Tonfall klang mild, aber seine Miene war besorgt. »Ich verstehe das. Wirklich.«

Iris schüttelte den Kopf und trat näher an ihn heran.

»Das tust du nicht. Das kannst du nicht.« Sie lächelte ein trauriges, leicht zu durchschauendes Lächeln. Der Wunsch, sich ihm zu öffnen, überkam sie. »Du weißt ja nicht, wie meine Ehe ist. Wie mein Leben ist.«

Brandon blickte sie liebevoll an. »Dann erzähl's mir«, bat er sie im Flüsterton. Iris zögerte, es war schmerzvoll, ihm zu sagen, wie unglücklich sie gewesen war, bevor sie ihn getroffen hatte. Doch noch schmerzvoller wäre es gewesen, ihm von den Schulden ihres Mannes zu erzählen, die auf ihren Schultern lasteten und sie dazu gebracht hatten, sich bei James Geld zu leihen. Geld, das sie ihm nie zurückzahlen konnte. Er war sein Freund, weshalb sie es nicht über sich brachte, die ganze Wahrheit zu sagen.

Sie berichtete ihm vom frühen Tod ihrer Eltern. Ihrer überstürzten und lieblosen Ehe, der Kälte und Einsamkeit der letzten Jahre. Er hörte ihr aufmerksam zu. Als sie fertig war, betrachtete er sie schweigend.

»Vielleicht wird dir jetzt einiges klar«, sagte sie vorsichtig.

Er schüttelte den Kopf. »Ich kann das nicht glauben.«

»Was davon?«

»So einiges. Ich kann nicht glauben, wie ein Mann Nacht für Nacht neben einer so schönen Frau liegen kann, ohne den Wunsch zu haben, sie zu berühren.« Er legte die Hand an ihre Wange und sah ihr tief in die Augen. »Es ist für mich unbegreiflich, dass er nicht weiß, was für eine umwerfende Frau er hat.«

Iris spürte, wie eine wohltuende Wärme durch ihren ganzen Körper strömte.

»Jeder Moment mit dir ist kostbar«, flüsterte er. »Mir wäre das immer bewusst.«

Sie legte ihre Hand über seine und führte sie langsam hinunter, über ihre Brust und ihren Bauch entlang. Ihre Hände glitten unter sein T-Shirt, ertasteten seine Bauchmuskeln. Er ließ es einen Moment geschehen, dann umschlang er sie. Sein Mund senkte sich über ihren, und Brandon hob sie hoch. Er trug sie ins Schlafzimmer, drückte sie aufs Bett, streifte sein T-Shirt ab und lächelte auf sie hinab. »Wäre ich dein Mann, würde ich dich nie aus dem Bett lassen.«

Sie lächelte, packte seine Schultern und zog ihn zu sich.

KAPITEL 16
Lilly

Eine Weile hatte Lilly trotz des anhaltenden Regens und der Kälte im Vorgarten des Cottage gearbeitet. Erst, als der Niederschlag in einen prasselnden Strom übergegangen war und sie im Schlamm zu versinken drohte, hatte sie den Spaten beiseite geworfen. Im Schuppen hinter dem Haus, vor dem Liams Wagen parkte, suchte sie Schutz vor dem furchtbaren Wetter. Sie war nass bis auf die Unterwäsche. Ihr war eiskalt. Trotzdem weigerte sie sich, hineinzugehen. Sie war noch nicht bereit, Liam wieder unter die Augen zu treten. War ihre Reaktion übertrieben gewesen? Lilly musste das Durcheinander in ihr erst einmal ordnen und glaubte, dafür Stille und Einsamkeit zu brauchen.

Rusty kam ums Haus gelaufen, platzierte sich hechelnd vor ihr und wartete auf Streicheleinheiten. Lilly legte ihre Hand auf seinen Rücken und strich über das dichte Fell. Wenig später kam Henry mit einem aufgespannten Regenschirm hinterher. Er hatte eine Decke im Arm. Lilly stieß ein leises Stöhnen aus und senkte den Blick. Was sie jetzt am wenigsten brauchte, war jemand, der vorgab, sie zu verstehen.

»Da bist du ja.« Henry schob die Scheunentür weiter auf. »Du musst völlig durchgefroren sein.« Er legte ihr die Decke um die Schultern.

Lilly nahm einen Zipfel zwischen ihre Finger. »Danke«, murmelte sie.

»Wie geht es dir?« Henry setzte sich neben sie auf die Holzbank und musterte sie aufmerksam.

Sie holte tief Luft, aber hatte das Gefühl, dass sie immer noch nicht antworten konnte. Also zuckte sie nur die Schultern.

»Die letzte Zeit war nicht einfach für dich, oder?«

Wieder holte sie Luft, seufzte und starrte vor sich hin. Lilly war immer der Meinung gewesen, sich nicht beklagen zu dürfen, denn es gab andere, die es schwerer hatten. Sie war gesund, sie war jung. Sie hatte ein Leben, selbst wenn es nicht das war, das sie sich wünschte – das hatte ihr der Portree-Urlaub deutlich gezeigt.

»Ich komme schon zurecht«, antwortete sie nach einer Weile. »Das Ganze hat sich wahrscheinlich dramatischer angehört, als es ist. Ich habe nie gewollt, dass irgendjemand erfährt, warum ich hergekommen bin. Das sollte nicht breitgetreten werden.«

»Weil du nicht gern im Mittelpunkt stehst?«

»Ich will kein Mitleid. Und meine Mum will das auch nicht.«

»Du scheinst ein sehr gutes Verhältnis zu ihr zu haben.«

»Hm.« Sie nickte. »Das habe ich. Sie ist die Beste. Und deshalb verdient sie auch nur das Beste. Die Wahrheit. Die echte Blume.«

»Du denkst, sie würde es merken?«

»Ja. Ich denke, das würde sie.«

»Das zeichnet dich aus, Lilly. Die meisten würden in einem solchen Fall über eine Lüge hinwegsehen. Vermutlich hätten sie sich erst gar nicht die Mühe gemacht, nach der richtigen Blume zu suchen.«

Henry schloss mit großer Konzentration seinen Regenschirm.

»Ich kannte einmal eine Frau, die sich von anderen nicht von der Wahrheit abbringen ließ. Diese Frau liebte ihr Zuhause, mehr als alles andere. Es war ihre Zuflucht, ihr ganzer Stolz.« Er machte eine Pause und blickte seufzend ins Leere. »Diese Frau liebte auch Blumen. Und den Garten, den sie sich gewünscht hatte.« Langsam sah Lilly ihn an. Er wich ihrem Blick aus, schaute hinaus in den Regen. Dann lehnte er sich seufzend zurück und faltete seine Hände vor sich auf dem Schoß. »Als Liam mir sagte, er habe vor, das Cottage zu reparieren – wegen einer Frau, die früher einmal in Portree gewohnt hat …«, sein Blick ging zu ihr, zaghaft, aber entschlossen. »Da dachte ich nicht, dass er damit dich meinen könnte.«

Lilly kniff die Augen zusammen. Kannten sie einander doch von früher? »Entschuldige, Henry … Ich kann mich nicht an dich erinnern.«

»Natürlich nicht.« Er lächelte melancholisch. »Ich habe Skye schon vor deiner Geburt verlassen.«

»Dann kanntest du meine Mutter, als sie jünger war?«

Er nickte langanhaltend. »Ja. Ich kannte sie.« Er fuhr sich angespannt durchs Haar, stützte die Arme auf die Knie und seufzte erneut. Rusty gab ein leises Winseln von sich und legte den Kopf auf dem Oberschenkel seines Herrchens ab. Henry strich ihm flüchtig darüber. »Sie ist schwer krank?«

Lilly nickte beklommen.

»Was fehlt ihr?«

»Krebs. Im Endstadium.«

»Dann wird sie …« Es schien ihm unmöglich, den Satz zu Ende zu bringen.

Lilly atmete schwerfällig aus. »Ja«, hauchte sie und nickte. »Sie wird sterben.« Ihr stiegen die Tränen in die Augen – wie immer, wenn sie davon erzählte. Eine Weile blieb es still. Der Regen ließ nach. Wie ein Hirte seine Schafe hatte der Wind die Wolken weitergetrieben, und die Sonne flutete den Platz vor der Scheune mit warmem Licht.

»Wir sollten reingehen«, sagte Henry mit belegter Stimme. »Sonst erkältest du dich noch.« Er stand auf und wandte sich zum Gehen.

»Henry?«

Als er sich wieder zu ihr umdrehte, sah sie, dass sie nicht allein geweint hatte. Auch wenn er die Spuren seiner Trauer weggewischt hatte, glänzten seine Augen noch immer.

»Wie gut hast du meine Mutter gekannt?« Ihr Herz hämmerte.

Er zog die Nase hoch. Ein zaghaftes Lächeln umspielte seinen Mund, während er vor sich hin starrte, dann wurde seine Miene ernst. »Du solltest mit Liam reden, Lilly. Er wollte nur das Richtige tun. Manchmal ist einem das nicht immer sofort klar.«

Einen Moment lang rührte er sich nicht. Lilly zog die Brauen zusammen, weil er ihre Frage nicht beantwortet hatte. Hielt er es für unwichtig? Oder hatte er das Gespräch umlenken wollen? Sie wusste, dass er in Bezug auf Liam recht hatte. Sie hatte überreagiert. Vermutlich lag es an dem Tag, der schon schwierig begonnen hatte. Der Morgen hatte ihr vor Augen geführt, dass ihre Reise fast zu Ende war, dass sie zurückmusste, in die Realität. In eine Welt, die ihre Mutter schon bald verlassen würde – eine Vorstellung, die sie in den letzten Tagen verdrängt hatte. Jetzt, so kurz vor ihrer Heimreise, holte sie sie mit einer schmerzhaften Klarheit wieder ein. Lilly wollte nicht weg. Noch nicht. Es gab so vieles zu erfahren, das nach und nach ans Licht zu kommen schien. Offensichtlich hatte ihre Mutter Menschen zurückgelassen, für die sie wichtig gewesen war. Diana hatte davon gesprochen, dass sie beste Freundinnen gewesen waren. Was war geschehen? Wieso war sie nicht auch ein Teil von Lillys Leben? Sie sah zu, wie Henry mit dem Schirm in der Hand ums Haus herum davonging. Rusty folgte ihm. Die Tatsache, dass Henry sehr persönliche Dinge über ihre Mutter wusste, verriet, dass sie einander gut gekannt hatten. Er hatte in ihr Innerstes geblickt. So weit war ihr Vater nie gekommen.

Der Regen hing schwer in der Luft, als Lilly aus ihrem Versteck kam. Vor dem Haus angekommen, ließ sie das Geräusch eines herannahenden Fahrzeuges zum Weg aufblicken. »Das darf doch nicht wahr sein«, murmelte sie. Eigentlich hatte sie gedacht, der Tag könnte nicht noch schlimmer werden – doch nun parkte Liams Mutter vor dem Zaun und stieg aus, ehe sich Lilly hineinflüchten konnte. Vor den Eingangsstufen blieb sie stehen.

»Liam ist im Haus«, sagte Lilly trocken. »Ich werde ihm sagen, dass Sie da sind.« Sie wandte sich um.

»Nein, Moment«, meinte Evelyn schnell. »Ich bin nicht wegen ihm hier.«

Langsam drehte sich Lilly wieder um.

»Um ehrlich zu sein, wollte ich zu dir, Lilly.« Liams Mutter klang ungewohnt freundlich. Wann genau hatte sie angefangen, sie beim Vornamen zu nennen? Lilly hob skeptisch die Brauen.

»Ich hatte gehofft, dich hier anzutreffen.« Sie stellte sich ans Tor, zögerte aber, hindurchzugehen. Lilly blieb auf Distanz zu ihr.

»Liam hat mir von deiner Mutter erzählt. Es tut mir wirklich von Herzen leid, dass sie krank ist.«

Wie bitte? Lilly knirschte mit den Zähnen. Warum hatte Liam ihr das gesagt?

»Wir hatten unsere Differenzen«, fuhr sie kühl fort. »Aber dafür kannst du ja nichts.«

»Was genau wollen Sie mir sagen, Mrs McTavish?«

Evelyn blickte mit zerknitterter Miene vor sich hin, dann räusperte sie sich. »Ich will mich bei dir entschuldigen. Für das, was ich beim Dinner zu dir gesagt habe.« Evelyn seufzte. »Wie soll ich sagen, ich … war nicht ganz ich selbst in der letzten Zeit.«

»Ach, wirklich?«

Sie nickte mit schmerzvollem Gesichtsausdruck. Lilly hatte das Gefühl, als würde es sie viel Überwindung kosten, hier zu sein. Hatte Liam sie dazu gedrängt? Sie schien ganz verändert …

»Können wir noch einmal von vorne anfangen?« Sie zog einen ihrer schwarzen Wildlederhandschuhe aus und reichte ihr über den Zaun hinweg die Hand. Kurz zögerte Lilly, dann schlug sie ein. »Von mir aus.« Was hatte sie schon zu verlieren?

Evelyn lächelte knapp. Rasch entzog sie sich der Berührung, als bereitete sie ihr Schmerzen.

»Also dann ...« Sie brachte ihr weißes, kinnlanges Haar in Form.

»Soll ich Liam jetzt sagen, dass Sie da sind?«

»Nein.« Sie winkte schleunigst ab. »Ist schon gut. Ich wünsche dir eine gute Heimreise, Lilly.« Sie sah sie an, und ein ehrliches Lächeln huschte über ihr Gesicht.

»Danke sehr.« Lilly sah verwundert zu, wie sie ins Auto stieg und wegfuhr. Wie merkwürdig, dachte sie. Was hatte das zu bedeuten? Sie beschloss, Liam nicht sofort darauf anzusprechen. Vielleicht würde er ja sogar selbst davon erzählen, dass er sich mit seiner Mutter über sie unterhalten hatte. Sie trottete ins Haus.

Im Flur stand Henry mit dem Werkzeugkasten in der Hand. »Wer war das gerade?«

»Oh, äh, ... nicht so wichtig.«

Er nickte ihr bestärkend zu.

»Na komm, alter Junge«, sagte er und lockte Rusty in die Küche. »Du hast dir eine Wurst verdient.«

Zögernd kehrte Lilly ins Wohnzimmer zurück und fand Liam auf dem Sofa sitzend vor. Er hatte die Ellenbogen auf die Knie gestützt, das Gesicht in seinen Händen verborgen.

»Hey.« Lilly legte die Decke ab, faltete sie und drückte sie an sich.

Als hätte er nicht mehr damit gerechnet, sie wiederzusehen, schaute er langsam zu ihr auf. »Hey.« Sein Tonfall glich dem ihren. Beschwichtigend und reumütig.

Sie kam näher, strich sich eine nasse Haarsträhne aus dem Gesicht, räusperte sich und setzte sich auf die Sessellehne. Lilly wusste genau, was sie hätte sagen sollen, doch sie konnte es nicht. Ein Teil von ihr wollte noch immer allein sein, aber sie wusste auch, was ungesagte Worte anrichten konnten. Hinzu kam, dass Liam nicht einfach irgendjemand war. Was in ihm vorging, ließ sie nicht kalt. Diese Erkenntnis lag wie ein Stein auf ihrem Herzen.

»Es fällt mir manchmal schwer, mich von dem zu lösen, was ich mir vorgenommen habe.« Lilly schluckte, schüttelte den Kopf und verbesserte sich: »In diesem Fall will ich es nicht. Weil es das Einzige ist, das ich kontrollieren, das ich richtig machen kann.«

»Du denkst, du kannst sonst nichts richtig machen?« Er starrte sie an, als spräche sie eine andere Sprache. Lilly atmete tief aus. Vielleicht war dem so. Wieso sollte er ihrer chaotischen Denkweise folgen können, wenn nicht einmal sie es konnte? »Seit ich hier bin, bin ich total durch den Wind. Die letzten Tage haben alles infrage gestellt, was ich zu wissen glaubte. Ich bin mir nicht einmal mehr sicher, wer ich überhaupt bin.«

»Ziemlich intensiver Portree-Urlaub, was?«

»Das kann man wohl sagen.« Auf einmal spürte sie die nassen Sachen auf ihrer Haut und fing an, vor Kälte zu zittern. »Es tut mir leid, dass ich so fies zu dir war. Ich weiß, du wolltest mir nur helfen – und mich Nervensäge endlich loswerden.« Sie grinste halb.

Liam stand auf. Er kam zu ihr und berührte ihre Schultern. »Du bist triefnass, Lilly.« Sie waren einander so nah, dass Lilly seinen warmen, fast heißen Atem auf ihren Wangen spürte. Er sah sie unverhohlen an, und die Kälte wich schlagartig aus ihrem Körper.

»Du musst, so schnell es geht, aus diesen Sachen raus.« Er streifte ihr den Mantel ab. Unter der weißen Bluse, die sie trug, zeichnete sich ihr schwarzer BH ab. Sofort kreuzte sie die Arme vor sich. Befangen schaute er weg, nahm die Decke vom Sofa und schlang sie ihr um den Körper.

»Ich hab nichts anderes hier«, sagte Lilly.

»Wir finden schon was.« Er wies mit dem Kinn Richtung Flur. »Komm.«

Sie folgte ihm die Treppe hinauf in sein Schlafzimmer. Es war seltsam, den Raum wieder zu betreten, in dem sie als Kind geschlafen und gespielt hatte. Am Türrahmen waren noch die feinen Linien und Daten, mit denen ihre Mutter Jahr für Jahr Lillys Wachstum festgehalten hatte. Gedankenverloren strich sie darüber, lächelte wehmütig und ging bis zur Mitte des Zimmers. In der Ecke neben dem Fenster stand noch die geschnitzte Truhe, in der sie ihre Spielsachen aufbewahrt hatte. Sogar den alten Kleiderschrank aus Nussbaum erkannte sie wieder: ein robustes Ding, das von ihrer Großmutter stammte. Jetzt war er mit Liams Sachen gefüllt.

Sie hatte immer noch keine Erklärung, weshalb er die Möbel nicht ausrangiert und durch moderne ersetzt hatte. Die meisten Stücke, die er behalten hatte, waren nichts Besonderes. Für Lilly hatten sie nostalgischen Wert – aber für ihn? Sie sah zu, wie er die Schranktüren aufklappte, Pullis und T-Shirts anhob und wieder zurückstopfte. Ein merkwürdiges Gefühl breitete sich in ihrer Magengrube aus. Sie wandte sich seinem schwarzen Metallbett zu, das vor dem Fenster stand. Die graue Tagesdecke war glatt gezogen, es gab nur einen einzigen Nachttisch mit einer schlichten weißen Lampe, daneben befand sich ein gerahmtes Foto, das ihn als kleinen Jungen zusammen mit seinem Vater zeigte. Lillys Blick blieb für einen Moment daran hängen.

»Das müsste gehen.« Liam drückte die Schranktüren zu, und Lilly drehte sich wieder zu ihm.

»Hier.« Er reichte ihr ein Kleiderbündel.

»Danke.« Ihre Finger streiften seine Hand, als sie die Sachen nahm. Sofort klopfte ihr Herz schneller.

»Ich lass dir schnell ein heißes Bad ein und sag Henry, er soll unten weitermachen.«

»Okay.«

»Danach kannst du dich hier umziehen, wenn du möchtest.« Er bedachte sie mit einem Lächeln.

Lilly stieg die Hitze ins Gesicht. Sie nickte knapp, und er ging. Ihre Hände krallten sich in die Kleider, die er ihr gegeben hatte, und sie starrte auf die geschlossene Tür. Was war nur los mit ihr? War es das schlechte Gewissen, das sie ihm gegenüber hatte? Auf einmal hatte sie das Bedürfnis, ihm zu zeigen, wie dankbar sie ihm war – für all das, was er in den vergangenen Tagen getan hatte. Sie konnte nicht fassen, wie sehr sie sich in ihm geirrt hatte. Auf dem Weg ins Bad festigte sie ihre Einsicht, dass auch sie nicht frei von Vorurteilen war.

Im Bad hatte Henry bereits mit dem Abhämmern der Fliesen begonnen, weshalb sie aufpassen musste, wo sie hintrat. Es roch nach Lavendel, heißer Wasserdampf stieg aus der alten Badewanne mit ihren gebogenen Füßen. Lilly erkannte das Waschbecken im Muscheldesign wieder. Auf der Armatur darüber war Liams Zahnbürste in einem hellblau durchscheinenden Becher. Sie zog ihre nassen Sachen aus, die kalt an ihr geklebt hatten, und glitt ins angenehm warme Schaumbad. Sie spürte, wie sich ihr Körper entspannte. Das hatte sie gebraucht! Wie merkwürdig, dachte sie, dass sie sich dessen nicht bewusst gewesen war. Lilly schloss die Augen und ergab sich der unvorhergesehenen Entspannung.

Auf den Wäschekorb hatte Liam ihr seinen Bademantel und ein Handtuch gelegt. Als sie nach einer Weile aus der Wanne stieg und in den Mantel schlüpfte, drängte sich ihr die Vorstellung auf, dass Liam ihn bereits am Körper gehabt hatte. Unvermittelt durchfuhr sie ein wohliger Schauer. Sie wickelte sich das Handtuch als Turban um den Kopf und huschte barfuß über den Flur im Obergeschoss. Am Treppengeländer verharrte sie.

»Du musst es ihr sagen«, hörte sie Liams gedämpfte Stimme. »Wir wissen es nicht mit Sicherheit«, erwiderte Henry. Lilly stieg ein paar Stufen hinab, um sie deutlicher verstehen zu können.

»Trotzdem. Sie hat ein Recht darauf, es zu erfahren.«

Das Holz knarrte unter ihren Füßen, und beide verstummten schlagartig. Hastig schlich Lilly wieder hoch und kehrte in Liams Zimmer zurück. Worüber hatten sie sich da unterhalten? Nachdenklich streifte sie das Handtuch ab, sank aufs Bett und fixierte das Bild auf dem Nachttisch. Sie schob die Füße so weit nach hinten, dass sie den Bettrahmen berührten. Dabei trafen sie auch auf etwas anderes, weniger Festes. Lilly bückte sich danach. Stirnrunzelnd holte sie ein aufgeschlagenes Buch unterm Bett hervor, blies den Staub von seinen Seiten und drehte es um. Es war eine Ausgabe von Tolstois *Anna Karenina*. Willkürlich blätterte sie hindurch und fand ihr Lieblingszitat mit neongelbem Textmarker markiert. Es klopfte, und sie schreckte zusammen. Das Buch glitt ihr aus der Hand und landete mit den Seiten nach unten vor ihren Füßen.

»Bist du fertig?«, fragte Liam.

»Ja.« Geistesgegenwärtig schob sie das Buch zurück unters Bett.

Er kam rein und hob halb grinsend eine Braue. »Sieht nicht so aus.«

Befangen schaute sie an sich hinunter und schnellte hoch. Der Handtuchturban löste sich.

»Du brauchst noch einen Moment?«, fragte er rücksichtsvoll.

»Ähm, ja.«

Liam hatte die Hand schon wieder an der Klinke, als er stutzend innehielt. Sein Blick hing am Bett – dann einen knappen halben Meter weiter tiefer. Lilly spürte, wie ihre Wangen knallrot anliefen.

»Ich kann das erklären«, stammelte sie.

Er näherte sich ihr. Sein Gesichtsausdruck war undurchschaubar.

»Es ist nicht so, wie es aussieht.« Sie zog eine ihrer Haarsträhnen glatt, die ihr über der Schulter lagen.

»Ach ja?« Er stand direkt vor ihr, sah an ihr hinunter. Lillys Puls raste.

»Ich hab nicht …«, fuhr sie mit ihrer Verteidigung fort. Liam bückte sich. Den Roman in der Hand richtete er sich wieder auf und schaute sie durchdringend an.

»Das … hab ich … rein zufällig entdeckt.«

Er nickte, setzte sich gelassen auf die Bettkante und blätterte durch das Buch.

»Alle glücklichen Familien gleichen einander, jede unglückliche Familie ist auf ihre eigene Weise unglücklich.«

Lilly wunderte sich nicht, dass er ausgerechnet diese Passage zitierte.

»An meiner Uni gab es einen Professor, der mit dieser Textstelle seine Vorlesungen begonnen hat. Ich wusste nicht, dass du Tolstoi magst.«

Er lächelte leicht. »Es steckt ziemlich viel Wahres in dieser Geschichte. Sie ist zeitlos.«

»Ja.« Lilly nickte. »Das finde ich auch.«

»Weil es nur allzu wahr ist.« Er schaute zu ihr auf und wurde urplötzlich ernst. »Manchmal glaube ich, dass es keine Familie gibt, die sich selbst als glücklich bezeichnen würde. Es ist immer irgendjemand unzufrieden, weil er sich nach etwas anderem sehnt.«

»Dann hast du deiner Mutter noch nicht gesagt, dass du die Destillerie verkaufen willst?«

Er schwieg für einen Augenblick, dann seufzte er. »Nein. Ich warte auf den richtigen Moment. Auch wenn ich mir nicht sicher bin, ob es ihn gibt.«

»Also, ich glaube nicht an richtige Momente.«

»Dann hättest du es ihr längst gesagt?«

Sie legte den Kopf schief. »Ich sehe, wie sehr es dich belastet. Nur verstehe ich nicht, warum. Sie will sicher nur das Beste für dich und wird deine Entscheidung akzeptieren. Du solltest ihr eine Chance geben. Ich glaube, sie macht sich mehr Gedanken, als du meinst.«

»Du weißt nicht, was hinter ihrem Kontrollwahn steckt. Sie war nicht immer so …« Er bremste sich und senkte den Blick.

»Es gibt doch immer Ursachen für unser Verhalten, oder nicht? Das Leben macht uns zu dem Menschen, der wir sind«, sagte Lilly sanft.

Liam schaute sie mit einem verschmitzten Lächeln an. »Soll das heißen, du warst nicht immer so?«

»Kommt darauf an, wie du mich siehst.«

»Ich sehe eine kluge, charmante und tapfere junge Frau, die gewitzt und überaus attraktiv ist.«

»Jetzt übertreibst du.«

»Kein bisschen!«, sagte er mit einer Ernsthaftigkeit, die ihr die Sprache verschlug.

»Aber ich sehe auch jemanden, der etwas macht, was er nicht machen will.«

Lilly zog erneut eine Haarsträhne in die Länge. »Warum genau reden wir jetzt eigentlich von mir?«

Er zuckte die Schultern und betrachtete sie mit einem Lächeln. »Wir sind uns ähnlicher, als du denkst. Du, Lilly, könntest so viel mehr sein. Und ich glaube, das weißt du auch.«

Sie räusperte sich. »Mag sein.«

»Was hast du studiert? Literatur?«

»Philosophie.«

»Wie viele Semester warst du an der Uni?«

»Drei.«

»Hat es Spaß gemacht?«

Sie holte tief Luft, bevor sie antwortete: »Ja.«

»Es ist noch nicht zu spät, weiterzumachen.«

»Oh, Liam ...«

»Es gibt immer einen Weg. Ich würde dir gern dabei helfen, das zu tun, was dich glücklich macht, Lilly. Ich glaube, bei euch ist ziemlich viel schlecht gelaufen. Ihr hattet Pech, und dafür konntet ihr nichts.«

»Warum werde ich das Gefühl nicht los, dass jeder in diesem Ort mehr über mich und meine Mutter weiß als ich?«

Liam senkte seufzend den Blick, um ihn kurz darauf wieder zu heben. »Lilly.« Er bedeutete ihr mit einer flüchtigen Kopfbewegung, sie solle sich neben ihn auf die Bettkante setzen. Zögernd folgte sie seiner Weisung.

»Hat dir deine Mutter je erzählt, warum ihr damals aus Portree weggezogen seid?«

»Natürlich. Mein Vater fand hier keine Arbeit mehr. Jedenfalls keine, die ihn zufriedenstellte.« Sie schnaubte. Nach all den Jahren war sie noch immer verletzt, weil ihr Vater sie und ihre Mutter vor vollendete Tatsachen gestellt hatte. Das Gefühl völliger Entmachtung aufgrund der Armut in den darauffolgenden Jahren hatte sie nicht vergessen. Liam musterte sie abwartend.

»Was ist?«

»Gar nichts.« Er klappte das Buch zu, legte es auf den Nachttisch und betrachtete das gerahmte Bild.

»Ich dachte, du wolltest mir etwas sagen.« Lilly lehnte sich vor, um ihm ins Gesicht zu sehen. Mit einer Hand hielt sie den Ausschnitt des Bademantels zu.

»Nein.« Liam räusperte sich. »Mich hat nur interessiert, wie du die Zeit damals erlebt hast.«

Sie spürte deutlich, dass das nicht die ganze Wahrheit war. »Er fehlt dir sehr«, lenkte sie das Thema um, weil er sich nicht von dem Foto lösen konnte. »Willst du mir erzählen, was mit deinem Vater passiert ist?«

»Darüber will ich nicht reden«, sagte er leise.

»Okay«, sagte sie verständnisvoll. »Solltest du deine Meinung irgendwann ändern, dann … bin ich für dich da.«

Sein Blick fuhr zu ihr. Er sah sie an, als wüsste er nicht, wie er mit ihrem Angebot umgehen sollte.

»Ich kann mir nicht vorstellen, wie das ist«, sagte sie bedrückt.

»Wieso nicht?« Seine Stimme klang rau. »Dein Vater hat sich entschieden, zu gehen … und meiner auch.«

Lilly erstarrte. Obwohl sie das Bedürfnis hatte, ihm Trost zu spenden, wusste sie nichts zu sagen.

»Es ist okay«, meinte er nach einer Pause. »Nur die Frage nach dem Wieso, die ich mir immer wieder stelle, ist es nicht. Und ich weiß, meine Mutter stellt sie sich ebenso. Das ist wohl das Schlimmste am Zurückgelassenwerden.« Er schluckte.

Sie blinzelte ihn an. »Sie hat sich übrigens bei mir entschuldigt. Deine Mutter.«

Sein Blick wurde weit.

»Ich nehme an, du hast das von ihr verlangt?«

Er lächelte leicht und schüttelte den Kopf. »Nein, habe ich nicht. Wir hatten eine kleine Aussprache, weil ich von ihr wissen wollte, was beim Dinner los war. Dabei habe ich ihr das von deiner Mum gesagt. Ich dachte, es würde vielleicht helfen.«

»Das hat es wohl.«

»Es ist schön, zu hören, dass sie ein Herz hat. Man neigt dazu, das hin und wieder zu vergessen.«

Lilly starrte einen Moment vor sich hin und versuchte, aus dem, was er sagte, schlau zu werden.

»Manchmal kennen wir nicht die ganze Geschichte – und werden es auch nie.« Liam seufzte leise. »Andere dürfen noch auf Antworten hoffen.« Er suchte ihren Blick. »Was hat Henry dir draußen erzählt?«

»Er meinte, er kennt meine Mutter von früher. Weißt du irgendetwas darüber? Waren sie befreundet?«

»Soviel ich weiß, waren deine Eltern mit fast jedem hier befreundet.«

»Außer mit deiner Mutter.«

Er schnaufte. »Ja, sie kamen nie so wirklich miteinander klar.«

»Kennst du den Grund? Hat deine Mutter je etwas zu dir gesagt?«

Zögerlich schüttelte er den Kopf.

»Ich weiß, wir waren am Ende nicht überall beliebt. Dafür hat mein Vater gesorgt. Er hat Schulden gemacht, die er nicht begleichen konnte, auch bei deinem Dad. Wahrscheinlich ist es das«, grübelte Lilly.

»Mein Vater war nicht so.« Liam legte seine Hände in den Schoß. »Er hat deiner Mutter sicher nichts nachgetragen. Warum auch? Es war schließlich nicht ihre Schuld. Das hat er gewusst.«

Lilly merkte, wie sie sich verkrampfte.

»Hast du mal darüber nachgedacht, dass es deiner Mum vielleicht gar nicht um diese Blumenzwiebel geht?«

»Reden wir jetzt wieder von deinem Paket?« Sie zog belustigt eine Augenbraue hoch.

»Nein. Ich respektiere deine Entscheidung, nur die echte Blume zu ihr zu bringen. Und ich will dir auch auf keinen Fall reinreden, bitte versteh mich nicht falsch. Ich finde nur, wir haben diese Woche viel Zeit miteinander verbracht, und … ich hoffe, ich bin für dich kein Snob mehr?« Er sah sie mit unsicherer Miene an.

Ein Lächeln huschte über Lillys Gesicht. »Bist du nicht.«

»Puh.« Er hielt sich erleichtert die Brust. »Das bedeutet mir viel.«

»Was genau?«

»Deine Meinung.«

»Ach ja?«

»Na klar«, sagte er mit einem leichten Schulterzucken, und ihre Blicke begegneten sich.

Lillys Herz hämmerte wie wild. Sie hatte keine Ahnung, warum er ihr so etwas sagte. Aber es gefiel ihr.

»Du …« Liam sah sie durchdringend an.

Lilly wandte sich ihm zu. Gleichzeitig lösten sich ihre Finger wie von selbst ein wenig vom Saum des Bademantels.

»Du willst dich jetzt sicher anziehen.« Abrupt stand Liam auf.

»In der Küche gibt es heißen Tee und Gurkensandwiches«, sagte er beiläufig und wandte sich zu Tür. Ernüchtert atmete Lilly tief aus. Für einen Moment hatte sie doch wirklich gedacht, dass er sie küssen wollte.

»Ist Henry noch da?«, fragte sie, als er die Klinke hinunterdrückte.

»Er ist für heute gegangen«, antwortete er, ohne sich nach ihr umzusehen. Quietschend schloss sich hinter ihm die Tür. Lilly war verwirrt – von ihm und seinen Andeutungen und von dem, was Henry ihr erzählt hatte. Normalerweise hätte sie direkt ihre Mutter angerufen und gefragt, was mit diesen Leuten los war. Waren denn alle verrückt geworden? Ihre Mutter hätte ihr womöglich einige Fragen beantworten können. Aber was, wenn sie nicht an Henry oder Evelyn erinnert werden wollte? Lilly konnte das Risiko nicht eingehen, sie aufzuwühlen. Sie konnte nur selbst herausfinden, was hinter alldem steckte.

KAPITEL 17

Sommer 1986 – Iris

Paul hatte Diana vorgeschlagen, ihren dreißigsten Geburtstag im *Fog Inn* zu feiern. Es war nicht neu, dass Dianas Liebschaften ihr die Welt zu Füßen legten. Paul erhoffte sich, dass sie ihn offiziell zu ihrem festen Freund erklärte. Für Dianas Eltern wurde es längst Zeit, dass sie heiratete. Doch sie selbst hatte es damit nicht eilig. Glaubte sie, immer noch etwas Besseres zu finden? Wollte sie um jeden Preis vermeiden, den Fehler ihrer Freundin zu wiederholen, die den Falschen geheiratet hatte? Aber gab es dafür überhaupt eine Garantie?

Bunte Lichter flimmerten am Eingang des *Fog Inn*, das in einer gemütlichen Gasse unmittelbar am Hafen lag. Portrees beliebtes Stammlokal eignete sich aufgrund seiner Größe und Lage hervorragend für eine Party. Iris war bereits seit dem Nachmittag dort, um ihrer Freundin bei der Dekoration zu helfen. Sie freute sich auf den Abend, denn auch Brandon hatte versprochen zu kommen.

Paul hatte Tische und Stühle in den Lagerraum gebracht, um in der Mitte des Pubs Platz für eine Tanzfläche zu schaffen. Auf der Theke stand das Büfett, bestehend aus Salaten, aufgeschnittenem Brot, Dips und Knabberzeugs. Neben Bier gab es Erdbeerbowle, Whisky und Gin. Iris hatte gerade die letzte Girlande angebracht, da trudelten die ersten Gäste ein.

»Wie viele hast du eingeladen?«, fragte sie Diana, als einer nach dem anderen hereinströmte.

Sie zuckte die Schultern. »Einige davon kenne ich über Paul – und andere, um ehrlich zu sein, gar nicht.« Kichernd mischte sie sich unter die Leute und begrüßte sie überschwänglich. Der Geschenketisch neben der Bar füllte sich rasend schnell. Gut gelaunt schenkte Paul die Getränke aus. Iris stellte sich zu ihm an die Theke, von wo aus sie ungeduldig zur Tür starrte.

»Auf wen wartest du denn?« Paul grinste, während er Ale in Pintgläser abfüllte.

»Auf niemanden … Ich habe mich nur gefragt, wie viele noch kommen werden. So langsam wird es eng auf der Tanzfläche.«

»Das verteilt sich schon noch.« Er reichte volle Gläser über die Theke. Flüchtig schaute Iris auf. Am liebsten wäre sie im Boden versunken, als sie sah, wer das Bier annahm.

»Hallo, Iris.« James stellte sich neben sie.

»Hi. Ich hatte keine Ahnung, dass du auch hier sein würdest.« Sie schaute an ihm hinunter. Es war ungewohnt, ihn so lässig in Jeans und Poloshirt zu sehen, aber die legeren Klamotten standen ihm.

»Bis gestern wusste ich das auch noch nicht.« Er trank einen Schluck. »Paul hat gemeint, dass man sich diese Fete nicht entgehen lassen sollte, weil seine Freundin was vom Feiern verstünde.«

Iris lachte. »Dem kann ich nur zustimmen. Dianas Partys sind legendär.«

»Davon habe ich in der Tat schon viel gehört.«

Iris schmunzelte. »Ein Jammer, dass wir dich nicht schon früher eingeladen haben. Ich weiß auch gar nicht mehr so genau, warum.«

Er zuckte die Achseln. »Es hat sich halt nie ergeben.«

James war nur unwesentlich älter als sie und Diana, trotzdem hatten sie die Jugend getrennt voneinander erlebt. Während Iris und ihre Freundin die öffentliche Schule besucht hatten, war er auf einem Internat auf dem Festland gewesen. Eine Zeit lang hatte sie ihn deshalb für arrogant gehalten – bis Rob bei ihm zu arbeiten anfing und sie Gelegenheit hatte, ihn kennenzulernen. Nie hatte sie es mehr bereut, jemanden vorschnell verurteilt zu haben.

»Du trinkst nichts?« James sah sie an, und seine dunklen Augen strahlten.

»Ich musste Dianas Bowle vorkosten«, verriet sie mit einem Grinsen. Ihr war immer noch etwas schwindelig davon.

Amüsiert warf er einen Blick in die hohe Schüssel mit der pinkfarbenen Flüssigkeit, in der Erdbeeren dümpelten. »Der Trick ist, die Früchte nicht zu essen. Sie saugen den Alkohol auf wie ein Schwamm.«

Sie biss sich auf die Lippe. Woher wusste er, dass sie genau das getan hatte? Kichernd zuckte sie die Achseln. »Was soll ich machen? Ich mag Erdbeeren.«

James lächelte sie an. »Du bist witzig, Iris.«

Sie erwiderte sein Lächeln. Für einen Moment hatte sie vergessen, was sie ihm schuldig war. Die offene Frage danach, was er wusste, über Rob, über Brandon und sie, drängte sich ihr wieder auf. Sie wurde ernst.

»Ich wollte dir noch mal danken, für das, was du getan hast.« Sie stand dicht bei ihm, um gegen die Musik anzukommen, die lauter geworden war. »Ohne deine Hilfe hätte ich nicht gewusst, was ich machen soll.«

»Das hab ich gern gemacht.« Er legte seine Hand auf ihre Schulter und sah ihr direkt in die Augen. Iris wich leicht unter seiner Berührung zurück.

Plötzlich ließ sie eine schneidende Stimme zusammenzucken. »Da steckst du also!« Evelyn hatte sich zu ihnen durchgezwängt und schaute zwischen ihnen hin und her.

»Wie lange kann es dauern, ein Bier zu holen?« Sie lächelte breit, aber angestrengt.

»Ich habe mich nur unterhalten, Schatz. Du kennst doch Iris Warren?«

»Natürlich.« Sie musterte Iris, als wäre sie eine Küchenschabe, die schnellstens zertreten gehörte.

»Wie geht es dir?«

»Sehr gut, danke. Und dir?«

»Phantastisch«, antwortete Evelyn trocken und strich sich das kinnlange, glänzend schwarze Haar hinter die Ohren.

»Ich hätte nicht erwartet, dich hier zu treffen.«

»Nun ja, für gewöhnlich meide ich Zusammenkünfte wie diese. Aber James meinte, es wäre gut, sich hier blicken zu lassen, weil wir doch die Hälfte der Gäste in unserer Destillerie beschäftigen. Wir haben nicht vor, uns hier lange aufzuhalten. Dafür haben wir gar keine Zeit.« Sie lächelte spitzbübisch und schmiegte sich an ihren Mann. »Sag, was treibst du so? Kommt mir vor, als wäre es eine Ewigkeit her, dass du und ich zusammen den Abschluss gemacht haben. Ach, nein, da war ja was! Bist du nicht früher abgegangen?«

»Ja, ähm … nach der achten. Ich musste mich um meine Mutter kümmern. Nach dem Tod meines Vaters wurde sie sehr krank.«

»Hm.« Sie nickte lang anhaltend. »Stimmt. Irgendwie so

war es. Wann kommt Rob zurück? Er ist ja schon fast den ganzen Sommer weg. Wir müssen uns doch keine Sorgen machen, dass er Skye den Rücken kehrt, oder?«

Iris schluckte angestrengt. »Er wird bald zurück sein.«

»Na, das will ich doch hoffen. Man hört ja so einiges.«

James verpasste ihr einen leichten Knuff gegen den Arm und erntete einen finsteren Blick von ihr. Iris fühlte sich mit einem Mal ganz furchtbar. Hatte sich Evelyns Kommentar auf Rob bezogen? Oder darauf, dass sie so viel Zeit mit Brandon verbrachte?

Ihr unsicherer Blick glitt zur Tür, und ihr Herz machte einen Sprung. Brandon manövrierte sich durch die Menge. Auf halber Strecke zu ihnen blieb er bei Diana stehen und überreichte ihr ein Paket mit goldener Schleife. Iris versuchte, ihr Strahlen einzudämmen.

»Da ist Brandon.« James winkte ihm zu. Bevor dieser seinen Gruß erwidern konnte, hatte Diana ihn in ihre Arme gezogen. Evelyn grunzte abfällig. »Sieht so aus, als hätte sie vor, sich alle ledigen Männer im Raum zu schnappen.«

Iris rollte innerlich die Augen. Was hatte sie auch anderes erwartet – Evelyn McTavish, geborene Brooks, war schon immer die Arroganz in Person gewesen. Ihre Familie besaß eine Fischereikette. Sie hatte sich systematisch an James rangemacht, um sozial aufzusteigen – das wusste jeder in Portree.

»Seht doch nur, wie sie sich an ihn ranschmeißt«, fuhr sie mit ihrer Lästerei fort. »Erbärmlich.«

»Es ist ihr Geburtstag.« Iris konnte sich nicht länger zurückhalten. »Sie bedankt sich nur für sein Geschenk.«

Evelyn sah sie mit weit aufgerissenen Augen an.

»Sie soll sich damit lieber zurückhalten. Brandon hasst es, wenn sich Frauen so billig verhalten. Er ist nur zu anständig, das zu zeigen.«

»Billig?« Iris funkelte sie wütend an.

»Sie meint es nicht so«, versuchte James die Lage zu entspannen.

Die beiden Frauen sahen einander herausfordernd an.

»Aber das spielt wohl auch keine Rolle mehr für ihn«, sagte Evelyn, und ihr Blick glitt erneut zu Brandon und Diana. »Er wird Skye eh bald verlassen. Ursprünglich wollte James ihn ja nach Australien begleiten, aber er wird hier gebraucht. Hab ich recht, Schatz?« Sie wandte sich an ihren Mann. Dabei strich sie über ihren Bauch. Erst jetzt fiel Iris auf, dass er sich leicht wölbte.

»Ihr bekommt ein Kind?« Iris richtete die Frage an James. Er lächelte dünn.

»Eigentlich ist es ja noch unser Geheimnis«, trällerte Evelyn und legte den Arm um ihren Mann, als wollte sie ihre Besitzansprüche noch deutlicher machen.

»Herzlichen Glückwunsch.« Iris fixierte James.

»Danke«, sagte er knapp.

Endlich hatte sich Brandon durch die tanzenden Paare bis zu ihnen vorgekämpft. Iris' Herz klopfte schneller.

»Schön, dass du's geschafft hast.« James begrüßte ihn mit einem Handschlag. Brandon küsste Evelyn auf die Wangen, bevor er sich Iris mit einem sanften »Hallo« zuwandte.

»Tanzen wir?« James nahm Evelyns Hand. Kopfschüttelnd entzog sie sich ihm, aber folgte ihm auf die Tanzfläche. Kurz beobachteten Brandon und Iris amüsiert Evelyns unbeholfene Bewegungen.

»Das können wir besser, oder?«, flüsterte Brandon Iris ins Ohr.

»Aber um Längen.«

Er zog sie auf die Tanzfläche. In dem Moment wechselte die Musik. Anstelle von Punkrock lief eine Ballade, die einen engeren Tanz forderte. Nach kurzem Zögern kamen sich auch Iris und Brandon näher. Er schlang seine Hände um ihre Taille, und sie bewegten sich langsam im Takt. Iris war, als würde alles um sie herum stillstehen. Ein Blick in Brandons Augen zeigte ihr, dass er den Moment ebenso genoss wie sie. Sie blieben eng beieinander, selbst nachdem die letzten Töne des Liedes verklungen waren. Diana, die Iris am Arm berührte, führte beide zurück in die Realität.

»Hey, Iris, hilfst du mir mal kurz?«

Erst jetzt bemerkte Iris, wie sie von den Umstehenden angegafft wurden. Ihre Blicke waren bohrend, fragend, schockiert. Sie und Brandon hatten sich völlig vergessen.

»Ich brauch dich mal eben.« Diana nahm Iris an die Hand und ging mit ihr vor die Tür. Sie schleppte sie durch die Gasse bis zum Geländer, das den Hafen vom Strand trennte. »Was war das denn gerade?«

»Wir haben … getanzt. Nur getanzt.«

»Noch etwas länger, und ihr wärt mit dem Vorspiel durch gewesen.«

Iris lehnte sich still über die Begrenzung und schaute aufs Wasser hinaus.

»Süße, die meisten da drin arbeiten mit Rob zusammen in der Destillerie. Und jeder weiß, dass du seine Frau bist.«

»Und?« Ihr Blick blieb nach vorn gerichtet.

»Ich dachte, du wolltest nicht, dass Rob es so erfährt. Kommt er nicht morgen zurück?«

Diana hatte sie so ruckartig in die Wirklichkeit geholt, dass Iris die Hände zu Fäusten ballte. »Um ehrlich zu sein, ist mir Rob gerade ziemlich egal.«

»Na schön. Ist ja nicht so, als würde ich nicht schon Jahre darauf warten, dich das sagen zu hören.«

»Er hat eine andere, Di.«

»Was?«

Iris holte tief Luft. »Ich habe einen Ohrring bei ihm gefunden. Er hat sich kaum gemeldet. Gestern Abend nur kurz, um mir zu sagen, dass ich was Gutes kochen soll, wenn er morgen nach Hause kommt. Das alles ist so falsch, dass ich laut schreien könnte. Ich denke, er war mit dieser anderen Frau in Edinburgh. Ich habe sie am Telefon gehört. Und jetzt, jetzt kommt er zurück, und ich soll so tun, als wäre nichts gewesen? Das Schlimme ist, dass ich es getan hätte. Ich hätte wieder mal beide Augen zugedrückt. Aber das geht jetzt nicht mehr. Brandon hat mir gezeigt, wie es sich anfühlt, aus vollstem Herzen zu lieben. Ich will nicht mehr zurück. Mit Rob habe ich nie gelebt.«

»Oh, Iris.« Diana senkte seufzend den Blick.

»Du brauchst mir jetzt nicht zu sagen, dass du es geahnt hast. Vielleicht habe ich das auch. Schon lange.« Sie drehte sich ihr zu. »Aber irgendwie ist es mir gleich. Ich weiß jetzt, was ich verpasst habe. Mit Brandon ist es ganz anders. Ich liebe ihn, Di. Und er liebt mich auch.«

Sie seufzte erneut, dann zog sie sie in eine Umarmung. »Ich freue mich für dich, Iris. Wirklich. Aber …« Sie sah sie an. »Hast du mit ihm über eure Zukunft gesprochen?«

»Nein, noch nicht. Aber das werde ich.«

»Es heißt, Brandon will nach Australien gehen.«

Iris schüttelte den Kopf. »Das behauptet Evelyn.«

»Das behauptet er selbst«, korrigierte Diana sie. »Er hat es Paul gestern gesagt.«

Dianas Blick blieb besorgt auf sie gerichtet. Iris war, als schnüre sich ihre Kehle zu. Warum hatte er ihr das nicht erzählt?

Grübelnd rieb sie sich die Oberarme. Der Wind war frisch und schob die Wolken vom Land aufs Meer hinaus. Immer wieder blitzten Sterne zwischen ihnen hervor. Obwohl Iris fröstelte, wollte sie nicht zurück in den Pub, um ihre Jacke zu holen. Die vielen Leute und die Lautstärke waren nicht das, wonach ihr zumute war. Sie schickte Diana allein zurück, damit diese sich um ihre Gäste kümmern konnte, aber sie selbst brauchte noch Zeit zum Nachdenken. In sich gekehrt schlenderte sie die Hafenpromenade entlang. Die Musik aus dem Pub drang gedämpft bis zu ihr. Sie konnte nicht glauben, wie schnell das Glück sie verlassen hatte. Noch bis vor einer halben Stunde hatte sie geglaubt, in Brandon jemanden gefunden zu haben, dem sie wirklich etwas bedeutete. Doch die Tatsache, dass er ihr nicht von seiner Australienreise erzählt hatte, legte nahe, dass sie sich in ihm getäuscht hatte. Das Gefühl, erneut benutzt worden zu sein, schnürte ihr das Herz zu.

Am Strand zog sie ihre Sandalen aus und spazierte nah am Wasser entlang. Immer weiter, bis zum verlassenen Fischerhaus, in dem sie und Brandon sich zum ersten Mal geküsst hatten. Seufzend überblickte sie die verfallene Hütte. Es war ihr Zufluchtsort gewesen. Jetzt, nachdem sie ihn mit

Brandon geteilt hatte, gehörte er nicht länger ihr allein. Tränen liefen über ihre Wangen. Mit den Handballen wischte sie sie fort. Sie war so wütend auf sich selbst. Unabsichtlich hatte sie zu viel in ihre Beziehung hineininterpretiert …

Sie setzte sich vor das Haus, stützte die Ellbogen auf die Oberschenkel und den Kopf in die Hände. In der Nähe schäkerte ein Pärchen lauthals miteinander. Der Bass aus dem Pub wurde von der Bucht aufgefangen und drang als schweres Hämmern bis zu ihr. Das Meer hatte seine eigene Melodie, auf die sich Iris konzentrierte.

»Dachte ich es mir doch, dass ich dich hier finde.«

Iris schaute auf. Brandons Gesicht wurde vom fahlen Licht des Mondes angestrahlt. Sie hatte ihn nicht kommen hören.

»Was machst du denn allein hier draußen?« Er setzte sich zu ihr. »Du weißt schon, dass deine beste Freundin dahinten eine Party feiert, oder?«

»Das ist mir momentan alles zu viel.« Sie vermied es, ihn anzusehen.

Er nickte. »Es wird allmählich eng bei Paul.«

»Das meine ich nicht.«

Er runzelte die Stirn. Sie stand auf, ging zum Wasser und blickte in die Ferne.

»Was hast du?« Brandon kam neben sie.

Dem schäkernden Paar hatte sich eine Gruppe grölender Jugendlicher angeschlossen, die näher kamen. Eine Bierflasche verfehlte Iris nur knapp, eine andere traf donnernd das Dach des Fischerhauses.

»Hey!« Brandon trat aus dem Schatten auf sie zu, und die Halbstarken wichen zurück. »Verschwindet gefälligst!«, rief er. Überrascht und erschrocken suchten sie das Weite. Brandon wandte sich Iris wieder zu. Er suchte ihren Blick, der immer noch aufs Meer gerichtet war.

»Hab ich irgendwas falsch gemacht?« Er berührte sie sanft am Arm.

»Nein«, antwortete sie ernst und wischte sich eine Träne aus dem Augenwinkel. »Du hast nichts falsch gemacht. Ich bin diejenige, die …« Sie brach ab, weil sie nicht wollte, dass er erfuhr, was für Hoffnungen sie sich gemacht hatte.

»Dein Mann kommt zurück, hab ich recht?« Er seufzte laut und blickte mit ihr aufs Meer hinaus.

Iris schluckte hörbar. Das war nicht der Grund, warum sie nun diese Unterhaltung führen musste, und am liebsten hätte sie ihm das auch gesagt. Sie wollte sich selbst davor bewahren, verletzt zu werden, aber dafür war es längst zu spät.

»Iris, bitte rede mit mir!«

»Wir wussten beide, worauf wir uns da einlassen.« Nie zuvor war ihr ein Satz schwerer über die Lippen gegangen. »Wir hatten eine wunderschöne Zeit, Brandon.« Sie schluckte. »Gott weiß, es war der beste Sommer meines Lebens. Aber jetzt … geht er zu Ende.« Sie holte tief Luft. »Der Garten ist fertig. Und wir müssen zurück in das, was vorher war.« Iris hielt so energisch die Tränen zurück, dass ihre Schläfen pochten. Einen Moment blieb es still.

»Das meinst du nicht so.« Er sah sie auffordernd von der Seite an.

»Wann geht dein Flug?« Sie hatte stark klingen wollen, aber die Tatsache, dass sie Blickkontakt vermied, verriet, wie es wirklich in ihr aussah.

Er schnaufte. »Du weißt davon?«

Sie nickte steif.

»Dann ist es das? Bist du deswegen plötzlich so verschlossen?«

Iris biss sich so fest auf die Unterlippe, dass sie den metallischen Geschmack von Blut wahrnahm. »Wir haben gewusst, was wir taten und dass es ein Ablaufdatum hat. So wie alles im Leben.«

»Iris! Bitte sieh mich an!«

Zögernd tat sie, was er verlangte.

»Das ist nicht das, was du willst.« Er strich ihr mit der Hand über die Wange.

»Was wir wollen, ist nicht immer das, was wir haben können«, hauchte sie und für einen kurzen Augenblick war es, als hätte jemand die Uhr angehalten. Brandon stritt nicht ab, dass er vorhatte, wegzugehen. Noch einmal tauchte sie tief ein in seinen Blick, der so weich und bewundernd, dabei aber auch so entschlossen auf sie gerichtet war. Er war vergänglich. Genau wie dieser Sommer, diese Nacht.

»Leb wohl«, flüsterte Iris und küsste ihn zärtlich auf den Mund.

In dieser Nacht weinte sie sich in den Schlaf. Nicht, weil sie sich unsichtbar fühlte, sondern weil sie sich nie wieder so fühlen wollte. Rob würde morgen wieder da sein. Der Gedanke, dort ansetzen zu müssen, wo sie vor Brandon gewesen war, raubte ihr die Luft zum Atmen.

KAPITEL 18
Lilly

Der blumige Duft von Liams Weichspüler ließ Lilly seufzen, nachdem sie sich seine Sachen übergezogen hatte. Kurz stülpte sie sich den Kragen des Pullis über die Nase, um ihn noch intensiver aufzunehmen. Liam war ihr ein Rätsel. Vielleicht fühlte sie sich deswegen so von ihm angezogen – oder es war dem Umstand geschuldet, dass er in ihrem Zuhause wohnte. Sie wollte sein wie er, leben dürfen wie er. Ihr Blick wanderte durch ihr altes Zimmer. Ob es ihr geheimes Versteck noch gab? Sie kniete sich vor das Fenster und schob die schwere Truhe zur Seite. Darunter kamen lose Dielen zum Vorschein, die Lilly vorsichtig herauslöste. Erwartungsvoll griff sie anschließend in das schmale Loch im Boden. Sie konnte nicht fassen, dass sie tatsächlich etwas ertastete: ihren Schatz, den sie vor vielen Jahren hier versteckt hatte – an dem Tag, an dem sie ausgezogen waren. Mit einem wehmütigen Lächeln holte sie die Zeichnung hervor, die sie für ihr zukünftiges Ich dort hinterlegt hatte. Sie hatte nicht wissen können, ob sie sie je wiedersehen würde, aber sie hatte es glauben wollen. Lilly pustete den Staub vom Papier und entfaltete es. Darauf war ein Bild, von dem sie in ihrer Kindheit viele gemalt hatte: ein Schiff mit rotem Segel, das auf blauen, abgerundeten Wellen tanzte. Es war eine Darstellung ihres kleinen Holzschiffes, das dank Liam wieder in ihren Besitz gelangt war. Mit den Fingerspitzen strich sie über das vergilbte Papier, dann über die glatten, bunten Flächen. Die Wachsmalfarben glänzten noch wie an jenem Tag, an dem sie es in ihr Versteck gelegt hatte. Es zu betrachten weckte ebenso traurige wie glückliche Erinnerungen in ihr. Gedankenschwer faltete sie die Zeichnung wieder und legte sie zurück. Sie gehörte in dieses Haus. Genauso wie der Teil von ihr, der es erschaffen hatte.

Als sie die Treppe hinunterstieg, drehte sie ihr noch nasses Haar zu einem Zopf. Sie zog sich die Kapuze des Pullovers über und hob die Schultern an. Liams Sachen waren zwar zu groß, fühlten sich aber unerwartet gut auf ihrer Haut an. Bevor sie zu ihm in die Küche ging, holte Lilly tief Luft. Liam stand mit dem Rücken zu ihr und leistete sich wieder einmal ein Gefecht mit der Kühlschranktür. Sie sah ihm für einige Sekunden erheitert dabei zu.

»Du solltest die Dichtung auswechseln.«

Er warf ihr einen kurzen Blick über die Schulter zu. »Danke für den Hinweis, aber ich mag diesen alten Kühlschrank. Der hat eine Geschichte zu erzählen.«

Schmunzelnd nickte sie. »Dann ist das also der Grund.«

»Was meinst du?« Er drückte energischer.

»Der Grund, warum du so viele von unseren alten Möbeln behalten hast.«

»Ähm, ja. Schätze schon.« Er zuckte die Schultern und wartete kurz, um sich zu vergewissern, dass die Kühlschranktür nicht wieder von allein aufging.

»Na also, geht doch.« Eine Milchpackung und ein Tablett mit Sandwiches auf den Händen balancierend, drehte er sich zu ihr um. Hinter ihm sprang die Tür auf, als hätte sie nur darauf gewartet, dass er sie aus den Augen ließ. Lilly lachte auf. Sie zog einen Stuhl heran und klemmte ihn mit der Lehne gegen den Griff. Liam beobachtete sie beeindruckt. »Wenn ich dich nicht hätte«, murmelte er und stellte Milch und Sandwiches auf dem Tisch ab.

»Dann hättest du eine andere«, rutschte es Lilly heraus. Er musterte sie still.

»Na ja«, verlegen zupfte sie sich am Pulli. »Oder jemand anderen.«

Er grinste leicht. Sein Blick wanderte an ihr entlang und blieb schließlich an seiner grauen Jogginghose hängen.

»Sag lieber nichts«, warnte sie ihn mit gespielter Ernsthaftigkeit. »Ich weiß, ich sehe aus wie ein Clown.«

Er rümpfte die Nase. »Aber wie einer, der gerne Hiphop tanzt.« Er schien einen Lachanfall zu unterdrücken. »Tut mir leid, dass ich nichts Passenderes für dich hatte.«

»Wäre doch auch komisch gewesen, oder?«

»Schon irgendwie.« Er starrte sie noch immer an.

»Es steht dir«, sagte er schließlich mit einem schelmischen Grinsen. »Könntest auch als Rapper durchgehen. Warum sehe ich darin nicht so cool aus?«

»Na, weil ich cooler bin als du.«

Er lachte, biss sich auf die Unterlippe und nickte. »Ja, das wird's sein. Übrigens hab ich deine Sachen in die Waschmaschine getan.«

»Danke.«

»Willst du Tee oder lieber was anderes?« Er nahm zwei hohe Tassen vom Regal.

»Hast du Schokolade?« Sie setzte sich und schlug die Beine übereinander.

Er riss einen der Hängeschränke auf. »Ich habe Kakao.«

»Perfekt!«

Er setzte heiße Milch auf.

»Gibt es einen Grund, warum Henry gegangen ist?«, fragte Lilly nach einer Weile. »Es war doch nicht wegen mir, oder?«

Liam zögerte und rührte mit einem Schneebesen Kakaopulver in die Milch.

»Kommt er morgen wieder? Ich würde gerne noch mal mit ihm sprechen, bevor ich fahre«, hakte Lilly nach.

»Weiß ich noch nicht.« Er verteilte den dampfenden Kakao in die Tassen.

»Ich habe ihn wohl ganz schön erschreckt.«

»Ja«, murmelte Liam und korrigierte sich sofort. »Nein. Das ist es nicht.« Er stellte ihr den Kakao hin und setzte sich zu ihr an den Tisch.

»Was dann?« Sie betrachtete ihn auffordernd.

»Lilly, sag mal … findest du den Wunsch deiner Mutter nicht irgendwie merkwürdig?«

Sie runzelte die Stirn. Was hatte das damit zu tun?

»Nach all den Jahren schickt sie dich hierher zurück, nur damit du ihr etwas aus eurem alten Garten bringst?«

»Zu Anfang fand ich das schon seltsam.« Sie umschloss die Tasse mit beiden Händen, um sich zu wärmen. »Ich weiß längst, dass es nicht der einzige Grund war, mich herzuschicken. Sie glaubt wahrscheinlich, ich bräuchte dringend eine Auszeit – ein paar Tage Erholung, einen Tapetenwechsel. Auch wenn der Zeitpunkt denkbar ungünstig dafür ist. Vermutlich dachte sie, ich würde nicht mehr lange so weitermachen können.« Sie schüttelte den Kopf. »Ach, vergiss, was ich gesagt habe.« Lilly schob den Stuhl zurück und stellte sich ans Fenster.

Stille hing im Raum.

»Es hat aufgehört zu regnen«, sagte Liam ruhig.

»Nicht für lange.« Lilly seufzte resigniert.

»Du könntest ein paar Tage länger bleiben. Anfang der Woche soll es wieder trockener werden. Der Februar ist hier eigentlich nicht so nass.«

»Du weißt, dass das nicht geht. Ich war schon viel zu lange weg.«

»Was hast du dann vor zu tun?«

»Du meinst wegen der Blume?« Sie drehte sich zu ihm. »Ich werde ihr die Wahrheit sagen. Dass ich sie nicht gefunden habe.«

»Wird sie sehr enttäuscht sein?«

Lilly verschränkte still die Arme vor der Brust.

»Du könntest bei der Wahrheit bleiben und ihr trotzdem die mitbringen, die ich besorgt habe.«

Sie lächelte knapp. »Könnte ich. Aber das würde an dem vorbeigehen, worum es ihr geht.«

Er stand auf und stellte sich zu ihr ans Fenster. »Bist du sicher, dass du weißt, worum es ihr geht?«

»Ehrlich gesagt«, Lilly ließ den Kopf hängen, »seitdem ich hier bin, weiß ich gar nichts mehr. Anscheinend ist da so einiges, was ich als Kind nicht mitbekommen habe.«

»Kinder nehmen ihre Umwelt anders wahr als Erwachsene. Das heißt aber nicht, dass ihre Erinnerungen falsch sind. Sie sind lediglich ungenau. Ist es nicht so, dass alles auf dich viel größer gewirkt hat, als du noch klein warst?«

Sie schaute ihn verwundert an, nickte aber.

»Für Kinder spielen Dinge eine Rolle, die für Erwachsene nicht wichtig sind. Der Blickwinkel ist ein anderer.«

»Darüber habe ich noch nie richtig nachgedacht. Du hältst es also für möglich, dass ich was übersehen habe?«

Er zuckte die Schultern. »Ich würde meine Erinnerungen noch mal genau prüfen, wenn ich du wäre. Manches erschließt sich uns erst viel später.«

Sie schluckte, dann nickte sie. »Dein Vater kannte Henry gut, oder?«

»Ja.«

»Und auch meine Mutter.«

»Soweit ich weiß, schon. Leider kann er uns nichts mehr erzählen. Aber wir sind ja nicht völlig hoffnungslos.« Mit einem verschwörerischen Lächeln eilte er in den Flur und klaubte die Autoschlüssel von der Anrichte.

»Was hast du vor?«, wollte Lilly wissen, als er ihr seine Jacke zuwarf.

»Zieh die über. Wir finden jetzt raus, worum es hier wirklich geht.«

KAPITEL 19

Sommer 1986 – Iris

Es war Samstag. Zum ersten Mal hatte Iris den Abend vor Robs Rückkehr nicht damit zugebracht, das Haus blitzblank zu putzen. Sie hatte auch nichts von dem eingekauft, was er gerne aß. Gegen jede Regel verbrachte sie den Vormittag im Bett. Nicht schlafend, sondern gefangen in einem lähmenden Zustand von Trauer und Verzweiflung. Sie blieb reglos liegen und sah dabei zu, wie sich das Tageslicht im Fenster brach. Es wechselte von Licht auf Schatten, immer dann, wenn sich eine Wolke vor die Sonne schob. Nichts schien mehr eine Rolle zu spielen, nicht einmal das Geräusch des sich umdrehenden Schlüssels im Schloss holte sie aus ihrer Gleichgültigkeit. Teilnahmslos hörte sie, wie Rob seinen Koffer auf die Dielen knallte und seine Jacke auf die Garderobe warf, die darunter stets ins Wanken geriet.

»Iris?«, rief er. »Ich bin zu Hause. Iris?«

Sie nahm zur Kenntnis, wie er im Haus umherstolzierte, sein Stöhnen, als er vor der leeren Kaffeekanne zum Stehen kam. Nur wenig später das Quietschen der Schlafzimmertür. Doch sie drehte sich nicht um.

»Iris?«, wiederholte er ihren Namen vorwurfsvoll. »Ich bin zurück.« Er ging ums Bett herum und starrte auf sie herab. »Bist du krank?« Er rüttelte an ihrer Schulter, als sie nicht reagierte.

Iris blinzelte vor sich. »Wie war deine Reise?«, fragte sie, ohne zu ihm aufzusehen.

»Anstrengend.« Er setzte sich auf die Bettkante und seufzte. »Aber ich habe nützliche Bekanntschaften gemacht.«

»Tatsächlich? Dann hat Levish dich eingestellt?«

»Na ja, er scheint momentan wohl doch nicht expandieren zu wollen. Jedenfalls nicht hier.«

»So ein Jammer«, murmelte sie in dem Versuch, ihren Ärger über ihn und seine Halbwahrheiten zurückzuhalten.

»Na ja, immerhin konnte ich ein paar andere Immobilienbüros kennenlernen. Ich habe ihnen meine Karte dagelassen. Zwei haben versprochen, sich zu melden.«

»Du hast mir kein Geld geschickt«, sagte sie tonlos.

»Oh, ja. Es war doch schwieriger, als ich gedacht hatte.«

»Ich musste mir was leihen.«

»Hm.«

»Bei deinem ehemaligen Chef.«

»Nun, das … war eine gute Idee. Wir alle wissen, dass es ihm sicher nicht wehgetan hat.«

Sie betrachtete ihn wütend, doch er legte nur seufzend den Kopf schief. »Ich werde mich bei ihm bedanken. Bist du jetzt zufrieden?«

Iris starrte erneut aus dem Fenster.

»Was ist denn los mit dir?« Er stand auf und stemmte die Hände in die Hüften. »Bist du krank, oder warum liegst du hier rum? Ich hab mich so auf dich gefreut, und du würdigst mich kaum eines Blickes.«

»Ein leichter Kater.«

»Ah, schon gehört. Hab Ferguson draußen getroffen. Er hat mir von Dianas Party gestern erzählt. Dann hast du wohl etwas übertrieben? Du weißt doch, dass du nichts verträgst.«

Sie drehte sich auf den Rücken, schlug die Decke weg, setzte sich auf und hielt auf der Bettkante inne, um ihren Kreislauf in Schwung zu bringen. »Ich hab gar nichts übertrieben.«

»In Ordnung. Dann mach ich jetzt den Kaffee.« Er drückte ihr einen flüchtigen Kuss auf die Wange. »Ach, übrigens, der Garten …«, sagte er im Türrahmen stehend.

»Was ist damit?«

Er schnalzte mit der Zunge. »Nicht so toll geworden, ne? Da hat Braden ziemlich gepfuscht.«

Nun schaute sie zum ersten Mal zu ihm auf.

»Ich bezahle ihm nur den halben Preis von dem, was wir ausgemacht hatten.«

»Braden?« Sie blinzelte irritiert.

»Ja. Braden Cavendish. Wahrscheinlich trinkt er wieder zu viel. So hätte ich den Garten auch selbst hinbekommen. Ich mach jetzt Kaffee.«

»Rob?«

»Was?«

»Der Garten. Das war nicht Braden Cavendish.«

Er hob die Brauen.

»Ich hab jemanden anderen beauftragt.«

»Na, das erklärt einiges.«

»Ich hatte wohl den Namen falsch verstanden, als du ihn mir genannt hast. Dieser Mr Cavendish ist hier aber auch nie aufgetaucht.«

»Komisch. Hm. Hat's wahrscheinlich vergessen. Ist ja auch nicht mehr der Jüngste. Wer war dann hier?«

Kurz standen sie sich still gegenüber. Bevor Iris eine Erklärung abgeben konnte, winkte er ab. »Auch egal. Jetzt können wir es nicht mehr ändern. Ganz gleich, was du mit diesem Kerl ausgemacht hast, er bekommt nur ein Drittel.«

»Das kannst du nicht machen, Rob.«

»Hey, der Typ war nicht meine Idee. Wenn du mir besser zugehört hättest, wäre das nicht passiert.«

Iris schluckte eine Erwiderung hinunter.

»Kommst du dann? Ich hab noch ein paar Neuigkeiten, die werden dich sicher freuen.«

Sie nickte verhalten. Rob verschwand auf den Flur. Auf einmal fühlte sie sich ganz schwindelig. Sie atmete tief durch und sank aufs Bett zurück. Brandon hatte also nie vorgehabt, für sie zu arbeiten?

Sie hatte das starke Bedürfnis, noch einmal mit ihm zu reden. Vielleicht hatte sie etwas übersehen oder nicht richtig verstanden. Würde er gehen, ohne dass sie sich ein letztes Mal gesprochen hatten, würde sie sich das nie verzeihen.

»Iris!«, rief Rob aufbrausend von der Küche aus.

»Ich komme.« Wie eine Marionette folgte sie seinem Ruf. Er war noch keine halbe Stunde zurück, und schon gab er ihr wieder das Gefühl, machtlos zu sein. Und leer.

»Hier ist ganz schön viel passiert.« Rob beäugte Iris kritisch, als sie zu ihm in die Küche kam.

Sie schluckte. »Was meinst du?«

»Stimmt es, was ich da gehört habe?«

Iris stand mit wild hämmerndem Herzen vor ihm.

»Dass Paul jetzt fest mit Diana zusammen ist?«

»Ja.« Unauffällig atmete sie durch.

»Ich werde mit ihm reden müssen.«

»Worüber?« Sie nahm zwei Kuchenteller aus dem Schrank.

»Du weißt doch, wie sie ist. Sie meint es nicht ernst mit Paul. Sie meint es mit niemandem ernst.«

»Das kannst du nicht wissen.«

»Schon klar, sie ist deine Freundin, aber du weißt, was ich von ihr halte. Sie nimmt sich nur, was sie braucht. Das hat der arme Paul nicht verdient.«

»Bitte sprich nicht so über sie.« Iris spürte, wie die Wut in ihr aufstieg.

»Du solltest aufhören, sie ständig in Schutz zu nehmen, Iris. Sie tut dir nicht gut.«

»Du hast keine Ahnung!«

Er starrte sie erschrocken an. »Sag mal, was zum Henker ist denn mit dir los?«

»Gar nichts!« Sie legte Messer neben die Teller, stellte Butter und Marmelade auf den Tisch.

»Aber vielleicht habe ich mir Gedanken gemacht, als du weg warst.« Ihre Stimme brach.

»Und worüber bitte schön?« Desinteressiert nahm er einen Schluck Kaffee.

Iris presste die Lippen aufeinander. Sie spürte seinen drängenden Blick auf sich.

Er seufzte leidend. »Ich bin wirklich müde von der Reise. Also, was immer du mir sagen willst, sag es endlich.«

Iris überlegte hin und her. Ihr war danach, es jetzt zu beenden. Ihm zu beichten, dass sie ihn nicht liebte, dass sie nicht mehr mit ihm zusammen sein wollte und schon seine bloße Anwesenheit nicht ertrug. Sie nahm einen tiefen Atemzug und setzte an, etwas zu sagen, da klopfte es an der Haustür. Rob rollte die Augen. »Wer ist das denn jetzt?« Lustlos stand er auf und öffnete.

»Guten Tag?«, hörte Iris ihn missgelaunt sagen.

»Guten Tag.« Brandons Stimme ließ ihren Puls ansteigen.

»Mr Warren, nehme ich an.«

»Genau. Lassen Sie mich raten. Sie sind derjenige, der für den Garten verantwortlich ist.«

»Richtig«, antwortete Brandon zögernd.

»Aha. Bitte, kommen Sie rein.«

»O nein, ich möchte Sie nicht stören.«

»Tun Sie nicht.«

Iris hörte die Tür, dann die Schritte der beiden auf dem Flur. Nervös umklammerten ihre Hände die Armlehnen ihres Stuhls, als Rob Brandon in die Küche führte.

»Mrs Warren.« Er nahm seinen Hut ab. Sein Blick haftete auf ihr. Kurz, aber intensiv.

»Guten Morgen, Brandon.« Sie stand auf, sammelte die sauberen Teller ein und räumte sie in die Spüle. Rob beobachtete sie verdutzt dabei. »Liebes, wir haben noch nichts gegessen.«

Iris hielt inne. »Richtig. Aber ich … habe keinen Appetit. Ich werd dann mal nach der Wäsche sehen.« Sie wollte sich an den Männern vorbeiwinden, da fasste Rob sie am Arm.

»Jetzt warte noch kurz.« Er sah zu Brandon und schüttelte verständnislos den Kopf. »Frauen.«

Dieser rang sich ein dünnes Lächeln ab.

»Möchten Sie etwas trinken, Brandon?«

»Nein, danke.«

»Es hat wohl ein Missverständnis gegeben«, fuhr Rob bedauernd an Brandon gewandt fort. »Eigentlich hatte ich jemand anderen mit der Arbeit am Garten beauftragt. Meine Frau hat da wohl etwas durcheinandergebracht. Es war mein Fehler. Wenn ich ihr nicht alles aufschreibe, passiert so was.« Er lachte spöttisch.

»Worauf wollen Sie hinaus, Mr Warren?«

»Der Garten …« Rob schüttelte mit aufgesetzt theatralischer Miene den Kopf.

»Was stimmt nicht damit?« Brandon positionierte sich vor ihm, blieb aber ruhig.

»Er ist doch sehr laienhaft angelegt.«

»Rob!«, ermahnte Iris ihn.

Er hob eine Hand, ohne sie anzusehen.

»Sie wollen mir sagen, Sie sind nicht zufrieden mit dem Ergebnis?«, hakte Brandon nach.

»Ich muss jetzt selbst im Garten Hand anlegen, um zumindest ein wenig Struktur reinzubringen. So hatte ich mir das natürlich nicht vorgestellt.«

»Es sind ja auch nicht Ihre Vorstellungen da draußen, sondern die Ihrer Frau«, entgegnete Brandon.

Rob bedachte Iris mit einem skeptischen Blick, dann wandte er sich ihm wieder zu. »Wie dem auch sei. Ich weiß nicht, was meine Frau mit Ihnen ausgemacht hat, wie viel Sie bekommen sollen, aber für diesen Garten werde ich Ihnen die Summe nicht in Gänze bezahlen.« Er zückte sein Portemonnaie. »Ich mache Ihnen einen Vorschlag. Ich erstatte Ihnen den Betrag für die Blumen. Wie viel wäre das?«

Die beiden Männer sahen einander an wie rivalisierende Wölfe.

»Können wir uns kurz allein unterhalten, Rob?« Iris versuchte, ihn abzulenken. Er ging nicht auf sie ein.

»Ist schon in Ordnung.« Brandon hielt eine Hand schlichtend vor sich. »Ich verzichte darauf. Guten Tag.« Er sah noch einmal zu Iris. In seinem Blick stand etwas, das sie nicht deuten konnte. Dann setzte er seinen Hut auf und verließ das Haus.

»Was zum Teufel sollte das denn?« Iris funkelte ihren Mann an.

»Keine Ahnung, was du meinst.« Rob grinste, erheitert darüber, jemanden um sein Geld gebracht zu haben.

»Du weißt ja gar nicht, wie hart er hier gearbeitet hat. Wir müssen ihm etwas dafür geben.«

Er tat bestürzt. »Diese Arbeit ist es nicht wert. Du solltest dich freuen! Wir hätten ihn momentan sowieso nicht bezahlen können.«

»Was soll das denn heißen?«

»Reg dich ab, Iris. Du verstehst eben nichts vom Geschäft. Was gibts zu essen?« Er warf einen Blick in den leeren Ofen, den Brandon repariert hatte, und Iris platzte der Kragen.

Sie nahm einen Teller aus dem Schrank und ließ ihn so hart auf dem Tisch aufkommen, dass er sich klirrend drehte. »Mach dir selbst was!« Dann rannte sie aus dem Haus, durch das Tor und schickte ihren Blick suchend in alle Richtungen. Aber Brandon war nirgends zu sehen. Eine Weile stand sie wie erstarrt vor dem Cottage, die Arme vor der Brust verschränkt. Der Wind fuhr durch ihr unfrisiertes Haar. Was, wenn ich ihm jetzt nachgehen würde? Der Gedanke verflog so schnell, wie er gekommen war. Iris war gefangen zwischen zwei Welten, und das würde so bleiben, bis sie sich von einer davon verabschiedete.

»Was soll denn der Blödsinn?«, rief Rob von der Tür aus. »Es war richtig, was ich gesagt habe. Und er hat das offensichtlich auch so gesehen. Jetzt mach kein Drama draus und komm rein.«

Iris blinzelte die Tränen weg, die ihren Blick verschleierten, und zog die Nase hoch, dann machte sie kehrt. Sie war wieder Robs Schachfigur, und als solche nahm sie am Tisch ihres Mannes Platz. Nickte, warf ab und an ein leises »Aha« ein, während er ihr vom Kauf seiner Aktien berichtete, auf die er in Edinburgh gestoßen war. Er sprach von Erfolg, davon, Geduld zu haben. Im Gegenzug würden sie in wenigen Jahren reich entlohnt werden. Ihr Herz war ihm gegenüber kalt wie ein Eisblock. Sie wollte nichts wissen, von der Frau, die sie am Telefon gehört hatte, dem Ohrring, der nicht ihrer war. Es interessierte sie nicht. Sie fühlte nichts, nur den Wunsch, davonzulaufen.

Als Rob am Nachmittag in die Stadt fuhr, um mit Bernie über die Abtragung der Hypothek zu sprechen, ließ sie sich von ihm am Hafen absetzen. Sie hatte Diana versprochen, ihr beim Aufräumen zu helfen. In den letzten vierundzwanzig Stunden war so vieles geschehen, dass sie das Gefühl hatte, kaum mitzukommen. Die ganze Zeit kämpfte sie gegen das Bedürfnis, Brandon aufzusuchen und noch einmal mit ihm zu sprechen. Im Pub fiel sie ihrer Freundin in die Arme. Diana strich ihr tröstend über den Rücken. »Er ist wieder da?«

Iris nickte.

»Setz dich erst mal hin.«

Iris nahm auf einem der Hocker an der Theke Platz.

»Möchtest du eine Coke?«, fragte Paul, der dahinter Konfetti und Luftschlangen aufkehrte.

»Ja, bitte.«

»Lass uns kurz Pause machen.« Diana sah zu Paul. Er setzte ihnen zwei Cola vor und nickte mit einem Lächeln. »Ich geh mal ins Lager.«

»Ist gut.« Diana sah ihm nach, bis er im Durchgang zum Wohnraum verschwunden war. Iris musterte ihre Freundin schmunzelnd.

»Du magst ihn sehr. Hab ich recht?«

»Ja. Ich glaube, es könnte was werden.«

Iris drückte ihre Hand. »Ich freu mich für dich, Di. Paul ist ein guter Kerl.«

»Das ist er.« Sie seufzte. »Aber jetzt erzähl. War es sehr schlimm, Rob wiederzusehen?«

»Nicht schlimmer, als ich erwartet hatte.«

Iris berichtete über ihren bisherigen Tag. Sie erzählte Diana von dem glücklichen Zufall, der Brandon und sie zusammengebracht hatte. Davon, wie schlecht Rob mit ihm umgesprungen war. Und von ihrer Unfähigkeit, etwas dagegen zu sagen.

»Meinst du, Rob ahnt irgendwas?«, hakte Diana daraufhin nach. »Hat er sich vielleicht deswegen ihm gegenüber so verhalten?«

»Rob hat sich verhalten wie immer. Gott, er war so unmöglich. Ich schäme mich für ihn.« Erneut stieg die Trauer in ihr hoch. Sie hatte das Gefühl, als würde ihr gebrochenes Herz ihr die Luft zum Atmen stehlen. »Weißt du, wann Brandon abreisen will?«, fragte sie vorsichtig.

»Henry Brandon?« Paul stand urplötzlich mit einer Kiste Cider im Arm im Gang.

Iris wischte sich schluchzend die Tränen aus den Augen.

»Das ist sein voller Name, Iris«, erklärte ihr Diana leise. »Hat er dir den nie genannt?«

»Ich habe auch nie danach gefragt«, murmelte sie gedankenlos. »Es schien nicht wichtig zu sein. Am Anfang hatte ich alles, was ich brauchte.«

Mit dem Fuß schob Paul die Kiste unter den Tresen. Er und Diana tauschten betroffene Blicke, dann lehnte er sich über die Theke.

»Er will Portree morgen früh verlassen.«

Iris richtete sich abrupt auf.

»Geh und rede mit ihm«, bestärkte Diana sie.

»Ich weiß nicht, wo ich ihn finden kann.«

Wieder wechselte Diana einen Blick mit Paul.

»Er wohnt bei den McTavishs auf Court Magna«, verriet er. »Ich fahr dich hin.«

KAPITEL 20
Lilly

Der ungeteerte Weg vom Cottage in die Innenstadt war voller Schneematsch, die Erde aufgeweicht. Liam bemühte sich, den Schlaglöchern auszuweichen, weshalb sie nur langsam vorankamen. Als sie den Wald durchfuhren, raste ein Eichhörnchen über die Fahrbahn. Liam bremste ab.

»Sollten die nicht eigentlich Winterschlaf halten?« Lilly war vor Schreck zusammengezuckt.

»Eichhörnchen halten keinen Winterschlaf, sondern nur Winterruhe«, erklärte Liam und ließ den Wagen unbeirrt weiterruckeln. Doch plötzlich war kein Vorwärtskommen mehr.

Lilly rümpfte die Nase. »Sag jetzt nicht, wir stecken fest.«

Vorsichtig bewegte Liam den Lenker und gab mit Gefühl Gas. Die Reifen mühten sich durch den Matsch, drehten aber durch.

»Sorry.« Kapitulierend stellte er den Motor ab. »Das war's dann wohl.« Er stieg aus und schickte seinen Blick über den matschigen Weg. »Wir hätten besser zu Fuß gehen sollen. Meine Reifen sind für das Wetter nicht gemacht.«

»Soll das heißen, du hast keine Winterreifen drauf?«

»Hab ich nicht«, gestand er schulterzuckend.

Lilly verkniff sich eine Belehrung.

»Setz dich ans Steuer.«

»Was hast du vor?«

»Ich schiebe, du gibst Gas.«

»Äh …«

»Oder möchtest du lieber schieben?«

»Nein, alles gut.«

»Du hast doch einen Führerschein, oder?« Er grinste sie an.

»Das würde ich auch so hinbekommen«, murmelte Lilly und rutschte auf den Fahrersitz. »Aber falls es dich beruhigt, ich habe einen.« Entschlossen umfasste sie das Lenkrad.

Liam grinste erneut, schloss die Fahrertür und stapfte zum Heck. Lilly kurbelte das Fenster runter.

»Bereit?«

»Kann losgehen. Aber bitte mit Gefühl, Lilly. Mein Auto ist mir heilig.«

»Sicher doch.«

Sie ließ die Kupplung kommen und trat aufs Gas. Ein schleifendes Geräusch folgte. Über den Außenspiegel sah sie, wie die Reifen den Schlamm aufwirbelten.

»Stopp!«, schrie Liam, mit den Armen vor dem Gesicht. Automatisch stieg sie auf die Bremse. Sie musste sich eine Hand vor den Mund halten, um ihren Lachanfall einzudämmen, der sie bei Liams Anblick überkam.

»Das geht so nicht«, nörgelte er und sah missmutig an sich hinunter. Er war komplett mit Schlamm bedeckt. Auch Gesicht und Haare hatten ordentliche Spritzer abbekommen. »Sieh dir meine Jacke an!«, jammerte er. »Die war verdammt teuer.«

Lilly stieg aus. Grinsend besah sie sich ihn genauer.

»Na ja, wenigstens hast du ein Leben gerettet.«

»Ja«, brummte er und musste selbst lachen. »Und das blöde Eichhörnchen hat sich nicht einmal bedankt.« Er zog ein Taschentuch aus seiner Jackentasche und wischte sich damit den Dreck aus dem Gesicht. Anschließend hockte er sich vor die festgefahrenen Hinterreifen und griff in den Matsch.

»Das ist ja komisch«, murmelte er ernst und zerrieb den Dreck zwischen seinen Fingern.

»Was denn?« Besorgt beugte sich Lilly zum Reifen hinunter.

»Das hier!« In diesem Moment warf ihr Liam eine Handvoll Schlamm auf den Kopf. Die nasse Erde tropfte ihr als zähe Masse in die Stirn.

Im ersten Moment stand sie schockiert da, dann boxte sie ihn, so dass er fast das Gleichgewicht verlor. Lachend ging er in die Offensive. Sie hetzten einander ums Auto herum, bewarfen sich mit Matsch und vergaßen dabei fast, was sie eigentlich vorhatten. Noch nie hatte sich Lilly zu einer ähnlichen Aktion hinreißen lassen. Sie benahmen sich wie Kinder. Wann war sie das letzte Mal so sorglos gewesen? Als es erneut zu nieseln begann, standen sich beide bewegungslos einander gegenüber. Sie waren total verdreckt und völlig außer Atem, aber sie lächelten.

»Wir sollten zurück ins Cottage gehen«, schlug Liam vor.

Lilly nickte.

»Ich werde Paul anrufen. Er kann mir mit seinem Truck bestimmt helfen, den Wagen aus dem Dreck zu ziehen.«

»Dianas Paul?« Lilly kam neben ihn. Gemeinsam liefen sie durch den Regen zurück zum Haus.

»Ja, genau den.« Er schaute sie an.

Sie rieb sich die Oberarme.

»Ist dir kalt?«

»Ein bisschen.«

»Was dagegen, wenn ich …?« Er deutete eine Umarmung an.

Sie schüttelte den Kopf, und Liam legte den Arm um sie. »Meine Jackentaschen sind noch trocken. Du darfst deine Hände darin wärmen, wenn du möchtest.«

Zögernd nahm sie sein Angebot an. »Ich friere ziemlich schnell.«

»Frauen haben eine dünnere Haut als Männer. Hast du gewusst, dass Inuitpaare nackt schlafen, um Körperwärme auszutauschen?«

»Hast du kürzlich ein Buch über unnützes Wissen gelesen?«

»Von wegen unnütz!« Er hob vielsagend die Brauen. »Ich hab das mal ausprobiert.«

»Glaube ich dir gern.«

Er lachte, bibberte jedoch mittlerweile auch.

»Na gut, hab ich nicht. Aber ich habe schon mal in einem Iglu geschlafen. War eine tolle Erfahrung. Nur viel zu kalt.«

Lilly grinste. Es war schön, ihm nah zu sein, und alles fühlte sich richtig an. Diese Erkenntnis überkam sie so ruckartig, dass sie für einen Moment vergaß, wie sie dazu gekommen war, von ihm gewärmt zu werden. Liam hielt ihr die Tür auf. »Möchtest du zuerst ins Bad?«

Fragend sah sie ihn an. Er deutete auf ihr Haar, das mit Schlamm verkrustet war. »Ich weiß, du hast eben erst gebadet, aber du hast da …« Langsam führte er seine Hand an ihre Wange. Mit dem Daumen wischte er sanft darüber, so dass die getrocknete Erde abbröckelte.

»Ich sehe sicher schrecklich aus.« Trotz ihrer Anspannung hielt sie seinem durchdringenden Blick stand.

Er schüttelte kurz den Kopf.

Sie lächelte leicht. »Dann geh ich mal hoch«, sagte sie.

»Okay.«

Lilly spürte, dass er ihr nachschaute. Es war etwas in seinem Blick gewesen, das sie nicht deuten konnte. Etwas, das anfangs nicht da gewesen war. Sie hatte es schon bei dem Abendessen auf Court Magna bemerkt, doch jetzt war es nicht mehr zu leugnen. Konnte es sein, dass er etwas für sie empfand? Lilly schloss die Badezimmertür hinter sich. Sie war nicht gut darin, die Gefühle anderer zu deuten – erst recht nicht die von Männern. Aber was es auch war, das sie glaubte, in Liams Augen gesehen zu haben, es würde verfliegen. Morgen war ihr letzter Tag. Früher oder später würde er einsehen, dass sie nur eine Besucherin gewesen war. Eine Bekannte, die ihn für kurze Zeit daran erinnert hatte, wie es sich anfühlte, ein Kind zu sein.

Lilly legte Liams Klamotten in den Wäschekorb. Schnell duschte sie, wickelte sich ein großes Badetuch um den Körper und rubbelte ihr Haar trocken. Als sie anschließend aus der Tür kam, wartete Liam bereits davor, das Handy noch in der Hand.

»Hast du Paul erreicht?« Lilly drehte ihr Haar zu einem Zopf, den sie sich über die Schulter legte.

»Ja, er setzt sich sofort ins Auto. Es ist also am besten, wenn ich noch bleibe, wie ich bin.«

»In Ordnung. Nimm einen Schirm mit.«

Er nickte, dabei sah er lächelnd an ihr hinab. »Du siehst übrigens hübsch aus, so … ohne was an.«

Verlegen senkte sie den Blick.

»Deine Sachen müssten inzwischen getrocknet sein. Ich werd dann mal gehen.«

Lilly nickte nur.

»Wir versuchen später noch mal, in die Stadt zu kommen.« Er hatte sich immer noch nicht wegbewegt.

»In Ordnung.« Plötzlich war ihr, als hätte sie alle Zeit der Welt. »Ich mache uns schon mal einen Tee, wenn du willst?«

»Das wäre schön.« Er klang ganz anders als am Anfang, irgendwie aufgeräumter.

Nachdem er gegangen war, setzte Lilly den Kessel auf. Sie schlüpfte in ihre Sachen, die noch warm vom Trockner waren, und kehrte wieder in die Küche zurück. Dort spürte sie nochmals in sich hinein. Zum ersten Mal hatte sie das Gefühl, das Cottage nie verlassen zu haben. Alles war ihr so vertraut, sogar der Kühlschrank, der sich auf wundersame Weise problemlos von ihr schließen ließ. Der Regen klopfte leise gegen das Fenster, vor dem Lilly stand. Sein Klang hatte eine beruhigende Wirkung auf sie. Sie füllte das heiße Wasser in die Kanne und gab das Teesieb mit der frischen Earl-Grey-Mischung hinein. Dann nahm sie zwei Tassen aus dem Schrank und stellte sie zu der Kanne auf den Tisch. Mit den Fingern strich sie über die markante Stelle im weichen Holz, die sie so gut kannte: Sie war acht, da hatte sie beim Malen eine Vase umgestoßen. Trotz ihres Versuchs, das Wasser aufzuwischen, hatte es auf der Tischplatte einen länglichen Fleck hinterlassen, der einer Narbe ähnelte. Ihr Vater hatte ihr daraufhin eine schallende Ohrfeige verpasst, bei der Lilly das Gefühl hatte, der Kopf würde ihr zerspringen. Rückblickend fragte sie sich, warum er immer so streng mit ihr gewesen war. Nie hatte er sie gelobt, auch wenn sie sich noch so sehr darum bemüht hatte. Schnaufend schüttelte sie den Kopf, als sie darüber nachdachte, wie sehr sie ihrem Vater hatte gefallen wollen. Es wäre seine Pflicht gewesen, sie zu lieben, aber das hatte er versäumt. Dass Lilly diese Gedankengänge ausgerechnet in ihrer alten Küche kamen, war wohl kein Zufall – hier hatten sich die schlimmsten, traurigsten Dinge ihrer Kindheit abgespielt, ebenso wie die schönsten. Jener Raum war Zuflucht für ihre Mutter gewesen, Mittelpunkt der Familie und Ort für Gemütlichkeit.

Seufzend ließ Lilly ihren Blick über die Wände gleiten, an denen noch vereinzelt Überreste der Blumentapete zu sehen waren, die sie von früher kannte. Ihre Mutter hatte ein Händchen dafür gehabt, es gemütlich zu machen. Aus dem ausrangierten Mobiliar anderer hatte sie Unglaubliches geschaffen, und dieses Talent hatte sie auch in Edinburgh bis zuletzt bewiesen. Die Menschen waren gerne zu ihr gekommen, hatten sie in Dekorationsfragen um Rat gebeten oder sich einfach nur in der von ihr erschaffenen Atmosphäre wohlgefühlt. Mit einem Mal überkam Lilly eine tiefe Sehnsucht nach ihr. Kurzerhand ging sie zum Telefon, kramte die Nummer des Pflegeheims aus der Tasche und wählte.

Eine Schwester stellte sie zu ihrer Mutter durch.

»Hallo?«, meldete sich Iris mit leiser Stimme.

»Hi, Mum.«

»Lilly, mein Schatz. Wie geht es dir?«

»Mir geht es gut. Ich musste gerade an dich denken. Wie fühlst du dich heute?«

Kurz herrschte Stille.

»Mum?«

»Gut.« Sie atmete schwer in den Hörer. »Ich fühle mich gut.«

Lilly schluckte. »Du errätst nicht, wo ich gerade bin. Ich stehe in unserem Cottage, Mum. Und es hat sich kaum verändert.«

Iris atmete in den Hörer.

»Es gehört jetzt Liam McTavish«, fuhr Lilly fort. »Er ist dabei, es zu renovieren. Das heißt, es wird noch viele Jahre stehen.«

Sie hörte, wie ihre Mutter tief seufzte. »Das ist wunderbar, Lilly. Wie ist Liam so? Ist er nett zu dir?«

»Wir hatten unsere Differenzen, aber jetzt sind wir …« Sie machte eine Pause, suchend nach der richtigen Beschreibung.

»Ihr seid was?«

»Freunde. Wir sind Freunde.«

»Wie schön! Bestell James liebe Grüße, wenn du ihn siehst, ja? Er war so gut zu uns.«

»Das werde ich«, antwortete Lilly nach kurzem Zögern. Ihre Mutter musste die Wahrheit über James nicht erfahren. »Ich wünschte, du könntest auch hier sein.«

»Das wünschte ich auch, Lilly.« Sie seufzte tief. »Sehr sogar.«

»Tut mir leid, dass ich mein Handy kaputt gemacht habe und du deswegen keine Fotos mehr bekommst.«

»Ach, das ist schon okay. Sie hätten ohnehin nur mein

Fernweh verstärkt.« Sie lachte leise, aber Lilly merkte, dass es ein wehmütiges Lachen war.

»Ich freue mich auf dich, Mum!«

Einen Moment war es still in der Leitung.

»Du hörst dich glücklich an, Lilly.« Iris klang kraftlos, als sie das sagte, gleichzeitig schwang eine tiefe Zufriedenheit in ihrer Stimme mit. Lilly hinterfragte den eigenen Gemütszustand. War sie das? Glücklich?

»Hattest du einen tollen Tag?«

»Auf jeden Fall.« Lilly lächelte vor sich hin.

»Ich wusste, dass es dir dort gefallen würde. Fühl dich umarmt, Lilly.«

»Du dich auch, Mum. Und schlaf nachher gut, ja?«

»Du auch. Wir sehen uns morgen.«

»Mhm.«

Ihre Mutter legte auf und Lilly wusste, dass es richtig gewesen war, ihr nicht zu viel zu erzählen, weil schon ein einfaches Telefonat sie anstrengte.

Es wurde Zeit, dass sie zu ihr zurückkehrte.

Liam ließ auf sich warten. Der Tee war längst abgekühlt, und Lilly trank ihre Tasse leer, als die Sonne dabei war, unterzugehen. Besorgt stand sie am Fenster des ehemaligen Schlafzimmers ihrer Eltern und hielt nach ihm Ausschau. Der Himmel war düster und kündigte neue Regenfälle an. Endlich fuhr ein roter Pick-up vor, dahinter Liams Land Rover.

Lilly bot Paul einen Tee an, aber er winkte dankend ab, wendete und fuhr zurück in die Stadt. Im Flur hielt sie Handtücher und eine warme Decke für Liam bereit, der wie zu erwarten völlig durchnässt war.

»Meine Reifen hatten sich verdammt tief in den Schlamm eingegraben. War gar nicht so leicht, da wieder rauszukommen.«

»Es war nett von Paul, dass er sofort geholfen hat.« Sie legte ihm die Decke um und rubbelte seine Schultern warm.

»So ist er«, sagte er mit bibbernder Unterlippe.

»Jetzt trink aber erst einmal einen Tee, nicht, dass du krank wirst.« Sie strich ihm über den Rücken.

»Wenn ich so umsorgt werde, macht mir das nichts aus.« Er sah ihr direkt in die Augen. Lilly senkte erst ihre Hand, dann den Blick.

»Ich dachte schon, du wärst gegangen«, flüsterte er.

Lilly spürte, dass er sie immer noch anstarrte.

»Dann hättet ihr mich doch gesehen.« Sie lächelte verhalten. »Ich hätte schließlich an euch vorbeigemusst.«

»Stimmt.«

»Morgen fahre ich wieder.« Sie blickte ihm in die Augen, und ihr Lächeln verschwand. »Dann bist du mich endlich los.«

»Wer weiß. Vielleicht will ich dich gar nicht loswerden.«

In Lilly stieg ein warmes Gefühl auf. Sie wich erneut einen Schritt zurück, als er auf sie zukam. Sie weigerte sich, ihn anzusehen, weil sie wusste, dass sie ihm nicht widerstehen konnte. *Wo würde das hinführen?*, fragte die Stimme in ihrem Kopf, die sich nur auf die Vernunft verließ.

»Mache ich dich nervös?« Seine Frage verleitete sie dazu, aufzusehen.

»Nein«, log sie wenig überzeugend.

Als er lächelte, war Lillys Vernunft zum Schweigen gebracht.

»Ich sollte aus den Klamotten raus.«

»Sehe ich auch so«, sagte Lilly mit weicher Stimme. Gleichzeitig machten sie einen Schritt aufeinander zu. Für einige Sekunden rührten sie sich nicht.

»Lilly …«

Sie hielt den Atem an, weil er ihren Namen so sexy betont hatte. Ihr hämmerte das Herz gegen die Rippen.

Sie ließ es zu, dass er seine Hand sanft an ihr Kinn legte und seine Lippen ihre streiften. Erst nur einmal. Flüchtig, aber sinnlich. Darauf folgte ein langer, zärtlicher Kuss. Wann hatte sie jemals jemand so geküsst? *Noch nie*, meldete sich unverhofft ihr Verstand, bevor er sich vollkommen ausschaltete und ihrem Herzen das Kommando übergab. Und mit einem Schlag hatte sich ihre Meinung über den bisherigen Tag vollständig gewandelt. Sie begriff, dass jede Schwierigkeit ein Teil des Weges gewesen war, der sie zu diesem einen Moment hinführen sollte. Zu ihm. Zu Liam.

KAPITEL 21

Sommer 1986 - Iris

Iris betrachtete das Anwesen der McTavishs, vor dem Paul geparkt hatte, und fühlte sich unbehaglich.

»Was, wenn er mich nicht sehen will?«

Diana drehte sich zu Iris um, die auf dem Rücksitz saß und nervös ihre Finger knetete.

»Ich denke nicht, dass er dich abweist, aber wenn doch, dann hast du es wenigstens versucht. Soll ich mitkommen?«

»Nein.« Iris schüttelte den Kopf. »Das muss ich allein machen.«

»Viel Glück!« Diana lächelte bestärkend.

»Wir warten hier auf dich.« Paul tat es ihr gleich.

Iris stieg aus und betrat die Auffahrt, die ebenso einschüchternd auf sie wirkte wie das riesige Gebäude oder der Teich, den sie passierte. Die Seerosen blühten in Weiß und Rosa. Ein Schwan zog majestätisch seine Kreise entlang den feinen Wellen, die der Springbrunnen warf. Wie oft war sie als Kind vor diesem Haus stehen geblieben. Staunend, ehrfürchtig. Jetzt bewirkte sein imposanter Anblick, dass sie sich klein fühlte, doch sie hatte auch das Gefühl, dass die Schönheit des Anwesens nicht echt war. Die Mauern wirkten plötzlich nur noch grau und kalt.

Unter ihr knirschte der Kies, und sie hob das Kinn. Sie konnte sich nicht vorstellen, dass das Leben auf Court Magna Brandon reizte. War er nicht wie sie? Ging ihm nicht die Behaglichkeit über Protz und Reichtum? Iris hatte die breite Eingangstreppe erreicht. Langsam setzte sie einen Fuß vor den anderen. Wind kam auf. Den ganzen Tag sah es bereits danach aus, als würde ein Gewitter über Portree brodeln. Das Wetter gab nur zu gut ihre Stimmung wieder. Sie schaute hinauf in den Himmel, der von dunklen Wolken bedeckt war, und nahm einen tiefen Atemzug, bevor sie klingelte.

Ihr schlug das Herz bis zum Hals. Während sie wartete, wurde ihr klar, wie unvorbereitet sie war. Sie hatte sich nicht einmal überlegt, was sie sagen sollte. Es dauerte eine Weile, ehe sich die massive Tür öffnete. Dahinter stand eine Dame in einem schlichten, schwarzen Kleid.

»Sie wünschen?« Mit dem Zeigefinger schob sie sich ihre Brille die Nase rauf und musterte den unerwarteten Besuch durch dicke, runde Gläser.

»Guten Tag.« Iris schluckte nervös. »Ich möchte zu …«

»Iris?« James' Stimme ließ sie zusammenfahren. Er öffnete die Tür weiter. »Ist schon gut, Trudy.«

Die Schritte der Hausdame hallten im weitläufigen Vestibül wider, als diese aus Iris' Blickfeld verschwand.

»Wie schön, dass du den Besuch erwiderst.« James strahlte geradezu. »Bitte, komm doch rein.«

»Ja, ich …« Iris betrat die Vorhalle. »Ich war gerade in der Gegend.«

»Möchtest du etwas trinken?« Er führte sie durch das Esszimmer, hinein in eine Art Bibliothek.

»Oh, nein. Danke.«

Zahlreiche Bücherregale reichten bis zur Decke hinauf. Ein massiver Schreibtisch stand in der Mitte des Raums, darauf war eine Büste aus weißem Marmor.

»Nimm doch Platz.«

Verhalten setzte Iris sich in einen der Sessel, die sich in einem Halbkreis vor dem Schreibtisch befanden.

»Ich habe gehört, Rob ist zurück?« Er schenkte sich einen Whisky ein.

»Ja.«

»Falls du wegen des Geldes hier bist …«, begann er behutsam. »Das eilt nicht.«

»Rob will deswegen noch mit dir sprechen und sich für deine Großzügigkeit bedanken. Er weiß das wirklich zu schätzen.« War das so? Stirnrunzelnd überlegte sie, warum sie ihn immer noch in Schutz nahm.

Er starrte sie an, und ein langer, stiller Augenblick verging.

»Also …«, er räusperte sich und setzte sich zu ihr. »Ich habe das nicht für Rob getan. Sondern für dich.«

»Was?« Ihre Stimme klang heiser. Warum sagte er so etwas? Mit einem Mal wurde ihr ganz anders.

»Ich dachte, das wüsstest du.«

Sie wollte Nein sagen, stoppte sich jedoch. Irgendwie hatte sie geahnt, dass es ihm nie um Rob gegangen war. Sie hatte das aber nie hinterfragt, aus Angst vor dem, was sie vielleicht erfahren hätte. Für einen Moment schaute sie ihn an und stellte fest, dass sich daran nichts geändert hatte. Sie würde ihm keine Hoffnungen machen können, wofür auch immer.

»Wenn das so ist, dann weiß *ich* es sehr zu schätzen«, sagte sie endlich und versuchte, die Kraft zu finden, um ihm zu gestehen, was sie eigentlich hergeführt hatte. »Ich bin nicht wegen des Geldes hier, James, sondern wegen …«

Sie biss sich auf die Lippe, dann holte sie nochmals Luft. »Ist Brandon da? Ich muss ihn unbedingt sprechen.«

Er betrachtete sie aus großen Augen. »Brandon?«

Sie nickte stoisch. »Paul meinte, er wohnt bei euch, solange er in Portree ist.«

Er sah sie an, dann durch sie hindurch. Eine schneidende Stille folgte.

»James?«

»Äh, ja.« Er trank sein Glas in einem Zug aus. »Das stimmt.« Er stand auf, um sich nachzuschenken, dabei vermied er es, sie anzusehen.

»Könntest du ihm bitte sagen, dass ich ihn sprechen muss?«

»Ich fürchte, er ist nicht da. Er wollte noch was erledigen, bevor er abreist.«

»Weißt du, wo er hinwollte?«

»Leider nein. Er war ziemlich aufgelöst. So habe ich ihn noch nie gesehen. Vielleicht versuchst du es bei diesem verfallenen Fischerhaus am Hafen.«

Iris' Herz hämmerte heftiger.

»Da geht er in letzter Zeit öfter hin.« Er trank einen großen Schluck.

»Danke.« Wie in Trance nickte sie. »Ich versuch es da. Falls ich ihn nicht finde … würdest du ihm etwas von mir ausrichten?« Sie richtete sich auf und ging auf ihn zu. »Bitte!«

Für einen Moment betrachtete er sie mitfühlend, dann nickte er.

»Hast du was zu schreiben?«

Er führte sie hinter seinen Schreibtisch, stellte ihr Block

und Bleistift zur Verfügung und bedeutete ihr, sich zu setzen. »Ich lass dich allein, damit du in Ruhe …«

Iris nickte ihm dankend zu. Nachdem James den Raum verlassen hatte, führte sie mit zittriger Hand den Stift.

Lieber Brandon, oder sollte ich besser »Henry« sagen? Wahrscheinlich war Dein voller Name nicht wichtig. Ebenso wenig wie der Umstand, dass ich an einen Mann gebunden war. Dieser Sommer mit Dir war das Wertvollste in meinem Leben, und ich will ihn nie vergessen. Ich kann ihn nicht vergessen. In der Nacht von Dianas Party warst Du Dir so sicher, dass ich nicht möchte, dass es mit uns vorbei ist. Du hattest recht, ich hatte nur zu viel Angst, es laut auszusprechen. Wenn Du Dir also vorstellen kannst, mit mir zusammen zu sein, mich ganz und gar zu haben, nicht nur für einen Sommer, dann lass es uns versuchen. Ich warte am Fischerhaus auf Dich.

Und ich hoffe, es ist noch nicht zu spät, es Dir zu sagen: Ich liebe Dich.

Deine Iris

Als sie fertig war, starrte sie eine Weile auf ihre Zeilen. Sie waren unordentlich geschrieben, aber mehr gab ihre Handschrift in dieser Situation nicht her. Eilig steckte sie den Brief in einen Umschlag, befeuchtete die Verschlusskappe mit ihrer Spucke und drückte ihn sorgfältig zu. Als sie Schritte hörte, stand sie auf, das Kuvert fest in ihren Händen. »Ich bin fertig«, sagte sie, ohne aufzublicken.

»Fertig?« Der Klang von Evelyns Stimme ließ sie zusammenzucken.

»Evelyn! Hallo. Ich hatte dich gar nicht reinkommen sehen.«

Evelyn setzte ein mechanisches Lächeln auf und näherte sich ihr. »Komisch. James hat mir gar nicht gesagt, dass du da bist.«

»Es war auch nicht geplant, dass ich komme.«

»Womit genau bist du fertig, Iris Warren?« Sie fixierte den Umschlag mit ihren Augen, und ihr Blick wurde schmal.

»Was Geschäftliches. Für deinen Mann. Ist James …«

»James ist gerade beschäftigt. Es kam ein Anruf – aus Buckingham. Ich kann ihm den Brief geben.« Sie hielt ihre Hand auf.

Iris zögerte.

»Was ist denn? Vertraust du mir etwa nicht?«

»Es ist nur … er ist sehr wichtig.«

Evelyn nickte ungeduldig. »Er wird ihn erhalten.«

Zaghaft übergab Iris ihr den Umschlag. »Ich muss los.« Sie rauschte an ihr vorbei. An der Tür blieb sie noch einmal stehen und wandte sich ihr zu. »Bitte sag James …«

»Ja?«

»Ist schon gut«, murmelte sie und hastete aus dem Haus. So schnell sie konnte, rannte sie die Auffahrt hinunter. Sie wollte keine Zeit verlieren. Was, wenn sie schon zu lange gewartet hatte?

»Wie ist es gelaufen?«, wollte Diana wissen, als sie von Court Magna wegfuhren.

»Ich muss schnell nach Henshaw Cove.«

»Was?«

»Er war nicht da«, erklärte Iris bedrückt. »Ich habe James eine Nachricht für ihn hinterlassen.«

»Du hast *was*?« Diana drehte sich zu ihr um.

Paul warf Iris einen schockierten Blick über den Rückspiegel zu.

»Ich glaube, er kennt die Wahrheit. Auch wenn ich nicht weiß, was er davon hält.« Sie verschwieg ihnen die Andeutungen, die er ihr gegenüber gemacht hatte. Auch von den Blumen, die er ihr gebracht hatte, hatte sie Diana nichts erzählt.

Wie er wohl dazu stand, dass sie seinen besten Freund liebte? Iris war von ihren Gefühlen vollkommen überfordert, weil sie sich einen erbitterten Kampf mit der Vernunft boten. Für Brandon war sie wild entschlossen, alles aufzugeben, was sie kannte.

Es war später Nachmittag, als Iris die Bucht abging. Mit vor Anspannung klopfendem Herzen erreichte sie das alte Fischerhaus. Sie suchte die Umgebung ab, den Strand und die abflachenden Klippen, auf denen das Haus stand. Ohne Erfolg. Wo konnte er nur sein? Iris wollte gerade wieder kehrtmachen, da bemerkte sie ein Paket, das gegen die mit Brettern vernagelte Tür lehnte. Ihr Name stand darauf. Sie nahm es an sich, schnürte es auf. Sofort erkannte sie Brandons Arbeit wieder: ein kleines Holzschiff. Daran hatte er also geschnitzt. Iris trieb es die Tränen in die Augen. Es war mit einem roten Segel versehen. Als wäre es seine Fracht, lag darunter eine dicke Blumenzwiebel. Eine unscheinbare Karte war auch dabei. Iris klappte sie auf und las:

Ich habe die Blume gefunden, die Dir so gut gefallen hat. Sie ist wahrhaft königlich. Pflanze die Zwiebel vor Dein Fenster, sobald es Herbst wird, damit Du jeden Frühling zuschauen kannst, wie sie blüht. Und vielleicht denkst Du dann an den Sommer, den wir hatten. Ich werde ihn nie vergessen.

In Liebe
Henry Brandon

Schluchzend klappte sie die Karte zu. Die Botschaft hatte sich wie ein Abschiedsgruß gelesen. Verwirrt starrte Iris vor sich hin, drückte das selbst geschnitzte Schiff und die schlafende Blume an ihr Herz. Er war hier gewesen, weil er diesen Ort ebenso mochte wie sie. Weil er davon ausgegangen war, dass sie herkommen würde. Sie hatten sich verpasst. Und nun konnte Iris nichts anderes tun, als zu hoffen, dass er noch einmal zurückkommen würde, wenn er ihre Nachricht erhalten hatte. Aber was, wenn seine Karte ein Lebwohl gewesen war? Wenn er Skye schon verlassen hatte? Daran wollte sie nicht denken. Mit flatterndem Herzen schaute sie aufs Wasser. Hinter dem Wellengang fuhr ein Fischerboot seine Netze aus. Allmählich ging die Sonne unter. Ein zweites Boot tanzte in den Fluten, und sie sah ihm wie hypnotisiert dabei zu. Der Gedanke an Brandon, an ein Leben mit ihm, verlieh ihr die Kraft, stark zu bleiben. Zu hoffen, dass es nicht zu spät war. Doch mit jeder Minute, die verstrich, fühlte sie mehr Schmerz. Die Sonne färbte die Wolken blutrot, bevor sie endgültig im Meer versank. Iris setzte sich auf einen großen Stein, der vor dem Haus hervorragte. Hatte sie vielleicht doch zu lange gewartet? Hatte sie Brandon verletzt, weil sie während seines Besuchs stumm geblieben war, obwohl Rob ihn schlecht behandelt hatte? Wie gern hätte sie ihm erklärt, wie hilflos sie sich gefühlt hatte. Der Umstand, plötzlich mit beiden im selben Raum zu sein, hatte sie überfordert …

Iris grub die Hände in den groben Sand neben sich. Er war noch feucht vom Regen der vergangenen Nacht. Eine Weile sah sie zu, wie die Wellen an den Strand rollten, dann richtete sie ihren Blick hinauf. Dorthin, wo vereinzelte Sterne durch die vorüberziehenden Wolken zu sehen waren. Wie in der Nacht, die sie mit Brandon hier verbracht hatte. Mit ihr hatte etwas Außergewöhnliches seinen Anfang genommen, etwas Großes. Daran hatte Iris keinen Zweifel. Und etwas so Großes lässt immer Spuren zurück. Wenn nötig würde sie die ganze Nacht auf ihn warten. Sie war sicher, dass er kommen würde, sobald er ihre Zeilen gelesen hatte.

KAPITEL 22
Lilly

Frühnebel dampfte über der Wiese vor dem Cottage. Lilly stand in eine Decke gehüllt am Fenster und starrte nachdenklich hinaus. Hinter ihr schlief Liam immer noch tief und fest. Sie wandte sich ihm zu, und ein warmes Gefühl breitete sich in ihr aus. Aber sie war auch verwirrt. Die vergangene Nacht hatte alles umgeworfen, was sie sich vorgenommen hatte. Auf einmal schien ihr Plan, Portree hinter sich zu lassen, sobald sie in Edinburgh war, unmöglich. Es war nicht nur Liam, der ihr den Abschied erschweren würde, sondern auch die vielen Fragen, die aufgekommen waren. Sie wollte verstehen, warum James gestorben war, wieso Evelyn so viel Hass auf sie und ihre Mutter empfand und warum Henry die Flucht ergriffen hatte, als er von Iris' Schicksal erfahren hatte. Diese Fragen hatten sie beschäftigt, bevor Liam sie geküsst hatte und sie miteinander geschlafen hatten – in ihrem alten Zuhause, ihrem früheren Zimmer. Sie schmunzelte, weil das alles so verrückt war, dass sie es noch immer nicht richtig glauben konnte. Sie und Liam McTavish! Gefühlte dreihundert Mal hatte sie sich diese Konstellation nun schon ins Bewusstsein gerufen, sie in Gedanken laut ausgesprochen. Und immer noch fühlte es sich surreal an. Liam rollte sich murmelnd auf die andere Seite und Lilly setzte sich zu ihm aufs Bett. Sie ließ die vergangene Nacht Revue passieren. Nie zuvor hatte sie sich jemandem näher gefühlt als ihm. Sie hatte ihn so sehr gewollt. Es kribbelte in ihrem Bauch, wenn sie daran dachte, wie behutsam er sie die Treppe hinaufgetragen hatte. Wie er ihr den Pulli abgestreift, ihren Hals geküsst hatte. Die Erinnerung an seine zärtliche Berührung ließ sie lächeln, ihr Herz schneller schlagen. Es war wie ein Rausch. Und sie wusste, sie brauchte mehr davon. Mehr von diesem Mann, den sie nie in Erwägung gezogen hatte. Mit seinem unerklärlichen Hang zur Nostalgie, dem sexy Lächeln und seinem männlich-herben Duft war Liam wie ihr ganz persönliches Heilmittel. Warum hatte sie ihn früher nicht so gesehen? Sie schaute ihn nachdenklich an. War es, weil er *sie* nicht gesehen hatte? Es waren seltsam schwierige Umstände, die sie zusammengeführt hatten. Vielleicht hatte alles so passieren müssen. Der Gedanke, ihn jetzt zu verlassen, ließ ihr Herz schwer werden, und für einen kurzen Moment zog sie in Erwägung, einfach zu bleiben, um sich in dem Glück zu verlieren, das sie so unverhofft gefunden hatte.

Sie hob den Wecker an, der aufs Ziffernblatt gefallen war. Neun Uhr. In fünf Stunden würde sie im Bus nach Hause sitzen. Sie würde Skye verlassen, ohne irgendetwas erreicht zu haben. Keine Blume, keine Wahrheit. Nichts hatte sie gefunden, außer einem Teil von sich selbst, von dem sie geglaubt hatte, er würde nicht mehr existieren. Das, was ihr Liam gab, hatte sie noch nie empfunden. Lag es an diesem Ort? An diesem Haus? Unschlüssig ließ sie ihren Blick umhergleiten. Liam schlief noch, seine Haare standen wirr von seinem Kopf ab. Sie wollte nicht gehen. Jede Sekunde, die ihr in Portree noch blieb, wollte sie mit ihm verbringen. Doch das Gefühl, etwas übersehen zu können, das für sie bestimmt war, war zu einnehmend. Sie musste noch einmal mit Henry sprechen. Lilly konnte Portree nicht verlassen, ohne zumindest versucht zu haben, Antworten zu bekommen. Wer war ihre Mutter gewesen? Wer hatte sie sein wollen, bevor sie in ihren Pflichten ertrunken war? Kurzentschlossen zog sie sich ihre Sachen an. Sie gab Liam einen Kuss auf die Wange, der so sanft war, dass er ihn nicht aufweckte. Dann machte sie sich auf den Weg zum Hafen.

Die Kirchenglocke läutete, als Lilly den Somerled Square erreichte. Portrees zentraler Platz war wie ausgestorben. Die Promenade schien noch nicht erwacht zu sein, denn Geschäfte und Restaurants öffneten in der Nebensaison nicht vor zehn Uhr. Die morgendliche Stille hatte etwas Friedliches an sich, und Lilly nahm sich einen Augenblick Zeit, um sie zu genießen. Schon morgen würde sie wieder in der Hektik der Großstadt untergehen, und sie fürchtete sich davor, zu vergessen, wie sie sich hier fühlte. Jene Unbeschwertheit, die ihr Skye schenkte, hatte ihr geholfen, zu dem Menschen zurückzufinden, der sie einst gewesen war.

Als sie sah, dass die Tür des *Fog Inn* weit offen stand, fiel ihr etwas ein: Hatte sie nicht versprochen, Diana noch einmal zu besuchen, bevor sie fuhr? Die Uhr tickte gnadenlos, aber die geöffnete Tür des Pubs glich einer Einladung, die sie nicht ausschlagen konnte. Sie betrat die dunkle Stube mit einem zaghaften »Hallo«. Der Boden glänzte frisch geputzt, die Stühle waren hochgestellt. Lilly blieb an der Tür stehen. Es schien niemand da zu sein, und sie wollte schon wieder gehen, als Diana aus der Toilettentür kam.

»Lilly!« Sie stellte den Putzeimer auf den Boden und streifte ihre gelben Gummihandschuhe ab.

»Ich fahre heute nach Hause und wollte mich verabschieden. Komme ich ungelegen?«

»Aber nein. Ich hatte schon Angst, du würdest nicht auf Wiedersehen sagen. Kaffee?«

»Nein, danke. Ich habe leider nicht viel Zeit.«

Sie nickte und betrachtete sie mit einem warmherzigen Lächeln.

»Wieso dachtest du, ich würde nicht wiederkommen?«, hakte Lilly nach.

»Unser letztes Gespräch war … verwirrend für dich, oder?«

»Allerdings. Mich verwirrt hier so einiges.«

»Ja?« Dianas Miene wurde ernst. »Das kann ich mir vorstellen.«

»Du und meine Mutter, ihr wart beste Freundinnen. Was ist passiert? Und … wann?«

Diana schluckte. »Eigentlich kann ich das gar nicht genau sagen. Du warst damals noch sehr klein. Ich habe mich oft gefragt, was uns voneinander entfernt hat.« Sie dirigierte Lilly zur Theke, wo sie auf einem der Hocker Platz nahm. »Ich habe eine Ahnung, aber sicher bin ich nicht.«

Lilly zog es vor, stehen zu bleiben.

»Hattet ihr eine Meinungsverschiedenheit?«

Kurz starrte Diana vor sich hin. »Ja, vielleicht. Willst du dich nicht doch kurz setzen?«

Lilly schüttelte den Kopf. Was auch immer sie ihr sagen würde, so schlimm konnte es nicht sein.

»Als deine Mutter mit dir schwanger war, war dein Vater ein paar Monate weg.«

Lilly hob erstaunt die Brauen – davon hörte sie zum ersten Mal.

»Es hat einen heftigen Streit zwischen deinen Eltern gegeben. Es ging ums Cottage, und es ging um dich.«

»Ich weiß, dass Dad nie Vater werden wollte. Das hat er mich spüren lassen …«

Diana schüttelte langsam den Kopf. »Das war es nicht«, sagte sie leise.

Lilly atmete tief durch. Welchen Grund konnte er sonst gehabt haben? Ihr Herz klopfte zum Zerspringen. Die Ahnung, die sich ihr unwillentlich aufdrängte, hatte eine schwindelerregende Wirkung, dennoch sprach sie sie aus. »Hatte meine Mutter eine Affäre?«

»Ach, Lilly.« Diana fasste sie sanft bei den Schultern. In ihrem Blick lagen Sorge und Mitgefühl. Lilly starrte sie mit weit aufgerissenen Augen an. Der Gedanke, dass ihre Mutter etwas so Verletzendes getan haben konnte, ließ sie erzittern. Das konnte nicht sein. Sie musste sich irren.

»Es ist nicht das, was du jetzt vielleicht denkst«, sagte Diana mit weicher Stimme.

»Was … denke ich denn?« Sie riss sich von ihr los. »Dann stimmt es also.«

Diana nickte still.

»Das fasse ich nicht. Ich habe meinem Vater mangelnde Fürsorge vorgeworfen. Dabei hat er mich nur nicht als sein Kind annehmen können, weil …«, sie hob den Blick, schaute Diana an, »… weil ich nicht wirklich seine Tochter bin.« Die Worte blieben ihr fast im Hals stecken. Sie brachte sie mühsam und unter Tränen hervor. »Das stimmt doch, oder?«

Diana schwieg immer noch.

»Er hat es gewusst«, raunte Lilly, eine Hand an der Stirn. Die Erkenntnis traf sie wie ein Schlag.

»Moment.« Diana schüttelte den Kopf. »Ich weiß nicht, ob Rob dein Vater ist. Er könnte es sein.«

»Könnte.« Lillys Stimme zitterte. Das war mehr, als sie ertragen konnte. »Wer war der Mann, mit dem meine Mutter … Kanntest du ihn?«

»Ich glaube, darüber solltest du besser mit ihr sprechen«, schlug sie behutsam vor.

»Mit ihr?« Lilly schnaufte aus und ging aufgebracht einige Schritte umher. »Das kann ich nicht.«

»Warum nicht?«

»Weil sie todkrank ist!«, schrie sie versehentlich. »Sie wird sterben, Diana. Deswegen bin ich allein hier. Nur, dass ich nicht weiß, warum sie mich überhaupt hergeschickt hat.« Sie sank gegen einen Tisch gelehnt in sich zusammen und verbarg ihr Gesicht in ihren Händen.

»Ich kenne deine Mutter kaum noch.« Diana trat neben sie. »Nicht die Frau, die sie heute ist. Aber die Iris von früher hätte ihre Tochter zum gegenwärtigen Zeitpunkt nur aus einem Grund hergeschickt: um die Wahrheit zu erfahren. Und um vielleicht den Vater zu treffen, den sie nie kennenlernen durfte.«

»Wer ist er?«, fragte Lilly schließlich. Ihrem Urteilsvermögen nach kamen zwei Männer aus Portree infrage. »Bitte sag es mir!« Ihr wurde ganz schummrig bei dem Gedanken, dass sie die letzte Nacht mit ihrem Halbbruder verbracht haben könnte. Hatte James sich etwa wegen eines gebrochenen Herzens das Leben genommen? Lilly hatte plötzlich einen riesigen Kloß im Hals.

»Er ist nach Portree zurückgekehrt«, sagte Diana, »kurz nachdem ihr aufs Festland umgezogen seid.«

»Oh, Gott sei Dank!« Erleichtert atmete sie durch, nahm sich einen Stuhl und ließ die Information erst einmal sacken. »Für einen Moment dachte ich, es wäre …«

»James McTavish?«

»Ja.«

Sie lächelte. »Wie kommst du darauf?«

»Na ja, das wäre zumindest eine Erklärung für Evelyns Feindseligkeit.«

»Evelyn?« Sie hob kichernd die Brauen, dann schüttelte sie den Kopf. »Das hat andere Gründe. Evelyn ist einfach eine … schwierige Person. Aber eigentlich harmlos. Du weißt doch, wie es heißt: Hunde, die bellen, beißen nicht.«

Kurz dachte Lilly nach. War es möglich, dass sie zu viel in Evelyns Verhalten hineininterpretiert hatte?

»Für deine Mutter hat es immer nur einen Mann gegeben«, fuhr Diana fort. Lilly schlug die Augen nieder, denn mit einem Mal passte alles zusammen.

»Warum ist er gegangen? Hatten sie Streit, er und meine Mutter?«

»Alles, was ich weiß ist, dass sie noch versucht hat, ihn davon abzuhalten, fortzugehen. Sie hat ihm auf Court Magna einen Brief hinterlassen, als sie ihn nicht finden konnte – er war eng mit den McTavishs befreundet. Auf den Brief hat er nie geantwortet. Vermutlich wollte er sich nicht in eine Ehe drängen. Danach war er weg. Es heißt, er sei regelrecht geflohen. Niemand wusste, wo man ihn erreichen konnte. Auch James nicht.«

»Weiß er es?«, fragte sie nach einer Weile. »Weiß er, dass ich seine Tochter sein könnte?«

Diana strich ihr fürsorglich über die Wange. »Rede mit ihm, Lilly. Ich glaube, er hat lange darauf gewartet.«

KAPITEL 23

Portree, 1992 – Iris

Der Himmel war wolkenverhangenen. Nur ab und zu blitzte ein wenig Sonnenlicht auf. Iris stand im Garten hinter dem Haus und hängte Wäsche zum Trocknen auf die Leine. In regelmäßigen Abständen schickte sie einen kritischen Blick hinauf. Es war ein verregneter Sommer, der sechste seit der Nacht, in der sie am alten Fischerhaus gewartet hatte. Bis zum Morgen war sie dort geblieben und hatte gehofft, dass Brandon kommen würde, um sie zu retten. Vor dem Verfall, einem lieblosen Leben und davor, sich in einer stumpfen Routine wieder selbst zu verlieren. Regelmäßig kehrte sie in Gedanken zu dem Punkt zurück, an dem ihr klar geworden war, dass er nicht kommen würde. So auch jetzt.

Es hatte damals eine Weile gedauert, ehe sie begriffen hatte. In dieser Zeit war sie wieder in sich gekehrter geworden und hatte sich von allen zurückgezogen. Vor Rob und auch James, über dessen Absichten sie sich bis zuletzt im Unklaren war. Sogar von Diana hatte sie sich entfernt, wenn auch versehentlich. Ihrer beider Leben waren plötzlich zu unterschiedlich, und vielleicht konnte Iris das Glück nicht ertragen, das ihre Freundin in der Liebe gefunden hatte, weil ihr eigener Schmerz noch zu groß war. Darüber dachte sie oft nach, und es tat ihr leid, dass sie nicht anders damit umgehen konnte. Diana und Paul führten ihr vor Augen, was sie verloren hatte.

Eine Decke flatterte im Wind. Mühevoll warf sie sie über die Leine und befestigte sie mit zwei Wäscheklammern. Es war seltsam, wie viele Kleinigkeiten sie an Henry Brandon erinnerten – Dinge, denen sie sonst keine Beachtung geschenkt hatte. Unzählige Male hatte sie sich gefragt, was in jener Nacht vor sechs Jahren geschehen war. Hatte er den Brief überhaupt erhalten? James danach zu fragen hatte sie nicht gewagt, und Evelyn ging ihr seither aus dem Weg.

Iris hatte sich geöffnet. Sie hatte wahrhaftig geliebt. Jetzt war nur noch Platz für einen Menschen in ihrem Herzen. Ihre ersten Schwangerschaftsmonate hatte sie in einer kleinen Pension in der Nähe des Hafens verbracht, wo sie gegen Kost und Logis die Zimmer reinigte. Die Eigentümerin hatte sich freundlicherweise auf diesen Deal eingelassen. Iris hatte das Gefühl gehabt, dass sie sogar dankbar für ihre Gesellschaft gewesen war. Und hätte Iris ihr Cottage nicht vermisst, so wäre sie vielleicht bei der guten Kezia Krock geblieben, zumindest für den Anfang. Als ihr wachsender Bauch nicht mehr zu übersehen war, hatte Rob sie abgeholt. Sie hatte nicht damit gerechnet, und eigentlich hatte sie auch nicht vorgehabt, mit ihm zu gehen. Aber die Aussichtslosigkeit und die Sehnsucht, ihrem Kind ein Heim zu geben, waren stärker. Rob hatte ihr nie gesagt, wieso er sie zurückgenommen hatte. Sie hatten nie darüber gesprochen, ebenso wenig wie über die Zeit, in der Iris schwanger geworden war. Es war auch nicht mehr wichtig. Es hatte etwas gedauert, doch am Ende hatten sie wieder zusammengefunden. Wenn es mit ihm auch nicht dasselbe war wie mit Brandon, war Iris dennoch zufrieden. Rob war milder geworden. Er schien begriffen zu haben, dass sich nicht immer alles nur um ihn drehte. Widerwillig war er zu seiner Stelle in der Destillerie zurückgekehrt und sah fürs Erste sogar davon ab, aufs Festland zu ziehen.

Iris zog das letzte Handtuch an der Leine glatt. Der Wind verwehte ihr Haar, als sie mit dem Wäschekorb unter dem Arm vors Haus zurückkehrte.

»Lil…«, wollte sie schon ansetzen, dann entdeckte sie den roten Schopf ihrer kleinen Tochter zwischen all den Blumen im Vorgarten – wie wilder Mohn in einem Meer aus Margeriten.

»Da bist du ja.« Mit einem Lächeln beobachtete sie das kleine Mädchen, das Schmetterlingen und Marienkäfern nachjagte und, egal zu welcher Jahreszeit, am liebsten vor dem Haus spielte. Iris wurde warm ums Herz, weil sie wie immer daran denken musste, wem sie diesen Platz mit seinen unvergleichlichen Farben verdankten. Sie setzte sich auf die Eingangsstufen und schaute Lilly beim Spielen zu. Von all den Blumen, die ihr in ihrem Leben begegnet waren, war Lilly die wertvollste. Und Iris wünschte sich, wie so oft, Henry könnte sie sehen. Wie wunderschön, klug und lieb sie war. Manchmal verspürte sie den Wunsch, nach ihm zu suchen und ihm zu sagen, welchen Schatz er in Portree besaß. Doch dann blickte sie nach vorn, sah ihre kleine Familie, die nicht perfekt war, aber funktionierte, ihr geliebtes Häuschen und den Garten, der sie immer an den Menschen erinnern würde, der ihre Welt zum Blühen gebracht hatte. Ein großer Kohlweißling stieg über Lillys Schopf auf. Sie reckte die kleinen Arme hinauf, sprang hoch in dem Versuch, ihn zu fangen, aber er entwischte ihr. »Komm zurück, Schmetterling!« Enttäuscht zog sie eine

Schnute und sah ihm nach, wie er auf der anderen Seite des Hauses verschwand.

»Warum wollte er nicht bei mir bleiben, Mummy?«

Lilly rannte in die offenen Arme ihrer Mutter.

»Weil er in die Welt hinausmuss.« Sie strich ihr das Haar zurück und drückte sie an sich. »Aber er kommt wieder.«

»Ganz sicher?

»Ja.«

»Gehen wir noch zum Fischerhaus?«

»Wenn du das möchtest.«

»Au ja!« Der Schmetterling war vergessen. Freudig sprang Lilly auf und ab, dann kehrte sie zu den Blumen zurück.

Iris sah ihr mit einem Lächeln dabei zu, ehe sie ins Haus ging und ihre Jacken holte. Wie immer, wenn sie in Henshaw Cove waren, würde sie sich einen Augenblick Zeit nehmen, aufs Meer hinausblicken und an den Sommer zurückdenken, in dem sie die Liebe erfahren hatte. Sie würde Lilly umhertollen und den Strand nach Schätzen absuchen lassen. Gemeinsam würden sie Muscheln und verlassene Schneckenhäuser sammeln, sie in Gläser füllen oder Mobiles daraus basteln, die neben der Haustür im Wind klimperten.

KAPITEL 24
Lilly

Der Himmel war tiefgrau. Lilly war so sehr damit beschäftigt, über das Warum nachzudenken, dass ihr der Weg zu Henrys Haus nur einen Wimpernschlag entfernt vorkam. Sie atmete tief ein, bevor sie sein Tor passierte. Ohne Rustys Gebell war es seltsam ruhig. War er überhaupt da? Lilly klopfte an die weiße Haustür.

»Hallo? Henry?« Sie spähte durch eines der Fenster hinein, konnte aber niemanden sehen. Vielleicht war es besser so, dachte sie. Möglicherweise war es nicht die richtige Zeit, um die Vergangenheit aufzurollen.

So nah am Meer war der Wind besonders kalt. Lilly hielt sich ihren Mantel enger zu, der sich auf einmal seltsam fremd anfühlte. Unwillkürlich sah sie an sich hinunter. Zum ersten Mal nahm sie all die Makel wahr, wegen deren andere sie immer aufzogen. Sie hatte das Gefühl, als wärmte er sie nicht länger, als hätte er das Besondere verloren, das ihn in ihren Augen so wertvoll gemacht hatte. Verbittert kehrte sie der Haustür den Rücken, verschränkte die Arme vor der Brust und starrte auf die brodelnde See hinaus. Was hatte diese Reise nur mit ihr angestellt? Sie hatte Fragen in ihr ausgelöst, mit denen sie sich nicht beschäftigen wollte. Sie hatte keine Zeit für ein Wer-bin-ich-Spiel. Ihr Leben war schon kompliziert genug. Die Uhr tickte, und sie hatte keine Ahnung, wie sie ihrer Mutter begegnen sollte. Würde sie das Erlebte vor ihr zurückhalten können? Lilly hatte das Gefühl, in der Luft zu hängen. Nichts, woran sie geglaubt hatte, was sie für richtig hielt, war wahr. Sie presste ihre Lider aufeinander, um die Tränen zurückzudrängen, die in ihr brannten. Als sie ihre Augen wieder öffnete, fixierte sie ein Boot, das am Strand lag. Ein Teil der Plane, die darübergelegt worden war, wehte im Wind. Sie ging dichter heran, um einen Blick auf den Rumpf werfen zu können. Er hatte dieselbe Farbe wie der des kleinen Miniaturschiffes, das sie von Liam zurückerhalten hatte. Langsam hob sie die Plane etwas an. Ein Teil der Farbe war schon abgesplittert. Es musste lange her sein, dass das Boot zu Wasser gelassen worden war. An der Seite stand in geschwungenen Buchstaben der Name des Schiffes: IRIS.

Fassungslos zuckte Lilly zurück.

»Ich habe es aus dem Holz des alten Fischerhauses gebaut.«

Der Klang von Henrys tiefer Stimme ließ sie zusammenzucken.

»Was soll das hier?« Kopfschüttelnd deutete sie auf das Schiff. Sie war vollkommen durcheinander, dennoch kam ihr Verstand zu einem entscheidenden Schluss.

»Du bist es gewesen, nicht wahr? Der Garten, von dem sie immerzu spricht, du hast ihn angelegt. Für sie.«

»Ja, das stimmt.«

»Diese Blume, wegen der ich hier bin …«

»Habe ich ihr geschenkt.« Seine Stimme war nur ein Flüstern. »Lilly, ich hätte gerne schon früher mit dir geredet, glaub mir.«

»Warum hast du's dann nicht getan?«, schrie sie und taumelte zurück. Ihr Blick streifte das Haus, vor dem sie Liam ausmachte, der aufgeregt zu ihnen hinuntersah.

»Ich wusste nicht, was ich sagen sollte«, erklärte Henry und machte einen Schritt auf sie zu. »Lilly, bis vor wenigen Jahren habe ich nicht einmal gewusst, dass es dich gibt. Bis James mir erzählt hatte, dass Iris eine Tochter in Liams Alter hat.«

»Wo bist du gewesen in all den Jahren? Wir waren allein. Mum hat sich fast totgeschuftet.«

»Das wusste ich nicht. Ich dachte, Rob …«

»Mum wollte mit dir zusammen sein. Warum hast du nie auf ihren Brief geantwortet?«

Seine Augen weiteten sich. »Welcher Brief?«

»Den sie dir hinterlassen hat. James hätte ihn dir geben sollen.«

Er blickte sie fassungslos an. »Ich habe nie einen Brief bekommen.«

Lilly stutzte. »Und deshalb hast du geglaubt, Mum würde dich nicht lieben?«

»Ich war damals hin und her gerissen. Normalerweise hätte ich mich nie in eine Ehe gedrängt, aber ich hatte mich unsterblich verliebt. Es ist einfach passiert. So ist das mit der Liebe. Sie fragt nicht danach, ob die Umstände stimmen …«

»Sie bat dich in ihrem Brief, zu bleiben. Sie wollte wohl mit dir zusammen sein. Und der Mann, den ich für meinen Vater hielt, hat es wohl gewusst – oder zumindest geahnt.«

Er senkte die Augen. In seinem Blick stand tiefes Bedauern.

»Er hat uns verlassen, da waren wir noch nicht lange in Edinburgh.«

Seufzend strich er sich das Haar zurück. »Ich hatte keine Ahnung.«

Sie standen sich eine Weile gegenüber, sahen einander an. »Ich war mir nicht sicher, ob du mein Kind bist – aber deine Augen, die Sommersprossen, dein rotes Haar ...« Ein Lächeln huschte über sein Gesicht. »Du bist mir so ähnlich, Lilly.«

Ihr wurde warm bei seinen Worten, aber noch blieb sie vorsichtig. »Hast du ... hast du sie wirklich geliebt?«

»Ja.« Er seufzte bitter, und seine Stimme verlor an Kraft. »Wie nie jemanden sonst.« Er schaute Lilly direkt ins Gesicht, und sie wusste, dass es die Wahrheit war.

»Ich hatte gehofft, ihr das irgendwann sagen zu können«, fügte er gedankenverloren hinzu. Lilly starrte in sein Gesicht. Seine Miene war vor Kummer und Bedauern verzerrt. Sie glaubte ihm, dass er nichts von ihr gewusst hatte, und sah ihm deutlich an, dass alles ein tragisches Missverständnis gewesen war, das ihn sehr mitgenommen hatte. Und plötzlich wurde ihr das Herz schwer, weil sie seinen Schmerz wie ihren eigenen fühlen konnte.

»Das solltest du unbedingt tun«, sagte sie schließlich milde. »Ihr deine Sicht der Geschichte erzählen.«

»Ich weiß nicht, ob sie es noch hören will. Ich habe euch zurückgelassen. Das werde ich mir nie verzeihen.«

»Du konntest es nicht wissen.«

»Würdest du sie bitte fragen, ob sie mich sehen will?«

»Ja. Ich frage sie.«

Er lächelte dankbar. Sie merkte ihm an, wie erschüttert er war, und empfand Mitleid mit ihm. Einen weiteren Augenblick lang standen sie sich reglos gegenüber.

»Die Hyazinthe. Gibt es sie überhaupt noch?« Lilly wusste nicht einmal, ob es noch von Bedeutung war.

Er nickte und lächelte dabei. »Nachdem ihr weggezogen seid, war das Haus lange verlassen. James hat mir nicht erlaubt, es ihm abzukaufen.«

»Warum nicht?«

»Er hat gehofft, deine Mutter würde mit dir nach Portree zurückkehren.«

»Dann hat er …«

»Er hat es mir nie direkt gesagt, aber ich bin sicher, dass er sie sehr gemocht hat. Vielleicht mehr, als er sollte.«

Lilly atmete hörbar aus.

»Ich habe mir erlaubt, die Hyazinthe für mich zu nehmen, als Erinnerung an den Sommer meines Lebens. Seitdem wächst sie Jahr um Jahr in meinem Wintergarten. Ich sehe ihr dabei zu, wie sie blüht und vergeht und wiederaufersteht. Wie der Phönix aus der Asche.«

»Das sagt Mum auch immer«, flüsterte sie gerührt.

Sie wusste nicht, was sie fühlen sollte. Alles war auf einmal so neu und anders, und doch ergab es Sinn. Da hörte sie hinter sich Schritte – Liam trat hinzu. Verunsichert schaute er zwischen ihnen hin und her.

»Alles okay?«, fragte er, besorgt an Lilly gewandt. Sie nickte langsam, ohne ihren Blick von Henry zu lösen. Erneut brach ihr Tränendamm, und sie weinte, weil nun so vieles einen Sinn ergab: die Schwierigkeiten ihrer Eltern, die verkorkste Beziehung zu ihrem Vater, ihre Reise, der Wunsch ihrer Mutter … Sie war so überwältigt davon, dass ihre Beine nachgaben. Liam verhinderte, dass sie fiel, aber es war Henry, der sie aufrichtete. Er hielt sie in seinen

Armen, und Lilly vergrub das Gesicht in seiner Schulter. Zum ersten Mal spürte sie Geborgenheit, die Wärme eines Vaters, und sie begriff, dass es dazu keinen alten Mantel brauchte.

»Ich dachte schon, du wärst gefahren, ohne dich von mir zu verabschieden«, sagte Liam, als sie wenig später zusammen im Auto saßen.

»Hattest du etwa Angst?«

»Pah, ich und Angst!« Er sah zu ihr und wurde ernst. »Na gut, eine Scheißangst.«

Er parkte vor der Pension, doch keiner von ihnen stieg zunächst aus. Irgendetwas hielt Lilly zurück, aber sie wusste, dass es Zeit war, zu gehen.

»Also dann«, sagte sie, eine Hand am Türgriff.

»Warte!« Er drehte sich zu ihr. »Sollen wir uns wirklich so voneinander verabschieden?«

Lilly ließ ihre Hand sinken. Stumm schaute sie ihn an.

»Du willst einfach gehen?«, fragte er, nachdem sie immer noch nichts gesagt hatte. »Was ist mit Henry?«

»Wir bleiben auf jeden Fall in Kontakt. Das haben wir beschlossen. Und er wird uns besuchen, wenn es Mum recht ist.«

Er nickte, machte eine Pause und fragte dann: »Was ist mit mir?«

»Mit … dir?«, wiederholte sie stockend.

»Mit uns.« Er klang fest entschlossen. Lilly wurde warm ums Herz. War das nicht das, was sie sich immer gewünscht hatte? Einen Mann, der sie so ansah wie Liam? Er wollte sie, genauso wie sie ihn. Sie unterdrückte einen Seufzer, stattdessen legte sie den Kopf schief und lächelte bedauernd. »Du weißt, ich kann nicht einfach tun, wonach mir ist.«

»Nein, das weiß ich nicht. Wonach wäre dir denn?«

Sie atmete tief aus. »In einer Stunde fährt mein Bus.«

»Ja.« Er rieb sich gestresst die Stirn.

»Und ich habe noch nicht einmal gepackt«, fuhr Lilly fort.

Er nickte.

»Ich meine ... das sagt doch schon alles. Oder nicht?« Sie blickte ihm in die Augen. »Als ich ankam, hatte ich überhaupt nicht vor, auszupacken. Und dann ist es doch passiert. Ich konnte nichts dagegen tun, dass ich ...«

»Dass du was?«

»Dass ich mich hier zu Hause fühle. Immer noch. Nach all der Zeit. Ich will nicht zurück in die Stadt gehen, Liam.«

»Dann tu's nicht«, bat er und nahm ihre Hand.

Einen Moment saßen sie sich still gegenüber, schauten einander nur an. Lillys innere Zerrissenheit machte es ihr unmöglich, eine rationale Entscheidung zu treffen. Bevor sie ihm das sagen konnte, klopfte jemand an ihr Fenster. Lilly öffnete die Tür und stieg aus. »Mrs Krock?«

Die alte Dame sah mitgenommen aus. »Lilly«, stammelte sie, eine Hand zittrig auf ihr Herz gelegt. »Das Pflegeheim hat angerufen.«

»Was ist passiert?«

»Iris hatte einen Anfall. Sie haben sie ins Krankenhaus verlegt.«

»Ich muss sofort zu ihr!«, stieß sie aus.

»Hol deine Sachen«, forderte Liam. »Mit dem Auto bist du schneller. Ich fahre dich nach Edinburgh.«

KAPITEL 25

Portree, Juni 1994 – Iris

Auf der Wiese vor dem Cottage war das Gras so hoch, dass es Lilly fast bis zu den Schultern reichte. Sie stand auf einem Teppich aus Wildblumen und pflückte Zyanen, weil deren Farbe sie an den Himmel erinnerte.

»Dahinten sind Schafe. Darf ich zu ihnen?« Lilly hüpfte rastlos von einem Bein aufs andere.

»In Ordnung. Aber lauf nicht zu weit fort.« Iris drehte den Korb in ihrer Hand, in dem sie Löwenzahn fürs Abendessen sammelte, und sah ihrer kleinen Tochter nach, die kichernd den Hügel hinaufrannte. Die Schafe stoben erschrocken zur Seite.

»Langsamer, Lilly!«, ermahnte sie sie, als sich ein Auto vom Waldrand aus näherte. Iris hastete den Hügel hinauf, nachdem sie Evelyn McTavish am Steuer erkannt hatte. Das Fahrzeug hielt an, die Türen öffneten sich, und Evelyn stieg aus. Sie strich ihr weißes Kostüm glatt und schüttelte ihre Bobfrisur in Form, ehe sie sich nach ihrem Sohn umsah. Liam war ebenfalls aus dem Auto gehüpft und starrte wie gebannt auf die Schafherde, die den Hügel herunter auf sie zukam.

»Guten Morgen«, begrüßte Iris sie, dann ihren Sohn, der ihr ein freundliches Lächeln schenkte.

»Du liebe Güte«, stieß Evelyn aus, als sich die Schafe um Liam scharten. »Gegen diese Horde muss man doch was tun!«

»Aber sie sind ganz lieb.« Lilly lief zu Liam und gab den

Tieren, die sich um ihn versammelt hatten, einen sanften Klaps aufs Hinterteil. Dann hielt sie ihm ihren gepflückten Strauß hin. »Rühr die nicht an«, sagte seine Mutter barsch, als er gerade danach greifen wollte. Beide Kinder zuckten verschreckt zusammen.

»Die machen nur Dreck. Jeder Dummkopf weiß, dass sich Kornblumen nicht halten. Seht doch, sie fangen bereits an zu verwelken – und wahrscheinlich sind sie voller Käfer.« Sie zog eine Grimasse.

»Lilly hat es nur gut gemeint, Evelyn«, versuchte Iris sie zu beschwichtigen.

»Ja. Sicher. Wie immer.« Wieder warf sie ihr kinnlanges glänzend schwarzes Haar zurück.

»Darf ich euch eine Tasse Tee im Cottage anbieten?«, fragte Iris. »Wir haben auch Schokoladenkekse.« Sie zwinkerte Liam zu. »Ihr Kinder könntet zusammen die Hühner füttern.«

»Au ja!« Lilly hüpfte fröhlich, auch Liam strahlte.

»Dies ist kein Anstandsbesuch, Iris.« Evelyn schob ihren Sohn hinter sich. »Lass uns gleich zur Sache kommen. Ich bin hier wegen der Schulden, die ihr bei uns habt. Da James zu weich ist, um selbst herzukommen, muss ich das nun in die Hand nehmen und euch sagen: Wir sind nicht eure Bank. Ihr habt seit Monaten nichts zurückbezahlt.«

»Du weißt davon?« Iris biss die Zähne aufeinander.

»Selbstverständlich weiß ich es. Du musst nicht meinen, dass James irgendetwas hinter meinem Rücken tut. Das würde er sowieso nicht schaffen.«

Hinter ihr spielten Liam und Lilly gemeinsam mit den Schafen, lachten und tollten herum.

»Rob hat sich an der Börse verspekuliert. Hinter uns liegen schlimme Wochen.«

»Das ist nicht unser Problem.«

Iris seufzte bitter.

»Wenn ihr bis Ende der Woche nichts bezahlt habt, werden wir Robs Lohn kürzen müssen.«

»Bitte tut das nicht. Wir haben schon jetzt zu wenig.«

»Dann müsst ihr den Gürtel eben noch mal enger schnallen. Wir sind nicht die Wohlfahrt, Iris. Es war mehr als gütig von James, Rob nach allem, was passiert ist, wieder einzustellen. Und ich sage dir ganz ehrlich: Ich hätte das nicht getan.«

»Was … ist denn passiert?« Iris stellte sich dumm.

Evelyn schürzte die Lippen. »Oh, das weißt du sehr wohl.« Sie wandte sich nach Lilly um, die gerade eines der schwarzen Lämmer streichelte. »Du kannst nur froh sein, dass Rob dich zurückgenommen hat. Dieser Mann ist zu gut für dich.«

In Iris sprudelte die Wut. Sie verschränkte die Arme vor der Brust, und Evelyn sprach ungerührt weiter: »Dein Glück, dass es Menschen wie ihn und James gibt, die dich vor weiteren Dummheiten bewahren.«

»Was willst du damit sagen?« Iris machte einen Schritt auf sie zu.

»Dass es billig ist, sich an fremde Männer ranzuschmeißen, wenn man verheiratet ist«, entgegnete Evelyn trocken.

»Du hast versprochen, meinen Brief zu übergeben.« Ihre Stimme brach ein, als ihr aufging, dass ihre Nachricht Henry wohl nie erreicht hatte.

»Oh, ich zumindest halte meine Versprechen. Aber vielleicht solltest du in Zukunft vorsichtiger sein, wem du vertraust. Auf Wiedersehen, Iris.« Sie stieg in ihren Wagen. »Liam, jetzt komm schon. Ich will nach Hause.«

Iris stand wie angewurzelt da. *James?* Ihr wurde eiskalt. Verstört fasste sie sich an die Stirn. Wie konnte das möglich sein? Warum hatte er Henry ihre Nachricht vorenthalten?

Ein lauter Pfiff ertönte, und die Schafe versammelten sich unterhalb des Hügels um Ferguson. Der Wagen rauschte an ihr vorbei, doch sie stand immer noch regungslos da, gefangen in der Erinnerung an etwas, das lange zurücklag. Endlich hatte sie Klarheit. Sie hatte Jahre verloren, in dem Glauben, dass Henry sie nicht gewollt hatte …

In dem Moment riss Lilly an ihrem Ärmel. Abrupt aus ihren Gedanken geholt, schaute Iris in das strahlende Gesicht ihrer kleinen Tochter, die ihr den Strauß hochhielt, den Liam nicht hatte annehmen dürfen.

»Danke, mein Schatz. Die sind wunderschön!« Sie nahm die Kleine bei der Hand und ging mit ihr zum Haus zurück.

»Ist es wahr?« Lilly blickte unschlüssig zu ihr auf. »Sterben die Blumen gerade?«

»Alles stirbt. Und alles hat seine Zeit.«

»Dann kommen sie jetzt nicht mehr zurück?«

»Wie meinst du das?«

»So wie die in unserem Garten? Die kommen immer wieder. Das hast du gesagt.«

Sie nickte. »Wie der Phönix aus der Asche, ja. Aber nicht alle können die Zeit überdauern. Diese hier sind anders.« Sie legte die Kornblumen zu dem Löwenzahn in ihren

Korb. »Wir werden sie ins Wasser stellen, an einen sonnigen Platz.«

»In unserem Garten!«

»Eine gute Idee.«

Lilly nahm ihrer Mutter den Korb ab und lief voran, durchs Gartentor und hinein ins Haus. Zwei Schmetterlinge drängten sich in Iris' Blickfeld, als sie ihr nachschaute. Sie tanzten gemeinsam im lauen Wind, stiegen höher und höher. Iris schloss das Tor hinter sich. Wo Henry jetzt wohl war? Sie dachte auch an Diana, und wie sich ihre Freundschaft in den letzten Jahren verändert hatte. Sie trafen sich kaum noch, sprachen nicht mehr viel miteinander. Seit sie Paul trotz Robs Widerspruch geheiratet hatte, war das enge Band zwischen ihnen gerissen. Am Anfang ging Iris davon aus, dass die Zeit sie wieder zusammenbringen würde, sobald sie ihren Herzschmerz überwunden hatte. Doch dann musste sie erkennen, dass es schwierig war, eine Freundschaft aufrechtzuerhalten, wenn ihr Mann alles daran setzte, sie zu zerstören. Irgendwann fehlte ihr die Kraft, sie noch retten zu wollen, und auch Dianas Energie hatte nachgelassen. Sie hatte jetzt ein geregeltes Leben, einen Mann, der sie liebte. Gemeinsam führten sie voller Hingabe den Pub von Pauls Eltern. Sie lebten vom Tourismus, der in den letzten Jahren deutlich zugenommen hatte. Wenn das so weiterging, würde die kleine, unscheinbare Hauptstadt von Skye noch zum Urlaubermagneten werden.

Iris war die meiste Zeit mit Lilly allein, und obwohl Diana ihr oft fehlte, brachte sie es nicht über sich, ihr das zu sagen. Dabei wusste sie nicht einmal, warum. Vielleicht war es, weil sie die Wahrheit kannte. Weil sie wusste, wie es in ihrem Herzen aussah. Als Diana Iris nach Lillys Geburt besucht hatte, war ihr sofort der leuchtend rote Flaum auf deren Köpfchen aufgefallen. Iris hatte ihren Blick gesehen, und ihr war klar geworden, wen sie in ihrem Kind sah. Und sie hatte Angst davor bekommen, sie würde es ansprechen – vor ihr oder irgendwem sonst. Es reichte Iris, die Wahrheit ständig vor Augen zu haben. Wenn sie Lilly ansah, dann sah sie Henry. Rob konnte sich in ihr nicht wiederfinden, es war unmöglich. Das wusste ganz Portree, deshalb zog Iris es vor, allein zu sein. Sie hatte ihre Isolation selbst gewählt, um Lilly und sich zu schützen. Und es machte ihr nichts aus, denn sie hatten einander – und sie hatte die Erinnerungen an Lillys wahren Vater, der irgendwo da draußen war, die Welt bereiste, Dinge erschuf, Gärten voller Magie anlegte. Insgeheim würde sie die Hoffnung niemals aufgeben, dass ihn seine Reisen eines Tages wieder zu ihnen zurückführen würden. So vieles war ungesagt. Ob er noch ab und zu an sie dachte? An den Sommer, der ihr rückblickend so magisch vorkam, als wäre er nur ein Traum gewesen? Ein Traum, der mit dem kleinen Wesen Gestalt angenommen hatte, das soeben aus dem Haus stürmte.

»Langsamer, Mäuschen!«, ermahnte Iris sie sanft. In ihren Händen hielt Lilly eine Vase, die so groß war, dass die Blumen darin versanken. Das Wasser schwappte über, als sie sie zielstrebig an die Stelle brachte, an der die frühblühenden Hyazinthen in der Erde schliefen. Vergnügt kehrte sie daraufhin zu ihrer Mutter zurück. Iris rupfte gerade etwas Unkraut aus dem Beet. Es war merkwürdig, wie sehr ein wenig Gartenarbeit ihre Seele von schlechten Gedanken reinigte. Manchmal sah sie dadurch vieles klarer, fand Lösungen für Probleme. Seufzend rieb sie sich den Schmutz von den Händen, setzte sich auf die Eingangsstufen und nahm Lilly auf den Schoß.

»So haben sie es doch noch schön, bevor sie sterben, oder?«

»Ja.« Iris drückte ihre Tochter an sich und hielt sie ganz fest. Für den Moment war ihre kleine Welt in Ordnung. Sie wollte nicht an das denken, was ihr fehlte. Sie nahm einen tiefen Atemzug. Der Geruch nach Schokolade, der von Lilly ausging, strömte ihr in die Nase. Um den Mund hatte die Kleine noch einen blassbraunen Bart. Zweifellos hatte sie heimlich von den Schokoladenkeksen genascht, die auf dem Küchentisch auskühlten. Rosen- und Fliederduft lagen ebenfalls in der Luft und setzten noch mehr Glücksgefühle in ihr frei. Im satten Mohn, der entlang dem Zaun wuchs, feierten die Hummeln ein Pollenfest. Überall summte und brummte es, eine Brise brachte die Blätter der Eberesche zum Rascheln. Erneut konnte Iris den Reichtum spüren, von dem sie umgeben war. Er war überall, in den kleinen Dingen: den kräftigen Farben der Natur, den kurzen Momenten, in denen das Sonnenlicht durch die Wolken brach. Er war im Wind, der die salzige Seeluft von der Küste zu ihr brachte, und in jedem Mauerstein ihres Cottage. Aber am meisten sah sie ihn in den strahlend blauen Augen ihrer Tochter.

KAPITEL 26
Lilly

Von unterwegs aus riefen sie im Pflegeheim an und fragten, in welches Krankenhaus Iris gebracht worden war. Für Lilly war die lange Fahrt fast unerträglich. Sie sprachen kaum, stattdessen starrte Lilly nur aus dem Fenster und hoffte, dass sie nicht zu spät kommen würden. Hätte sie doch nur besser auf ihr Handy aufgepasst! Dann hätte das Pflegeheim sie direkt anrufen können. Unter Umständen hatte sie ihre Ungeschicklichkeit wertvolle Zeit gekostet. Zeit, die ihr niemand zurückgeben konnte. Liam fuhr schnell, dabei blieb er absolut ruhig neben ihr. Sie war dankbar, ihn zu haben und nicht allein zu sein.

»Wir werden bald da sein«, sagte er einfühlsam. Lilly drehte den Kopf zu ihm. Er lächelte sanft, nahm ihre Hand und drückte sie bestärkend. »Ich bin für dich da«, versicherte er ihr.

Iris lag auf der Überwachungsstation im Liberton Hospital. Nach einem epileptischen Anfall schlief sie. Lilly saß an ihrem Bett und hielt ihre Hand, während Liam im Wartebereich der Station blieb. Lilly hatte ihren Kopf auf die Decke gelegt. Es tat gut, wieder bei ihr zu sein. Alles, was sie in Portree erfahren hatte, stand dahinter zurück. Sie hasste den Geruch von Latexhandschuhen und Desinfektionsmittel, der im Raum hing, ebenso wie die Geräuschkulisse in den stickigen Patientenzimmern. Das alles hatte etwas von einem nahenden Ende an sich, und sie wusste, wie sehr ihre Mutter es verabscheute, hier zu sein. Das hatte sie stets gesagt. Der Sauerstoff, der Iris über eine Nasenbrille zugeführt wurde, blubberte so laut, dass Lilly kaum einen klaren Gedanken fassen konnte. Darunter mengte sich der intermittierende Piepton der leer gelaufenen Infusionspumpe. Die Atmosphäre hatte etwas Bedrohliches. »Keine Sorge, Mum. Ich hol dich hier, so schnell es geht, wieder raus.« Behutsam strich sie ihr das kurze, ergraute Haar zurück. Eine Krankenschwester, die Lilly vom letzten Mal im Gedächtnis geblieben war, kam herein. In der Hand hielt sie eine neue Infusion.

»Der Arzt hat jetzt Zeit für Sie«, sagte sie freundlich, während sie die leere Flasche abmontierte.

Lilly stand auf. »Bin gleich zurück, Mum.« Sanft entzog sie ihr die Hand und trat auf den Flur, wo Dr Matthews sie bereits erwartete.

»Ms Warren.« Der behandelnde Arzt ihrer Mutter reichte ihr die Hand.

Lilly schüttelte sie ein wenig ängstlich, weil sie nicht sicher war, ob sie wissen wollte, was er ihr zu sagen hatte. Sie sah Liam, der auf den Flur gekommen war und respektvoll Abstand zu ihr und dem Arzt hielt, um sie in Ruhe sprechen zu lassen.

»Wie geht es ihr?« Lilly schlang die Arme um sich, um ihr Zittern zu bändigen.

»Sie hatte einen epileptischen Anfall infolge der Hirnmetastasen. Laut der Pflegekraft in ihrem Heim hat sie fast fünf Minuten gekrampft. Danach hat sie das Bewusstsein verloren, der Blutdruck ist abgefallen. Es ist uns gelungen, sie zu stabilisieren, aber …« Er machte eine Pause, um sich zu vergewissern, dass sie ihm auch folgen konnte. »Es wird wieder passieren, Ms Warren. Entweder das – oder die Atemprobleme.«

Der Krebs hatte auch Iris' Lunge befallen, weshalb sie manchmal von heftigen Hustenanfällen geschüttelt wurde, bei denen sie kaum Luft bekam.

»Sie müssen damit rechnen, dass die Abstände geringer werden und sie irgendwann nach einem solchen Anfall nicht mehr aufwachen wird.«

Lilly schluckte. Was er sagte, war nicht neu, und doch hatte ein naiver Teil von ihr auf gute Nachrichten gehofft, auf ein Wunder.

»Wann darf sie das Krankenhaus verlassen?«, fragte sie, bemüht, tapfer zu klingen. »Sie möchte nicht hier …«

»Morgen«, versicherte er mitfühlend. »Ich würde sie gerne noch eine Nacht zur Beobachtung hier behalten.«

Lilly nickte dankbar, und Dr Matthews verabschiedete sich.

»Ist sie …?« Liam kam zu ihr, berührte sie sanft am Arm.

»Sie kann morgen entlassen werden«, murmelte Lilly, vor sich hinstarrend. »Ich muss sie nach Hause bringen. Sie will auf keinen Fall im Krankenhaus sterben, Liam.«

»Nach Hause«, raunte er nachdenklich. »Dann sollte sie auch an dem Ort sein, der ihr am meisten bedeutet, meinst du nicht auch?«

Lilly hob skeptisch den Blick. Er nahm sie an der Hand, zog sie auf einen Stuhl im Wartebereich.

»Ich habe gemeint, was ich sagte.« Mit dem Daumen wischte er eine Träne von ihrer Wange. »Ich will nicht, dass du hier lebst, Lilly. Du gehörst nach Portree. Du gehörst in dein Cottage. Und …« Er senkte kurz den Blick.

»Jetzt sag nicht, ich gehöre zu dir.« Lilly zog die Nase hoch und grinste leicht. »Das wäre doch ziemlich kitschig, oder?«

Er nickte lächelnd, dann zuckte er die Schultern. »Aber du musst zugeben, wir sind kein schlechtes Team. Wir könnten unsere eigene Gartenbaufirma aufmachen.«

Bei dieser Vorstellung lachte Lilly auf. »Als Schatzsucher eignen wir uns eher nicht.«

»Indiana Jones für Arme.«

Sie lachten gemeinsam. Lilly merkte erneut, wie gut ihr Liams Gesellschaft tat. Er hielt ihre Hand, dabei sah er sie durchdringend an. »Du hast mich wach gerüttelt, Lilly. Ehrlich. Ich will, dass du in meiner Nähe bist. Du kannst auch das Haus haben. Es gehört dir. Euch. Eigentlich hat es schon immer euch gehört.«

»Wie stellst du dir das vor?«

»Wir bringen deine Mum nach Portree. Sie gehört ins Cottage. Ich weiß nicht, warum ich das nicht schon früher gesagt habe.«

»Weil es verrückt ist! Es ist jetzt dein Haus.«

Er schüttelte den Kopf.

»So gerne ich deinen Vorschlag annehmen würde, es ist nicht so einfach. Meine Mum hat nicht mehr viel Zeit. Jeder Tag könnte ihr letzter sein.«

»Dann ist es umso wichtiger, sie zurückzubringen. Gib ihr die Möglichkeit, sich von ihrem Haus zu verabschieden – und von Henry.«

Lilly atmete tief ein, während sie über seinen Vorschlag nachdachte.

»Ich kenne einen Arzt, der mir noch einen Gefallen schuldet. Er würde deine Mutter sicher nach Portree begleiten.«

»Ich weiß nicht. Die lange Fahrt täte ihr bestimmt nicht gut.«

»Dann treibe ich einen Hubschrauber auf«, entgegnete er entschlossen. »Sie soll die beste Behandlung bekommen.«

»Liam …«

»Bitte sag Ja.« Energisch suchte er ihren Blick.

»Okay«, antwortete sie, selbst davon überrascht, wie schnell sie sich überzeugen ließ. Liam nahm ihr Gesicht in seine Hände, und seine Lippen senkten sich auf ihre. Ein Kribbeln breitete sich in Lillys Magengrube aus, das alle bösen Gedanken verschwinden ließ. Das Gefühl, mit dem sie am Morgen erwachte, war zurück. Es war wie ein helles Licht, das die Schatten des Kommenden verdrängte.

KAPITEL 27

Der April war noch von frostigen Temperaturen durchsetzt gewesen, aber extremes Wetter war auf Skye nie von langer Dauer. Der Maibeginn brachte den Wechsel. Einige Tage lang schien es, als fände ein für Menschen unsichtbarer Kampf zwischen zwei Jahreszeiten statt. Mitte Mai entschied der Frühling das Gefecht jedoch für sich. Wie es Mrs Krock vorhergesehen hatte, vertrieb der Wonnemonat die Kälte und verwöhnte die Insel der Nebel mit ungewöhnlich vielen Sonnentagen.

Henrys Gesicht war das Erste, was Iris sah, als sie in ihrem alten Schlafzimmer erwachte. Zunächst dachte sie, es sei nur ein Traum. Sie fragte sich, ob sie schon tot und das der Moment war, in dem man dem Menschen begegnet, mit dessen Seele man zu Lebzeiten verbunden gewesen war. Sie nahm sich Zeit, um alles ganz genau zu betrachten: das kleine Holzschiff mit dem roten Segel auf dem Fensterbrett, Lilly, und daneben ihren Brandon, der wie sie gealtert war, aber immer noch so aussah, wie sie ihn in Erinnerung hatte. Wie oft hatte sie sich nach ihm gesehnt? Er wurde real, sobald sie die Hand nach ihm ausstreckte. Sie konnte ihn fühlen, seine warme Haut auf ihrer. Und ihr Herz tat gefühlt mehr Schläge als in all den Jahren zuvor.

»Ich bin da«, waren seine Worte, die sie wiederbelebt

hatten. Sie war wie auferstanden von den Toten, für einen letzten, besten Frühling.

Am Morgen ihres vierundsechzigsten Geburtstages saß Iris in eine Decke gehüllt am Fenster und sah dabei zu, wie die Sonne den blühenden Vorgarten zum Leuchten brachte. Gegen jede ärztliche Prognose hatte sie sich von ihrem letzten Anfall erholt, und bisher war es zu keinem weiteren gekommen. Ihr Zustand hatte sich sogar etwas gebessert. Die Blutwerte, die der ortsansässige Arzt regelmäßig kontrollierte, waren stabil. Niemand konnte sagen, warum das so war. Vielleicht lag es am rauen Inselklima, an dem Aufleben alter Gefühle, die niemals fort gewesen waren, oder an dem Ort, der ihr Zuhause war und ihre Seele strahlen ließ.

»Kann ich dir noch etwas bringen?« Henry massierte sanft ihre Schulter. Sie legte ihre Hand über seine.

»Nein, danke. Ich habe alles, was ich brauche.« Sie bedachte ihn mit einem liebevollen Blick, als er sich zu ihr setzte.

»Und es ist dir auch wirklich nicht zu viel?« Seine Brauen bildeten eine sorgenvolle Linie.

»Unsinn. Ich habe gerne ein paar Freunde um mich.«

Wieder lächelte Iris ihn an. Seit Liam und Lilly sie nach Portree geholt hatten, wich er ihr nicht von der Seite. Er kümmerte sich rührend, und Lilly gönnte ihnen ihr spätes Glück. Auch weil sie wusste, dass es nicht von Dauer sein konnte. Für Iris war es ungewohnt, von einem Mann umsorgt zu werden, doch sie genoss es in jeder Sekunde.

Henry nahm ihre Hand, und sie verschränkten die Finger ineinander. Rusty hatte den Kopf auf Iris' Schoß gelegt und ließ sich von ihr kraulen.

»Hast du gesehen, wie alles blüht?« Iris deutete mit dem Kinn zum Garten hin. »Ich glaube, hier war es nie schöner.«

Er nickte und strich ihr sanft über den Arm.

»Weißt du noch, wie wir angefangen haben?«

»Wir waren jung«, sagte er mit einem Lächeln.

»Nichts schien unmöglich.«

»Ja.«

Sie sahen sich tief in die Augen. Die Jahre, in denen sie getrennt gewesen waren, hatten nichts an ihren Gefühlen füreinander geändert. Sie hatten sich gesehen und sofort erkannt, dass sie nichts mehr zu verlieren hatten – außer einander. Die Zeit, die sie hätten haben können, war für immer verloren, also lebten sie im Hier und Jetzt, darauf bedacht, jeden Tag unvergesslich zu machen.

»Ich bin nicht sicher, ob Evelyn auch kommen wird«, sagte Henry.

»Doch, das wird sie«, entgegnete Iris überzeugt, dann schaute sie wieder zum Garten, wo sich die ersten Frühblüher aus der Erde hoben. Die Tulpen waren bereits zu sehen, und es war ein einzigartiges Farbenschauspiel. Krokusse in Violett, Gelb und Weiß bildeten einen Kreis um den eigentlichen Star des Gartens: Henry hatte die Hyazinthe gerade noch rechtzeitig zurück an ihren ursprünglichen Platz gebracht, und Lilly hatte die drei Blumenzwiebeln von Liam mit etwas Abstand dazugesetzt. Fast gleichzeitig hatten sich die Spitzen vor einigen Tagen aus der Erde gehoben. Nun blühten alle Exemplare der *King of Great Britain* im Vorgarten, aber keine hatte ein so kräftiges hellrotes Auge und dabei so reinweiße Blütenblätter wie jene, die Henry Iris einst zum Geschenk gemacht hatte.

Lilly und Liam hatten einen Brunch vorbereitet. Eine Blumengirlande zierte die Eingangstür, Lampions baumelten in den Ebereschenästen. Bunte Luftballons schmückten die Treppe sowie den Übergang zum Wohnzimmer. Am Vormittag füllte sich das Cottage allmählich. Mrs Krock kam in Begleitung von Pippa und Gilbert. Die Cogans hatten eine Kiste des ersten Whiskys dabei, der seit deren Teilhaberschaft an der Brennerei fertiggestellt worden war. Liam hatte Gilbert in alles eingewiesen, bevor er Lilly bei ihrem Herzensprojekt, einem eigenen Blumenladen, unterstützt hatte. Heather und ihr Verlobter waren mit Helen aus Edinburgh angereist. Ferguson war ohne seine Herde, dafür mit Frau und Kindern, gekommen. Auch Diana und Paul hatten es sich nicht nehmen lassen, Iris' Ehrentag mit ihr zu feiern. Die Freundinnen hatten sich ausgesprochen, gesagt, was sie früher nicht hatten sagen können, und schließlich wieder zueinandergefunden.

Auf der Schokoladentorte brannten schon die Kerzen, da kam ein weiterer Gast hinzu.

»Alles Gute zum Geburtstag, Iris.« Evelyn betrat mit einem großen Präsentkorb in den Händen das Wohnzimmer. Die anderen Gäste schauten verwundert auf.

»Evelyn! Ich freue mich, dass du gekommen bist.« Iris

stützte sich auf die Tischplatte und stemmte sich hoch. Ein Raunen ging durch den Raum.

Lilly, die neben ihr war, legte den Arm um ihre schmale Taille und stützte sie. Liam nahm seiner Mutter den Korb ab. Eine andächtige Stille hing im Zimmer, als die beiden Frauen aufeinander zugingen. Die Anstrengung, die es Iris kostete, war ihr anzusehen. Ihre Beine zitterten, sie atmete schwer. Doch in ihren Augen war deutlich ein eiserner Wille zu erkennen – der Wunsch nach Versöhnung. Vor Evelyn knickten ihre Beine ein. Evelyn reagierte zeitgleich mit Henry und half Lilly, sie zu stützen. Die Frauen blickten einander an.

Evelyns Augen glänzten. »Ich freue mich, dass ich eingeladen wurde. Ach, Iris. Es tut mir so leid!« Sie sah an ihr hinunter, nahm den mitgenommen Körper zur Kenntnis, und Tränen rannen ihre Wangen hinab.

Iris schüttelte nur den Kopf und schloss sie unvermittelt in die Arme. Im ersten Moment schien Evelyn überrascht zu sein, doch dann erwiderte sie die Umarmung. Für einige Sekunden hielten sich die beiden Frauen fest, und der Streit, der immerzu zwischen ihnen geschwelt hatte, schien vergessen.

Gemeinsam feierten alle bis zum Abend. Es war, als wären Iris und Lilly nie fort gewesen. Dennoch war ihnen allen bewusst, dass nichts so gekommen wäre, hätten sie Portree nicht verlassen. In den vergangenen Tagen hatte Lilly oft mit ihrer Mutter darüber gesprochen. Iris hatte nicht mehr damit gerechnet, noch einmal in ihr Cottage zurückzukehren oder Henry wiederzusehen. Alles, was sie sich erhofft hatte, war, ihre Tochter glücklich zu erleben, bevor sie starb. Sie hatte nicht wissen können, wie sich alles entwickeln würde, als sie Lilly auf die Isle of Skye schickte. Ihr Optimismus trieb sie an, ebenso wie die Erkenntnis, dass das Leben sich nicht planen ließ. Manchmal muss man ihm einfach seinen Lauf lassen. Und vielleicht wird man dabei positiv überrascht.

Die darauffolgenden Tage vergingen mit einer seltsamen Geschwindigkeit. Henry und Liam waren mit der Renovierung des Hauses schnell vorangekommen: Das Badezimmer hatte neue Fliesen, der Riss in der Fassade war geflickt, morsche Dachbalken waren ausgetauscht, ebenso wie das zerbrochene Fenster. Lilly kümmerte sich um den Garten. Rings ums Haus hatte sie Kornblumen gesät, damit das Cottage im Sommer vom Himmel umgeben sein würde. Unverhofft war das Glück in ihr Leben gekommen, und manchmal ließ es selbst Iris vergessen, wie krank sie war. Keiner von ihnen sprach über das Bevorstehende. Als gäbe es kein Morgen, wurde jeder Tag, jeder noch so kleine Augenblick genossen. Im Cottage gab es keine Selbstverständlichkeit mehr. Es herrschte eine einnehmende Atmosphäre, die auch von Besuchern wahrgenommen wurde, die stets willkommen waren. Diana kam täglich vorbei, brachte Brownies und Scones, und manchmal stieß sogar Evelyn dazu. Dann tranken sie gemeinsam Tee im Vorgarten und sprachen über all das, was die Jahre verändert hatten, ebenso wie über das, was gleich geblieben war. Iris schien in ihrer Heimat regelrecht aufzublühen. Sie lachte viel, hatte wieder mehr Appetit und konnte in Begleitung sogar kurze Spaziergänge unternehmen. Doch das Glück war ebenfalls nur ein Besucher, dessen Zeit, zu gehen, gekommen war. Zwei Wochen nach Iris' Geburtstag schien ihre Kraft langsam aufgebraucht zu sein, und Lilly fragte sich, ob die vergangenen Wochen im Cottage so etwas wie ein letztes Aufbäumen gewesen waren. Die Hyazinthe blühte bereits ungewöhnlich lange. Allmählich verlor sie jedoch an Kraft. Die Blüten hatten ausgetrieben, neigten sich. Und mit ihnen schien auch Iris zu verblassen. Es war, als würde die Blume bestimmen, wie schnell der Sand der Zeit rieselte. Als wäre Iris untrennbar mit ihr verbunden.

Es war ein sonniger Samstagnachmittag. Henry hatte eine Bank aus Treibholz gebaut und neben der Haustür platziert, damit Iris von dort aus den Frühling genießen konnte. Liam hatte einen metallenen Bistrotisch mit zwei Stühlen dazugestellt, was der Sitzgruppe ein nostalgisches Flair verlieh und genug Platz für alle bot.

Lilly leistete ihrer Mutter vor dem Haus Gesellschaft. Warm eingepackt mit Mantel, Mütze und Schal, saß Iris auf der Bank, über ihren Beinen lag eine Wolldecke, weil sie immerzu fror. Vor ihr döste Rusty in der Sonne. Er hatte den Kopf auf seine Vorderpfoten gelegt und gab hin und wieder ein leises Schnarchen von sich. Lilly rieb sich die müden Augen. Sie hatte schlecht geschlafen und war mit einem seltsamen Gefühl am Morgen aufgestanden, einer inneren Unruhe, die sie nicht richtig erklären konnte.

»Liam ist ein guter Mann«, sagte Iris. Scheppernde Geräusche drangen aus dem Haus. Henry und Liam waren in der Küche damit beschäftigt, neue Möbel aufzubauen. Die letzten Feinheiten für ein gemütliches Zuhause, das sie sich teilten.

»Er liebt dich wirklich, Lilly. Ich habe es in seinem Blick gesehen.«

»Ob man nach so kurzer Zeit schon von Liebe sprechen kann?« Lilly spürte, dass es so war, und doch überkam sie manchmal die Angst, sie könne sich irren.

»Es ist unwichtig, wie lange man sich kennt.« Iris lächelte beseelt, als sie Henrys Stimme vernahm, der Liam drinnen wohlwollend Anweisungen zum Aufbau der Stühle gab.

»Die Liebe ist immer ein Risiko. Aber eines, das wir eingehen sollten, wann immer es geht.« Sie legte eine Hand über Lillys und entlockte ihr ein Lächeln. Iris wirkte müde, was auch an den Medikamenten lag, die ihre Schmerzen linderten, aber sie schien aus ganzem Herzen zufrieden. Plötzlich brachte sie ein Hustenanfall zum Erzittern. Sie hielt sich die Brust, doch er wollte nicht aufhören.

»Mum!«, rief Lilly verängstigt aus.

Iris klammerte sich an die Armlehne und hustete weiter. Es klang, als würde sie ertrinken.

»Was kann ich tun?«, fragte Lilly hilflos.

Henry und Liam eilten zu ihnen nach draußen.

»Ein Anfall?« Henry kam hastig an Iris' Seite. Diese röchelte, sog stöhnend Luft ein. Fahrig griff sie nach dem Stofftaschentuch, das Henry ihr reichte, und presste es sich vor den Mund. Ein Keuchen und Pfeifen waren zu hören, bevor sie endlich wieder Luft bekam. Ihre Lunge schien sich wieder füllen zu können.

»Es … geht … schon besser.« Iris schloss die Faust um das nun blutbefleckte Tuch. »Alles wieder in Ordnung«, hauchte sie mit heiserer Stimme. Lilly, Henry und Liam tauschten besorgte Blicke. Der Anfall war kurz, aber bedrohlich gewesen.

Lillys Puls raste immer noch. »Soll ich dir deine Tabletten holen?«

Iris schüttelte den Kopf, schloss kurz die Augen und seufzte leise.

»Hast du Schmerzen, Liebes?«, erkundigte sich Henry aufmerksam.

Wieder schüttelte sie den Kopf. »Nicht mehr als sonst.«

»Sollen wir dich lieber reinbringen? Möchtest du dich hinlegen?«

»Nein«, flüsterte sie, dann lächelte sie angestrengt. »Geht ruhig wieder rein.« Sie schaute in die Ferne, als fixierte sie etwas, das nur ihr vorbehalten war. »Es geht mir gut.«

»Ich bin gleich fertig, dann leiste ich dir etwas Gesellschaft.« Henry küsste sie auf die Stirn und kehrte mit Liam zögernd ins Haus zurück.

Der Wind brachte die Blätter der Eberesche zum Rascheln und verteilte den intensiven Duft der weißen Baumblüten. Ein Schwarm Spatzen überflog zwitschernd den Garten, aus dem das Summen und Brummen geschäftiger Insekten drang.

»Würdest … du mir bitte … ein Glas Wasser bringen?«, fragte Iris mühsam. Lilly merkte, wie ihr Blick an der Hyazinthe hing.

»Mein Mund … ist so trocken.«

»Natürlich. Bin sofort wieder da.« Sie tätschelte Rustys Rücken. »Du passt so lange auf, verstanden?« Der Hund hob den Kopf und wedelte mit dem Schwanz. Lilly flitzte hinein, manövrierte sich an leeren Kartons und Styroporplatten vorbei bis in die Küche. Auf einem der neuen Holzstühle sitzend, studierte Liam die Bedienungsanleitung des Kühlschranks mit Eiswürfelbereiter.

»Das sieht ja schon richtig klasse aus.« Lilly stahl sich im Vorbeigehen einen Kuss von ihm, dann nahm sie ein Glas aus dem Schrank und füllte es mit Leitungswasser.

»Wart mal ab, bis alles steht!«, sagte Henry stolz.

Rusty gab ein kurzes, eindringliches Bellen von sich, und Lilly hielt inne.

»Wahrscheinlich sind die Schafe zurück«, sagte Liam, ohne von der Anleitung aufzusehen.

»Ist das für deine Mutter?« Henry deutete auf das Glas in ihrer Hand.

Sie nickte. »Ja.«

»Ich bringe es ihr.« Er nahm ihr das Glas ab. Lilly sah ihm mit einem mulmigen Gefühl hinterher.

»Was hast du?« Liam umschlang mit einem Arm ihre Taille.

»Ich weiß nicht.« Wie gebannt starrte sie vor sich hin. Der Wind heulte auf. Die Äste der Eberesche schlugen gegen das Fenster, als klopfe eine unsichtbare Macht bei ihnen an. Im nächsten Moment hörten sie, wie draußen etwas zu Bruch ging. Lilly durchfuhr ein eiskalter Schauer. Sie rannte hinaus. Vor der Tür angekommen, blieb sie wie versteinert stehen.

»Mum?«, hauchte sie tränenerstickt.

Henry saß schluchzend neben Iris auf der Bank. Er hielt sie in seinen Armen. Ihr Blick war friedlich nach vorn gerichtet und ein leichtes Lächeln umspielte ihren Mund.

»Sie ist gegangen.« Henrys Stimme klang rau und kraftlos. Lilly war wie erstarrt, als Liam an ihre Seite kam. Tränen rannen über ihr Gesicht. Sie fühlten sich schwer und gleichzeitig so leicht an, weil es vorbei war. Ausgestanden. *Ihre Schmerzen hatten ein Ende*, flößte ihr ihr Verstand ein, doch ihr Herz wollte davon nichts wissen. Niemand sagte etwas. Lillys Trauer war unermesslich. Sie hatte gewusst, dass dieser Zeitpunkt kommen würde. Sie hatte gehofft, darauf vorbereitet zu sein, doch stattdessen spürte sie den Verlust mit jeder Faser ihres Körpers, er drang in jeden noch so kleinen Winkel ihrer Seele vor. Still hatte sich ihre Mutter von der Welt verabschiedet, so, wie sie es gewollt hatte. Auch dass sie von ihrem geliebten Vorgarten aus ihre Reise antreten durfte, spendete Lilly Trost. Die letzten Wochen mit ihrer Mutter an diesem Ort waren ein Geschenk gewesen, für das sie unendlich dankbar war. Schniefend zog Lilly sich einen Stuhl heran, nahm Iris' Hand und betrachtete ihr gütiges Gesicht. Bis zum Ende schien ihre Mutter die Hyazinthe fest im Blick gehabt zu haben, die mit ihr verblüht war. Der Wind pfiff ums Haus. Spatzen zogen darüber hinweg, die Insekten summten und brummten im blühenden Garten. Das Leben nahm seinen Lauf.

Lilly rang um Atem. Liam legte tröstend seinen Arm um sie, und die Luft kehrte in ihre Lunge zurück. Leise und leicht und zusammen mit einer eindringlichen Klarheit. Es war gut, dachte sie. Am Ende war ihre Mum glücklich gewesen.

EPILOG

Lilly schlug die Augen auf. Tageslicht drang durch die halb zugezogenen Vorhänge. Sie hörte gedämpftes Vogelgezwitscher aus dem Garten, das jäh vom Trampeln kleiner Füße auf dem Flur übertönt wurde. Langsam schlug sie die Decke zurück und setzte sich gerade noch rechtzeitig auf, bevor ihr Schlafzimmer gestürmt wurde.

»Die Schafe sind wieder da!«, riefen zwei Kinder wie aus einer Kehle.

»Dürfen wir rausgehen?« Henry war, genau wie seine drei Jahre jüngere Schwester, hellwach und bereits angezogen.

Lilly warf einen knappen Blick auf den Wecker. »Es ist Sonntag und noch nicht mal acht.«

Neben ihr stieß Liam ein zustimmendes Brummen aus.

»Dad hat nichts dagegen.« Henry sprang neben seinem Vater aufs Bett, woraufhin dieser erneut brummte.

»Wir wissen nicht, was es heißt, wenn euer Vater solche Geräusche von sich gibt«, befand Lilly verschwörerisch.

»Für mich hört es sich wie ein Ja an!« Die kleine Iris kletterte auf den Schoß ihrer Mutter und kuschelte sich an sie.

»Hm, na, wenn das so ist.« Lilly stemmte sich mit ihr auf dem Arm hoch und zog die Vorhänge auf.

Die Morgensonne brachte den Vorgarten zum Leuchten. Feiner Nebel lag über dem Weg.

»Sieh nur!« Aufgeregt zeigte Iris mit dem Finger hinaus.

Inzwischen hatte sich auch Liam aus dem Bett bewegt. Gähnend und mit zerzaustem Haar stellte er sich zu seiner

Familie. Vor dem Cottage zog Ferguson mit der Herde vorbei. Über ihm trieben wattebauschartige Wolken hinweg.

»Na los, geht schon.« Liam drückte den Kindern je einen Kuss aufs Haar und scheuchte sie aus dem Zimmer.

Kichernd rannten sie davon.

»Bist du auch noch so müde?«, murmelte er und stellte sich hinter seine Frau. Abermals gähnend schlang er die Arme um sie und bettete sein Kinn auf ihre Schulter.

»Ausschlafen lernen sie erst noch.« Lilly lachte.

Liam ließ ein leises Stöhnen hören, dann drückte er sie fest, aber zärtlich an sich. Zusammen sahen sie aus dem Fenster. Die Kinder rannten über den gepflasterten Weg, vorbei an den Blumen und Bäumen, die so zeitlos waren wie die reinweiße Hyazinthe mit ihrem roten Kern – etwas, das es gar nicht geben durfte. Und doch blühte sie, umgeben von einer neuen Generation, jedes Jahr aufs Neue.

Ende